롱
워
크

STEPHEN KING

writing as Richard Bachman

롱 워 크

스티븐 킹

송경아 옮김

황금가지

차례

스티븐 킹 서문 바크만이 된다는 것의 중요성 ——— 7

1부 출발 —————————— 21

2부 길을 걸어가며 —————— 69

3부 토끼 ————————— 409

바크만이 된다는 것의 중요성

이 글은 이른바 '바크만 책'에 붙이는 나의 두 번째 서문이다. 시그넷 출판사에서 무명의 오리지널 페이퍼백으로 나온, 리처드 바크만 이름으로 출간된 몇 권의 소설(적어도 내 마음속에서는) 앞에 나올 글이다. 나의 첫 서문은 별로 좋지 않았다. '저자가 애매하게 쓴 글'의 교과서같이 보였다. 그러나 놀라운 일은 아니었다. 그 글을 쓸 때 바크만의 또 다른 자아(즉 나)는 사색적이거나 분석적이라고 말할 수 있는 상태가 아니었다. 사실 나는 강도질을 당한 기분이었다. 바크만은 절대 단기적 가명으로 창조된 인물이 아니었다. 그는 장거리 운행용으로 창조된 인물이라고 생각했기에 내 이름이 그의 이름과 연결되어 나왔을 때 나는 놀랐고 속상했고 화가 났다. 훌륭한 에세이를 쓰기에 좋은 상태는 아니었다. 이번에는 좀 더 잘 할 수 있을지도 모르겠다.

리처드 바크만에 대해 할 수 있는 제일 중요한 말은 그가 현실이 되었다는 것이리라. 물론 완전히 그런 것은 아니다(그는 초조한 미소를 지으며 말했다.). 나는 망상 상태에서 이 글을 쓰는 것은 아니다. 다만…… 음…… 어쩌면 그럴지도 모르겠다. 결국 망상이란, 최소한 책이나 이야기가 독자 앞에 펼쳐져 있는 시간 동안은 소설 작가들이 독자에게서 끌어내고 싶은 그 무엇이다. 그리고 작가도 이 상태에 면역이 없다……. 그것을 어떻게 불러야 할까? '유도된 망상'?

어쨌든, 리처드 바크만은 망상이 아니라, 독자들이 좋아할 것 같은 초기의 몇 작품을 출판할 수 있는 보호처로서 경력을 시작했다. 그다음, 작가의 상상력에서 창조된 것들이 자주 그렇듯이 그는 자라나고 살아나기 시작했다. 나는 그의 생활을 상상하기 시작했다. 낙농업자…… 아내는 아름다운 클로디아 이네즈 바크만…… 혼자 보내는 뉴햄프셔 주의 아침. 그는 소젖을 짜고, 숲 속에 들어가고, 자신의 이야기들을 생각하면서 아침을 보낸다……. 저녁에는 언제나 올리베티 타자기 옆에 위스키 한 잔을 두고 글을 쓴다. 한때 내가 알던 어느 작가는 자신의 현재 이야기나 소설이 잘 되어갈 때 "살이 오르고 있다."라고 말하곤 했다. 그와 마찬가지로, 내 필명에는 살이 오르기 시작했다.

그다음에 은폐물이 날아간 순간 리처드 바크만은 죽었다. 나는 인터뷰어가 그 주제까지 가려고 했던 몇 번의 인터뷰에서 "그는 필명이라는 암으로 죽었다."라고 가볍게 말했다. 그러니 그가 죽은 것은 사실 충격 때문이었다. 사람들이 나를 그냥 가만히 내버려두지 않을 것이라는 깨달음. 좀 더 거창하게(그러나 아주 정확하게) 말해 보자면, 바크만은 내 존재의 뱀파이어 쪽 자아였고, 폭로라는 햇빛으로 살해당했다. 이 모든 사태에 대한 내 감정은 혼란스러웠고, 『다크 하프(The Dark Half)』라는 책(말하자면 스티븐 킹의 책)을 한 권 만들어낼 만큼 비옥했다. 그 책은 조지 스타크라는 필명을 쓰는 작가 앞에 조지 스타크가 현실이 되어 나타나는 이야기다. 내 아내는 언제나 그 소설을 매우 싫어했다. 아마 사드 보몽에게는 작가가 된다는 꿈이 사람이 된다는 현실을 압도했기 때문일 것이다. 사드에게서는 망상이 합리성을 완전히 앞질렀고, 그 결과 끔찍한 일이 벌어졌다.

그러나 나는 그런 문제가 없었다. 정말이다. 나는 바크만이라는 패를 젖혀놓았고, 사실을 말하면 그가 죽어야 했던 것이 유감이지만 일종의 안도감도 느꼈다.

이 책들은 화가 나 있고, 정력적이며, 글쓰기라는 예술과 기술에 깊이 열중해 있는 젊은이가 쓴 것이다. 바크만의 책으로 그 자체를 쓴 것은 아니었지만(어쨌거나 바크만은 아직 발명되지 않았을 때니까.) 바크만 같은 정신 상태로 쓴 것이었다. 낮게 깔린 분노, 성적인 좌절, 재미있지만 미친 것 같은 유머, 끓어오르는 절망. 『러닝 맨』의 주인공 결핵 직전 단계의 비쩍 마른 벤 리처즈(보면 알겠지만 영화의 아놀드 슈왈제네거형 인물과는 전혀 거리가 멀다.)는 납치한 비행기를 네트워크 게임스 회사의 고층 건물에 들이박고, 자신뿐만 아니라 수백 명(어쩌면 수천 명)의 프리비 경영진을 함께 황천으로 끌고 간다. 이것은 리처드 바크만 버전의 해피엔딩이다. 다른 바크만 소설들의 결말은 더 암울하다. 스티븐 킹은 좋은 사람들이 늘 이기는 건 아님을 언제나 이해하고 있었지만(『쿠조』, 『애완동물 공동묘지』, 아마 『크리스틴』까지 그런 결말일 것이다.) 대체로 그들이 이긴다는 것도 이해하고 있었다. 현실 생활에서는 매일 좋은 사람들이 이긴다. 대체로 이런 승리는 진가를 인정받지 못한다('사람들은 직장에서 집으로 다시 안전하게 도착한다'는 내용으로는 책을 많이 팔지 못할 것이다.). 그래도 그런 승리들은 현실적이다……. 그리고 소설은 현실성을 반영해야 한다.

하지만…….

『다크 하프』 초고에서 나는 사드 보몽에게 도널드 E. 웨스트레이크를 인용시켰다. 웨스트레이크는 리처드 스타크라는 이름으로 아주 우울한 범죄 소설 시리즈를 썼던 매우 재미있는 작가이다. 웨스트레이크와 스타크 사이의 이분법에 대해 설명해 달라는 요청을 받았을 때, 그 작가는 말했다. "맑은 날에는 웨스트레이크 이야기를 씁니다. 비가 오면 나는 스타크가 됩니다." 그 부분을 『다크 하프』 최종판에 집어넣을 수는 없다고 생각하지만, 나는 언제나 그 부분을 매우 좋아했다(그리고 그것이 유행어가 되어가면서 그 이야기를 되풀이했다.). 허구의 창조물이지만 작가 이름으로 '리처드 바크만'이 적힌 책이 한 권 출간될 때마다 내게 더욱 현실적인 존재가 된 바크만은, 말하자면 '비 오는 날'류의 사람이었다.

좋은 사람들이 대체로 이기고, 용기는 보통 공포에 승리하고, 온 가족이 좋아하는 강아지가 광견병에 걸리는 일은 거의 없다. 나는 나이 스물다섯에 이런 것들을 확실히 알았고, 스물다섯의 두 배 나이인 지금도 여전히 알고 있다. 그러나 나는 다른 것도

10

알고 있다. 폭우가 고집스러울 정도로 쏟아지고, 언제나 그림자가 길게 드리우고, 괴물들이 가득 찬 숲 속 어느 장소가 우리들 대부분의 내면에 있다는 것을. 우리의 일상생활을 아주 많이 채우고 있는 햇빛과 명료성을 부인하지 않고도 그런 장소의 공포를 분명히 표현하고 그 지형도를 부분적으로 그릴 수 있는 목소리를 갖는다는 것은 좋은 일이다.

『시너(Thinner)』에서 바크만은 처음으로 스스로 말한다. 그 책은 초기 바크만 소설 중 초고에 내 이름 대신 그의 이름을 쓴 단 한 권의 소설이다. 그가 자기 목소리로 이야기하기 시작한 바로 그때 나로 오인받는다는 것이 진짜로 불공정하다는 생각이 들었다. 그리고 그것이 실수라는 느낌도 들었다. 그때에는 바크만이 내게 일종의 정체성이 되어 있었기 때문이다. 그는 내가 할 수 없는 말들을 했고, 《포브스》의 척도로는 아주 부유하기 때문에 자기 이름을 바보 같은 《포브스》 엔터테이너 목록에 싣게 된 베스트셀러 작가, 혹은 「투데이 쇼」에 얼굴을 내밀거나 영화에서 카메오 출연을 하는 베스트셀러 작가가 아니라 저기 뉴햄프셔 낙농장에서 조용히 자기 글을 쓰며 내가 할 수 없는 방식으로 생각하고 내가 말할 수 없는 방식으로 말하도록 해주는 그를 생각하는데 갑자기 뉴스에서 "바크만은 사실 킹이다."라고 말하기 시작했다. 그리고 아무도 — 심지어 나조차도 — 죽은 사람을 방어하거나 최소한 어느 시간 동안에는 킹은 진짜로 바크만이기도 하다는 분명한 사실을 지적하지 않았다.

그때도 불공정하다고 생각했고 지금도 불공정하다고 생각하지만, 때때로 삶은 사람을 좀 물어뜯는다. 그게 끝이다. 나는 바크만을 내 머릿속과 내 삶에서 밀어내기로 결심했고, 오랜 세월 동안 그렇게 했다. 그런데 『데스퍼레이션』이라는 소설을(스티븐 킹 소설을) 쓰는 동안 리처드 바크만이 갑자기 내 삶에 다시 나타났다.

그때 나는 왕 연구소에서 나온 워드 프로세서로 일하고 있었다. 그것은 옛날 플래시 고든 연속극에 나오는 비지폰(화상전화 — 옮긴이) 같았다. 이 워드 프로세서는 그보다 아슬아슬하게 더 최신 기술이었던 레이저 프린터와 쌍을 이루었고, 때때로 아이디어가 떠오르면 나는 한 구절이나 가제를 종이쪽지에 써 넣고 프린터 옆면에 스카치테이프로 붙여놓았다. 『데스퍼레이션』의 4분의 3 지점에 가까워지면서, 단 하나의 단어가 인쇄된 쪽지가 생겼다. '통제자들.' 내게는 엄청난 소설 아이디어가 있었다. 장난감, 총, TV, 교외와 관련이 있는 아이디어였다. 그것을 내가 쓸 것인지도 확실치 않았다. 그 많은 '프린터 쪽지'들로는 결코 아무것도 이룰 수 없으니까. 그러나 생각할 때는 확실히 멋졌다.

그다음, 어느 비 오는 날(리처드 스타크류의 날), 우리 집 진입로에 접어들 때 아이디어가 하나 떠올랐다. 그 아이디어가 어디서 왔는지는 모른다. 그것은 그때 당시 내 머릿속에서 뒹굴고 있던 사소한 것들과 전혀 연결되어 있지 않았다. 그 아이디어는 『데스퍼레이션』에서 인물을 뽑아내어 『통제자들』에 집어넣자는 것이었다. 나는 생각했다. '어떤 경우에는 인물이 같은 사람을 연기할 수 있을 거야. 다른 경우에는 인물이 바뀌겠지. 어느 쪽이든 인물이 똑같은 일을 하거나 똑같은 방식으로 반응하지는 않을 거야. 서로 다른 이야기는 서로 다른 행동을 전개하도록 영향을 주니까.' 나는 그것이 두 편의 다른 연극에서 연기하는 레퍼토리 극단의 단원들 같을 것이라고 생각했다.

그때 더더욱 흥분되는 아이디어가 떠올랐다. 레퍼토리 극단 개념을 인물에게 쓸 수 있다면, 플롯 자체에도 쓸 수 있었다 —『데스퍼레이션』에서 아주 많은 요소를 가져와 새롭게 사건을 배치하는 데 써서 일종의 거울 세계를 창조할 수 있었다. 그 일을 시작하기도 전에 나는 많은 비평가들이 이것을 쌍둥이 스턴트라고 부르리라는 것을 알았다……. 정확히 말하면 그들은 틀린 게 아닐 것이다. 나는 생각했다. '하지만 훌륭한 스턴트가 될 거야. 심지어 이해도 도와주고, 이야기의 강인함과 융통성, 몇 가지 기본적인 요소들을 차용해 끝없이 즐거운 변주로 만드는 거의 무한한 능력, 상난스러운 매력을 전시하는 스턴트가 되겠지.'

그러나 그 두 권은 완전히 똑같은 책으로 보일 수도 없었고, 똑같은 책을 뜻할 수도 없었다. 똑같은 배우들로 구성된 극단이 에드워드 올비의 연극과 윌리엄 잉의 연극을 연달아 공연한다 해도 그 연극들이 똑같아 보이고 똑같은 뜻을 가질 수 없는 것과 마찬가지였다. 내가 어떻게 다른 목소리를 창조해 낼 수 있겠는가?

처음에는 내가 못 할 거라고 생각하고, 그 아이디어를 마음속 밑바닥의 루브 골드버그(아주 간단한 일을 하는 아주 복잡한 연쇄 장치 — 옮긴이) 통에 넣었다. '흥미롭지만 실행 불가능한 착상'이라는 이름표가 붙은 통에. 그때 내게 늘 해답이 있었다는 생각이 떠올랐다. 리처드 바크만은『통제자들』을 쓸 수 있었다. 피상적으로 들으면 그의 목소리는 내 목소리처럼 들렸지만, 그 아래 있는 세계에는 차이가 있었다. 햇빛과 비 사이의 차이라고 말해 두자.

그리고 그의 인물에 대한 관점은 언제나 내 관점과 다른 동시에 더 재미있고 냉정했다(초기 바크만 책에서 내가 제일 좋아하는 『로드워크』의 바트 도스는 훌륭한 예를 보여준다.).

물론 바크만은 죽었다. 나는 직접 그렇게 선언했다. 그러나 소설가에게 죽음은 사실 사소한 문제다. ─ 애니 윌크스 때문에 미저리 채스틴을 도로 데려온 폴 셸던에게 물어보라. 아니면 전 영국의 팬들이 셜록 홈즈 때문에 아우성을 치자 라이헨바흐 폭포에서 그를 도로 데려온 아서 코난 도일에게 물어보라. 하여간, 나는 실제로 죽은 자 사이에서 리처드 바크만을 도로 데려오지는 않았다. 그의 지하실에 묵혀둔 원고 한 상자를 시각화했을 뿐이다. 『통제자들』이 맨 위에 올라와 있었다. 그다음 나는 바크만이 이미 쓴 책을 현실의 글로 옮겼다.

그렇게 글로 옮기는 작업은 좀 힘들었다……. 그러나 엄청나게 즐겁기도 했다. 바크만의 목소리를 다시 듣는 것도 멋졌고, 내가 일어났으면 하고 바랐던 일이 일어났다. 내 이름으로 쓴 책과 쌍둥이 형제인 책 한 권이 시작되었다(그리고 그 두 권은 문자 그대로 연이어 쓰였다. 어느 날 킹 책이 끝나고 바로 다음 날 바크만 책이 시작되었다.). 그 책들은 킹과 바크만이라는 인물들 자체와 마찬가지로 같지 않았다. 『데스퍼레이션』은 신에 대한 책이나, 『통세자들』은 TV에 대한 것이다. 나는 그 책들이 둘 다 더 큰 힘에 대해 다루고 있지만, 동시에 완전히 다른 책들이라고 생각한다.

바크만이 된다는 것의 중요성은 언제나 나 자신의 깃과는 조금 다른 훌륭한 목소리와 유효한 시점을 찾아내는 것의 중요성이었다. 진짜로 다른 것은 아니다. 내가 그렇게 믿을 정도로 심한 분

열중 환자는 아니다. 그러나 나는 우리 모두에게 각자의 시각과 인식을 바꾸기 위해 쓰는 속임수들이 있다고 믿는다. 다른 옷을 차려입고 헤어스타일을 바꿔서 우리 자신을 새롭게 보는 것같이. 그리고 그런 속임수들은 삶을 살아나가고, 삶을 관찰하고, 예술을 창조할 때 익숙한 전략들에 새로운 활력과 원기를 주는 방법으로 매우 쓸모가 있다고 믿는다. 이런 언급은 내가 바크만 책으로 어떤 위대한 일을 했다고 암시하려는 의도가 전혀 없고, 예술적 장점이 있다는 논거도 아니다. 그러나 나는 내가 하는 일을 매우 사랑하기 때문에, 될 수 있는 한 그것이 낡아빠지게 만들고 싶지 않다. 바크만은 내 기술에 새 활력을 불어넣고, 내가 너무 편안하고 느슨러지지 않게 만들기 위한 한 가지 방법이었다.

이 초기 책들이 바크만 페르소나의 어느 정도 진전한 모습을 보여주었으면 한다. 그리고 그 페르소나의 정수도 보여주었으면 좋겠다. 어두운 어조를 쓰고, 웃고 있을 때에도 절망적인(사실 웃고 있을 때 가장 절망적인) 리처드 바크만은 그가 아직 살아 있다고 해도 내가 늘 되고 싶은 사람은 아니다……. 그러나 그런 선택지, 세상에 난 그런 창문을 가진다는 것은 좋은 일이다. 그것이 양극화된 것이라고 해도 말이다. 여전히 자기 나름대로의 방식으로 이 이야기들을 읽으면서, 독자들은 딕 바크만과 사드 보몽의 또 다른 자아 조지 스타크와의 공통점 한 가지를 발견할지도 모른다. 그들은 썩 좋은 사람은 아니다.

그리고 나는 홀로 남은 바크만 부인이 뉴햄프셔 농가 지하 저장소에서 발견한 그 상자 안에, 완성되었거나 거의 완성된 다른 좋은 초고가 있는지 궁금하다.

때로는 '아주 많이' 궁금하다.

— 스티븐 킹

1996년 4월 16일

메인 주 로벨에서

짐 비숍과
버트 하틀렌과 테드 홈스를 위해

"우주는 생명도, 목적도, 자유의지도, 심지어 적대감도 전혀 없다. 우주는 거대하고 죽어 있는, 헤아릴 수 없이 큰 증기엔진이다, 완전한 무관심 속에서 계속 가동해 나를 머리끝부터 발끝까지 갈아버릴 것이다. 오 광대하고 음울하고 고독한 골고다여, 죽음의 맷돌이여! 왜 산 자는 그렇게 동반자도 없이, 의식을 가진 채 사라지는가? 만약 악마가 없다면 왜? 아니, 악마가 그대의 신이 아니라면?"

— 토머스 칼라일

"나는 모든 미국인에게 가능한 한 자주 걸으리고 격려할 것입니다. 걷기는 건강에 좋은 것 이상입니다. 걷기는 재미있습니다."

— 존 F. 케네디(1962)

"펌프는 작동하지 않아, 반달족(기물파괴자 — 옮긴이)들이 손잡이를 가져갔기 때문에."

— 밥 딜런

1부

출발

1장

"암호를 말하고 100달러 타세요.
조지, 우리의 첫 번째 참가자는 누구죠?
조지……? 조지, 거기 있어요?"
— 그루초 마르크스
「당신 인생을 걸어라」

그날 아침, 열심히 달리고 난 작고 지친 개 같은 낡은 파란색 포드가 경비병들이 있는 주차장으로 들어왔다. 카키색 제복을 입고 샘 브라운 벨트를 한 무표정한 젊은 남자 경비병이 파란 플라스틱 ID 카드를 보자고 했다. 뒷자리에 있던 소년은 ID 카드를 어머니에게 건네주었다. 소년의 어머니는 경비병에게 그것을 건네주었다. 경비병은 그 카드를 컴퓨터 단말기에 가져다 댔다. 단말기는 시골의 정적 속에서 낯설고 이상해 보였다. 컴퓨터 단말기는 카드를 삼키더니 화면에 이런 문구를 번쩍였다.

개러티 레이먼드 데이비스
메인 주 포널 RD 1
앤드로스코긴 카운티

신분등록번호 49-801-89

OK-OK-OK

경비병이 다른 버튼을 누르자 이런 글은 전부 사라지고, 단말기 화면은 다시 매끄럽고 텅 빈 녹색이 되었다. 경비병은 그들에게 전진하라고 손을 흔들었다.

"카드는 안 돌려주니? 혹시……." 개러티 부인이 물었다.

"아니에요, 엄마." 개러티가 참을성 있게 말했다.

"아, 마음에 안 들어."

그녀가 앞쪽의 빈 공간으로 들어가면서 말했다. 그녀는 새벽 두 시에 어둠 속으로 출발한 후부터 계속 그 말을 하고 있었다. 사실 투덜거리고 있었다.

"걱정 마세요."

소년은 건성으로 말했다. 개러티는 주위를 둘러보느라, 그리고 기대와 공포의 혼란에 빠져 정신이 없었다. 그는 천식 환자처럼 쌕쌕거리는 엔진 소리가 끝나기도 전에 차 밖으로 나왔다. 봄날 아침 여덟 시의 한기에 대항해 빛바랜 군용 작업 재킷을 입고 있는 키 크고 체격 좋은 소년이었다.

소년의 어머니도 키가 컸지만 너무 말랐다. 가슴은 거의 없고, 형식상 달려 있었다. 방황하고 불안하고 충격을 받은 눈이었다. 얼굴은 병자 같았다. 회색 머리는 머리카락을 제자리에 잡아주어야 할 클립이 흐트러져 엉망이었다. 최근에 체중이 많이 빠지기라도 했는지, 드레스가 몸 위에 형편없이 늘어져 있었다.

"레이." 어머니는 속삭이는 듯한 공모자의 목소리로 말했다. 소년은 그 목소리를 두려워하게 되었다. "레이, 들어봐……."

개러티는 머리를 숙이고 셔츠 속에 파묻힌 척했다. 경비병 한 명이 캔을 뜯어 C레이션을 먹으면서 만화책을 보고 있었다. 개러티는 그 경비병이 먹고 읽는 모습을 지켜보며 1만 번째쯤 생각했다.

'이게 전부 현실이야.'

이제야 마침내 그 생각이 무게를 갖기 시작했다.

"아직 마음을 바꿀 시간이 있어……."

공포와 기대가 한 눈금 맞물려 돌아갔다.

"아뇨, 그럴 시간 없어요. 취소 시한은 어제였어요."

여전히 소년이 아주 싫어하는 그 낮은 공모자의 목소리로 어머니는 말했다.

"사람들도 이해할 거야, 분명히. 통령이……."

"통령이……." 개러티는 말을 시작하면서 어머니가 움찔하는 것을 보았다. "통령이 어떻게 할지 아시잖아요, 엄마."

다른 차가 문에서 그 작은 의식을 끝내고 주차했다. 검은 머리 소년이 나왔다. 부모가 뒤따라 나왔고, 그들 셋은 잠시 동안 걱정하는 야구 선수들처럼 모여 서 있었다. 몇몇 다른 소년들처럼, 그 소년은 가벼운 여행용 배낭을 메고 있었다. 개러티는 자기도 하나 가져올걸 하며 좀 멍청했다고 생각했다.

"마음을 바꾸지 않을 거니?"

그것은 죄책감이었다. 불안의 탈을 쓴 죄책감. 겨우 열여섯 살이었지만 레이 개러티는 죄책감에 대해 잘 알고 있었다. 어머니는 자기가 너무 메마르고 지쳤거나, 아니면 자신의 더 오래된 슬픔에 전념하느라 아들의 광기를 발아기에 멈추지 못했다고 느꼈다.

그래서 주를 상징하는 카키색 옷을 입은 경비병과 컴퓨터 단말기를 갖고 있는 주 정부라는 복잡하고 느린 기계가 아들의 광기를 떠맡아버렸고, 뚜껑이 마지막 쾅 소리를 내며 닫힌 어제까지, 하루하루 지나갈 때마다 아들은 주 정부의 비정한 자아에 자신을 더욱 꼭 붙들어 맸다고 생각했다.

개러티는 어머니의 어깨에 한 손을 얹었다.

"엄마, 이건 내 생각이에요. 엄마 생각이 아니었다는 거 알아요. 난⋯⋯." 그는 주위를 슬쩍 둘러보았다. 아무도 그들에게 조금도 주의를 기울이지 않았다. "난 엄마를 사랑해요. 하지만 어떻게 봐도 이 길이 최선이에요."

"그렇지 않아." 어머니는 이제 막 눈물을 터뜨릴 지경이 되어 말했다. "레이, 그렇지 않아. 네 아빠가 여기 있었으면, 아빠는 못하게⋯⋯."

"음, 아빠는 안 계시잖아요, 안 그래요?"

아들은 잔인했다. 어머니의 눈물을 보고 싶지 않았기 때문에⋯⋯. 그들이 엄마를 끌고 가야 한다면 어쩌지? 때때로 그런 일이 벌어진다고 들었다. 그 생각을 하자 몸이 차갑게 느껴졌다. 아들은 좀 더 부드러운 목소리로 말했다.

"엄마, 이제 더 이상 말하지 마요, 오케이?"

개러티는 억지로 웃음을 짓고 어머니 대신 대답했다.

"오케이."

턱이 여전히 떨리고 있었지만 어머니는 고개를 끄덕였다. 괜찮지 않았지만 너무 늦었다. 누가 어떻게 할 수 있는 일은 없었다.

소나무 사이에서 가벼운 바람이 쌩쌩 불었다. 하늘은 완전히 파랬다. 길은 바로 앞에 있고 미국과 캐나다 사이의 경계를 표시하는 단순한 표석이 서 있었다. 갑자기 기대감이 공포보다 더 커지면서, 그는 시작하고 싶었다. 출발하고 싶었다.

"내가 구웠어. 너 이거 가져갈 수 있지, 응? 그렇게 무겁지 않으니까, 그렇지?"

어머니는 아들에게 포일로 싼 쿠키 꾸러미를 찔러주었다.

"네."

개러티는 그 꾸러미를 받은 다음 어색하게 어머니를 꼭 안고 달래주려 했다. 그리고 어머니의 뺨에 키스했다. 어머니의 피부는 오래된 실크 같았다. 잠시 그도 울 수 있을 것 같았다. 다음 순간 미소를 짓고 있는 콧수염 기른 통령의 얼굴을 떠올리곤 뒤로 물러서서, 작업용 재킷 주머니에 쿠키를 채워 넣었다.

"안녕, 엄마."

"안녕, 레이. 착하게 굴고."

어머니는 잠시 그곳에 서 있었다. 소년은 어머니가 매우 가볍다고 느꼈다. 마치 그날 아침 부는 가벼운 미풍이 그녀를 씨 뿌리는 민들레처럼 띄워 보낼 수 있을 것 같았다. 그다음 그녀는 차로 돌아가 엔진 시동을 걸었다. 개러티는 그대로 서 있었다. 그녀는 손을 들어 흔들었다. 이제 눈물이 흘러내리고 있었다. 그에게는 그 모습이 보였다. 그는 마주 손을 흔들었고, 그녀가 차를 뺄 때도 팔을 옆구리에 붙이고 그곳에 서 있을 뿐이었다. 그는 얼마나 자기가 멀쩡하고 용감하고 혼자 괜찮은 듯이 보여야 하는지 의식하고 있었다. 그러나 차가 도로 문으로 나가자 외로움이 그를 감쌌다. 그는 다시 낯선 장소에 혼자 있는 겨우 열여섯 살짜리 소년이 되었다.

개러티는 길 쪽으로 돌아섰다. 다른 소년, 검은 머리 소년이 자기 가족들이 나가는 것을 지켜보고 있었다. 뺨 한쪽에 심한 흉터가 있었다. 개러티는 그에게 걸어가 인사했다.

"난 레이 개러티야."

약간 멍청한 놈이 된 기분이었다.

"피터 맥브라이스야."

"넌 준비됐니?"

개러티가 물었다. 맥브라이스는 어깨를 으쓱했다.

"조마조마해. 그게 최악이야."

개러티는 고개를 끄덕였다.

그들 둘은 길과 표석으로 걸어갔다. 그들 뒤에서 다른 차들이 빠지고 있었다. 한 여자가 갑자기 비명을 지르기 시작했다. 개러티와 맥브라이스는 무의식적으로 가까이 다가섰다. 둘 중 아무도 돌아보지 않았다. 그들 앞에는 길이, 넓고 검은 길이 있었다.

"저 포장도로는 정오쯤엔 뜨거울 거야. 난 갓길로 계속 갈 거야."

맥브라이스가 불쑥 말했다.

개러티가 고개를 끄덕였다. 맥브라이스가 생각에 잠긴 눈으로 그를 바라보았다.

"몸무게가 얼마야?"

"73킬로그램."

"나는 76킬로그램이야. 사람들 말로는 더 무거운 사람이 더 빨리 지친다는데, 하지만 나는 내 몸매가 아주 좋다고 생각해."

28

개러티가 보기에 피터 맥브라이스는 그보다 더 멋져 보였다. 무시무시할 정도로 몸매가 좋아 보였다. 그는 더 무거운 사람이 더 빨리 지친다고 말한 '사람들'이 누구인지 궁금해서 하마터면 물어볼 뻔했지만 그러지 않기로 했다. '롱 워크'는 근거 없는 소문과 부적, 전설 위에 존재했다.

맥브라이스는 다른 소년들 두어 명 근처의 그늘에 앉았고, 잠시 후 개러티가 그 옆에 앉았다. 맥브라이스는 그를 완전히 무시하는 것처럼 보였다. 개러티는 시계를 보았다. 여덟 시 오 분이었다. 오십오 분 더 있어야 한다. 초조와 기대감이 돌아왔고, 그는 앉아 있을 수 있는 동안 앉아 있는 것을 즐기라고 스스로에게 말하면서 그런 감정들을 짓눌러버리려고 최선을 다했다.

모든 소년들이 앉아 있었다. 무리 지어 앉거나 혼자 앉아 있었다. 한 소년이 길을 내려다보고 있는 소나무의 제일 낮은 가지로 기어올라 젤리 샌드위치로 보이는 것을 먹고 있었다. 마르고 금발에, 팔꿈치에 구멍이 난 낡은 녹색 지프 스웨터 아래 파란 샴브레이(가벼운 평직물의 일종 — 옮긴이) 셔츠와 자주색 바지를 입고 있었다. 개러티는 그 마른 소년이 롱 워크를 견딜 수 있을지, 얼마나 빨리 소진될지 궁금했다.

개러티와 맥브라이스 옆에 앉은 소년들이 이야기하고 있었다. 그중 한 명이 말했다.

"난 서두르지 않을 거야. 왜 서둘러야 해? 경고를 받는다 쳐, 그래서 어쨌다고? 그냥 적응해, 그게 다야. 여기서는 적응이 관건이야. 처음 그 이야기를 들었을 때를 생각해 봐."

그는 주위를 둘러보다가 개러티와 맥브라이스를 발견했다.

"도살장에 끌려가는 양들이 더 있네. 내 이름은 행크 올슨이야. 취미는 걷는 거고."

그는 미소의 흔적도 전혀 보이지 않고 이렇게 말했다.

개러티는 자기 이름을 댔다. 맥브라이스도 여전히 길 쪽을 아득히 바라보며 멍하니 자기 이름을 말했다.

"나는 아트 베이커야."

다른 소년이 조용히 말했다. 그의 말에는 아주 약한 남부 억양이 묻어 있었다. 그들 넷은 서로 돌아가며 악수를 나누었다.

잠시 침묵이 흐르다가 맥브라이스가 말했다.

"좀 무섭지, 안 그래?"

행크 올슨만 제외하고 모두 고개를 끄덕였다. 행크는 어깨를 으쓱하고 웃었다. 개러티는 소나무 위의 소년이 샌드위치를 다 먹고, 샌드위치를 쌌던 파라핀 종이를 동그랗게 뭉쳐 포장되지 않은 갓길에 던지는 모습을 지켜보았다.

'저 애는 빨리 소진될 거야.'

개러티는 그렇게 판단했다. 그러자 기분이 조금 나아졌다.

"표석 바로 옆에 있는 저 얼룩 보여?"

올슨이 갑자기 말했다.

그들은 모두 쳐다보았다. 길 건너의 그림자가 미풍에 따라 흔들리고 있었다. 개러티는 뭐가 보였는지 아닌지 알 수 없었다.

"재작년 '롱 워크'에서 생긴 거야. 아이 하나가 너무 겁에 질려서 아홉 시에 딱 얼어붙었어."

올슨은 음울한 만족감을 띠고 말했다. 그들은 그 공포를 말없이 떠올려보았다.

"그냥 움직일 수가 없었어. 경고를 세 번 받았고 아침 아홉 시 이 분에 티켓을 끊었어. 바로 저 출발 지점 옆에서."

개러티는 자기 다리도 얼어붙을까 생각해 보았다. 그렇지 않을 거라고 생각했지만 그때가 되면 어떨지 확실히 알 수 없는 일이 었고, 끔찍한 생각이기도 했다. 그는 왜 행크 올슨이 그런 끔찍한 이야기를 꺼내려고 했는지 궁금했다.

갑자기 아트 베이커가 똑바로 앉았다.

"저기 그가 온다."

회갈색 지프가 표석 쪽으로 올라와 멈추었다. 무한궤도가 달린 낯선 차량이 훨씬 더 천천히 움직이며 그 뒤를 따랐다. 이 하프트 랙(앞에는 차바퀴, 뒤에는 무한궤도가 달린 군용 차량—옮긴이)의 앞뒤에는 장난감 크기의 레이더 접시가 달려 있었다. 위쪽 갑판에 두 명의 군인이 느긋이 서 있었다. 그들을 보고 개러티는 배 속에 한기를 느꼈다. 그들은 군용 대구경 카빈총을 갖고 있었다.

몇몇 소년들이 일어났지만 개러티는 일어나지 않았다. 올슨과 베이커도 일어나지 않았고, 맥브라이스도 한번 슥 보고는 다시 자기 생각에 빠진 듯이 보였다. 소나무 위 마른 아이는 느긋하게 발을 흔들거렸다.

통령이 지프에서 내렸다. 단순한 카키색 옷과 어울리는 짙은 태닝을 한 키 크고 자세가 바른 남자였다. 샘 브라운 허리띠에는 권총이 꽂혀 있었고, 햇빛을 반사하는 선글라스를 끼고 있었다. 통령의 눈이 극도로 빛에 예민하다는 소문이 있었다. 그는 선글라스 없이는 절대 대중 앞에 나타나지 않았다.

"앉아라, 얘들아. 힌트 13번을 명심해."

통령이 말했다. 힌트 13번은 '언제든 가능할 때 에너지를 아껴 둬라.'였다.

서 있던 아이들이 앉았다. 개러티는 시계를 다시 보았다. 여덟 시 십육 분이었고, 시계가 1분 빠르다고 생각했다. 통령은 늘 제때 나타났다. 그는 잠시 그것을 1분 늦춰놓을까 생각하다가 다음 순간 잊어버렸다.

"나는 연설을 하지 않을 거다." 통령은 눈을 덮은 무표정한 렌즈로 그들을 둘러보며 말했다. "나는 여러분 중 우승자에게 축하를 하고, 패자들의 용기를 인정할 것이다."

통령은 지프차 뒤로 눈을 돌렸다. 팽팽한 침묵이 흘렀다. 개러티는 봄날의 공기를 깊이 들이마셨다. 날은 따뜻할 것이다. 걷기 좋은 날이었다.

통령은 다시 그들을 보았다. 그는 클립보드를 들고 있었다.

"내가 이름을 부르면 앞으로 나와서 번호를 가져가라. 그다음 시작 시간이 될 때까지 도로 자기 자리에 가 있어라. 빨리 해주길 바란다."

"너희들은 이제 군대에 들어왔다. 이 소리로군."

올슨이 웃으며 속삭였지만 개러티는 무시했다. 통령은 존경할 수밖에 없다. '스쿼드'에 끌려가기 전에 개러티의 아버지는 통령이 국가가 만들어낼 수 있는 가장 희귀하고 위험한 괴물이자 사회가 떠받쳐주는 소시오패스라고 부르기를 좋아했다. 그러나 아버지는 통령을 직접 본 적이 한 번도 없었다.

"애런슨."

목이 햇볕에 탄 키 작고 땅딸막한 농장 소년이 어색하게 앞으로 걸어 나왔다. 그는 통령이 와 있다는 사실에 분명 겁을 먹고 있었다. 그는 커다란 플라스틱 1번을 집어 접착테이프로 셔츠에 붙이자 통령은 그의 등을 철썩 때렸다.

"에이브러햄."

청바지와 티셔츠를 입은, 머리가 붉고 키가 큰 소년. 재킷은 학생 스타일로 허리에 묶인 채 무릎께에서 거칠게 펄럭거렸다. 올슨이 킬킬거렸다.

"베이커, 아서."

"나야."

베이커가 말하고 일어서서 일부러 보란 듯이 느긋한 태도로 움직여 개러티를 초조하게 했다. 베이커는 강인할 것이다. 베이커는 오랫동안 버틸 것이다.

베이커가 돌아왔다. 자기 번호 3번을 셔츠 오른쪽 가슴에 눌러 붙였다.

"통령이 너한테 뭐라고 했니?" 개러티가 물었다.

"내 고향 날씨가 더워지기 시작했느냐고 물었어. 응, 그…… 통령이 내게 말을 했어."

베이커가 수줍게 말했다.

"여기서 겪게 될 만큼 뜨겁지는 않을걸."

올슨이 불쑥 농담을 던졌다.

"베이커, 제임스." 통령이 말했다.

그것은 여덟 시 사십 분까지 계속되었고, 별 탈 없이 진행되었다. 아무도 피하지 않았다. 주차장에서, 엔진들에 시동이 걸리고 많은 차들이 나가기 시작했다. 이제 집에 가서 TV에서 '롱 워크'

방송을 볼, 예비 목록에 있던 소년들이었다.

'시작될 거야, 진짜 시작될 거야.' 개러티는 생각했다.

그의 차례가 왔을 때, 통령은 그에게 47번을 주고 "행운을 빈다."라고 말했다. 그는 바로 가까이에서 매우 강렬하고 남성적인 냄새를 맡았다. 개러티는 그 남자의 다리를 만져보고 그가 현실인지 확인하고 싶은, 거의 채울 수 없는 충동을 느꼈다.

피터 맥브라이스는 61번이었다. 행크 올슨은 70번. 그는 나머지 아이들보다 통령과 더 오래 있었다. 통령은 올슨이 한 어떤 말에 웃음을 터뜨리고 그의 등을 툭 쳤다. 올슨은 돌아와서 말했다.

"나는 그에게 돈을 바로 걸 수 있게 두둑히 준비해 두라고 했어. 그러자 그는 내게 한번 잘해 보라고 했어. 자기는 빨리 시작하고 싶어서 몸이 근질거리는 사람을 보는 걸 좋아한다고. '한번 잘해 봐, 얘야.' 그가 그렇게 말했어."

"아주 좋군."

맥브라이스가 그렇게 말하더니 개러티에게 윙크했다. 개러티는 맥브라이스가 무슨 뜻으로 그렇게 말했는지, 왜 저렇게 윙크를 했는지 궁금했다. 올슨을 비웃는 걸까?

소나무 위 마른 소년의 이름은 스테빈스였다. 그는 머리를 숙이고 통령과 전혀 이야기하지 않은 채 번호를 받은 후 자기 나무 그루터기에 가서 앉았다. 개러티는 어쩐지 그 소년에게 자꾸 눈길이 갔다.

100번은 화산 같은 얼굴을 한 붉은 머리였다. 이름은 저크였다. 그가 번호를 받은 후 그들은 모두 앉아서 다음에 무엇이 올 것인지 기다렸다.

그다음 하프트랙에서 나온 세 명의 군인이 똑딱 주머니가 달린 넓은 허리띠를 나눠주었다. 주머니에는 고열량 농축 페이스트 튜브가 가득 차 있었다. 더 많은 군인이 물통을 들고 주위로 다가왔다. 소년들은 허리띠를 차고 물통을 느슨하게 허리띠에 걸었다. 올슨은 영화의 총잡이처럼 엉덩이 위에 허리띠를 낮게 늘어뜨리고, 웨이파 초콜릿 바를 찾아내 먹기 시작했다.

"나쁘진 않네."

올슨이 웃으며 말하고 물병의 물을 꿀꺽꿀꺽 마셔 입을 가셨다. 개러티는 올슨이 허세를 부리고 있는 것뿐인지, 아니면 자기가 모르는 무엇인가를 알고 있는 것인지 궁금했다.

통령은 냉정하게 그들을 둘러보았다. 개러티의 손목시계는 여덟 시 오십육 분이었다. *인제 시간이 이렇게 되었지?* 그의 위가 고통스럽게 요동쳤다.

"좋아, 여러분. 열 명씩 줄을 서라. 특별한 순서는 없다. 서고 싶으면 친구와 같이 서도 된다."

개러티는 일어섰다. 몸에 감각이 없고 비현실적인 느낌이었다. 자기 몸이 다른 사람 것 같았다.

"자 이제 간다. 모두 행운을 빌어."

맥브라이스가 개러티 가까이에서 말했다.

"너도 행운을 빌어." 개러티가 놀라면서 말했다.

"망할, 난 머리 검사 좀 받아야 할 것 같아."

맥브라이스가 말했다.

맥브라이스는 갑자기 창백하고 땀을 흘리는 것 같았고, 아까처럼 몸매가 근사해 보이지 않았다. 그는 미소를 지으려고 했지만 짓지 못했다. 뺨에 있는 흉터가 거칠게 찍은 구두점처럼 두드러져 보였다.

스테빈스가 일어서서 열 명 너비, 열 명 길이의 줄 뒤로 천천히 걸어갔다. 올슨, 베이커, 맥브라이스, 개러티는 세 번째 줄에 있었다. 개러티는 입이 말랐다. 물을 좀 마실까 하다가 그러지 않기로 결정했다. 평생 이렇게 자기 발을 의식해 본 적이 없었다. 그는 자기가 얼어붙어서 출발선에서 탈락하는 것이 아닐까 생각했다. 스테빈스가 일찍 포기할 것인지 궁금했다. 젤리 샌드위치를 갖고 자주색 바지를 입은 스테빈스. 그는 자기가 먼저 쓰러지지 않을까 궁금했다. 기분이 어떨까, 만약…….

개러티의 손목시계는 여덟 시 오십구 분이었다.

통령은 스테인리스 스틸 회중시계를 열심히 보고 있었다. 천천히 손가락을 들어 올렸고, 모든 것이 그 손과 함께 멈추어 서 있는 것 같았다. 백 명의 소년들은 그 손을 조심스럽게 바라보았고, 침묵은 무시무시하고 엄청났다. 침묵밖에 없었다.

개러티의 시계가 아홉 시를 가리켰다, 그러나 동작 태세를 갖춘 통령의 손은 움직이지 않았다.

어서 해! 왜 하지 않는 거야?

개러티는 비명을 지르고 싶었다.

다음 순간 자기 시계가 1분 빠르다는 것을 기억해 냈다. 통령 시계에 맞춰둘 수 있었는데 잊어버리고 하지 않았을 뿐이다.

통령이 손가락이 떨어졌다.

"모두에게 행운을." 그가 말했다.

통령의 얼굴은 무표정했고 햇빛을 반사하는 선글라스는 그의 눈을 감추었다. 소년들은 서로 떠밀지 않고 미끄러지듯 걷기 시작했다.

개러티는 그들과 함께 걸었다. 그는 얼어붙지 않았다. 아무도 얼어붙지 않았다. 맥브라이스를 왼쪽에, 올슨을 오른쪽에 둔 그의 발은 행진 속보로 표석 너머로 나아갔다. 발소리가 매우 컸다.

이제 시작이다, 시작이다, 시작이야.

갑자기 멈추고 싶은 비정상적인 충동이 엄습했다. 그냥 그들이 진심인지 보기 위해서. 그는 분연히, 그리고 약간 공포에 질려서 그런 생각을 쫓아버렸다.

그들은 그늘에서 나와 햇빛 있는 쪽으로 들어섰다. 따뜻한 봄 햇살이었다. 기분 좋은 느낌이었다. 개러티는 긴장을 풀고, 손을 주머니에 넣고, 맥브라이스와 보조를 맞췄다. 소년들이 각각 자기에게 맞는 보폭과 속도를 찾으면서 그룹은 흩어지기 시작했다. 하프트랙이 비포장 갓길을 따라 철커덕거리면서 흙을 약간 튀겼다. 작은 레이더 접시는 바쁘게 돌면서 복잡한 탑재 컴퓨터로 보행자 각각의 속도를 모니터했다. 최저 제한 속도는 정확히 시속 6.5킬로미터였다.

"경고! 88번 경고!"

개러티는 깜짝 놀라 주위를 둘러보았다. 스테빈스였다. 스테빈스가 88번이었다. 갑자기 그는 스테빈스가 아직 출발점이 보이는 바로 이곳에서 티켓을 받을 거라고 확신했다.

"영리하네." 올슨이었다.

"뭐라고?"

개러티는 말을 하기 위해 의식적으로 노력해서 혀를 움직여야 했다.

"저 녀석은 아직 쌩쌩할 때 경고를 받고 한계가 어딘지 알았어. 그리고 쉽게 만회할 수 있어. 한 시간 동안 새로 경고를 받지 않고 걸으면 그 전에 받은 경고 하나를 지울 수 있어. 너도 알겠지만."

"물론 알지."

개러티가 말했다. 규정집에 있었다. 그들은 세 번 경고했다. 네 번째로 시속 6.5킬로미터 이하로 뒤처지면…… 음, '워크'에서 빠지게 된다. 그러나 만약 세 번의 경고를 받고 세 시간 동안 걸을 수 있으면 모든 경고가 사라진다.

"그래서 이제 그는 한계를 아는 거야. 그리고 열 시 이 분에 그의 기록은 다시 깨끗해지는 거지."

올슨이 말했다.

개러티는 날쌔게 걷고 있었다. 기분은 괜찮았다. 그들이 언덕 꼭대기에 올라갔다가 소나무가 많은 긴 골짜기로 내려가기 시작하면서 출발점이 시야에서 사라졌다. 여기저기에 땅을 방금 갈아 엎은 사각형의 들판이 있었다.

"감자라더라." 맥브라이스가 말했다.

"세계 최고지." 개러티는 자동적으로 대답했다.

"너 메인 주 출신이야?" 베이커가 물었다.

"응, 메인 주 남부."

개러티는 앞을 쳐다보았다. 몇 명의 소년이 시속 10킬로미터쯤 되는 속도로 주 그룹에서 떨어져 나왔다. 그중 두 명은 등에 독수리 같은 문양이 있는 똑같은 가죽 재킷을 입고 있었다. 속도를 내고 싶은 유혹이 있었으나, 개러티는 서두르지 않기로 했다. '힌트

13번 언제든 가능할 때 에너지를 아껴둬라.'

"길이 너희 동네 가까이 지나가니?" 맥브라이스가 물었다.

"아니, 길에서 벗어나 11킬로미터쯤 한 방향으로 가야 해. 우리 엄마와 여자친구가 날 보러 나올 거야." 개러티는 잠시 침묵했다가 조심스럽게 덧붙였다. "물론 내가 그때까지 걷고 있다면."

"젠장, 주 남부에 닿을 때까지 스물다섯 명이나 없어지지는 않겠지."

올슨이 말했다. 그 말에 침묵이 내려앉았다. 개러티는 그렇지 않다는 것을 알고 있었고, 올슨도 그럴 거라고 생각했다.

다른 두 소년이 경고를 받았고, 올슨의 말에도 불구하고 개러티의 심장은 그때마다 떨렸다. 개러티는 다시 스테빈스를 살펴보았다. 그는 여전히 뒤쪽에 있었고, 젤리 샌드위치를 또 하나 먹고 있었다. 해진 녹색 스웨터 주머니에는 세 번째 샌드위치가 튀어나와 있었다. 개러티는 그의 어머니가 그것들을 만들어주었을까 궁금해하다가 자기 어머니가 준 쿠키가 생각났다. 마치 악령을 쫓아 버릴 부적이라도 되는 것처럼 쥐여준 쿠키가.

"왜 사람들이 '롱 워크'의 시작을 보지 못하게 할까?"

개러티가 물었다.

"워커'들의 집중을 망치니까." 누가 날카로운 목소리로 대답했다.

개러티는 고개를 돌렸다. 재킷 옷깃에 5번 번호를 눌러 붙인, 키 작고 가무잡잡한, 진지한 표정의 소년이었다. 개러티는 그의 이름을 기억해 낼 수 없었다.

"집중이라고?"

"그래." 그 소년은 개러티 옆으로 움직였다. "통령은 '롱 워크'의 시작 때 침착하도록 집중하는 게 매우 중요하다고 말했어."

그는 생각에 잠긴 듯이 엄지손가락으로 꽤 날카로운 코끝을 눌렀다. 그곳에는 밝은 빨간색 뾰루지가 있었다.

"나도 동의해. 흥분, 관중, TV는 나중에. 지금 당장 우리가 해야 할 일은 집중하는 것뿐이야."

그는 반쯤 감은 듯한 짙은 갈색 눈으로 개러티를 빤히 본 다음 다시 말했다.

"집중."

"난 속도를 올렸다 내렸다 하는 것에만 집중해."

올슨이 말했다. 그 말에 5번은 모욕을 당한 것같이 보였다.

"네 걸음걸이에 맞춰야 해. 자신에게 집중해야 해. 계획을 세워야 한다고. 하여간, 나는 개리 바코비치야. 우리 집은 워싱턴 D.C.고."

"난 존 카터(SF 소설 『존 카터』의 주인공 — 옮긴이)야. 우리 집은 화성의 바숨이고."

올슨의 말에 바코비치는 경멸로 입술을 말아 올리더니 뒤로 처졌다.

"어디에나 또라이들은 있다니까." 올슨이 말했다.

그러나 개러티는 바코비치의 생각이 매우 명석하다고 생각했다. 최소한 5분쯤 후에 경비병 한 명이 "경고! 5번 경고!" 하고 외칠 때까지는.

"신발에 돌이 들어갔어요."

바코비치가 화를 내며 말했다.

군인은 대답하지 않고 하프트랙에서 뛰어내려 바코비치 맞은편 길가에 섰다. 손안에 통령의 시계와 같은 스테인리스 스틸 회중시계를 들고 있었다. 바코비치는 완전히 멈추어 서서 신발을 벗더니 신발에서 작은 돌멩이를 꺼냈다. 가무잡잡하고 진지한 얼굴이 누리끼리한 황갈색으로 변하며 땀으로 번뜩였다. 그 군인이 "5번, 두 번째 경고다." 하고 외쳤을 때도 바코비치는 전혀 개의치 않았다. 대신 양말 발바닥에 잡힌 주름을 조심스럽게 폈다.

"어이고." 올슨이 말했다.

그들은 모두 뒤로 돌아서서 걷고 있었다.

스테빈스는 여전히 맨 뒤에서 바코비치를 보지 않고 그를 지나쳐 걸었다. 이제 바코비치는 흰 선 약간 오른쪽에 완전히 혼자 남아 신발 끈을 다시 묶고 있었다.

"세 번째 경고다, 5번. 마지막 경고다."

개러티의 배 속에 끈적끈적한 점액 공 같은 뭔가가 느껴졌다. 그는 보고 싶지 않았지만 눈길을 돌릴 수가 없었다. 뒤로 걷는 것은 '가능한 한 언제라도 에너지를 아끼는' 일은 아니었지만, 어쩔 수가 없었다. 바코비치의 남은 초가 하나씩 타들어가는 것을 느낄 수 있을 것만 같았다.

"아, 저런. 저 멍청이, 저 녀석 티켓을 끊을 거야."

올슨이 말했다.

그러나 그때 바코비치가 일어섰다. 멈춰서 바지 무릎에 묻은 길바닥 흙을 털어냈다. 그다음 갑자기 빠른 속도로 걸어서 그룹을 따라잡고, 다시 안정된 걸음걸이로 걸었다. 여전히 자기를 보지 않는 스테빈스를 지나치고 올슨을 따라잡았다.

바코비치는 갈색 눈을 반짝이며 웃었다.

"봤지? 난 쉬었을 뿐이야. 다 내 계획에 있던 거야."

"넌 그렇게 생각할지 모르지." 올슨이 말했다, 그의 목소리는 보통 때보다 높았다. "내가 보기엔 넌 세 번 경고를 받은 것뿐이야. 그 형편없는 1분 반 때문에 너는 젠장할…… 세 시간이나…… 걸어야 해. 그리고 대체 왜 쉬어야 하는데? 우리는 방금 출발했다고, 빌어먹을!"

바코비치는 모욕감을 느꼈는지 이글거리는 눈으로 올슨을 노려보았다.

"누가 먼저 티켓을 끊나 보자고, 너인지 나인지. 이건 다 내 계획에 들어 있었어."

"네 계획과 내 똥구멍에서 나오는 물건은 수상할 정도로 서로 닮았구나."

올슨이 말하자 베이커가 낄낄 웃었다.

바코비치는 코웃음을 치며 큰 걸음으로 그들을 지나쳤다.

올슨은 마지막으로 한마디 쏘아붙이고 싶은 충동을 참지 못했다.

"발을 헛디디지만 마, 친구. 그들은 네게 다시 경고하지 않을 거야. 그들은 그냥……."

바코비치는 뒤도 안 돌아보았고 올슨은 넌더리를 내며 포기했다.

개러티의 시계로 아홉 시 십삼 분에(그는 1분을 다시 뒤로 맞춰 놓는 수고를 했다.), 그들이 막 내려가기 시작한 언덕 위로 통령의 지프가 올라왔다. 그는 보조를 맞추어 가는 하프트랙 맞은편의 갓길로 그들을 지나치며, 배터리로 작동하는 확성기를 입술로 들어 올렸다.

"소년 여러분, 여러분이 여행의 첫 1마일(1.6킬로미터)을 걸어온 것을 알리게 되어 기쁘다. 또, '워커'들 전원이 탈락 없이 갔던 가장 먼 거리는 12.5킬로미터였다는 것을 알려주고 싶다. 나는 여러분이 그보다 더 잘하기를 바란다."

지프차는 갑자기 앞으로 속도를 냈다. 올슨은 어리둥절한, 심지어 겁에 질린 경이감을 느끼며 이 소식을 숙고하고 있는 것 같았다. *13킬로미터도 안 되는군.* 개러티는 생각했다. 그가 추측한 거리에 한참 못 미쳤다. 적어도 늦은 오후까지는 아무도 — 심지어 스테빈스도 — 티켓을 끊을 것 같지 않았다. 그는 바코비치를 생각했다. 바코비치는 이다음 한 시간 안에 제한 속도 아래로 떨어지기만 하면 티켓을 끊는다.

"레이?" 아트 베이커였다. 코트를 벗어 한 팔에 걸치고 있었다. "롱 워크에 나온 무슨 특별한 이유라도 있었니?"

개러티는 물통의 클립을 열고 재빨리 한 모금 들이마셨다. 서늘하고 좋았다. 촉촉이 젖은 윗입술을 핥았다. 좋았다. 모든 것을 그렇게 느낀다는 것은 좋았다.

"사실 잘 모르겠어." 개러티는 진심으로 말했다.

"나도 그래." 베이커가 잠시 생각했다. "너 경주나 뭔가에 뽑혀서 나가본 적 있어? 학교에서?"

"아니."

"나도 그래. 하지만 그건 문제가 되지 않을 것 같아, 그렇지? 지금은 아냐."

"그래, 지금은 아니야."

대화가 잠잠해졌다. 그들은 시골 가게와 주유소가 하나씩 있는 작은 마을을 지나갔다. 남자 노인 두 명이 주유소 밖 접이식 잔디밭 의자에 앉아 노인 특유의 반쯤 감은 파충류 같은 눈으로 그들이 지나가는 것을 지켜보고 있었다. 시골 가게 계단 위에서 어느 젊은 여자가 어린 아들에게 그들을 보여주려고 아이를 들어 올렸다. 개러티가 보기에는 더 나이 든, 열두 살쯤 되어 보이는 아이들 두어 명은 그들이 시야에서 벗어나는 것을 아쉬운 듯이 지켜보았다.

몇몇 소년들은 자기들이 얼마나 왔는지 생각하기 시작했다. 선봉에 있는 대여섯 명의 소년들을 따라잡기 위해 두 번째 보조 하프트랙이 파견되었다는 소문이 뒤쪽으로 퍼졌다……. 그 소년들은 이제 시야에서 완전히 사라졌다. 어떤 소년은 그들이 한 시간에 11킬로미터를 걷고 있다고 했다. 또 어떤 소년은 16킬로미터라고 했다. 어떤 소년은 앞에 있는 사람 하나가 지쳐서 두 번 경고를 받았다고 권위 있게 말했다. 개러티는 그것이 사실이라면 왜 그들이 그를 따라잡지 못하고 있는지 궁금했다.

올슨은 출발점에서 먹기 시작했던 와이파 초콜릿 바를 다 먹고 물을 마셨다. 다른 몇 명도 먹고 있었으나, 개러티는 정말 배고파질 때까지 기다리기로 결심했다. 그는 농축 식량이 아주 좋다는 이야기를 들었다. 우주 비행사들이 우주에 갈 때 그것을 가져갔다.

열 시 약간 지나서, 그들은 '라임스톤 16킬로미터'라는 표지판을 지나갔다. 개러티는 아버지가 구경하러 가도 된다고 허락했던 단 한 번의 '롱 워크' 생각을 했다. 그들은 프리포트(일리노이 주 스티븐슨 카운티의 도시 — 옮긴이)에 가서 '워커'들이 걸어가는 것을 지켜보았다. 어머니도 함께 있었다. 워커들의 눈은 지치고 퀭했고, 사람들이 자기가 가장 좋아하는 워커와 자기가 돈을 건 워커들에게 환호하면서 보내는 박수갈채와 그들이 흔드는 표지판과 끊임없는 만세 소리를 거의 의식하지 못했다. 나중에 아버지는 그에게, 사람들이 뱅고어(미국 메인 주 페놉스콧 카운티의 도시 — 옮긴이)부터 길에 줄을 서 있었다고 말했다. 내륙 지방에서는 그렇게 열기가 뜨겁지 않았고, 도로도 엄격히 통제되었다. 아마 바코 비치의 말처럼 그들이 침착하게 집중할 수 있으라고 그랬을 것이다. 그러나 시간이 지나면서 당연히 더 나아졌다.

그해 워커들이 프리포트를 지나갈 때 그들은 길 위에 72시간 넘도록 걷고 있었다. 개러티는 열 살이었고 모든 것에 압도당했다. 통령은 그 소년들이 아직 시에서 8킬로미터 밖에 있을 때 괸중에게 연설을 했다. 그는 '경쟁'으로 연설을 시작해서 '애국심'으로 나아가, '국민 총생산(Gross National Product)'이라는 것으로 끝맺었다. 개러티는 그 말에 웃었다. 그에게 역겹다(Gross)는 것은 코딱지처럼 더러운 것이라는 뜻이었기 때문이다. 그는 핫도그를 여섯 개 먹었고 마침내 워커들이 오는 모습을 보았을 때에는 바지에 오줌을 싼 상태였다.

한 워커가 비명을 지르고 있었다. 그것이 개러티의 가장 생생한 기억이었다. 그 소년은 발을 디딜 때마다 비명을 질렀다. "난 못 해. 난 못 해. 난 못 해. 난 못 해." 그러나 그는 계속 걸어갔다. 모두들 계속 걸어갔다. 그리고 금방 마지막 소년이 국도 1호선에 있는 엘엘빈 사냥용 부츠 가게를 지나 시야에서 사라졌다. 아무도 티켓을 끊는 것을 보지 못해서 개러티는 약간 실망했다. 다른

'롱 워크'에는 한 번도 가본 적이 없었다. 그날 밤 개러티는 아버지가 누군가에게 전화해서, 술 취했거나 정치 이야기를 할 때 그러듯이 잠긴 목소리로 소리치는 것을 들었다. 그리고 어머니가 뒤에서 공모하는 듯이 속삭이는 소리로, 누군가가 공용 전화를 집어 들기 전에 제발 그만하라고 간청하고 있었다.

개러티는 물을 좀 더 마셨고 바코비치는 어떻게 되었나 궁금해졌다.

그들은 이제 집이 더 많이 모여 있는 곳을 지나고 있었다. 가족들이 집 앞마당 잔디밭에 앉아서, 미소 짓고, 손을 흔들고, 코카콜라를 마시고 있었다.

"개러티. 세상에, 세상에, 사람들이 너 응원한다."

맥브라이스가 말했다.

흰 블라우스와 무릎까지 오는 붉은 체크무늬 반바지를 입은 열여섯 살 정도의 예쁜 소녀가 커다란 매직 마커 표지판을 들고 있었다.

'개러티 47번 우리는 널 사랑해 메인의 아들 레이.'

개러티는 가슴이 부풀어 오르는 것을 느꼈다. 갑자기 자기가 이길 거라고 확신했다. 이름 모르는 소녀가 그것을 증명하고 있지 않은가.

올슨은 축축한 휘파람을 불더니, 뻣뻣한 검지를 느슨하게 쥔 주먹 속으로 넣었다 뺐다하기 시작했다. 개러티는 그것이 아주 못되고 역겨운 짓이라고 생각했다.

힌트 13번은 지옥에나 가라지. 개러티는 길가로 달려갔다. 소녀는 그의 번호를 보고 깍깍거렸다. 그녀는 그에게 몸을 던지며 진하게 키스했다. 개러티는 땀에 젖은 채 갑자기 발기했다. 그는 열렬히 마주 키스했다. 소녀는 조심스럽게 그의 입속에 자기 혀를 두 번 찔러 넣었다. 자기가 무슨 일을 하고 있는지도 모른 채, 그는 동그란 엉덩이에 한 손을 올리고 부드럽게 쥐었다.

"경고! 47번 경고!"

개러티는 뒤로 물러서서 웃었다.

"고마워."

"어…… 어…… 어, 그럼!"

그녀의 눈은 꿈을 꾸는 듯했다.

뭔가 다른 할 말을 생각해 내려고 했지만, 군인이 두 번째 경고를 하려고 입을 벌리고 있는 것이 보였다. 그는 빠른 걸음으로 제자리로 돌아가며 약간 헐떡거리고 웃었다. 그러나 힌트 13번 때문에 약간 죄책감도 느꼈다.

올슨도 웃고 있었다.

"그런 일을 위해서라면 나는 경고 세 번도 받았을 거야."

개러티는 대답하지 않았지만, 몸을 돌려 뒤로 걸으면서 그 소녀에게 손을 흔들었다. 그녀가 시야에서 사라지자 그는 몸을 다시 돌려 단호히 걷기 시작했다. 한 시간 후면 그가 받은 경고는 사라질 것이다. 또 경고를 받지 않기 위해 조심해야 했다. 그러나 기분은 좋았다. 그는 컨디션이 좋다고 느꼈다. 플로리다까지도 걸어갈 수 있을 것 같았다. 더 빠르게 걷기 시작했다.

"레이. 왜 서둘러?"

맥브라이스가 여전히 미소 짓고 있었다.

그래, 맞는 말이었다. '힌트 6번, 느리고 편하게 가야 해낸다.'

"고마워."

맥브라이스는 계속 미소 지었다.

"나한테 너무 고마워하지 마. 나도 이기려고 하고 있어."

개러티는 당황해서 그를 빤히 바라보았다.

"내 말은, 이걸 『삼총사』같이 생각하지 말자는 거야. 난 널 좋
아하고, 넌 확실히 예쁜 여자애들에게 인기도 있어. 하지만 네가
넘어지면 내가 널 일으켜 세우지는 않을 거야."

"그래."

개러티는 마주 미소 지었지만, 그 미소는 어색하게 느껴졌다.

"하지만 우리는 모두 이 안에 함께 있으니 서로 재미있게 해주
는 게 좋지."

베이커가 부드럽게 느릿느릿 말했다.

맥브라이스가 미소 지었다.

"그거 좋지."

그들은 오르막 비탈로 들어서서 걷기 위해 말을 아꼈다. 반쯤
올라갔을 때 개러티는 재킷을 벗어 어깨에 걸쳤다. 몇 초 후 그들
은 길에 놓여 있는 누군가가 버린 스웨터를 지나쳤다.

'누군가는 밤에 이 옷이 있었으면 하고 바라게 될걸.'

개러티는 생각했다. 앞쪽에서, 선두에 있던 두어 명의 워커가
뒤처지고 있었다.

개러티는 그들을 따라잡아 제치는 데만 집중했다. 여전히 상태
가 좋았다. 강하다고 느꼈다.

2장

"난 하크니스, 49번이야. 넌 개러티지. 47번. 맞지?"

개러티는 안경을 쓰고 크루 컷(선원처럼 짧게 친 머리 — 옮긴이)을 한 하크니스를 보았다. 상기된 얼굴에서 땀이 흐르고 있었다.

"맞아."

하크니스는 갖고 있던 공책에 개러티의 이름과 번호를 썼다. 걸어가면서 위아래로 흔들렸기 때문에 글씨는 이상하고 덜컥거렸다. 하크니스는 콜리 파커라는 아이와 부딪쳤고 파커는 하크니스에게 앞을 잘 보고 가라고 했다. 개러티는 웃음이 나오려는 걸 참았다.

"난 모든 사람의 이름과 번호를 적고 있어."

개러티가 쳐다보자 하크니스가 말했다. 아침나절의 햇빛이 그의 안경 렌즈 위에서 반짝였기 때문에 개러티는 그의 얼굴을 보기 위해 눈을 가늘게 떠야 했다. 열 시 삼십 분이었고, 그들은 라임스톤에서 13킬로미터 떨어진 곳에 있었고, 3킬로미터만 더 가면 '롱 워크' 그룹 전원이 한 명도 탈락하지 않고 간 가장 먼 거리의 기록을 깰 수 있었다.

"왜 내가 모든 사람의 이름과 번호를 적는지 궁금하지?"

하크니스가 말했다.

"너 스쿼드 끄나풀이지."

올슨이 어깨 너머에서 불쑥 끼어들었다.

"아니야. 난 책을 쓸 거야. 이게 다 끝나면 책을 쓸 거야."

하크니스는 쾌활하게 말했다. 개러티가 웃었다.

"네가 이기면 책을 쓰겠다는 얘기겠지."

하크니스는 어깨를 으쓱했다.

"그래, 그런 것 같아. 하지만 생각해 봐. 내부자의 시점으로 본 '롱 워크'에 대한 책을 쓰면 난 부자가 될 거야."

맥브라이스가 웃음을 터뜨렸다.

"네가 이기면 부자가 되기 위해 책을 쓸 필요가 없을걸, 안 그래?"

하크니스는 얼굴을 찌푸렸다.

"응⋯⋯ 그렇겠지. 그래도 그건 대단히 흥미로운 책이 된 것 같아."

그들은 계속 걸었고, 하크니스는 계속 이름과 번호를 적었다. 대부분 이름과 번호를 기꺼이 가르쳐주면서, 위대한 책을 쓰라고 그를 놀렸다.

이제 그들은 10킬로미터 왔다. 기록을 깰 것으로 보인다는 말이 뒤로 돌았다. 개러티는 대체 왜 그들이 그 기록을 깨고 싶은 건지 잠깐 생각해 보았다. 경쟁자가 더 빨리 탈락할수록, 남아 있는 사람들의 가능성이 더 커지는데. 그는 그것이 자존심의 문제라고 생각했다. 오후에는 뇌우가 온다는 일기 예보를 들었다는 소문도 뒤로 돌았다. 누가 트랜지스터 라디오를 갖고 있었나 보지. 개러티는 생각했다. 사실이라면 나쁜 소식이었다. 5월 초의 뇌우는 별로 따뜻하지 않았다.

그들은 계속 걸었다.

맥브라이스는 머리를 치켜들고 팔을 살짝 흔들며 단호하게 걸었다. 갓길로 가보려고 했지만 그곳의 푸석푸석한 흙 때문에 포기했다. 그는 경고를 받지 않았고, 배낭에 쓸려 곤란을 겪고 있는지는 모르지만 전혀 티를 내지 않았다. 그의 눈은 언제나 지평선을 살피고 있었다. 사람들이 몰려서서 작은 무리를 이룬 곳을 지나갈 때는 손을 흔들고 얇은 입술로 미소를 지었다. 맥브라이스는 지친 티를 내지 않았다.

베이커는 느긋이 따라 걸었다. 보고 있지 않을 때 길을 가는 것 같은, 무릎을 구부리고 발을 끄는 듯한 움직임이었다. 그는 손으로 가리키는 사람들에게 미소를 지으며 느긋하게 코트를 흔들었고, 때때로 이런저런 노래의 단편을 낮게 휘파람으로 불었다. 개러티가 보기에 그는 영원히 갈 수 있을 것 같았다.

올슨은 더 이상 말을 그렇게 많이 하지 않았다. 몇 초마다 한쪽 무릎이 확 꺾였고, 그때마다 관절에서 틱 소리가 나는 것이 개러티 귀에도 들렸다.

'올슨은 약간 뻣뻣해졌고, 거의 10킬로미터 걸은 티를 내기 시

작하고 있어.'

개러티는 생각했다. 개러티는 그의 물통 중 하나가 거의 다 빈 것이 틀림없다고 생각했다. 올슨은 오래지 않아 오줌을 누어야 할 것이다.

바코비치는 때로 선봉의 워커들을 따라잡으려는 듯이 주 그룹 앞에 나섰다가, 또 때로는 뒤로 처져서 스테빈스 쪽으로 몸을 질질 끌며서 들쭉날쭉한 페이스로 걸었다. 그는 세 번 경고 중 한 번을 회복했다가 5분 후에 다시 경고를 받았다. 개러티는 그가 무(無)의 언저리에 있는 것을 좋아하는 게 틀림없다고 생각했다.

스테빈스는 그저 혼자서 계속 걸어가고 있었다. 개러티는 그가 누구에게고 이야기하는 것을 본 적이 없었다. 스테빈스가 외떨어진 건지 지친 건지 궁금했다. 여전히 스테빈스가 일찍 — 아마 처음으로 — 쓰러질 거라고 생각했지만, 왜 그렇게 생각하는지는 몰랐다. 스테빈스는 낡은 녹색 스웨터를 벗었고, 손에 마지막 젤리 샌드위치를 들고 움직였다. 그는 아무도 보지 않았다. 그의 얼굴은 가면 같았다.

그들은 계속 걸었다.

길이 다른 길과 교차했고, 워커들이 지나가는 동안 경찰들이 차량 통행을 막고 있었다. 그들은 워커 한 명 한 명에게 경례를 했고, 면책 특권을 누리기 때문에 안전한 소년들 중 한두 명은 코에 엄지를 갖다 대고 놀리는 동작을 했다. 개러티는 그것이 좋은 일이라고 생각하지 않았다. 그는 미소를 짓고 경찰에게 감사를 표하기 위해 고개를 끄덕인 후, 그 경찰이 너희들 모두 미쳤다고 생각하는 게 아닐까 궁금했다.

차가 경적을 울렸고, 어떤 여자가 자기 아들에게 소리를 질렀다. 그녀는 길 옆에 주차를 했다. 보아하니 아들이 아직 워크를 따라가고 있는지 확인하려고 기다리는 것 같았다.

"퍼시! 퍼시!"

31번이었다. 퍼시는 얼굴이 붉어졌고 약간 손을 흔들더니, 머리를 살짝 숙인 채 서둘러서 계속 갔다. 여자는 길로 달려 나오려고 했다. 하프트랙 맨 위 갑판의 경비병들이 순간 긴장했지만, 경찰 하나가 그녀의 팔을 잡고 부드럽게 제지했다. 이윽고 길이 꺾어지고 교차로가 시야에서 사라졌다.

그들은 나무로 된 다리를 건너갔다. 다리 아래에서 작은 개울이 쏴 하고 흘러갔다. 개러티는 철책 가까이에서 걷다가, 잠시 자기 얼굴의 일그러진 이미지를 볼 수 있었다.

그들은 '라임스톤까지 11킬로미터'라는 표지판을 지나갔고 그다음 '라임스톤은 롱 워커들을 자랑스럽게 환영합니다.'라고 씌어 있는 물결치는 현수막 아래를 지나갔다. 개러티는 그들이 기록을 깨기까지 1.5킬로미터도 남지 않았을 것이라고 추측했다.

그때 소문이 뒤로 퍼졌고, 이번에는 7번 컬리라는 소년에 대한 소문이었다. 컬리는 쥐가 나서 이미 첫 번째 경고를 받았다. 개러티는 속도를 내어 맥브라이스와 올슨과 보조를 맞추었다.

"그 애는 어디 있어?"

올슨은 엄지손가락을 휙 움직여 청바지를 입은 여위고 키 큰 소년을 가리켰다. 컬리는 구레나룻을 기르려고 했지만 잘되지 않은 듯했다. 그의 마르고 진지한 얼굴은 이제 엄청난 집중으로 주름을 그리며 굳었고, 그는 자기 오른쪽 다리를 노려보며 조심스

레 디디고 있었다. 컨디션이 나빠지고 있었고 얼굴에도 그런 티가
났다.

"경고! 7번 경고!"

컬리는 억지로 더 빠르게 가기 시작했다. 약간 헐떡거리고 있었다.
'노력만큼이나 공포의 힘으로 가고 있어.' 개러티는 생각했다.

개러티는 시간 감각을 잃어버렸다. 컬리 외의 모든 것을 잊었
다. 그는 컬리가 애쓰는 모습을 지켜보며, 이것이 지금으로부터
한 시간 아니면 하루 후 자신의 분투가 될지도 모른다는 것을 멍
하니 깨달았다.

그것은 지금까지 본 것 중 가장 눈길을 사로잡는 광경이었다.

컬리는 천천히 뒤로 처졌고, 다른 사람들 몇 명이 경고를 받은
다음에야 그룹 전체가 그를 의식한 나머지 그의 속도에 맞추고
있다는 것을 깨달았다. 그것은 컬리가 매우 아슬아슬하다는 뜻이
었다.

"경고! 7번 경고! 세 번째 경고, 7번!"

"쥐가 났어! 쥐가 났다면 공정하지 않잖아!"

컬리가 목쉰 소리로 외쳤다.

컬리는 이제 거의 개러티 옆에 있었다. 개러티는 컬리의 울대
뼈가 위아래로 오르락내리락하는 것을 볼 수 있었다. 컬리는 미
친 듯이 다리를 마사지하고 있었고, 개러티는 공황의 감정이 컬리
에게서 물결쳐 나오는 것을 냄새 맡을 수 있었다. 익어서 갓 자른
레몬 냄새 같았다.

개러티는 그를 앞서기 시작했고, 다음 순간 컬리가 외쳤다.

"하느님 고맙습니다! 쥐가 풀리고 있어!"

그 누구도 말하지 않았다. 개러티는 인정하기 싫었지만 실망을 느꼈다. 비열하고 정정당당하지는 못할 테지만, 그는 자기가 티켓을 끊기 전에 누군가가 티켓을 끊는 것을 확인하고 싶었다. 누가 제일 먼저 퇴장하고 싶겠는가?

개러티의 시계는 이제 열한 시 오 분이었다. 최저 제한 속도로만 걸었어도 두 시간이면 기록은 깨졌을 것이다. 그들은 곧 라임스톤에 들어갈 것이다. 그는 올슨이 먼저 한쪽 무릎을, 그다음 다른 무릎을 푸는 것을 지켜보았다. 호기심에 차서 그도 직접 해보았다. 무릎 관절에서 삐걱 소리가 났다. 개러티는 자신의 무릎이 얼마나 뻣뻣해졌는지 깨닫고 놀랐다. 그래도 아직 발은 아프지 않았다. 그것만으로도 대단했다.

그들은 작은 흙길 어귀에 주차된 우유 트럭 한 대를 지나쳤다. 후드 위에 우유 배달원이 앉아 있었다. 그는 사람 좋게 손을 흔들었다.

"서둘러라, 얘들아!"

개러티는 갑자기 화가 나 소리치고 싶었다.

'그러는 당신은 왜 그 뚱뚱한 엉덩이를 일으켜서 우리와 함께 서두르지 않는 건데?'

그러나 우유 배달원은 18세가 넘어 보였다. 사실 30세는 족히 넘어 보였다. 롱 워크에 참가하기엔 너무 나이가 들었다.

"좋아, 모두들, 잠깐 쉬자."

올슨이 불쑥 말하고 조금 웃었다.

우유 트럭은 시야에서 사라졌다. 이제 더 많은 길들, 더 많은 경찰들과 경적을 울리고 손을 흔드는 사람들이 보였다. 어떤 사람은 색종이를 던졌다. 개러티는 자기가 중요한 사람이 된 것처럼 느끼기 시작했다. 그는 결국 '메인의 아들' 레이였다.

갑자기 콜리가 비명을 질렀다. 개러티는 어깨 너머로 뒤를 돌아보았다. 콜리는 몸을 굽히고 다리를 잡은 채 비명을 지르고 있었다. 어떻게 하는 건지는 몰라도, 믿을 수 없게도 그는 여전히 걷고 있었다. 그러나 매우 느리게, 너무 느리게 걷고 있었다.

그다음, 마치 콜리가 걷는 방식에 맞추려는 듯이 모든 것이 느려졌다. 천천히 움직이는 하프트랙 뒤의 군인들이 총을 들어 올렸다. 군중은 마치 이런 식인 줄 몰랐다는 듯이 숨을 헐떡였고, 워커들도 몰랐다는 듯이 헐떡였다. 개러티도 그들과 함께 숨을 헐떡였지만, 물론 그는 알고 있었다. 그들은 모두 알고 있었다. 매우 간단한 일이었다. 콜리는 티켓을 끊게 될 것이다.

안전장치들이 딸깍거리며 해제되었다. 소년들은 메추라기들처럼 종종걸음으로 콜리 주위에서 도망쳤다. 콜리는 갑자기 햇볕이 내리쬐는 길 위에 혼자 있었다.

"이건 공정하지 않아! 절대 공정하지 않아!"

콜리는 쇳소리를 질렀다.

소년들은 잎이 무성한 그늘진 작은 공터에 접어들었다. 어떤 소년들은 뒤를 돌아보았고, 어떤 소년들은 그 모습을 보기가 두려워 똑바로 앞을 보았다. 개러티는 보고 있었다. 보아야 했다. 여기저기 흩어져 손을 흔들던 구경꾼들도 누군가가 스위치를 다 꺼버린 듯이 조용해졌다.

"이건 공정……."

네 정의 카빈총이 발사되었다. 소리가 매우 컸다. 그 총성은 볼

링공처럼 날아가 언덕을 때리고 반사되었다.

컬리의 여위고 여드름 난 머리는 망치로 박살 낸 듯 피와 뇌와 날아가는 두개골 조각 속에서 사라졌다. 나머지 부분은 우편물 주머니처럼 흰 선 위에 앞으로 고꾸라졌다.

'이제 99명이야.'

개러티는 역겨워하며 생각했다. 99개의 맥주병이 벽 위에 있고 만약 그중 한 병이 어쩌다 떨어지면…… 오 하느님…… 오 하느님…….

스테빈스는 시체 위를 넘어 걸었다. 그의 발이 피에 약간 미끄러졌고, 그 발로 디딘 다음 걸음은 《형사》 잡지 사진처럼 피 묻은 발자국을 남겼다. 스테빈스는 컬리의 남은 부분을 내려다보지 않았다. 얼굴 표정도 바뀌지 않았다.

'스테빈스, 이 개자식, 네가 처음 티켓을 끊기로 되어 있었다고, 몰랐어?'

개러티는 그렇게 생각하곤 눈길을 돌렸다. 속이 뒤집히는 것이 싫었다. 토하기 싫었다.

폭스바겐 버스 옆의 한 여자가 손에 얼굴을 묻었다. 그녀는 목구멍에서 이상한 소리를 냈고, 개러티는 그녀의 드레스 자락 위로 팬티까지 보인다는 것을 깨달았다. 파란색 팬티. 알 수 없는 일이지만 개러티는 다시 발기한 것을 깨달았다. 대머리의 뚱뚱한 남자가 컬리를 바라보면서 미친 듯이 귀 옆의 사마귀를 비비고 있었다. 그는 커다랗고 두툼한 입술에 침을 묻혀가며, 사마귀를 문질러가며 계속 보고 있었다. 개러티가 지나칠 때도 그는 여전히 보고 있었다.

그들은 계속 걸었다. 개러티는 다시 올슨, 베이커, 맥브라이스와 걷고 있는 것을 깨달았다. 그들은 거의 스스로를 보호하려는 듯이 무리를 짓고 있었다. 이제 그들 모두 똑바로 앞을 보고 있었고, 얼굴은 조심스럽게 무표정했다. 카빈총의 메아리가 아직도 공중에 매달려 있는 것 같았다. 개러티는 스테빈스의 테니스 슈즈가 남긴 피 묻은 발자국을 계속 생각하고 있었다. 그는 그것이 아직 붉은 자국을 남기는지 궁금해서 고개를 돌려볼 뻔하다가, 바보 노릇 하지 말자고 혼잣말을 했다. 그러나 궁금할 수밖에 없었다. 콜리가 아팠을까 궁금했다. 가스압에 의해 발사된 총탄이 머리를 때리는 것을 콜리가 느꼈을지 아니면 그저 한순간 살아 있다가 그다음 순간 죽은 건지 궁금했다.

물론 아팠을 것이다. 자신이 죽어 없어져도 세상은 다치지도 방해받지도 않으리라는 것을 깨닫기도 전에 몸이 파열하는 최악의 방식으로 아팠을 것이다.

콜리가 티켓을 끊기 전에 거의 14.5킬로미터를 걸어왔다는 소문이 뒤로 퍼졌다. 통령은 아주 흐뭇해했다고 한다. 개러티는 대체 통령이 어디 있는지 누가 어떻게 알 수 있었을까 궁금했다.

콜리의 시체를 어떻게 했는지 보고 싶어서, 개러티는 갑자기 뒤를 돌아보았다. 그러나 그들은 이미 모퉁이를 하나 더 돈 후였다. 콜리는 보이지 않았다.

"배낭에는 뭐가 들어 있어?"

베이커가 맥브라이스에게 갑자기 물었다. 일상 대화만 하려고 노력하고 있었지만, 목소리는 높고 가냘프고 갈라지기 직전이었다.

"새 셔츠랑 햄버거 날것." 맥브라이스가 말했다.

"날 햄버거라니……."

올슨이 구역질 난다는 표정을 지었다.

"날 햄버거를 먹으면 금방 기운이 나거든."

맥브라이스가 말했다.

"너 제정신이 아니구나. 사방에 토할 거야."

올슨의 말에 맥브라이스는 미소만 지었다.

개러티는 자기도 날 햄버거를 가져올걸 하고 생각했다. 금방 기운이 날지는 모르지만, 그는 날 햄버거를 좋아했다. 그것은 초콜릿 바와 농축 식량보다 나았다. 갑자기 주머니에 든 쿠키가 생각났지만, 컬리 일 이후 그는 별로 배고프지 않았다. 컬리 일을 보고도 날 햄버거를 정말로 먹을 생각을 했단 말인가?

워커 한 명이 티켓을 끊었다는 말이 구경꾼들 사이에 퍼져 나갔고, 어떤 이유에서인지 그들은 더 크게 환성을 올리기 시작했다. 박수갈채가 드문드문 팝콘처럼 터졌다. 개러티는 사람들 앞에서 총에 맞으면 창피할까 궁금했다. 그리고 그런 사태에 이르면 아마 신경도 쓰지 않을 거라고 추측했다. 확실히 컬리는 신경을 쓴 것 같지 않았다. 그래도 사람들 앞에서 대변을 보게 된다면. 그런 상상은 좋을 게 없다. 개러티는 거기에 대해 더 이상 생각하지 않기로 했다.

시곗바늘은 이제 똑바로 정오를 가리키고 있었다. 그들은 높고 마른 계곡에 걸쳐 있는 녹슨 철교를 지났고, 계곡 맞은편에는 표지판이 붙어 있었다.

여기가 라임스톤 시계입니다. 환영합니다, 롱 워커들!

어떤 소년들은 환성을 질렀지만, 개러티는 기력을 아꼈다.

길이 넓어지고 워커들이 길에 편안하게 흩어지면서, 그룹이 조금 느슨해졌다. 결국, 컬리는 이제 5킬로미터 뒤에 있었다.

개러티는 쿠키를 꺼내서, 손안에서 포일 포장을 잠시 풀었다. 그는 향수병에 걸린 것처럼 어머니를 생각하다가 그 감정을 옆으로 밀쳐놓았다. 프리포트에서 엄마와 잰을 볼 것이다. 그렇게 약속해 두었다. 쿠키 하나를 먹자 약간 기분이 나아졌다.

"너 이거 아니?" 맥브라이스가 물었다.

개러티는 고개를 저었다. 그는 물통에서 물을 한 모금 마시고 길옆에 서서 '개러티'라는 작은 마분지 표지판을 들고 있는 초로의 커플에게 손을 흔들었다.

"나 만약 여기서 이기면 뭘 원할지 모르겠어. 나한테는 진짜 절실한 게 없어. 내 말은, 집에 있는 아픈 노모나 투석을 하고 있는 아버지 같은 게 없단 말이야. 심지어 백혈병으로 죽어가면서도 투지를 잃지 않는 어린 남동생도 없어."

맥브라이스가 말하고 웃으며 물통 끈을 풀었다.

"무슨 말인지 알겠어." 개러티가 말했다.

"이 일은 나한텐 아무 의미도 없어. 전부 무의미해."

"진심으로 하는 말은 아니지?" 개러티가 확신에 차서 물었다. "만약 네가 이 모든 것을 다시 해야 한다면……."

"그래, 그래, 다시 할 거야, 하지만……."

"이봐! 인도야!"

그들 앞에 가던 소년, 피어슨이 가리켰다.

그들은 마침내 엄밀한 의미에서의 도시에 들어서고 있었다. 길에서 물러선 곳에 세워져 있는 집들이 녹색 잔디밭의 오르막 사방이 잘 보이는 곳에서 그들을 내려다보았다. 잔디밭은 손을 흔들고 환호하는 사람들로 붐볐다. 개러티에게는 그들 거의 모두가 앉아 있는 것처럼 보였다. 땅에 앉아 있고, 주유소의 노인들처럼 잔디밭 의자에 앉아 있고, 피크닉 테이블 위에 앉아 있었다. 심지어 그네와 흔들 벤치에도 앉아 있었다. 그는 질투에 찬 분노를 조금 느꼈다.

'어서 너희들 손이나 흔들어. 더 이상 마주 손을 흔들면 내가 사람이 아니다. 힌트 13번. 언제든 가능할 때 에너지를 아껴둬라.'

그러나 마침내 개러티는 바보짓을 하기로 결심했다. 사람들이 그가 오만해지고 있다고 생각할지도 모른다. 그는 결국 '메인의 아들'이 아닌가. 그는 '개러티' 표지판을 든 모든 사람들에게 손을 흔들어주기로 결심했다. 모든 예쁜 소녀들에게도.

골목길과 교차로들이 꾸준히 지나갔다. 시카무어 스트리트와 클라크 애버뉴, 익스체인지 스트리트와 주니퍼 레인. 그들은 내러갠시트 맥주 표지판이 창문에 붙어 있는 모퉁이의 식품점 하나, 그리고 통령 사진으로 떡칠이 되어 있는 싸구려 잡화점 하나를 지나쳤다.

보도에는 사람들이 늘어서 있었지만 드문드문 있었다. 전반적으로 개러티는 실망했다. 진짜 군중은 그 줄에서 더 내려간 곳에 있을 거라고 확신했지만, 분위기는 여전히 젖은 폭죽 같았다. 가엾은 컬리는 이것조차도 보지 못했지.

통령의 지프가 갑자기 골목에서 나와 주 그룹과 보조를 맞추기 시작했다. 선봉은 여전히 어느 정도 앞에 있었다.

엄청난 환호가 올라왔다. 통령은 고개를 끄덕이고 미소 지으며 군중에게 손을 흔든 다음 절도 있게 좌향좌를 해서 소년들에게 경례했다. 개러티는 전율이 곧장 등에 올라오는 것을 느꼈다. 통령의 선글라스가 이른 오후 햇빛에 번쩍였다.

통령은 배터리로 작동하는 확성기를 입술에 갖다 댔다.

"나는 여러분이 자랑스럽다, 여러분. 자랑스러워!"

개러티 뒤쪽 어디에선가 누가 작지만 또렷이 말했다.

"헛소리."

개러티는 고개를 돌렸으나, 뒤에는 통령을 열심히 지켜보고 있는 네다섯 명의 소년들(그중 한 명은 자기가 경례를 하고 있다는 것을 깨닫고 소심하게 손을 떨어뜨렸다.)과 스테빈스밖에 없었다. 스테빈스는 통령을 보고 있는 것 같지도 않았다.

지프가 요란한 소리를 내며 앞으로 갔다. 잠시 후 통령은 다시 사라졌다.

그들은 열두 시 삼십 분경에 라임스톤 시내에 닿았다. 개러티는 실망했다. 그것은 소화전 하나짜리 도시였다. 상업 지구 하나와 중고차 창고 세 개와 맥도날드와 버거킹과 피자헛과 공업 단지 하나, 그것이 라임스톤이었다.

"아주 크지는 않지, 응?"

베이기의 말에 올슨이 웃었다.

"아마 살기엔 좋은 곳일 거야." 개러티가 변명하듯 말했다.

"하느님, 제가 살기엔 좋은 곳에 가지 않도록 도우소서."

맥브라이스가 말했다. 그러나 그는 미소 짓고 있었다.

"어, 왜들 흥분하는 건데." 개러티는 머쓱하게 말했다.

한 시가 되자, 라임스톤은 기억 속에만 있었다. 기운 데님 멜빵

바지를 입고 으스대며 걷는 키 작은 소년 한 명이 그들을 거의 1.6킬로미터는 따라온 다음 앉아서 그들이 지나가는 것을 지켜보았다.

시골길에 접어들자 점점 더 언덕이 많아졌다. 개러티는 그날 처음으로 진짜 땀이 나는 것을 느꼈다. 셔츠는 등에 달라붙었다. 오른쪽에서 소나기구름이 모여들고 있었지만 구름은 아직 멀리 있었다. 가벼운 돌개바람이 불었고, 그것은 약간 도움이 되었다.

"다음 큰 도시는 어디야, 개러티?" 맥브라이스가 물었다.

"카리부인 것 같아."

개러티는 스테빈스가 마지막 샌드위치를 이미 먹었는지 궁금해하고 있었다. 스테빈스는 미칠 것 같다고 생각할 때까지 계속 머릿속을 맴도는 대중음악의 한 소절처럼 그의 머릿속에 들어왔다. 한 시 삼십 분이었다. 롱 워크는 29킬로미터째에 접어들었다.

"거긴 얼마나 멀어?"

개러티는 단 하나의 워커만 탈락한 거리로는 기록이 어떻게 될까 궁금했다. 29킬로미터는 매우 준수해 보였다. 29킬로미터는 자랑스러워할 만한 숫자였다. 나는 29킬로미터를 걸었다. 29.

"내가 물었잖아……."

맥브라이스가 참을성 있게 물었다.

"아마 여기서 48킬로미터쯤일 거야."

"48킬로미터라니. 맙소사." 피어슨이 말했다.

"거기는 라임스톤보다 큰 도시야."

개러티가 말했다. 왜인지는 몰라도 그는 여전히 방어적으로 말하고 있었다. 어쩌면 이 소년들 중 아주 많은 수가 여기서 죽을 것이기 때문에, 어쩌면 그들 모두가. 아마도 그들 모두가. 역사상 오직 여섯 번의 '롱 워크'만이 뉴햄프셔 주 경계선을 넘어갔고, 겨우 한 번만이 매사추세츠에 들어갔다. 그리고 전문가들은 그것이 730번의 홈런을 친 행크 아론 같은 거라고…… 결코 깨지지 않을 기록이라고 말했다. 개러티 자신도 여기서 죽을지 모른다. 아마 그럴 것이다. 하지만 개러티의 경우는 좀 달랐다. 고향의 흙. 그는 통령이 그것을 좋아하리라는 생각이 들었다. *"그는 고향의 흙 위에서 죽었습니다."*

개러티는 물통을 들어 기울이다가 빈 것을 깨달았다.

"물통! 47번이 물통 요청합니다!" 그가 외쳤다.

군인 한 명이 하프트랙에서 뛰어내려 새 물통을 가져다주었다. 그가 돌아섰을 때, 개러티는 그 군인의 등에 매달려 있던 카빈총을 슬쩍 만졌다. 몰래 한 일이었지만 맥브라이스는 보았다.

"왜 그랬어?"

개러티는 웃었지만 당황했다.

"모르겠어. 아마 나무를 두드리는 것(행운을 비는 행동 — 옮긴이)과 비슷하지 않을까."

"귀여운 아이구나, 레이."

맥브라이스는 말하더니, 개러티 혼자 걷도록 남겨두고 속도를 내어 올슨을 따라잡았다. 개러티는 어느 때보다 더 혼란스러웠다.

93번 — 개러티는 그의 이름을 몰랐다. — 이 개러티의 오른쪽에서 지나쳐 갔다. 그는 자기 발을 빤히 내려다보고 있었고 입술을 소리 없이 움직이며 자기 발걸음을 세었다. 그는 약간 흔들거리고 있었다.

"안녕." 개러티가 말했다.

93번은 움찔했다. 그의 눈은 멍했다. 컬리가 발에 난 쥐와 싸우다 무너지는 동안 눈 속에 떠올라 있었던 것과 똑같은 멍한 느낌이었다.

'그는 지쳤어, 그걸 알고 겁에 질렸어.'

개러티는 생각했다. 개러티는 갑자기 속이 뒤집어지다가 천천히 가라앉는 것을 느꼈다.

이제 그림자가 그들 옆에서 나란히 걸었다. 한 시 사십오 분이었다. 아침 아홉 시, 시원하고, 그늘진 풀밭에 앉아 있었던 것이 한 달 전 같았다.

두 시 직전에, 소문이 다시 뒤로 퍼졌다. 개러티는 '포도덩굴 모형 심리학'을 직접 체험으로 배우고 있는 것 같았다. 그들은 포도덩굴이었다. 누군가가 무엇을 발견하면, 갑자기 그 이야기가 덩굴에 전부 퍼졌다. 소문들은 입에서 입으로 공기를 전해 주듯 창조되었다. 마치 여럿이 비 이야기를 수군대는 것 같았다. 아마 비가 올 거야. 곧 비가 올 거야. 라디오를 갖고 있는 사람은 그 말이 틀릴 것이라고 한다. 그러나 포도덩굴이 옳은 경우가 얼마나 잦은지 보면 재미있다. 그리고 "누군가가 느려지고 있다, 누군가가 곤란에 빠졌다."라는 말이 돌 때 보면 포도덩굴이 언제나 옳았다.

이번 소문은 9번 유잉이 물집이 나서 두 번 경고를 받았다는 것이었다. 많은 소년이 경고를 받았다. 그러나 그것은 정상이었다. 소문은 유잉에게 사태가 불리해 보인다는 것이었다.

개러티는 그 말을 베이커에게 전했고, 베이커는 놀란 듯했다.

"그 흑인 아이? 너무 검어서 퍼렇게 보이는?"

베이커의 말에 개러티는 유잉이 검은지 흰지 모른다고 대답했다.

"응, 걔 흑인이야."

피어슨이 끼어들었다. 그는 유잉을 가리켰다. 개러티는 유잉의 피부에서 땀이 작은 보석들처럼 빛나고 있는 것을 볼 수 있었다. 공포감 같은 것을 느끼며, 개러티는 유잉이 스니커즈를 신고 있는 것을 보았다.

'힌트 3번. 스니커즈를, 반복한다, 스니커즈를 신지 마라.' '롱 워크'에서 스니커즈보다 빨리 물집을 잡히게 만드는 것은 없다.

"그 애는 우리와 함께 타고 왔어. 텍사스 출신이야."

베이커가 말했다.

베이커는 걷는 속도를 높여 유잉과 함께 걸으며 한참 이야기했다. 그다음 자신이 경고 받는 것을 피하기 위해 천천히 뒤로 처졌다. 암울한 얼굴로.

"3킬로미터 걸었을 때부터 물집이 나기 시작했대. 라임스톤부터 터지기 시작했고. 터진 물집에서 나온 고름 속에서 걷고 있어."

그들은 모두 조용히 귀를 기울였다. 개러티는 다시 스테빈스를 생각했다. 스테빈스는 테니스 슈즈를 신고 있었다. 스테빈스는 바로 지금 물집과 싸우고 있을 수도 있었다.

"경고! 9번 경고! 이번이 세 번째 경고다, 9번!"

이제 군인들은 유잉을 주의 깊게 지켜보고 있었다. 워커들도 그랬다. 유잉은 스포트라이트를 받고 있었다. 그의 검은 피부에 대조되어 놀랄 만큼 희게 보이는 티셔츠 등은 가운데부터 아래쪽으로 땀에 얼룩져 회색이었다. 개러티는 그의 등 대근육들이 그가 걸을 때 물결치는 것을 볼 수 있었다. 근육은 며칠 견뎌도 될 만큼 충분했지만, 베이커는 그가 고름 속에서 걷고 있다고 말했다. 물집과 쥐. 개러티는 몸을 떨었다. 갑작스러운 죽음. 어떤 근육과 훈련도 물집과 쥐를 막아주지 못했다. 대체 유잉은 'PF 플라이어스'를 신을 때 무슨 생각을 한 걸까?

바코비치가 합류했다. 바코비치도 유잉을 쳐다보고 있었다.

"물집이라니!" 바코비치의 말투만 들어서는 마치 유잉의 어머니가 창녀라는 말처럼 들렸다. "이제 내가 한번 물어보자. 대체 멍청한 깜둥이에게서 뭘 기대할 수 있겠어?"

"꺼져버려. 내가 널 밀어버리기 전에."

베이커가 흔들리지 않고 말했다.

"그건 규칙에 어긋나는 행동이야. 명심해 둬, 거지 같은 놈아."

바코비치는 능글맞게 웃으며 말했다. 그러곤 그들에게서 멀어졌다. 바코비치는 마치 작은 독 구름을 두르고 다니는 것 같았다.

두 시가 두 시 반이 되었다. 그들의 그림자가 더 길어졌다. 그들은 긴 언덕을 걸어 올라갔고, 언덕마루에서 개러티는 먼 곳에 흐릿하고 파랗고 낮은 산들을 볼 수 있었다. 서쪽으로 침입하는 소나기구름은 이제 더 어두워졌고, 바람이 세지고 땀이 마르면서 개러티의 몸에 닭살이 돋았다.

한 무리의 남자들이 캠핑용 트레일러를 단 포드 픽업트럭 주위에 모여 그들에게 미친 듯이 환호하고 있었다. 남자들은 전부 상당히 취해 있었다. 워커들은 모두, 심지어 유잉마저도 그 남자들에게 손을 흔들었다. 그 남자들은 잘난 척하던 꼬마 소년을 보내고 나서 그들이 본 첫 번째 구경꾼들이었다.

개러티는 라벨을 읽지 않고 농축액 튜브를 열어 먹었다. 약간 돼지고기 맛이 났다. 맥브라이스의 햄버거가 생각났다. 위에 체리가 꽂혀 있는 아주 커다란 초콜릿 케이크와 플랩잭(두터운 팬케이크 — 옮긴이)도 떠올랐다. 어떤 미친 이유에서인지 사과 젤리가 가득 찬 차가운 플랩잭이 먹고 싶었다. 아버지와 11월에 사냥을 나갈 때면 어머니가 만들어주던 차가운 점심.

10분 후 유잉은 총에 맞았다.

마지막으로 속도가 처졌을 때 유잉은 한 무리의 소년들에 둘러싸여 있었다. 아마 소년들이 자신을 보호해 주리라 생각했을 것이다. 군인들은 전문가였고 자기 일을 잘 처리했다. 군인들은 다른 소년들을 옆으로 밀어내고 유잉을 갓길로 끌고 갔다. 유잉은 싸우려고 했지만, 그렇게 강한 반항은 아니었다. 군인 한 명이 유잉의 팔을 뒤로 꺾어 누르고 다른 군인이 카빈총을 유잉의 머리에 대고 쏘았다. 다리 하나가 발작적으로 공중을 차댔다.

"유잉은 다른 사람과 같은 색의 피를 흘렸어."

맥브라이스가 갑자기 말했다. 그 말은 총탄 소리가 난 후의 고요 속에서 매우 크게 울렸다. 울대뼈가 위아래로 꿈틀거렸고, 뭔가가 목구멍에서 꿀꺽 소리를 냈다.

워커 가운데 두 명이 이제 사라졌다. 확률은 남은 사람들에게 아주 조금 유리하게 재조정되었다. 숨죽인 이야기들이 조금 오갔고, 개러티는 군인들이 유잉의 시체를 어떻게 하는지 다시 궁금해졌다.

넌 너무 많은 걸 궁금해해! 개러티는 갑자기 속으로 소리쳤다.

그리고 자기가 지쳤다는 것을 깨달았다.

2부

길을 걸어가며

3장

크고 어둡고 둥근 첫 번째 빗방울이 길에 떨어졌을 때는 세 시였다. 머리 위 하늘은 너덜너덜하고 검고, 거칠고 매혹적이었다. 구름 위 어디에선가 천둥이 박수를 치고 있었다. 저 앞에서 번개의 파란 삼지창이 땅으로 내리꽂혔다.

유잉이 티켓을 끊은 직후 개러티는 재킷을 입었다. 이제 그는 지퍼를 올리고 옷깃을 세웠다. 미래의 작가 하크니스는 공책을 조심스럽게 비닐봉지에 집어넣었다. 바코비치는 노란 비닐 레인해트(방수용 모자 — 옮긴이)를 썼다. 그것은 그의 얼굴에 믿을 수 없는 효과를 주었지만, 그것이 정확히 무엇인지 말하기는 힘들었다. 그는 레인해트를 쓰고 반항적인 등대지기처럼 내다보았다.

엄청나게 큰 천둥이 쿠르릉 소리를 냈다.

"온다!" 올슨이 외쳤다.

비가 쏟아붓고 있었다. 어찌나 세차게 내리는지 잠시 동안 개
러티는 펄럭거리는 샤워 커튼 안에 완전히 고립된 느낌이었다. 순
식간에 뼛속까지 젖어버렸다. 머리카락은 물을 뚝뚝 흘리는 털가
죽이 되었다. 그는 웃으면서 빗속으로 얼굴을 쳐들었다. 군인들이
그들을 볼 수 있을까 궁금했다. 만약 어떤 사람이…….

개러티가 아직 생각하고 있는 동안, 첫 번째 포악한 비의 맹습
이 약간 누그러져서 다시 앞이 보였다. 어깨 너머로 스테빈스가
보였다. 스테빈스는 손을 배에 올린 채 몸을 굽히고 걷고 있었다.
그래서 처음에 개러티는 그가 위경련을 일으켰다고 생각했다. 잠
시 동안 개러티는 컬리와 유잉이 티켓을 끊었을 때는 전혀 느끼
지 못했던 강한 공황 상태에 사로잡혔다. 그는 더 이상 스테빈스
가 일찍 쓰러지기를 바라지 않았다.

다음 순간 스테빈스가 남은 젤리 샌드위치 반쪽이 비에 젖지
않게 가리고 있을 뿐임을 알고, 안도감을 느끼며 다시 앞을 보았
다. 개러티는 스테빈스의 어머니는 비 올 때를 대비해서 그 망할
샌드위치를 포일에 싸주지도 않을 정도로 멍청한 게 틀림없다고
생각했다.

천둥이 귀에 거슬리게 빠직거리고, 하늘에서 대포 소리가 났
다. 개러티는 매우 기뻤다. 지친 기분이 어느 정도 땀과 함께 몸
에서 씻겨 나가는 것 같았다. 비가 다시 세차게 퍼붓다가, 마침내
꾸준한 보슬비로 바뀌었다. 머리 위에서 구름들이 흩어지기 시작
했다.

이제 피어슨이 개러티 옆에서 걷고 있었다. 그는 바지를 추어올
렸다. 너무 큰 청바지를 입고 있었기 때문에 자주 바지를 추어올

렸다. 코카콜라 병 바닥처럼 두꺼운 렌즈가 달린 뿔테 안경을 끼고 있었고, 이제 그 안경을 벗어 셔츠 아랫단으로 닦기 시작했다. 그는 매우 시력이 나쁜 사람들이 안경을 벗었을 때 짓는 무방비한 근시의 표정으로 눈을 둥그렇게 뜨고 있었다.

"샤워는 잘 했어, 개러티?"

개러티는 고개를 끄덕였다. 앞쪽에서 맥브라이스가 오줌을 누고 있었다. 오줌을 누는 동안 뒤로 걸으면서 신중하게 다른 사람들에게서 떨어진 갓길에 오줌을 뿌리고 있었다.

개러티는 군인들을 쳐다보았다. 물론 그들도 젖었지만, 불편한 기색을 보이지 않았다. 그들의 얼굴은 완전히 뻣뻣했다. 개러티는 생각했다.

'누군가를 쏘아 쓰러뜨리는 건 어떤 기분일지 궁금해. 그러면 자기가 강력하다고 느끼게 될지도 궁금하고.'

개러티는 표지판을 든 소녀를, 그녀에게 키스하고 엉덩이를 더듬었던 것을 떠올렸다. 그녀의 무릎까지 오는 바지 안에 있던 매끄러운 팬티의 감촉도. 그것은 그가 강력하다고 느끼게 해주었다.

"저 뒤에 있는 녀석은 말이 많지 않지, 응?"

베이커가 갑자기 말했다. 엄지손가락으로 스테빈스를 가리키고 있었다. 스테빈스의 자줏빛 바지는 완전히 젖어버리는 바람에 이제 거의 검은색이었다.

"응, 그래. 말이 없어."

맥브라이스는 바지 지퍼를 올리느라 너무 느려져서 경고를 한 번 받았다. 그들은 맥브라이스와 나란히 가게 되었고, 베이커는 스테빈스에 대해 했던 말을 되풀이했다.

"혼자 노는 아이인가 보지, 그래서 뭐?"

맥브라이스가 말하고 어깨를 으쓱했다.

"내 생각엔……"

"이봐."

올슨이 끼어들었다. 얼마 동안 침묵하던 그가 처음으로 한 말이었고, 그의 목소리는 기묘하게 들렸다.

"내 다리 느낌이 이상해."

개러티는 올슨을 자세히 바라보다가 그의 눈 속에 이미 자라난 공포를 보았다. 허세의 표정은 사라졌다.

"어떻게 이상한데?" 개러티가 물었다.

"근육들이 온통…… 헐렁해진 것 같아."

"긴장 풀어. 두어 시간 전에 나도 그랬어. 그러다 지나가."

맥브라이스가 말했다. 올슨의 눈에 안도감이 엿보였다.

"그래?"

"응, 확실해."

올슨은 아무 말도 하지 않았지만 입술이 움직였다. 개러티는 잠시 그가 기도하고 있다고 생각했다. 하지만 다음 순간 그가 자기 발걸음을 세고 있을 뿐임을 깨달았다.

두 발의 총성이 갑자기 울렸다. 비명 소리가 났고, 뒤이어 세 번째 총성이 울렸다.

그들은 파란 스웨터와 더러운 희고 긴 반바지를 입은 소년이 얼굴을 아래로 하고 물웅덩이에 누워 있는 것을 보았다. 신발 한 쪽은 벗겨졌다. 개러티는 그가 하얀 선수용 양말을 신고 있는 것을 보았다. 12번 힌트가 그 양말을 추천했다.

개러티는 그를 넘어서 발을 디디며, 웅덩이를 너무 자세히 보지 않으려고 했다. 이 소년은 느려져서 죽었다는 소문이 뒤로 돌았다. 물집이나 쥐가 난 것이 아니라, 그저 너무 자주 느려져서 티켓을 끊게 된 것이다.

개러티는 그의 이름이나 번호를 몰랐다. 거기에 대한 말도 돌 것이라고 생각했지만, 그런 말은 전혀 나오지 않았다. 아마 아무도 모르는 것 같았다. 아마 스테빈스처럼 혼자 노는 아이였을 것이다.

이제 그들은 롱 워크로 40킬로미터를 걸었다. 경치는 섞여들어 숲과 들판의 끝없는 벽화가 되었고, 그 벽화는 간간이 집이나 교차로로 중단되었다. 그곳에는 점점 잦아드는 보슬비에도 불구하고 손을 흔들고 환호하는 사람들이 있었다. 한 노부인은 검은 우산 아래 손을 흔들거나 말을 하거나 미소도 짓지 않고 얼어붙은 듯이 서 있었다. 그녀는 날카로운 눈으로 그들이 지나가는 모습을 지켜보았다. 그녀가 입은 검은 드레스의 밑단이 바람에 날리는 걸 제외하면 생명이나 동작의 표시도 없었다. 오른손 가운뎃손가락에는 자줏빛 돌이 달린 커다란 반지를 끼고 있었다. 목에는 흐려진 카메오(사람의 얼굴을 양각한 장신구 — 옮긴이)가 달려 있었다.

그들은 오래전에 버려진 철로를 건넜다. 철길은 녹이 슬었고 침목 사이의 재에서는 잡초가 자라고 있었다. 누군가가 비틀거리다가 넘어져 경고를 받고는 일어나서 피가 흐르는 무릎으로 계속 걷기 시작했다.

카리부까지는 겨우 31킬로미터였지만, 그 전에 어둠이 찾아 올

것이었다.

'악인에게는 평강이 없다 하셨느니라(이사야서 48장 22절과 57장 21절 — 옮긴이)'

개러티는 그 성경 구절이 재미있다는 생각이 들어서 웃었다.

맥브라이스가 개러티를 주의 깊게 바라보았다.

"지쳐가니?"

"아니. 지친 지 좀 돼." 개러티는 적대감 비슷한 기분으로 맥브라이스를 바라보았다. "넌 아니라는 거야?"

맥브라이스가 말했다.

"그냥 이렇게 나와 함께 계속 춤을 춰, 개러티, 그러면 나는 결코 지치지 않을 거야. 우리는 별들 위를 신발로 긁고 달에서 거꾸로 매달릴 거야."

맥브라이스는 개러티에게 키스를 날리고 걸어갔다.

개러티는 맥브라이스의 뒤를 쳐다보았다. 맥브라이스를 어떻게 이해해야 할지 알 수 없었다.

세 시 사십오 분에 하늘은 맑아졌고 해가 금빛 단을 두른 구름들 아래 앉아 있는 서쪽에서는 무지개가 떴다. 늦은 오후의 기울어져가는 햇빛 줄기가 그들이 지나가는 새로 간 들판을 색칠하며, 길고 경사진 언덕을 둘러가는 길 근처의 고랑을 검고 날카롭게 새겼다.

하프트랙의 소리가 거의 어르는 것처럼 조용했다. 개러티는 걸으면서 앞으로 머리를 떨어뜨리고 반쯤 졸았다. 앞쪽 어딘가에 프리포트가 있었다. 그러나 오늘 밤이나 내일은 아니었다. 수많은 발걸음. 가야 할 기나긴 길. 그는 여전히 자신에게 질문이 너무 많고 대답은 충분하지 않다는 것을 깨달았다. 워크 전체가 하나의 거대한 물음표처럼 보였다. 그는 이런 것에는 뭔가 깊은 의미가 있는 게 분명하다고 스스로에게 말했다. 확실히 그럴 것이다. 이런 것은 모든 질문에 대답을 주어야만 했다. 그것은 발을 계속 속도 조절판 위에 두느냐의 문제일 뿐이었다. 할 수만 있다면……

개러티는 물웅덩이에 발이 빠지는 바람에 다시 깨어났다. 완전히. 피어슨이 놀란 듯이 그를 보더니 코 위로 안경을 밀어 올렸다.

"너 우리가 철로를 건널 때 넘어져서 다친 아이 알아?"

"응. 저크였지, 그렇지?"

"그래. 그 애가 계속 피를 흘린다는 이야기를 방금 들었어."

"카리부까지는 얼마나 멀어, 미친놈아?"

누군가가 개러티에게 물었다. 개러티는 주위를 돌아보았다. 바코비치였다. 그는 레인해트를 뒷주머니에 쑤셔 넣었는데, 레인해트가 삐져나와 불쾌하게 퍼덕거렸다.

"대체 내가 그걸 어떻게 알아?"

"넌 여기 살잖아, 안 그래?"

"27킬로미터 정도 남았어. 이제 신문이나 팔러 가봐, 꼬마야."

바코비치는 모욕당한 듯한 얼굴을 하고 가버렸다.

"그 녀석 좌충우돌이네." 개러티가 말했다.

"그 애가 널 괴롭혀도 신경 쓰지 마. 바코비치가 땅에 쓰러질 때까지 걷는 데만 집중해."

맥브라이스가 충고했다.

"알겠습니다, 감독님."

맥브라이스는 개러티의 어깨를 두드렸다.

"여기서 못 이기면 혼난다, 애야."

"우리가 영원히 걷고 있을 것 같지, 안 그래?"

"그래."

개러티는 자기 마음을 표현하고 싶었지만 어떻게 할지 몰라 입술만 핥았다.

"너 사람이 물에 빠져 죽는 순간 일생이 눈앞을 지나간다는 이야기 들어본 적 있어?"

"읽었던 적이 있는 것 같아. 아니면 영화에서 누가 말하는 걸 들었거나."

"우리에게도 그런 일이 일어날 거라고 생각해 본 적 있어? 워크에서?"

맥브라이스는 몸을 떠는 척했다.

"하느님, 난 그러지 않기를 바라."

개러티는 잠시 침묵하다가 말했다.

"네 생각엔…… 신경 쓰지 마. 상관없어."

"아니야. 말해 봐. 내 생각에 뭐?"

"네 생각엔 우리가 이 길 위에서 나머지 생을 살 수 있을 것 같니? 내가 하려던 말은 그거야. 만약 우리가…… 참가 안 했다면 살았을 부분…… 알지."

맥브라이스는 주머니 속을 더듬어 멜로 담배 한 갑을 꺼냈다.

"담배 피우니?"

"안 피워."

"나도 그래."

맥브라이스는 말하더니 담배 하나를 입에 물었다. 토마토 수프

78

요리법이 적힌 성냥갑 하나를 찾아내 담배에 불을 붙이고, 연기를 빨아들이고, 기침을 하며 연기를 내뱉었다. 개러티는 힌트 10번을 생각했다. '숨을 아껴라. 평소 담배를 피운다면 롱 워크 도중에는 피우지 않도록 노력해라.'

"배워둘걸 그랬어." 맥브라이스가 분연히 말했다.

"담배 개 같지, 안 그래?"

개러티가 슬프게 말했다. 맥브라이스는 놀라서 그를 바라보더니 담배를 던져버렸다.

"응, 그런 것 같아."

네 시쯤 무지개가 사라졌다. 8번 데이비슨이 뒤로 처져 그들과 함께 걸었다. 이마에 여드름이 많이 난 것만 제외하면 잘생긴 편이었다.

"그 저크라는 애는 정말 아파." 데이비슨이 말했다.

개러티가 데이비슨을 마지막으로 보았을 때 그는 여행용 배낭을 메고 있었지만, 어디선가 벗어 던져버린 모양이었다.

"아직도 피를 흘려?" 맥브라이스가 물었다.

"도살장의 돼지처럼." 데이비슨은 고개를 흔들었다. "일이 어찌나 재미있게 되어가는지, 그렇지 않아? 사람은 언제라도 넘어져서 긁힌 작은 상처가 날 수 있잖아. 근데 저크는 상처를 꿰매야 할 만큼 다쳤어." 그는 길을 가리켰다. "저걸 봐."

개러티가 그쪽을 보자 포장도로 위에서 말라가는 작고 어두운 점들이 보였다.

"피야?"

"당밀 자국은 아니야."

데이비슨이 우울하게 말했다.

"그 애는 겁먹은 눈치야?"

올슨이 건조한 목소리로 물었다.

"그 애는 상관없다고 해. 하지만 나는 겁나." 데이비슨이 말했다. 그의 눈은 커다랗고 회색이었다. "나는 우리 모두 때문에 겁이나."

그들은 계속 걸었다. 베이커는 또 하나의 '개러티' 표지판을 가리켰다.

"개소리야."

개러티는 쳐다보지도 않고 말했다. 개러티는 상처 입은 인디언을 쫓아가는 다니엘 분(18세기 미국 개척자 — 옮긴이)처럼 저크의 핏자국을 따라가고 있었다. 그것은 흰 선을 지나 천천히 이쪽저쪽을 누비고 있었다.

"맥브라이스."

올슨이 불렀다. 그의 목소리는 지난 두어 시간 동안 더 작아졌다. 개러티는 올슨이 외면적으로는 뻔뻔한 얼굴을 하고 있지만 자기가 올슨을 좋아한다고 판단했다. 그는 올슨이 겁에 질린 모습을 보고 싶지 않았다. 그러나 올슨이 겁에 질렸다는 것에는 의심의 여지가 없었다

"왜?" 맥브라이스가 물었다.

"그게 사라지지 않아. 내가 말했던 그 헐렁한 느낌. 그게 사라지지 않는다고."

맥브라이스는 아무 말도 하지 않았다. 얼굴의 흉터가 기울어져가는 햇빛에 매우 희게 보였다.

"다리가 막 무너질 수도 있을 것 같은 느낌이야. 기초 공사가 부실한 것처럼. 그런 일은 일어나지 않겠지, 응? 그렇겠지?"

올슨의 목소리에 약간 새된 소리가 섞였다. 맥브라이스는 아무 말도 하지 않았다.

"나 담배 하나 피워도 돼?"

올슨이 물었다. 목소리가 더 낮아졌다.

"그래. 갑째로 가져도 돼."

올슨은 성냥 주위에 손을 오므려 멜로 담배 한 개비에 익숙하고 수월하게 불을 붙인 후, 하프트랙에서 자신을 지켜보는 군인 중 한 명에게 코에 엄지손가락을 대고 놀리는 시늉을 했다.

"저놈들은 한 시간 전부터 나를 흘겨보고 있어. 그들은 자신들이 할 일에 대한 육감을 갖고 있어." 올슨은 다시 목소리를 높였다. "너희 그거 좋아하지, 안 그래, 너희들? 너희 그걸 좋아하지, 맞지? 빌어먹게 맞지, 안 그래?"

워커들 몇 명이 올슨 주변을 둘러보다가 재빨리 눈길을 돌렸다. 개러티도 눈을 돌리고 싶었다. 올슨의 목소리에는 히스테리가 섞여 있었다. 군인들은 냉담하게 올슨을 바라보았다. 개러티는 올슨에 대한 소문이 아주 빠르게 퍼질까 궁금했고, 떨림을 억누를 수 없었다.

네 시 삼십 분에 그들은 54킬로미터를 왔다. 반쯤 진 해는 지평선을 붉은 핏빛으로 바꾸었다. 소나기구름은 동쪽으로 움직였고, 머리 위 하늘도 점점 어두워지고 있었다. 개러티는 그가 말했던 가상의 '물에 빠져 죽는 사람'을 생각했다. 그렇게 가설적인 것도 아니었다. 다가오는 밤은 그들을 곧 덮을 물과 같았다.

식도에서 공황의 감정이 올라왔다. 개러티는 갑자기 두려움에
차서, 자기 삶의 마지막 햇빛을 보고 있다고 확신했다. 그 시간을
늘이고 싶었다. 그것이 지속되게 하고 싶었다. 황혼이 몇 시간이
고 계속되었으면 싶었다.

"경고! 100번 경고! 세 번째 경고다, 100번!"

저크는 주위를 둘러보았다. 그의 눈에는 멍하고 어리둥절한 표
정이 깃들어 있었다. 오른쪽 바짓가랑이는 마른 피로 떡져 있었
다. 그때, 갑자기 저크가 전력질주를 하기 시작했다. 그는 풋볼을
운반하는 브로큰 필드(풋볼에서 수비수들이 진 치고 있는 스크러
미지 라인을 넘어선 지역 — 옮긴이) 주자처럼 워커들 사이를 이리
저리 누볐다. 그는 똑같은 멍한 표정을 얼굴에 떠올린 채 뛰었다.

하프트랙이 속도를 냈다. 저크는 그것이 다가오는 소리를 듣고
더 빨리 달렸다. 그것은 괴상하고, 어기적거리고, 흐느적거리는 달
리기였다. 그의 무릎에 난 상처가 다시 벌어졌고, 그가 탁 트여 있
는 주 그룹의 앞쪽으로 갑자기 튀어 나가면서, 개러티는 새로 흘
러나온 핏방울이 철벅 튀며 그의 바지 밑단에서 날아가는 것을
볼 수 있었다. 저크는 길을 따라가다 오르막을 뛰어 올라갔고, 잠
시 동안 붉은 하늘을 배경으로 완전히 실루엣만 보였다. 감전된
듯한 검은 물체. 최고 속도로 도망가는 도중에 잠시 얼어붙은 허
수아비 같은. 다음 순간 그는 사라졌고 하프트랙이 뒤따랐다.
거기서 내린 두 명의 군인이 텅 빈 얼굴로 소년들과 함께 터덜터
덜 걸어갔다.

그 누구도 더 이상 말하지 않았다. 오직 귀만 기울였다. 오랫동
안 아무 소리도 들리지 않았다. 믿을 수 없을 정도로, 엄청나게

오랫동안. 오직 새 한 마리, 그리고 이른 5월의 귀뚜라미 몇 마리, 그리고 뒤쪽 어디에선가 비행기가 웅웅거리는 소리.

이윽고 한 발의 날카로운 총성, 침묵, 그다음 두 번째 총성.

"확인 사살이야."

누군가가 역겹다는 듯이 말했다.

오르막을 올라갔을 때 그들은 하프트랙이 1킬로미터 정도 떨어진 곳의 갓길에 서 있는 것을 보았다. 하프트랙의 이중 배기관에서 파란 연기가 나오고 있었다. 저크의 흔적은 없었다. 전혀 없었다.

"통령은 어디 있어?" 누군가가 고함을 질렀다. 공황에 빠지기 직전인 날것 그대로의 목소리였다. 48번 그리블이라는 이름의 둥근 머리 소년이었다. "통령을 보고 싶어, 제기랄! 통령 나오라고 해!"

길 가장자리를 따라 걷고 있는 군인들은 대답하지 않았다. 아무도 대답하지 않았다.

"통령은 또 연설을 하고 있겠지? 그러고 있겠지? 야, 그는 살인자야! 그렇다니까, 살인자! 나…… 나는 그에게 말해야겠어! 내가 못 할 줄 알아? 그의 얼굴에 대고 말할 거야! 그의 얼굴에 똑바로 대고 말하겠다고!"

그리블은 호통을 쳤다. 흥분해서 걸음 속도가 느려지다가 거의 멈추었다. 군인들이 처음으로 관심을 보였다.

"경고! 48번 경고!"

그리블은 머뭇거리다가 멈추었지만, 이내 속도를 냈다. 그는 걸으면서 자기 발을 내려다보았다. 곧 워커들은 하프트랙이 기다리고 있는 곳까지 올라갔다. 하프트랙은 그들 옆에서 다시 느릿느릿 가기 시작했다.

네 시 사십오 분쯤, 개러티는 저녁을 먹었다. 가공참치 튜브, 치즈 스프레드를 바른 스내피 크래커스 몇 개, 그리고 많은 양의 물. 더 먹고 싶었지만 억지로 참았다. 물병은 언제라도 얻을 수 있지만 내일 아침 아홉 시까지는 새 농축 음식을 얻지 못할 것이다……. 그리고 한밤중에 간식이 먹고 싶을 수도 있었다. 젠장, 그는 한밤중의 간식이 '필요하게' 될지도 몰랐다.

"그건 생사가 걸린 문제일 수 있지. 하지만 확실히 네 식욕을 조금도 감퇴시키지는 않았구나."

베이커가 말했다.

"그렇게 놔둘 여유가 없어. 내일 새벽 두 시쯤 기절할 거라는 생각은 하기 싫어."

개러티가 대답했다.

이제 진짜 불쾌한 생각이 고개를 쳐들었다. 아마 기절하면 아무것도 모르겠지. 아무것도 느끼지 못하겠지. 그저 영원 속에서 깨어날 거야.

"생각이 많구나, 안 그래?" 베이커가 부드럽게 말했다.

개러티는 베이커를 바라보았다. 사라져가는 햇빛 속에서, 베이커의 얼굴은 젊고 부드럽고 아름다웠다.

"그래. 아주 많은 것을 생각하고 있어."

"어떤?"

"하나를 꼽자면, 저 애."

개러티는 스테빈스 쪽을 머리로 가리켰다. 스테빈스는 출발하던 때 걷던 것과 여전히 똑같은 걸음걸이로 걷고 있었다. 그가 입은 바지는 젖었다가 그대로 마르고 있었다. 얼굴에는 그늘이 졌다. 그리고 여전히 마지막 샌드위치 반 개를 아끼고 있었다.

"저 애에 대해 무슨 생각을 하는데?"

"저 애가 왜 여기 왔는지, 왜 아무 말도 하지 않는지 궁금해. 그리고 죽을지 살지도."

"개러티, 우리는 모두 죽어."

"하지만 오늘 밤은 아니길 바라."

개러티가 말했다. 가벼운 목소리를 유지했지만, 갑자기 온몸이 떨려왔다. 베이커가 그 모습을 보았는지 아닌지 알 수 없었다. 신장이 졸아드는 기분이었다. 돌아서서 바지 지퍼를 내리고 뒤로 걷기 시작했다.

"상에 대해서는 어떻게 생각해?" 베이커가 물었다.

"상 생각은 별 의미가 없는 것 같아."

개러티는 그렇게 말하고 오줌을 누기 시작했다. 일을 끝내고, 바지 지퍼를 올리고, 다시 몸을 돌리면서 경고를 받지 않고 그 일을 해냈다는 것이 약간 기뻤다.

"나는 그 생각을 해. 상 자체보다는 돈 생각을 해. 그 어마어마한 돈."

베이커가 꿈꾸는 듯이 끼어들었다.

"부자는 하늘나라에 들어가지 못하나니."

개러티가 말했다. 그는 자기 발을 바라보았다. 진짜 하늘나라가 있는지 없는지 그가 알아내지 못하게 막아주는 유일한 방벽.

"할렐루야. 설교 후에는 다과가 나올 것입니다."

올슨이 말했다.

"너 종교 있어?" 베이커가 개러티에게 물었다.

"아니, 딱히 믿는 건 없어. 하지만 나는 돈에 환장하지는 않았어."

"네가 감자 수프와 콜라드(양배추처럼 생긴 진녹색 채소 — 옮긴이)만 먹고 자랐다면 돈에 환장할 수도 있어. 너네 아빠가 탄약을 살 수 있을 때만 베이컨을 먹고."

"그랬다면 이야기가 달라지지."

개러티가 동의하고는 다른 말을 해야 하나 생각하면서 침묵했다.

"하지만 그건 결코 진짜로 중요한 일이 아니야."

베이커는 개러티를 이해할 수 없다는 듯이, 그리고 약간 깔보듯이 바라보았다.

"천국에 돈을 가져갈 수 있는 것도 아니니까. 그 얘기를 하려는 거지?"

맥브라이스가 끼어들었다.

개러티는 맥브라이스를 슬쩍 보았다. 다시 그 짜증나는 비딱한 미소를 짓고 있었다.

"그건 사실이야, 안 그래? 우리는 빈손으로 왔다가 빈손으로 가는 거지."

개러티가 말했다,

"그래, 하지만 그 두 가지 사건 사이의 기간이 안락하면 더 즐겁지, 안 그래?"

맥브라이스가 말했다.

"오, 안락이라니, 웃기고 있네. 만약 저기 초대형 통카(자동차 장난감의 상표명 — 옮긴이)를 타고 있는 깡패들 중 한 명이 너를 쏜다면, 세상 어떤 의사도 20달러나 50달러짜리를 수혈해서 너를 되살려낼 수 없어."

개러티가 말했다.

"난 죽지 않았어." 베이커가 작게 말했다.

"그래, 하지만 죽을 수도 있어."

갑자기 개러티에게는 베이커가 이 사실을 받아들이게 하는 것이 매우 중요한 일이 되었다.

"네가 이겼다 치면? 현금을 가지고 무엇을 할 것인지 계획하면서 ─ 상은 젖혀놓고, 그냥 현금만 ─ 그다음 6주를 보내다가 뭔가 사기 위해 밖으로 나간 첫날 택시에 치여 납작해져 버리면 어쩔래?"

어느새 하크니스가 와서 올슨 옆에서 걷고 있었다.

"난 아니야. 난 첫 번째로 체커스 택시들을 모델별로 다 살 거야. 여기서 이기면 나는 다시는 걷지 않을지도 몰라."

하크니스가 말했다.

"넌 이해 못 해."

개러티는 어느 때보다도 화가 나서 말했다.

"감자 수프를 먹건 살치살을 먹건, 대저택에서 살건 가축우리 같은 집에서 살건, 일단 죽으면 끝이야. 사람들은 저크나 유잉처럼 시체 놓는 판에 널 놓아버릴 거야. 그리고 그걸로 끝이야. 하루하루 자신에게 주어진 일을 열심히 하는 게 나을걸. 내가 할 말은 그것뿐이야. 사람들이 하루하루 열심히 산다면 훨씬 더 행복해질 거야."

"헛소리를 금과옥조처럼 해대네." 맥브라이스가 말했다.

"그래 보여? 넌 얼마나 계획하고 있는데?"

개러티의 목소리가 커졌다.

"음, 지금 나는 세상을 보는 눈이 달라지고 있어, 그건 사실이야……."

"장담해도 좋지만, 단 하나의 차이는 우리가 지금 당장 죽음에 직면해 있다는 거야."

개러티가 침울하게 말했다.

그 뒤에 완전한 침묵이 깔렸다. 하크니스는 안경을 벗어 닦기 시작했다. 올슨은 약간 더 창백해진 것 같았다. 개러티는 그 말을 하지 말걸 그랬다고 생각했다. 너무 멀리까지 갔다.

그때 누군가 뒤쪽에서 아주 또렷이 말했다.

"옳소, 옳소!"

개러티는 스테빈스의 목소리를 한 번도 듣지 못했는데도 그것이 스테빈스라는 것을 확신하며 주위를 둘러보았다. 그러나 스테빈스는 아무 표시도 내지 않았다. 그는 길바닥을 보고 있었다.

"내가 흥분했던 것 같아."

자기가 흥분했던 건 아니지만 개러티는 그렇게 중얼거렸다. 흥분했던 사람은 저크였다.

"누구 쿠키 먹을래?"

개러티는 쿠키를 주위에 건네주었고, 시간은 다섯 시였다. 해는 지평선 위에 반쯤 걸쳐진 것처럼 보였다. 지구가 돌기를 멈춘 것 같았다. 무리 앞쪽에서 열심히 걷던 서너 명은 주 그룹 앞쪽과 거리가 50미터도 안 될 때까지 뒤로 처졌다.

개러티에게는 길이 오르막만 있고 그에 대응해야 할 내리막이 없는 교활한 조합으로 이루어진 것처럼 보였다. 그것이 사실이라면 그들은 모두 오래지 않아 산소 호흡기로 숨 쉬게 될 것이라고 생각하다가 버려진 음식 농축액 허리띠를 밟았다. 개러티는 놀라서 위를 보았다. 그것은 올슨의 허리띠였다. 그의 손이 허리춤에서 경련하고 있었다. 얼굴에는 놀라서 찡그린 표정이 떠올라 있었다.

"내가 떨어뜨렸어. 뭐 좀 먹으려다가 떨어뜨려버렸어."

올슨이 말하고 마치 그게 얼마나 어리석은 짓인지 보여주려는 것처럼 웃었다. 웃음이 갑자기 멈추었다.

"배고파." 올슨이 말했다.

아무도 대답하지 않았다. 그때는 모두가 그곳을 지나쳐버려서 그것을 주울 기회가 없었다. 개러티는 뒤를 돌아보고 올슨의 음식 허리띠가 끊어진 흰 선 너머에 놓여 있는 모습을 보았다.

"나 배고파."

올슨이 끈질기게 되풀이했다.

'통령은 빨리 출발하고 싶어서 몸이 근질거리는 사람을 보는 걸 좋아해.'

올슨이 자기 번호를 받고 돌아올 때 그렇게 말하지 않았던가? 올슨은 이제 그렇게 빨리 출발하고 싶어 몸이 근질거리는 사람으로는 보이지 않았다. 개러티는 자기 허리띠의 주머니를 보았다. 농축액 튜브 세 개가 남아 있었고, 거기에 스내피 크래커와 치즈가 있었다. 치즈는 아주 질이 나빴다.

"여기."

개러티는 올슨에게 치즈를 주었다.

올슨은 아무 말도 하지 않았지만 그 치즈를 먹었다.

"삼총사네."

맥브라이스가 아까와 똑같이 비딱한 웃음을 띠고 말했다.

다섯 시 반이 되자 하늘은 황혼으로 어둑어둑했다. 몇 마리 이른 반딧불이가 공중을 정처 없이 돌아다녔다. 도랑과 낮은 배수로들에 땅안개가 우유처럼 고였다. 앞쪽에서 누군가가, 만약 너무 안개가 짙어져 실수로 길에서 벗어나 걸으면 무슨 일이 일어나느냐고 물었다.

헷갈릴 수 없는 바코비치의 목소리가 재빨리 고약하게 되돌아왔다.

"어떻게 될 거라고 생각해, 바보야?"

'넷이 갔어.'

개러티는 생각했다. 길 위에서 여덟 시간 반을 보냈는데 겨우 넷이 갔다. 배 속이 살짝 조이는 느낌이 났다.

'나는 절대로 이 아이들이 다 쓰러질 때까지 버티지 못할 거야.'

개러티는 생각했다. 그들 모두보다는. 그러나 한편 생각해 보면, 왜 안 된단 말인가. 누군가는 그렇게 되어야만 했다.

햇빛과 함께 이야기도 사라져갔다. 대신 자리 잡은 침묵은 숨이 막혔다. 침범해 오는 어둠, 작고 서늘해진 웅덩이에 모여드는 땅안개…… 처음으로 그것은 완벽하게 현실적이고 완전히 초자연적으로 보였다. 개러티는 잰이나 어머니, 어떤 여자가 있었으면 하고 바랐다. 그리고 대체 자기가 무엇을 하고 있으며 어쩌다가 여기 빠져들었는지 의아해했다. 심지어 모든 것이 뻔히 보이지 않았다고 자신을 속일 수도 없었다. 실제로 모든 것이 뻔했기 때문이다. 더군다나 혼자 한 짓도 아니었다. 이 행진에는 현재 95명의 다른 바보들이 있었다.

점액 덩어리가 목구멍에 다시 걸리면서 침 삼키기가 어려웠다. 개러티는 앞쪽에서 누군가 작게 흐느끼고 있는 것을 깨달았다. 그 소리가 시작되는 것을 듣지 못했고, 아무도 그에게 그 소리에 대해 주의를 환기하지 않았다. 마치 그 소리는 내내 들려왔던 것 같았다.

이제 카리부까지 16킬로미터 남았고, 최소한 그곳에는 불빛이 있을 것이다. 그 생각을 하자 개러티는 약간 기운이 났다. 결국 괜찮았다, 안 그런가? 그는 살아 있었고, 그러지 못할 때를 미리 생각하는 것은 의미가 없었다. 맥브라이스의 말처럼, 모두 세상을 보는 눈을 바꾸는 문제였다.

다섯 시 사십오 분에 트라빈이라는 이름의 소년에 대한 소문이 뒤로 돌았다. 트라빈은 초기에는 선봉 중 하나였으나 이제는 천천히 주 그룹에서 처지고 있었다. 트라빈은 설사를 하고 있었다. 개러티는 그 말을 듣고 믿을 수가 없었지만, 트라빈을 보자 그것이 사실임을 알았다. 그 소년은 걸으면서 동시에 바지를 위로 끌어 올리고 있었다. 그는 쪼그릴 때마다 경고를 받았고, 개러티는 역겨워하면서도 왜 트라빈은 그냥 싸서 다리를 타고 흘러내리게 하지 않는지 의아해했다. 죽는 것보다는 더러운 게 낫다.

트라빈은 몸을 앞으로 굽히고, 샌드위치를 가진 스테빈스처럼 걷고 있었다. 그가 몸을 떨 때마다 개러티는 한 번씩 위경련이 온몸을 관통했다. 개러티는 속이 뒤집혔다. 여기에는 아무 매력도, 아무 신비도 없었다. 배탈이 난 소년이 있었고, 그것이 전부였다. 혐오와 일종의 동물적 공포 외에는 아무것도 느낄 수 없었다. 그 자신의 배도 메스껍게 출렁거렸다.

군인들은 트라빈을 아주 주의 깊게 지켜보고 있었다. 지켜보며 기다리고 있었다. 마침내 트라빈이 반쯤 쭈그리고 반쯤 넘어졌을 때, 군인들이 그를 쏘았고 그의 바지가 내려왔다. 트라빈은 나가 떨어져 하늘을 바라보며 추하고 가련하게 얼굴을 찡그렸다. 누군가가 시끄럽게 구역질을 해서 경고를 받았다. 개러티에게는 마치 그가 속에 있는 것을 전부 뿜어내고 있는 것처럼 들렸다.

"저 애가 다음이 되겠군."

하크니스가 사무적인 어조로 말했다.

"입 닥쳐. 그냥 입 좀 닥칠 수 없어?"

개러티는 꽉 잠긴 목소리로 숨 막힌 듯이 말했다.

아무도 대답하지 않았다. 하크니스는 부끄러운 듯이 다시 안경을 닦기 시작했다. 아까 토한 소년은 총살되지 않았다.

개러티는 담요 위에 앉아 코카콜라를 마시며 환호하는 10대 한 무리를 지나쳤다. 그들은 개러티를 알아보고 일어서서 그에게 박수갈채를 보냈다. 개러티는 불편해졌다. 여자애들 중 한 명은 가슴이 매우 컸다. 그녀의 남자친구는 그녀가 위아래로 뛰면서 가슴이 흔들리는 것을 지켜보고 있었다. 개러티는 자기가 섹스광이 되어가고 있나 보다고 생각했다.

"저 왕가슴 좀 봐. 우와, 세상에." 피어슨이 말했다.

개러티는 그녀도 자기처럼 성경험이 없을까 궁금했다.

그들은 위에 희미하게 안개가 서린 조용한, 거의 완벽하게 원형인 연못을 지나쳤다. 그것은 부드럽게 김이 서린 거울 같았고, 가장자리를 따라 자라는 수생식물들이 신비롭게 뒤엉켜 있는 속에서 황소개구리 한 마리가 쉰 소리로 개굴거렸다. 개러티는 그 연못이 자기가 본 가장 아름다운 것들 중 하나라고 생각했다.

"이 주는 왜 이렇게 커."

바코비치가 앞쪽 어딘가에서 말했다.

"저 자식만 보면 엄청 짜증이 나. 지금 당장 내 인생 목표 하나는 저놈보다 오래가는 거야."

맥브라이스가 진지하게 말했다.

올슨은 성모송을 읊고 있었다.

개러티는 정신을 차리고 그를 바라보았다.

"저 애가 경고를 얼마나 많이 받았지?" 피어슨이 물었다.

"내가 알기로는 없어." 베이커가 말했다.

"그래, 하지만 저 애는 별로 좋아 보이지 않아."

"여기까지 와서는 우리 다들 그래." 맥브라이스가 말했다.

또다시 침묵이 드리웠다. 개러티는 처음으로 발이 아프다는 것을 깨달았다. 한동안 그를 괴롭히던 다리만 아픈 것이 아니라, 발도 아팠다. 무의식중에 발바닥 바깥 쪽으로 디디고 있었다는 것을 알아차렸지만, 때때로 발을 평평하게 내려놓다가 움찔했다. 재킷 지퍼를 다 올리고 목 주위 옷깃을 세웠다. 공기는 여전히 축축하고 매우 추웠다.

"어이! 저기 봐!"

맥브라이스가 명랑하게 말했다.

개러티와 다른 사람들은 왼쪽을 보았다. 그들은 작고 풀이 무성한 둔덕 위에 자리잡은 묘지를 지나가고 있었다. 돌로 된 벽이 묘지를 둘러싸고 있었고, 이제 안개는 기울어진 묘석들 주위

를 천천히 기어가고 있었다. 한쪽 날개가 부서진 천사 하나가 그
들을 공허한 눈으로 바라보고 있었다. 동고비(참새목에 속하는 조
류 — 옮긴이) 한 마리가 어느 애국 휴일(미국의 국가 공휴일 — 옮
긴이)에 남은 녹슬고 부슬부슬 떨어져가는 깃발 게양대 위에 앉
아 그들을 의기양양하게 바라보고 있었다.

"우리의 첫 번째 묘지, 그게 옆에 있어. 레이, 넌 점수를 다 잃
었어. 그 게임 기억나?"

맥브라이스가 말했다.

"너는 말을 너무 많이 해." 올슨이 갑자기 말했다.

"묘지가 뭐 잘못됐어, 옛 친구 헨리? 시인이 말한 것처럼 아름
답고 사적인 장소(17세기 영국의 형이상학파 시인 앤드루 마블의 시
「수줍은 연인에게(To His Coy Mistress)」의 한 구절 — 옮긴이)잖아.
물이 새지 않는 훌륭한 관과……"

"그냥 입 닥쳐!"

"오, 까다로워라." 맥브라이스가 말했다. 죽어가는 햇빛 속에서
흉터가 하얗게 번뜩였다. "너 죽는다는 생각이 진짜 신경 쓰이는
건 아니잖아, 안 그래, 올슨? 그 시인이 또 말한 것처럼, 죽는 게
문제가 아니라, 무덤 속에 그렇게 오래 누워 있는 게 문제지. 그게
너를 괴롭히는 거 아니니, 멍청이야?" 맥브라이스는 의기양양해
지기 시작했다. "자, 기운 내, 찰리! 더 밝은 날이 오리니……"

"걔를 가만 놔둬." 베이커가 조용히 말했다.

"왜 내가 그래야 해? 그는 언제든지 마음만 먹으면 실패해도 된
다고 자신을 설득하느라 바빠. 그냥 누워서 죽고 싶으면, 모든 사
람들이 말하는 것처럼 그렇게 나쁘지는 않을 거라고. 음, 그가 그

런 식으로 빠져 달아나게 두지는 않을 거야."

"그가 죽지 않으면, 네가 죽을 거야." 개러티가 말했다.

"그래, 나도 기억하고 있어."

맥브라이스가 개러티에게 다시 긴장되고 비딱한 미소를 보였다……. 다만 이번에는 그 안에 웃음기라고는 전혀 없었다. 갑자기 맥브라이스는 사납게 보였고, 개러티는 거의 그가 두려울 지경이었다.

"잊어버리고 있는 사람은 올슨 쪽이야. 여기 이 겁쟁이."

"난 이제 이거 안 할래. 난 여기 질렸어."

올슨이 공허하게 말했다.

"찢어지고 싶어 안달이라고, 네가 그렇게 말하지 않았어? 그럼 꺼져. 왜 그때 쓰러져서 죽지 않았어?"

맥브라이스가 올슨을 보고 말했다.

"걔를 가만 놔둬." 개러티가 말했다.

"들어봐, 레이……"

"아니, 네가 들어봐. 바코비치는 하나로 충분해. 그 녀석이 자기 방식대로 행동하게 놔둬. 삼총사는 없어, 기억해."

맥브라이스가 다시 미소 지었다.

"좋아, 개러티. 네가 이겼어."

올슨은 아무 말도 하지 않았다. 그저 계속 발을 들어 올렸다가 내려놓고 있었다.

완전한 어둠은 여섯 시 반에 왔다. 이제 겨우 10킬로미터 떨어져 있는 카리부는 지평선에 흐릿한 불빛으로 보였다. 길에는 그들이 도시로 들어가는 것을 지켜보는 사람이 거의 없었다. 모두 저녁을 먹으러 집에 간 것 같았다. 안개는 레이 개러티의 발 주위에서 싸늘했고, 언덕 위 귀신같이 축 처진 현수막 속에 걸려 있었다. 별들은 머리 위에서 더욱 밝게 떠올랐다. 금성이 꾸준히 빛났고, 북두칠성은 평소 자리에 있었다. 개러티는 언제나 별자리에 밝았다. 피어슨에게 카시오페이아를 가리켰지만, 그는 툴툴거리기만 했다.

개러티는 여자친구 잰을 생각하고 아까 키스한 소녀 때문에 죄책감으로 찌르르한 통증이 오는 것을 느꼈다. 그는 그 소녀가 어떻게 생겼는지 더 이상 기억할 수 없었지만, 그녀는 그를 흥분시켰다. 손을 그녀의 엉덩이에 그렇게 놓았던 것이 그를 흥분시켰다. 만약 그녀의 다리 사이로 손을 집어넣었다면 무슨 일이 벌어졌을까? 그는 걸으면서 사타구니의 벌떡 일어선 압력 때문에 약간 움찔했다.

잰은 머리가 길어서 거의 허리까지 왔다. 열여섯 살이었다. 가슴은 그와 키스한 여자애만큼 크지 않았다. 개러티는 잰의 가슴을 가지고 놀았다. 그것은 그를 미치게 했다. 그녀는 그가 섹스하게 해주지 않았고, 그는 어떻게 해야 그녀가 그렇게 해줄지 몰랐다. 그녀도 하고 싶어 했으나, 그러지 않을 것이었다. 개러티는 어떤 남자애들은 그렇게 할 수 있다는 것을, 여자아이가 선을 넘게 할 수 있다는 것을 알았다. 그러나 그는 그녀를 설득할 만한 충분한 개성 — 또는 충분한 의지 — 을 갖지 못한 것 같았다. 다른 아이들 중 동정이 얼마나 많을지 궁금했다. 그리블은 통령을 살인자라고 불렀다. 개러티는 그리블이 동정이었을 거라고 생각했다.

그들은 카리부 시계를 지났다. 그곳에는 많은 군중이 있었고,

어느 방송사에서 나온 뉴스 트럭이 있었다. 수많은 불빛이 따뜻하고 흰 빛으로 길을 휩쌌다. 그것은 마치 햇빛이 만든 갑작스럽고 따뜻한 초호(礁湖)로 걸어 들어갔다가, 걸어서 건너고 다시 나오는 것 같았다.

스리피스 정장을 입은 뚱뚱한 신문기자가 그들을 따라 종종걸음으로 걸으며 장거리 마이크로폰을 여러 워커들에게 들이댔다. 뒤에서는 두 명의 기술자가 분주하게 전선이 감긴 원통을 풀고 있었다.

"기분이 어때요?"

"괜찮아요. 괜찮다고 생각합니다."

"지쳤나요?"

"네, 뭐, 아시겠죠. 그래요. 하지만 아직 괜찮습니다."

"지금 가능성이 얼마나 된다고 생각합니까?"

"모르겠어요……. 괜찮은 것 같습니다. 난 아직 아주 튼튼하다고 느껴요."

기자는 스크램이라는 커다란 황소 같은 남자 아이에게 롱 워크에 대해 어떻게 생각하느냐고 물었다. 스크램은 웃고 나서 자기가 본 것 중에 가장 엿 같은 일이라고 생각한다고 말했다. 그러자 기자는 그 두 명의 기술자에게 손가락으로 자르라는 동작을 했다. 그중 한 명이 지친 듯이 고개를 끄덕였다.

그 후 곧 기자의 마이크로폰 선이 끝에 다다랐고 그는 전선이 얽힌 부분을 피하면서 TV 중계차로 천천히 돌아가기 시작했다. 롱 워커들만큼이나 TV 방송 종사자들을 보고도 흥분한 군중은 열광적으로 환성을 질렀다. 통령의 포스터들이 갓 자른 나뭇가지에 붙어 리드미컬하게 올라갔다가 내려갔다. 어찌나 새것인지 아직도 송진이 흐르고 있었다. 카메라가 그들 위로 돌아갈 때, 그들은 어느 때보다도 더 미친 듯이 환호하며 TV를 보고 있을 친지들에게 손을 흔들었다.

그들은 한 굽이를 돌아 작은 가게를 지나갔다. 그곳의 소유주는 얼룩진 흰옷을 입고 있는 작은 남자였는데, 이런 표지판을 붙인 탄산음료 냉장고를 세워놓았다. **롱 워커들에게 우리 가게에서 냅니다! '에브 마켓'의 대접입니다!** 경찰 순찰차가 가까이 주차되어 있었고, 두 명의 경찰이 분명 매해 했던 것처럼 참을성 있게 에브에게 설명하고 있었다. 구경꾼이 워커들에게 도움이나 원조를 제공하는 것은 규칙에 어긋난다고. 탄산음료도 당연히 안 된다고.

그들은 카리부 제지 주식회사를, 더러운 강가의 그을음으로 검어진 거대한 공장 건물을 지나갔다. 노동자들은 체인링크 울타리(굵은 철사를 다이아몬드 모양으로 엮은 울타리 — 옮긴이)를 따라 줄지어 서서 온화하게 환호하고 손을 흔들고 있었다. 마지막 워커 — 스테빈스 — 가 지나갈 때 호루라기가 울렸고, 어깨 너머로 뒤돌아본 개러티는 그들이 다시 안으로 행진해 들어가는 것을 보았다.

"그기 너한테 물었어?"

귀에 거슬리는 목소리가 개러티에게 물었다. 엄청나게 지친 느낌으로, 개러티는 개리 바코비치를 내려다보았다.

"누가 나한테 뭘 물었다고?"

"그 기자 말이야, 멍청이야. 기자가 너한테 기분이 어떠냐고 물었어?"

98

"아니, 나한테는 오지 않았어."

개러티는 바코비치가 가버리기를 바랐다. 발바닥의 맥박 치는 고통이 사라지기를 바랐다.

"나한테는 물었어. 내가 뭐라고 했는지 알아?"

"흐음."

"난 엄청나게 기분이 좋다고 말했어."

바코비치는 공격적으로 말했다. 레인해트는 여전히 뒷주머니에 매달려 있었다.

"내가 아주 튼튼하다고 느낀다고 했어. 영원히 계속할 준비가 되어 있다고 말했어. 그리고 또 뭐라고 했는지 알아?"

"야, 입 닥쳐." 피어슨이 말했다.

"누가 너한테 물었나, 키 크고 못생긴 길쭉아?"

바코비치가 말했다.

"가버려. 너 때문에 두통이 난다." 맥브라이스가 말했다.

다시 한 번 모욕당한 바코비치는 줄 앞쪽으로 움직여 콜리 파커를 붙잡았다.

"기자가 너한테……."

"네 빌어먹을 코를 뜯어내서 너한테 먹여버리기 전에 여기서 꺼져."

콜리 파커가 으르렁거렸다. 바코비치는 재빨리 계속 걸었다. 소문으로는 콜리 파커가 아주 비열한 개새끼라고 했다.

"저 새끼는 날 화나게 해." 피어슨이 말했다.

"그놈은 그걸 들으면 기뻐할 거야. 그걸 좋아하거든. 그놈은 그 기자에게 자기는 아주 많은 무덤 위에서 춤출 생각이라고 말하기도 했어. 그것도 진심이야. 그것 때문에 계속 가는 거지."

맥브라이스가 말했다.

"다음에 이쪽으로 올 때는 저놈 발을 걸어버릴 테다."

올슨의 목소리는 둔하고 힘이 빠진 것 같았다.

"쯧쯧. 8번 규칙, 동료 워커들에게 간섭해서는 안 된다."

맥브라이스가 말했다.

"넌 8번 규칙을 가지고 어떻게 할 수 있는지 알잖아."

올슨이 창백한 미소를 지으며 말했다. 맥브라이스가 웃었다.

"조심해. 너 다시 아주 생생해 보이기 시작했어."

저녁 일곱 시에는 거의 최저 한계까지 떨어져 있던 걸음 속도
가 약간 올라가기 시작했다. 날이 차가워서 더 빨리 걸어야 몸을
계속 데울 수 있었다. 그들은 유료 고속도로의 고가도로 아래를
지나갔고, 나들목 토대 가까이 자리 잡은 유리벽 가게에서 던킨
도넛을 몇 입씩 물고 있는 몇 사람이 그들에게 환호했다.

"우리 어딘가에서 저 유료 고속도로와 만나겠지, 안 그래?"

베이커가 물었다.

"올드타운에서. 대략 200킬로미터야." 개러티가 말했다.

하크니스가 이 사이로 휘파람을 불었다.

그 후 오래지 않아, 그들은 카리부 시내로 걸어 들어갔다. 그들
은 출발점에서 70킬로미터 와 있었다.

4장

"궁극적인 게임 프로그램은
지는 참가자가 살해당하는 프로그램일 것입니다."
― 척 배리스
게임 프로그램 크리에이터, 「공 쇼」의 MC

모두 카리부에 실망했다.

그곳은 라임스톤과 똑같았다.

군중은 더 많았지만, 그것을 제외하면 그곳은 또 하나의 제지와 펄프 공장 도시일 뿐이었다. 가게들과 주유소들이 약간 흩어져 있고, 온 사방에 도배가 된 광고지에 따르면 '연례 대형 가격세일'을 하고 있는 쇼핑센터 하나, 전쟁기념관이 있는 공원 하나가 있었다. 불길한 소리를 내는 소규모 고등학교 밴드 하나가 국가를 연주하기 시작했고, 그다음에는 수자(미국의 지휘자, 작곡가―옮긴이)의 행진곡 메들리를, 그다음에는 무슨 소름 끼치는 악취미인지 「프레토리아로 행진」(1834~1837년에 남아프리카 케이프타운에서 트랜스바알로 이동한 남아프리카 개척자들을 그린 노래―옮긴이)을 연주했다.

한참 전에 교차로에서 소동을 벌였던 여자가 다시 나타났다. 여전히 퍼시를 찾고 있었다. 이번에는 경찰 저지선을 뚫고 곧바로 길로 나왔다. 소년들 사이를 마구 헤집고 다니다가, 의도치 않게 한 명을 넘어뜨렸다. 그녀는 퍼시에게 이제 집에 가자고 외치고 있었다. 군인들은 총으로 손을 뻗었고, 잠시 동안 퍼시의 어머니가 간섭죄로 티켓을 끊을 것이 매우 확실해 보였다. 다음 순간 형사 한 명이 팔을 걸어 그녀를 꼼짝 못 하게 한 다음 끌어냈다. 어린 소년 하나가 '메인을 깨끗하게'라고 쓰인 커다란 통에 앉아 핫도그를 먹으며 형사들이 퍼시의 엄마를 경찰 순찰차에 밀어 넣는 광경을 지켜보고 있었다. 카리부를 지나가는 길에서 가장 재미있었던 것이 퍼시의 어머니였다.

"올드타운 다음에는 뭐가 나와, 레이?" 맥브라이스가 물었다.

"난 걸어 다니는 도로 지도가 아니야." 개러티는 짜증이 나서 말했다. "뱅고어일 거야. 그다음에는 오거스타. 그다음에는 키터리와 주 경계선, 여기서 약 530킬로미터. 대충 그래. 됐어? 내가 아는 건 그게 다야."

누군가가 휘파람을 불었다.

"530킬로미터라니."

"믿을 수가 없네." 하크니스가 우울하게 말했다.

"이 일 전체가 믿을 수 없지. 통령이 어디 있나 궁금한데?"

맥브라이스의 질문에 올슨이 대답했다.

"오거스타에서 살림 차리고 있어."

그들은 모두 웃었다. 개러티는 통령이 겨우 열 시간 만에 신에서 맘몬(탐욕을 상징하는 악마 — 옮긴이)으로 전락해 버린 것이 얼마나 이상한지 곰곰 생각했다.

95명이 남았다. 그러나 그것은 더 이상 최악이 아니었다. 최악은 맥브라이스가, 또는 베이커가, 또는 어리석은 책 아이디어를 품은 하크니스가 티켓을 끊는 모습을 그려보는 것이었다. 개러티는 그런 생각을 하지 않으려고 최대한 애쓰고 있었다.

일단 카리부를 지나가자 길에는 사람이 거의 없었다. 그들은 단 하나의 가로등이 높이 솟아 있는 시골 교차로를 걸었다. 그들이 그 불빛 속을 지나갈 때 등불은 그들을 집중적으로 비추며 빳빳한 검은 그림자를 만들었다. 멀리서 기차 기적 소리가 울렸다. 달은 땅안개 위에 수상한 빛을 던지며, 들판에 깔린 안개를 진주와 오팔 색으로 남겨두었다.

개러티는 물을 한 모금 마셨다.

"경고! 12번 경고! 이게 마지막 경고다, 12번!"

12번은 '나는 워싱턴 산 톱니바퀴식 철도를 탔다.'라고 씌어 있는 기념품 티셔츠를 입고 있는 펜터라는 이름의 소년이었다. 펜터는 입술을 핥고 있었다. 소문으로는 발이 심하게 굳었다고 했다. 10분 후 펜터가 총에 맞았을 때, 개러티는 별다른 감정을 느끼지 못했다. 너무 지쳐 있었다. 개러티는 쓰러진 펜터를 돌아 걸어갔다. 내려다보자 펜터의 손에 뭔가 반짝이는 것이 보였다. 성 크리스토퍼(여행자의 수호성인 — 옮긴이) 메달이었다.

"만약 내가 여기서 벗어나면 뭘 할지 알아?"

맥브라이스가 갑자기 말했다.

"뭘 한 건데?" 베이커가 물었다.

"거기가 퍼레질 때까지 섹스할 거야. 5월 1일 일곱 시 사십오 분,

지금 이 순간만큼 내 생에서 호색적인 때가 없었어."

"너 진심이야?" 개러티가 물었다.

"진심이야. 네가 면도할 필요가 없는 상태라면 너한테도 침을 흘릴 것 같아, 레이." 맥브라이스가 말하자 개러티가 웃었다. "동화 속 왕자, 그게 바로 나야."

맥브라이스는 뺨에 있는 흉터를 손으로 어루만졌다.

"이제 내게 필요한 건 '잠자는 숲 속의 공주'뿐이야. 나는 그녀를 열렬하고 질펀한 영혼의 키스로 깨울 수 있을 거고 우리 둘은 황혼 속으로 말을 타고 떠날 거야. 최소한 가장 가까운 홀리데이인까지."

"걸어가." 올슨이 힘없이 말했다.

"엉?"

"황혼 속으로 걸어가라고."

"황혼 속으로 걸어간다, 좋아. 어느 쪽이든 진정한 사랑이지. 너 진정한 사랑을 믿니, 귀여운 행크?"

맥브라이스가 물었다.

"난 좋은 섹스를 믿어."

올슨의 대답에 아트 베이커가 웃음을 터뜨렸다.

"나 진정한 사랑을 믿어."

개러티는 이렇게 말하고 나서 바로 후회했다. 그 말은 순진하게 들렸다.

"너 왜 내가 안 믿는지 알고 싶니?"

올슨이 말하곤 개러티를 쳐다보며 무시무시하고 엉큼한 웃음을 지었다.

"펜터에게 물어봐. 저크에게 물어봐. 그들은 알아."

"참 대단한 태도다."

피어슨이 끼어들었다. 그는 어딘가의 어둠 속에서 나와 그들과 다시 함께 걷고 있었다. 피어슨은 절뚝거리고 있었다. 심하지는 않지만 매우 분명하게 절뚝거리고 있었다.

"아냐, 그렇지 않아." 맥브라이스가 말하고 잠시 후 퉁명스럽게 덧붙였다. "아무도 죽은 자를 사랑하지 않아."

"에드거 앨런 포는 사랑했어." 베이커가 말했다.

"학교에서 포에 대한 리포트를 썼는데, 포는 그런 경향이 있었대. 네, 네크로……"

"네크로필리아." 개러티가 말했다.

"그래, 그거야."

"그게 뭐야?" 피어슨이 물었다.

"죽은 여자랑 자고 싶은 충동을 느낀다는 거야. 여자라면 죽은 남자와."

베이커가 말했다.

"아니면 동성애자라면." 맥브라이스가 말했다.

"대체 어쩌다 우리가 이런 이야기를 하게 된 거야? 도대체 어쩌다가 죽은 사람이랑 섹스한다는 주제로 이야기를 하는 거냐고? 지독하게 역겨워."

올슨이 목쉰 소리로 말했다.

"왜 안 되는데?"

깊고 우울한 목소리. 2번 에이브러햄이었다. 그는 키가 크고 관절이 탈구된 것처럼 보였으며 연신 휘청거리며 걸었다.

"우리 모두 잠시 멈추어서 생각해 볼 수도 있지. 내세에는 어떤 종류의 섹스가 있을지."

"난 마릴린 먼로를 가질래. 넌 엘리너 루스벨트를 가져도 좋아, 오랜 친구 에이브."

맥브라이스가 말했다.

에이브러햄은 그에게 가운뎃손가락을 들었다. 앞쪽에서 군인 한 명이 단조로운 목소리로 경고를 주었다.

"지금 잠깐만. 망할, 여기서 잠깐만."

올슨은 표현에 커다란 문제를 겪으며 씨름하는 것처럼 천천히 말했다.

"너희 모두 그 주제는 그만 얘기해. 모두들."

"사랑의 초월적 성격, 저명한 철학자이자 에티오피아 항아리 공예 전문가 헨리 올슨이 강의하십니다. 「복숭아에 씨가 없으면 복숭아가 아니다」와 다른 작품들의 저자이시고……"

맥브라이스가 말했다.

"잠깐!" 올슨이 깨진 유리처럼 날카로운 목소리로 외쳤다. "너 희들, 제기랄 잠깐만 기다려! 사랑은 속임수야! 아무것도 아니라 고! 커다란 제로야! 알겠어?"

아무도 대답하지 않았다. 개러티는 앞쪽, 어둡고 짙은 회색 언 덕들이 하늘의 별이 송송 맺힌 어둠을 만나는 곳을 내다보았다. 그는 왼쪽 발바닥 움푹한 곳에 처음 쥐가 날 때 희미하고 찌르르 한 통증이 느껴지는 것 아닌가 궁금했다.

'주저앉고 싶어. 모두 엿 먹으라지, 난 주저앉고 싶어.'

개러티는 짜증이 났다.

"사랑은 사기야!" 올슨이 쩌렁쩌렁하게 소리치고 있었다. "세상에는 세 가지 위대한 진실이 있는데 그건 좋은 식사, 좋은 섹스, 좋은 똥이야. 그게 전부야! 그리고 너희가 펜터나 저크처럼 될 때……."

"입 닥쳐."

지루해진 누군가가 말했고, 개러티는 그것이 스테빈스라고 확신했다. 그러나 개러티가 뒤를 돌아보았을 때, 스테빈스는 길을 보며 왼쪽 가장자리를 따라 걷고만 있었다.

제트기 한 대가 머리 위로 지나갔다. 뒤로 엔진 소리를 남기며 밤하늘을 가로질러 솜털 같은 선을 그렸다. 비행기는 워커들이 노란색과 녹색으로 고동치는 야간 항행등을 볼 수 있을 정도로 낮게 지나갔다. 베이커는 다시 휘파람을 불고 있었다. 개러티는 눈을 거의 감다시피 했다. 발이 저절로 움직였다.

반쯤 잠든 정신은 개러티에게서 빠져나가기 시작했다. 무작위로 떠오른 생각들이 나른하게 배경을 가로지르며 서로를 쫓기 시작했다. 개러티는 어릴 때 어머니가 아일랜드 자장가를 불러주던 것을 떠올렸다……. 새조개와 홍합에 대한 노래였다. 살아 있는, 오 살아 있는. 그리고 스크린에 나온 여배우 얼굴같이 아주 커다랗고 아름다운 어머니의 얼굴. 어머니에게 키스하고 언제나 어머니와 사랑에 빠져 있고 싶었다. 어른이 되면 어머니와 결혼할 것이다.

그 얼굴은 잰의 인상 좋은 폴란드계 얼굴과 거의 허리까지 흘러내리는 검은 머리카락으로 바뀌었다. 그들은 레이드 비치에 갈 예정이었기 때문에 그녀는 짧은 비치 코트 아래 투피스 수영복을 입고 있었다. 개러티 자신은 해진 데님 바지에 조리 샌들을 신고 있었다.

젠은 사라졌다. 젠의 얼굴은 한 블록 내려간 곳에 사는 아이 지미 오웬스의 얼굴이 되었다. 개러티와 지미는 다섯 살이었고 지미의 어머니는 집 뒤 모래밭에서 그들이 의사 놀이를 하는 현장을 붙잡았다. 그들은 둘 다 발기해 있었다. 그들은 그것을 그렇게 불렀다. 발기라고. 지미의 어머니는 개러티의 어머니를 불렀다. 그날 어머니가 개러티를 붙잡아 침실에 앉히고 너를 발가벗겨 내보내 거리를 걷게 하면 좋겠냐고 물었다. 꾸벅꾸벅 조는 와중에도 그 상황에 느낀 비굴함과 당혹감과 깊은 수치심으로 몸이 위축되었다. 그는 발가벗겨 거리를 걷게 하지 말라고…… 그리고 아버지에게 이르지 말아달라고 울면서 빌었다.

이제 개러티는 일곱 살이었다. 지미 오웬스와 함께 버의 건물 자재실의 먼지 더께가 앉은 창으로 벌거벗은 여자 달력을 들여다보고 있었다. 그들은 무엇을 보고 있는지 알지만 진짜로는 알지 못한 채, 부끄럽지만 흥분되는 어떤 고통이 스멀스멀 기어오는 것을 느꼈다. 엉덩이에 파란 실크 쪼가리를 걸친 금발 여자가 있었고 그들은 그 모습을 아주 오래도록 뚫어지게 바라보았다. 그들은 그 옷 아래 무엇이 있을 것인가 논쟁했다. 지미는 자기 엄마가 벌거벗은 것을 본 적이 있다고 했다. 지미는 자기가 안다고 했다. 그곳은 털이 북슬북슬하고 갈라져 있다고 말했다. 개러티는 지미를 믿지 않았다. 지미가 한 말은 혐오스러웠기 때문이다.

그래도 개러티는 여자와 남자는 아래쪽 거기가 분명히 다르다고 확신했고, 그들은 긴 자줏빛 여름 황혼을 그것에 대해 토론하면서, 모기를 찰싹 때려잡고 버의 자재실 맞은편의 이삿집 트럭 회사 주차장에서 벌어지는 동네 야구 경기를 지켜보면서 보냈다. 그는 비몽사몽간에 엉덩이 아래 닿는 단단한 도로 연석의 감촉을 실제로 느낄 수 있었다.

이듬해 개러티는 함께 총 놀이를 하다가 데이지 공기총 총신으로 지미 오웬스의 입을 때렸고, 지미는 윗입술을 네 바늘 꿰매야 했다. 한 해 후 그들은 이사 갔다. 지미의 입을 때릴 작정은 아니었다. 그것은 사고였다. 그때는 개러티가 어머니의 벗은 모습을 보았기 때문에(보려고 했던 것은 아니다. 우연히 보았을 뿐이다.) 지미가 옳았다는 것을 알았지만, 그는 그것이 사고라는 것을 아주 확신했다. 그 아래는 털이 북슬북슬했다. 털이 북슬북슬하고 갈라져 있었다.

'쉬이이이…… 그건 호랑이가 아니야, 사랑하는 아이야, 네 곰인형일 뿐이란다, 보이니? ……살아 있는, 오 살아 있는 새조개와 홍합…… 어머니는 아들을 사랑해…… 쉬이이이…… 자러 가렴……'

"경고! 47번 경고!"

누가 팔꿈치로 개러티의 옆구리를 난폭하게 찔렀다.

"야, 너야 너. 정신 차려."

맥브라이스가 그를 보며 씩 웃고 있었다.

"몇 시야?"

개러티는 잠긴 목소리로 물었다.

"여덟 시 삼십오 분."

"하지만 난……."

"몇 시간은 존 것 같지. 나도 그 느낌 알아."

맥브라이스가 말했다.

"음, 확실히 그런 것 같아."

"네 정신이 오래된 비상구를 사용하고 있는 거야. 네 발도 그
럴 수 있으면 좋겠지?"

맥브라이스가 말했다.

"나는 다이얼 비누를 써. 모두 그걸 쓰면 좋겠지?"

피어슨이 바보 같은 표정을 지으며 말했다.

기억은 바닥에 그려진 선 같다고 개러티는 생각했다. 뒤돌아볼
수록 그 선은 더 질질 끌린 것 같고 알아보기 힘들다. 마침내 매
끄러운 모래와 당신이 나온 무(無)의 블랙홀만 남을 때까지. 기억
은 한편으로는 길 같았다. 여기서 그것은 실제였고 단단하고 손
으로 만질 수 있었다. 그러나 곧 걷게 될 길, 아침 아홉 시의 길은
아주 멀고 무의미하게 느껴졌다.

그들이 워크를 떠난 지 거의 80킬로미터였다. 그들이 80킬로미
터 지점에 다다를 때 통령이 지프에 타고 와서 사열하고 짧은 연
설을 하리라는 소문이 뒤로 돌았다. 개러티는 그것이 아마 허튼
소리일 것이라고 생각했다.

그들은 길고 가파른 오르막을 올라갔고, 개러티는 다시 재킷
을 벗고 싶은 유혹을 느꼈다. 벗지는 않았다. 하지만 재킷 지퍼를
풀고 1분 정도 뒤돌아서 걸었다. 카리부의 불빛이 그를 향해 반짝
였고, 그는 뒤를 돌아보았다가 소금 기둥으로 변한 롯의 아내 생
각을 했다.

"경고! 47번 경고! 두 번째 경고다, 47번!"

잠시 후에야 개러티는 그것이 자기라는 것을 깨달았다. 10분도 안 되어 두 번째 경고였다. 다시 두려워지기 시작했다. 너무 자주 느려졌기 때문에 죽은 그 이름 모를 소년을 생각했다. 그도 그러고 있는 것일까?

개러티는 주위를 둘러보았다. 맥브라이스, 하크니스, 베이커와 올슨이 모두 그를 쳐다보고 있었다. 올슨은 특히 자세히 보고 있었다. 어둠 속에서도 올슨의 얼굴에 떠오른 열렬한 표정을 알아볼 수 있었다. 올슨은 여섯 명을 먼저 보냈다. 그리고 개러티를 럭키 세븐으로 만들고 싶어 했다. 개러티가 죽기를 바라는 것이다.

"내가 만만해 보이냐?" 개러티는 화가 나서 물었다.

"아냐. 물론 아니지." 올슨이 미끄러지듯 눈을 돌리며 말했다.

개러티는 이제 공격적으로 팔을 흔들며 단호하게 걸었다. 여덟 시 사십 분이었다. 열 시 사십 분이 되면 ― 길을 13킬로미터 더 내려가면 ― 다시 자유로워질 것이다. 개러티는 그렇게 할 수 있다고, 자기에 대한 소문은 뒤로 퍼뜨릴 필요 없다고 선언하고 싶은 히스테릭한 충동을 느꼈다. 그들은 그가 티켓을 끊는 모습을 보지 못할 것이다⋯⋯. 최소한 아직은.

땅안개가 얇은 리본처럼, 연기처럼 길에 퍼졌다. 소년들의 몸은 떠도는 어두운 섬들처럼 안개 속으로 움직였다. 워크로 들어선 지 80킬로미터 되는 곳에서 그들은 앞쪽에 녹슬어 못쓰게 된 가솔린 펌프가 있는, 작고 닫혀 있는 차고를 지나갔다. 안개 속에서 기울어진 그 모습은 불길하기만 했다. 전화 부스에서 나오는 맑은 형광등 불빛이 단 하나의 빛이었다. 통령은 오지 않았다. 아무도 오지 않았다.

길은 커브 주위에서 부드럽게 내려갔고, 그다음 노란 도로 표지판이 앞에 나왔다. 소문이 뒤로 돌았지만, 개러티에게까지 소문이 오기 전에 그 표지판을 직접 읽을 수 있었다.

급경사이니 트럭은 기어 하단을 사용하시오.

신음 소리와 투덜거림. 앞쪽 어디에선가 바코비치가 명랑하게 외쳤다.

"얼른 올라가자고, 형제들! 누구 나와 함께 꼭대기까지 경주할래?"

"그 망할 입 좀 닥쳐, 이 꼬마 변태야."

누군가 조용히 말했다.

"내가 입 닥치게 만들어봐, 멍청이야! 이 위로 올라와서 내가 입 닥치게 만들어봐!"

바코비치가 쇳소리를 질렀다.

"저 녀석 무너지고 있어." 베이커가 말했다.

"아냐. 그저 기지개를 켜고 있는 거야. 저런 녀석들은 엄청나게 기지개를 많이 켜."

맥브라이스가 대답했다.

"나는 저 언덕을 올라갈 수 있을 것 같지 않아. 최저 제한 속도를 지킬 수 없을 거야."

올슨의 목소리는 지독하게 낮았다.

언덕은 그들 위에 뻗어 있었다. 그들은 이제 거의 언덕에 다다랐다. 안개 때문에 꼭대기가 보이지 않았다.

'이 길은 영원히 위로 올라갈지도 몰라.' 개러티는 생각했다.

그들은 올라가기 시작했다.

걸을 때 발을 내려다보면서 약간 앞으로 몸을 기울이면 그렇게 나쁘지 않다는 것을 개러티는 깨달았다. 그러면 보도의 발 사이 작은 부분만 똑바로 내려다보게 되고, 평평한 땅 위를 걷고 있다는 인상을 받았다. 물론 폐와 목구멍의 숨이 달아오르고 있지 않다고 스스로를 속일 수는 없었다. 왜냐하면 달아오르고 있었으니까.

어떻게인지 몰라도, 소문이 뒤로 퍼지기 시작했다. 어떤 사람들은 아직도 말할 기운이 있는 모양이었다. 소문으로는 이 언덕이 400미터 거리라고 했다. 어떤 소문으로는 3킬로미터 길이라고도 했다. 소문으로는 어떤 워커도 이 언덕에서 티켓을 받은 적이 없다고 했다. 소문으로는 바로 작년에 셋이나 여기서 티켓을 받았다고 했다. 그 후, 소문은 뒤로 흘러오지 않았다.

"난 못 하겠어. 더 이상 못 하겠어."

올슨이 단조롭게 말하고 있었다. 개처럼 헉헉 소리를 내며 숨쉬고 있었다. 그러나 올슨은 계속 걷고 있었고 그들 모두 계속 걷고 있었다. 작게 투덜거리는 소리들과 부드러운 파열음 숨소리가 들렸다. 다른 소리라고는 올슨이 중얼거리며 읊는 소리, 많은 발들이 질질 끌리는 소리, 그리고 하프트랙이 그들 옆을 따라오며 척척 소리를 낼 때 엔진이 갈리면서 한쪽으로 회전하는 소리뿐이었다.

개러티는 배 속에서 혼란스러운 공포가 커져가는 것을 느꼈다. 실제로 여기서 죽을 수도 있었다. 전혀 힘들지 않을 것이다. 이미 빈둥거리다가 두 번의 경고를 받았다. 지금도 제한 속도를 많이 넘긴 건 아니었다. 걸음걸이를 약간 미끄러뜨리기만 하면 된다. 그러면 세 번째 경고를 받을 것이다. 마지막 경고를. 그다음에……

"경고! 70번 경고!"

"그들은 네 노래를 틀고 있어, 올슨. 속도를 내. 난 네가 이 언덕 위에서 프레드 애스테어처럼 춤추는 걸 보고 싶어."

맥브라이스가 헐떡이며 말했다.

"무슨 상관이야?" 올슨이 사납게 쏘아붙였다.

맥브라이스는 대답하지 않았다. 올슨은 마지막 남은 기운을 쥐어짜 속도를 올리는 데 성공했다. 개러티는 이제 올슨이 체력의 한계에 이른 게 아닌가 하는 불길한 생각이 들었다. 뒤쪽에서 그룹 꼬리에 붙어서 오는 스테빈스에 대해서도 궁금했다. 넌 어떠니, 스테빈스? 지쳤니?

앞쪽에서, 60번 라슨이라는 소년이 갑자기 길에 주저앉았다. 경고를 한 번 받았다. 다른 소년들은 이스라엘의 자식에게 길을 열어주는 홍해처럼 쪼개져서 그를 둘러 갔다.

"난 그냥 조금만 쉴 거야, 알겠지?"

라슨은 사람을 믿는, 맥이 탁 풀린 미소를 지으며 말했다.

"지금 당장은 더 이상 걸을 수 없어, 알겠어?"

라슨의 미소가 더 커졌고, 그는 하프트랙에서 소총을 풀며 스테인리스 스틸 정밀 시계를 손에 들고 뛰어내리는 군인들에게도 그 미소를 반짝였다.

"60번, 경고. 두 번째 경고다."

그 군인이 말했다. 라슨은 서둘러 그를 설득하려 들었다.

"들어봐요, 난 따라잡을 거예요. 그냥 쉬고 있는 거예요. 사람이 내내 걸을 수는 없어요. 내내는 안 돼요. 안 그래요, 여러분?"

올슨은 라슨을 지나치면서 작은 신음 소리를 냈고, 라슨이 그의 바짓단을 만지려고 하자 슬쩍 피했다.

개러티는 관자놀이에서 맥박이 따스하게 뛰는 것을 느꼈다. 라슨은 세 번째 경고를 받았다……

'이제는 이해하겠지. 이제 라슨은 일어서서 헛수고를 다시 시작할 거야.' 개러티는 생각했다.

결국 라슨은 깨달은 것 같았다. 현실이 난입했다.

"이봐!"

라슨이 그들 뒤에서 말했다. 그의 목소리는 높고 불안했다.

"이봐, 삼간만, 그러지 마, 일어날게. 이봐, 하지 마! 하지……"

총소리. 그들은 언덕 위로 계속 걸어 올라갔다.

"선반에 93병의 맥주가 남았습니다."

맥브라이스가 작게 말했다.

개러티는 아무 대꾸도 하지 않았다. 자기 발을 뚫어져라 보며 걸었고 세 번째 경고를 받지 않고 꼭대기까지 올라가는 데에만 집중했다. 이 괴물 같은 언덕이 아주 멀리 계속될 리는 없어. 확실해.

앞쪽에서 누군가가 높고 꾸르륵거리는 비명을 질렀고, 다음 순간 소총들이 한꺼번에 발사되었다.

"바코비치야. 바코비치였어. 확실해."

베이커가 쉰 목소리로 말했다.

"틀렸어, 시골뜨기야! 백 퍼센트 틀렸다고!"

바코비치가 어둠 속에서 소리쳤다.

그들은 라슨 다음에 총에 맞은 소년을 볼 수 없었다. 그는 선봉에 끼어 있었고 그들이 거기까지 가기 전에 길에서 끌려 나왔다. 개러티는 인도에서 위를 올려다보는 모험을 하고 즉각 후회했다. 언덕 꼭대기가 보였다, 간신히. 그들은 여전히 풋볼 경기장 거리만큼 가야 했다. 160킬로미터는 돼 보였다. 아무도 다른 말을 하지 않았다. 그들은 각자 자신의 고통과 노력의 세계로 물러나버렸다. 몇 초가 몇 시간으로 길어지는 것 같았다.

언덕 꼭대기 근처에서, 큰길에서 바큇자국이 깊이 파인 흙길이 뻗어 나왔고, 농부와 그의 가족들이 그곳에 서 있었다. 그들은 워커들이 지나가는 것을 지켜보았다. 이마에 깊이 주름이 팬 노인 하나, 큼직한 천 외투를 입고 있는 마르고 뾰족한 얼굴의 여인, 모두 반편이처럼 보이는 세 명의 10대 아이들.

"그에게는…… 쇠스랑만 있으면 되겠군."

맥브라이스가 헐떡거리며 개러티에게 말했다. 맥브라이스의 얼굴에서 땀이 흘러내리고 있었다.

"그리고…… 그를 그려줄…… 그랜트 우드(미국 농촌에 대한 향수를 표현한 화가 — 옮긴이)도."

누군가가 이겼다.

"안녕, 아저씨!"

농부와 그의 아내, 그리고 아이들은 아무 말도 하지 않았다.

'치즈가 혼자 서 있네. 하이 호 더 데이리 오, 치즈가 혼자 서 있네.'

개러티는 미친 듯이 생각했다. 농부와 그의 가족은 미소 짓지 않았다. 얼굴을 찌푸리지도 않았다. 표지판도 들지 않았다. 손을 흔들지도 않았다. 그들은 그저 지켜보았다. 개러티는 어렸을 때 토요일 오후마다 본 서부극이 생각났다. 영웅이 사막에 남겨진 채 죽어가고 독수리들이 와서 머리 위에서 맴도는 장면. 농부 가족은 뒤에 남겨졌고, 개러티는 기뻤다. 그 농부와 그의 아내와 세 명의 반편이 아이들은 그다음 해 5월 1일 아홉 시 즈음에도…… 그리고 그다음에도…… 그다음에도 그 밖에 있을 거라고 생각했다. 그들은 얼마나 많은 소년이 총에 맞는 것을 보았을까? 열 명? 스무 명? 개러티는 생각하고 싶지 않았다. 물통을 당겨 입안을 헹구고 더께처럼 말라붙은 침을 떼어 낸 다음 그 물을 뱉어냈다.

언덕은 계속되었다. 앞쪽에서 톨랜드가 기절했고, 옆에 있던 군인이 의식을 잃은 그에게 세 번 경고하고 총을 쏘았다. 개러티는 자신들이 이제 적어도 한 달 이상은 언덕을 오르고 있는 것 같다고 느꼈다. 그래, 적어도 한 달은 되어야 했고, 그것도 적게 어림잡은 것이었다. 왜냐하면 그들은 3년 넘게 걷고 있으니까. 그는 약간 킬킬거리다가 또 한 모금 물을 머금고, 그 물로 입안을 헹군 다음 삼켰다. 경련은 없었다. 이제 경련 한 번만 더 일면 끝장날 것이다. 그러나 그런 일은 일어날 수 있었다. 그가 보지 않고 있는 동안 누군가가 그의 신발을 녹은 납에 담가놓기라도 한 것처럼 발이 무겁게 느껴지고 있기 때문에 그런 일은 일어날 수 있었다.

아홉 명이 갔고, 그중 3분의 1은 바로 여기 이 언덕에서 티켓을 끊었다. 통령은 올슨에게 말했다, 그들에게 지옥을 보여주라고. 만약 이것이 지옥이 아니라고 해도, 지옥에 아주 가까운 것이었다. 아주…….

오 세상에 ─.

개러티는 갑자기 기절할 것처럼 아주 어지럽다는 것을 깨달았다. 한 손을 들어 올려 이쪽저쪽으로 자기 뺨을 세게 갈겼다.

"너 괜찮아?" 맥브라이스가 물었다.

"기절할 것 같아."

"네 물통을⋯⋯." 빠르고 휘파람 소리가 나는 숨결. "⋯⋯머리 위로 부어."

개러티는 그렇게 했다. 그대 레이먼드 데이비스 개러티에게 세례를 베푸노라, 팍스 보비스쿰(그대들에게 평화 있으라.). 물은 정말 차가웠다. 기절할 것 같은 감각이 멎었다. 물이 셔츠 안으로 굴러 떨어지며, 얼어붙을 듯이 차가운 시냇물이 되었다.

"47번! 물통요!"

개러티가 외쳤다. 그렇게 외치자 다시 힘이 쪽 빠지는 느낌이었다. 조금 기다릴걸 그랬다고 생각했다.

군인 한 명이 느릿느릿 와서 새 물통을 건네주었다. 개러티는 그 군인의 무표정한 대리석 같은 눈이 자기를 진단하는 것을 느낄 수 있었다. 개러티는 물통을 받아 들며 예의 없게 말했다.

"가버려. 당신은 나를 쏘라고 돈받는 거지, 날 보라고 돈 받는 게 아니잖아."

군인은 표정의 변화 없이 가버렸다. 개러티는 약간 빨리 걸었다.

그들은 계속 올라갔고 더 이상 탈락자는 나오지 않았다. 다음 순간 그들은 꼭대기에 올라와 있었다. 아홉 시였다. 그들은 열두 시간 동안 길 위에 있었다. 그것은 아무 의미도 없었다. 중요한 것은 언덕 꼭대기에 불어오는 서늘한 바람뿐이었다. 그리고 새소리.

그리고 피부에 닿는 축축한 셔츠의 느낌. 그리고 머릿속 기억들. 그것들이 중요했고, 개러티는 필사적인 자각을 가지고 거기에 집착했다. 그것들은 그의 것이었고 그는 여전히 그것들을 갖고 있었다.

"피트?"

"응."

"와, 나 살아 있는 게 기뻐." 맥브라이스는 대답하지 않았다. 그들은 이제 내리막에 있었다. 걷는 것은 쉬웠다. "나는 계속 살아 있으려고 열심히 애쓸 거야."

개러티가 거의 미안한 듯이 말했다.

길은 부드럽게 아래로 굽어졌다. 그들은 여전히 올드타운과 상대적으로 평평한 유료 고속도로에서 240킬로미터 떨어져 있었다.

"그래 바로 그거야, 안 그래?"

맥브라이스가 마침내 대답했다. 그의 목소리는 마치 먼지투성이 지하 저장고에서 나온 것처럼 갈라지고 거미줄이 쳐진 것 같았다.

그들 둘 다 한참 동안 아무 말도 하지 않았다. 그 누구도 말하고 있지 않았다. 베이커는 주머니에 손을 집어넣고 꾸준히 느릿느릿 걷고 있었다. 아직 경고를 한 번도 받지 않았다. 발걸음의 단조로운 리듬에 맞춰 머리를 약간 까딱거리고 있었다. 올슨은 다시 성모송으로 돌아갔다. 어둠 속에서 그의 얼굴은 흰 얼룩 같았다. 하크니스는 먹고 있었다.

"개러티." 맥브라이스가 불렀다.

"나 여기 있어."

"넌 롱 워크의 끝을 본 적 있냐?"

"아니, 넌?"

"젠장, 아니. 난 그냥 생각했어. 끝에 가까워지고 모두……"

"우리 아버지는 롱 워크를 아주 싫어했어. 아버지는 소위 반면 교사로 나를 한번 롱 워크에 데려간 적이 있어. 하지만 그때뿐이었어."

"난 봤어."

개러티는 그 목소리에 펄쩍 뛰었다. 그것은 스테빈스였다. 스테빈스는 거의 그들과 함께. 걷고 있었다. 머리는 여전히 앞으로 숙인 채 금발은 귀 주위에서 보기 싫은 후광처럼 펄럭거렸다.

"어땠어?"

맥브라이스가 물었다. 목소리가 왠지 더 어리게 들렸다.

"알고 싶지 않을걸." 스테빈스가 말했다.

"내가 물어봤잖아, 안 그래?"

스테빈스는 대답하지 않았다. 스테빈스에 대한 개러티의 호기심은 어느 때보다 더 커졌다. 스테빈스는 쓰러지지 않았다. 쓰러질 아무 기미도 보이지 않았다. 불평 없이 계속 걸었고 출발선부터 한 번도 경고를 받지 않았다.

"그래, 어땠는데?"

개러티는 자신이 스테빈스에게 묻는 소리를 들었다.

"4년 전에 보았어. 그때 나는 열세 살이었어. 그건 뉴햄프셔주 경계를 26킬로미터 넘어서 끝났어. 그들은 주 경찰력을 증강시키기 위해 국가 방위군과 16개 연방 스쿼드를 보냈어. 그래야 했어. 길을 메운 60명의 사람 행렬이 80킬로미터 정도 이어졌어.

워크가 끝나기 전에 20명이 넘게 밟혀 죽었어. 사람들이 워크의 끝을 보려고 워커들과 함께 움직이려다가 그렇게 된 거야. 나는 맨 앞자리에 앉아 있었지. 아빠가 그 자리를 내게 구해 주셨어."

스테빈스가 말했다.

"너희 아버지는 뭐 하시는데?" 개러티가 물었다.

"스쿼드에 계셔. 아빠가 끝을 정확히 계산하셔서 나는 움직일 필요도 없었어. 롱 워크는 사실상 내 앞에서 끝났어."

"무슨 일이 일어났어?"

올슨이 작게 물었다.

"그들을 보기도 전에 그들이 오는 소리부터 들을 수 있었어. 우리 모두 그랬어. 커다란 음파가 점점 더 가까워져오고 있었어. 아직 그들이 보일 정도로 가까이 오려면 한 시간은 남아 있는데도 그랬어. 그들은 군중을 보고 있지 않았어. 남은 두 사람 다. 마치 군중이 거기 있는지 모르는 것 같았어. 그들이 보고 있던 것은 길이었어. 둘 다 계속 절뚝거리고 있었어. 마치 십자가형을 당한 다음 끌어내려져 아직 발에 못이 박힌 채로 억지로 걸어야 하는 것처럼."

그들은 이제 모두 스테빈스의 말에 귀를 기울이고 있었다. 겁에 질린 침묵이 고무 시트처럼 드리웠다.

"군중들은 마치 그들이 아직 들을 수나 있다는 듯이 고함을 치고 있었어. 어떤 사람들은 한 선수의 이름을 외치고 있었고, 어떤 사람들은 다른 선수의 이름을 외치고 있었어. 하지만 진짜로 들렸던 것은 '가라……가라……가……' 하는 외침이었어. 사람들이 몰려드는 통에 나는 빈백 의자처럼 이리 밀리고 저리 밀렸어.

내 옆의 남자는 바지를 입은 채로 오줌을 쌌든지 딸딸이를 친 것 같은데, 어느 쪽인지는 알 수 없었어.

그들은 내 바로 앞을 지나 걸어갔어. 그중 하나는 찢어진 셔츠를 입은 키 큰 금발이었어. 한쪽 신발 밑창은 풀 붙였거나 바느질한 부분이 떨어져서 너덜거리고 있었어. 다른 쪽은 신발을 신고 있지도 않았어. 양말 바람이었어. 그의 양말은 발목에서 끝났어. 나머지는…… 음, 걸으면서 나머지 부분을 날려 보냈을 거야, 안 그래? 발은 자줏빛이었어. 발에서 으깨진 혈관이 보였어. 사실 그런 감각을 더 이상 느끼지 못하는 것 같았어. 그들이 나중에 그의 발을 어떻게 했을지도 몰라. 아마 그랬겠지."

"그만해. 제발, 그만해."

맥브라이스였다. 충격이 커서 아찔하고 토할 것 같은 모양이었다.

"네가 알고 싶다고 했잖아. 그렇게 말하지 않았어?"

스테빈스가 다정하게 말했다.

대답이 없었다. 하프트랙이 갓길을 따라 낑낑거리고 덜그럭거리며 갑자기 속도를 냈고, 앞쪽 어디에서 누가 경고를 한 번 받았다.

"진 것은 키 큰 금발이었어. 난 다 봤어. 그들이 나를 약간 지나친 후였어. 그는 슈퍼맨인 것처럼 양팔을 들어 올렸어. 그러나 날아 오르는 대신 앞으로 쓰러졌고, 이미 세 번 경고를 받은 후였기 때문에 30초 후에 티켓을 끊었어. 둘 다 세 번 경고를 받은 상태였어.

그다음 관중은 환호하기 시작했어. 환성을 지르고 또 지르다가 이긴 아이가 뭐라고 말하려고 하는 것을 보았어. 그래서 그들은 입을 다물었어. 그는 무릎을 꿇고 쓰러졌어. 알지, 기도를 하려는 것처럼. 울고 있었을 뿐이었지만. 그다음, 그는 다른 소년에게로 기어가 그 키 큰 금발 아이의 셔츠에 얼굴을 묻었어. 그다음에 뭔지 몰라도 자기가 해야 했던 말을 하기 시작했지만, 우리에게는 들리지 않았어. 그는 죽은 아이의 셔츠에 대고 말하고 있었어. 그 죽은 아이에게 말하고 있었어. 그다음 군인들이 달려가 그에게 상을 타게 되었다고 말해 주고, 무엇부터 하고 싶냐고 물었어."

"그가 뭐라고 말했어?"

개러티가 물었다. 마치 그 질문에 생사가 걸린 기분이었다.

"그는 그들에게 아무것도 말하지 않았어, 그때는." 스테빈스가 말했다. "그는 죽은 아이에게만 말하고 있었어. 뭔가 말하고 있었지만, 우리에게는 들리지 않았어."

"그다음에 어떻게 됐어?" 피어슨이 물었다.

"기억이 안 나." 스테빈스가 아득하게 말했다.

아무도 아무 말도 하지 않았다. 개러티는 공황 상태에 빠진 듯한, 덫에 걸린 듯한 느낌을 받았다. 마치 누군가가 그를 나올 수 없을 정도로 작은 지하 파이프에 집어넣은 것 같았다. 앞쪽에서 세 번째 경고가 주어졌고 한 소년이 죽어가는 까마귀처럼 목쉰, 필사적인 소리를 냈다. 개러티는 생각했다.

'제발 하느님, 그들이 이제 아무도 쏘지 못하게 해주세요. 전 지금 총소리를 들으면 미쳐버릴 거예요. 제발 하느님, 제발 하느님.'

몇 분 후 총들이 어둠 속으로 강철 죽음의 소리를 쏘아 보냈다. 이번에는 펄럭거리는 붉은색과 흰색 풋볼 저지(미식축구 선수가 착용하는 저지 유니폼. 소속 팀이나 선수 번호를 크게 붙이는 것이 특징 — 옮긴이)를 입은 키 작은 소년이었다. 잠시 동안 개러티는 퍼시의 어머니가 더 이상 궁금해하거나 걱정할 필요가 없겠다고 생각했으나, 죽은 아이는 퍼시가 아니었다. 퀸시인가 퀜틴이었나 그런 이름의 소년이었다.

개러티는 미치지 않았다. 다만 돌아서서 스테빈스에게 분통을 터뜨리려고 했다. 한 소년의 마지막 몇 분에 그런 공포를 가한 기분이 어떠냐고 물으려고 했다. 그러나 스테빈스는 평소 자리로 도로 돌아갔고 개러티는 다시 혼자였다.

그들은 계속 걸었다. 그들 아흔 명은.

5장

"당신은 진실을 말하지 않았으므로
그 결과에 책임을 져야 할 것입니다."
— 밥 바커
「진실 혹은 결과」

그 영원히 끝나지 않을 것 같은 5월 1일의 열 시 이십 분, 개러
티는 두 번의 경고 중 하나에서 빠져나왔다. 풋볼 저지를 입은 소
년 이후 두 명의 워커가 더 티켓을 받았다. 개러티는 거의 알아채지
못했다. 다만 주의 깊게 자기 몸에 대한 목록을 적어보고 있었다.

머리 하나, 약간 혼란스럽고 가끔씩 돌아버리지만 기본적으로
는 괜찮음. 눈 두 개, 까끌까끌함. 목 하나, 아주 뻣뻣함. 팔 둘, 여
기에는 문제 없음. 몸통 하나, 농축액으로 만족시킬 수 없는 배
속의 괴로움 외에는 괜찮음. 두 개의 빌어먹게 지친 다리. 아픈 근
육. 그는 자기 다리가 얼마나 멀리까지 움직여줄까 궁금했다. 총
알이 날아와 두개골에 박히는 걸 막으려고 그의 두뇌가 다리를
접수해서 벌주기 시작하고, 정상 한계 너머까지 다리를 혹사할
때까지 얼마나 오래 걸릴까? 다리가 꼬이기 시작하고 그다음 마

비되고, 항의하다가 마침내 멈춰버릴 때까지 얼마나 걸릴까?

개러티의 다리는 지쳤다, 그러나 그가 알기로는 아직까진 매우 괜찮았다.

그리고 두 발. 아팠다. 발은 상처 입기 쉬웠다. 부인해 봤자 소용없었다. 그는 몸집이 큰 소년이었다. 그의 발은 73킬로그램 체중을 앞뒤로 옮기고 있었다. 발바닥이 아팠다. 때때로 발바닥에 낯설고 쏘는 듯한 고통이 느껴졌다. 왼쪽 엄지발가락은 양말을 뚫고(스테빈스의 이야기가 생각나 스멀스멀한 공포 같은 것을 느꼈다.), 신발에 불편하게 문질러지기 시작했다. 그러나 그의 발은 기능을 하고 있었고, 아직 발에 물집도 잡히지 않았고, 그는 자기 발도 여전히 매우 괜찮다고 느꼈다.

개러티는 자신에게 격려 연설을 했다. *개러티, 네 상태는 좋아. 열두 명이 죽었어. 아마 그 두 배가 지금쯤 매우 아파하고 있을 거야, 하지만 넌 괜찮아. 넌 잘할 거야. 넌 위대해. 넌 살아 있어.*

스테빈스의 이야기 끝에 난폭하게 죽어버렸던 대화가 다시 살아났다. 이야기는 살아 있는 사람들이 하는 것이다. 98번 야닉은 97번 와이먼과 함께 하프트랙에 탑승한 군인들의 조상에 대해 지나치게 큰 소리로 토론하고 있었다. 둘 다 그들의 조상이 혼혈에 너러 가시 유색인종이고, 딜두싱이에 지길일 기다는 데 동의했다.

한편 피어슨은 갑자기 개러티에게 물었다.

"관장 해봤나?"

"관장?"

개러티는 거기에 대해 생각해 보았다.

"아니, 그런 적 없는 것 같은데."

126

"다른 사람들은? 사실을 말해 봐, 당장." 피어슨이 말했다.

"난 해봤어." 하크니스는 그렇게 말하고 약간 낄낄 웃었다. "내가 어렸을 때, 핼러윈 후에 엄마가 한 번 해준 적이 있어. 내가 거의 쇼핑백 하나 분량의 캔디를 먹었거든."

"기분 좋았어?" 피어슨이 끈질기게 물었다.

"맙소사, 아니! 대체 누가 좋아하겠어, 반 리터의 따뜻한 비누 거품이 쏟아져 들어오는데……."

"내 남동생은 좋아해." 피어슨이 서글프게 말했다. "그 꼬마 거드름쟁이에게 내가 가버리면 싫겠냐고 물었더니, 아니래. 자기가 착하게 굴고 울지 않으면 관장을 해도 된다고 엄마가 말했기 때문에. 그 애는 관장을 아주 좋아해."

"그건 역겨운데."

하크니스가 크게 말했다. 피어슨은 시무룩한 얼굴을 했다.

"나도 그렇게 생각해."

몇 분 후 데이비슨이 그 그룹에 합류해 자기는 스튜벤빌(오하이오 주의 도시 — 옮긴이) 주 박람회에서 취한 채 벨리댄서들의 텐트에 기어들어 갔다가 G 스트링만 입고 있는 커다랗고 뚱뚱한 여자에게 머리를 얻어맞은 적이 있다고 말했다. 데이비슨이 취해서 문신 텐트로 들어온 줄 알았다고 변명했을 때(그는 그렇게 말했다.), 그 화끈한 커다랗고 뚱뚱한 여자는 자기 몸을 잠시 동안 만지게 해주었다(고 그는 말했다.). 그는 자기 배에 남부 연맹기를 문신하고 싶다고 그녀에게 말했다.

아트 베이커는 고향에서 열렸던, 누가 방귀로 가장 큰 불을 붙일 수 있는지 보는 콘테스트에 대해 이야기했다. 그리고 데이비

파팸이라는 이름의 엉덩이에 털투성이인 영감이 자기 엉덩이의 거의 모든 털과 허리까지 다 태워먹었던 이야기를 했다. 들불 같은 *냄새가 났어*, 베이커가 말했다. 하크니스는 이 이야기를 듣고 어찌나 심하게 웃었던지 경고를 한 번 받았다.

그 후 이야기 경쟁이 붙었다. 거짓말 같은 이야기가 아슬아슬하게 계속 이어지다가 어느 순간 뚝 끊겼다. 누군가가 경고를 받았고, 그 후 오래지 않아 다른 베이커(제임스)가 티켓을 끊었던 것이다. 그룹에서 명랑한 기분이 빠져나갔다. 그중 몇몇은 여자친구에 대해 이야기하기 시작했고, 대화는 휘청거리며 감상적이 되었다. 개러티는 잰에 대해 아무 말도 하지 않았지만, 열 시가 되면서 피곤해지고 검은 석탄부대 성운이 우윳빛 땅안개와 함께 흩어지자, 그녀는 그가 아는 것 중에 최고로 보였다.

그들은 짧게 줄지어 선 수은 가로등 아래를 지나가고, 닫히고 덧문이 내려진 마을을 지났다. 그들 모두는 이제 기분이 가라앉아 낮고 중얼거리는 목소리로 이야기했다. 넓은 길 저 끄트머리에 있는 '샵웰' 앞 인도의 벤치에 젊은 커플이 앉아 서로 머리를 기대고 잠들어 있었다. 읽을 수 없는 팻말이 그들 사이에 매달려 있었다. 그 소녀는 매우 어렸고 — 열네 살이 넘은 것 같지 않았다. — 그녀의 남자친구는 다시 운동부처럼 보이기에는 너무 많이 빨아버린 스포츠 셔츠를 입고 있었다. 거리 위로 그들의 그림자와 조용히 지나가는 워커들의 그림자가 어우러졌다.

개러티는 하프트랙의 우르릉 소리에 그들이 분명히 깨어났을 것이라고 확신하면서 어깨 너머로 뒤돌아보았다. 그러나 그들은 이렇게 중요한 사건이 왔다가 지나치는 것도 알지 못하고 여전히 잠들어 있었다. 그는 그 소녀가 아버지에게 꾸지람을 들을까 궁금했다. 그녀는 놀라울 정도로 어려 보였다. 그들의 팻말이 '메인의 아들' 개러티를 위한 것일까도 궁금했다. 어쩐지 그는 그렇지 않기를 바랐다. 어쩐지 그 생각은 좀 역겨웠다.

마지막 남은 농축액을 먹고 나자 기분이 약간 나아졌다. 이제 올슨이 그에게 구걸해도 줄 것이 없었다. 올슨 생각을 하자 재미있었다. 여섯 시간 전이라면 개러티는 올슨이 완전히 끝장 났다는 데 내기라도 걸었을 것이다. 그러나 그는 아직 걷고 있었고, 이제 경고도 지워졌다. 개러티는 사람은 생명이 위험에 처하면 많은 일을 할 수 있다고 생각했다. 그들은 이제 약 87킬로미터쯤 왔다.

이름 없는 소도시를 지나갈 때쯤 이야깃거리도 바닥났다. 그들은 침묵 속에서 한 시간 정도 행진했고, 개러티에게는 다시 한기가 배어들기 시작했다. 마지막 남은 엄마의 쿠키를 먹고 포일을 뭉쳐 길가 덤불 속에 던져 넣었다. 생명의 위대한 토마토 나무에 또 하나의 쓰레기 투기꾼.

맥브라이스는 작은 여행용 배낭에 든 온갖 물건 중에서 칫솔을 꺼내 물 없이 양치하기에 바빴다. *모든 것이 계속되는구나.* 개러티는 경탄하며 생각했다. 트림을 하고, "실례합니다." 하고 말한다. 손을 흔드는 사람들에게 마주 손을 흔들어준다. 그것이 예의 바른 일이기 때문에. (바코비치를 제외하고는) 아무도 다른 사람과 크게 말싸움을 하지 않는다. 그것도 예의 바른 일이기 때문에. 모든 것이 계속된다.

아닌가? 그는 이야기를 그만두라며 스테빈스에게 흐느끼던 맥브라이스를 생각했다. 매 맞은 개처럼 멍청하고 겸손하게 그의 치

즈를 가져가던 올슨을. 모든 것이 더 강렬해지고, 색채와 빛과 어둠이 더 날카롭게 대조되는 것 같았다.

열한 시에, 몇 가지 일이 거의 동시에 일어났다. 앞쪽에 있는 작은 널빤지 다리가 오후에 내린 거센 폭풍우 때문에 쓸려 내려가 버렸다는 소문이 뒤로 돌았다. 그 다리가 없으면 워크는 당분간 멈추어야 할 것이다. 들쭉날쭉한 줄 사이로 약한 환호성이 올라왔고, 올슨은 매우 작은 목소리로 "하느님 감사합니다." 하고 중얼거렸다.

잠시 후 바코비치가 옆 소년에게 불경한 말을 홍수처럼 쏟아붓기 시작했다. 랭크('줄, 횡렬, 사병' 등의 뜻이 있다 — 옮긴이)라는 불운한 이름을 가진, 땅딸막하고 못생긴 소년이었다. 랭크는 그에게 주먹을 휘둘렀고 — 규칙에 명확히 금지된 일이었다. — 그것 때문에 경고를 받았다. 바코비치는 발걸음도 흐트러뜨리지 않았다. 고개만 숙여 주먹질 아래로 몸을 피하고 계속 소리쳤다.

"해봐, 이 개자식아! 난 네놈의 망할 무덤 위에서 춤을 출 거야! 어서, 멍청이야, 속도를 내! 이러면 너무 싱겁게 끝나잖아!"

랭크는 또 한 번 주먹을 날렸다. 바코비치는 재빨리 발을 옮겨 주먹을 피했지만, 옆에서 걷고 있던 소년에게 걸려 넘어졌다. 그들은 *둘 다 군인들에게 경고를 받았다. 군인들은 이제 그 사건이 추이를 주의 깊게, 그러나 냉정하게 지켜보고 있었다. 두 마리 개미들이 빵조각 하나를 가지고 옥신각신하는 것을 지켜보는 사람들 같아.* 개러티는 쓸쓸하게 생각했다.

랭크는 바코비치를 보지 않고 더 빨리 걷기 시작했다. 바코비치는 경고 받은 데 맹렬하게 화가 나서(그가 걸려 넘어진 소년은 그리블이었다. 통령에게 살인자라고 말하고 싶어 했던 소년이었다.)
그에게 소리쳤다.

"랭크, 네 엄마는 42번가에서 좆을 빨고 있어!"

그 말이 떨어지기 무섭게, 랭크는 갑자기 빙글 뒤로 돌아 바코
비치를 들이받았다.

"떨어져!"와 "떼어놔!" 하는 외침이 공중을 채웠지만, 랭크는
들은 척도 하지 않았다. 머리를 숙이고 노호하며 바코비치에게
달려들었다.

바코비치는 랭크를 피했다. 랭크는 비틀비틀 포장되지 않은 갓
길을 가로지르며 회전 폭죽처럼 돌아서, 모래밭에서 미끄러지고,
다리를 쩍 벌리고 앉아버렸다. 그는 세 번째 경고를 받았다.

"어서, 멍청이! 일어나!"

바코비치가 들들 볶았다.

랭크는 일어났지만, 다음 순간 왜인지 몰라도 미끄러져 등을
대고 넘어졌다. 멍하고 토할 것 같아 보였다.

열한 시쯤 일어난 세 번째 사건은 랭크의 죽음이었다. 카빈총
으로 조준하는 소리가 났을 때 일순간 침묵이 흘렀고, 베이커의
목소리가 크고 또렷이 들렸다.

"저것 봐, 바코비치, 넌 더 이상 해충이 아니야. 이제 넌 살인자
야."

총성이 울렸다. 총알의 힘 때문에 랭크의 시체는 공중으로 튀
어 올랐다. 다음 순간 시체는 가만히 누워 한쪽 팔을 길 위에 두
고 뻗었다.

"그건 자기 잘못이었어! 너희들 걔를 봤잖아, 처음 주먹을 휘두

른 건 개야! 8번 규칙! 8번 규칙!"

바코비치가 외쳤다.

그 누구도 말을 꺼내지 않았다.

"엿 먹어버려! 너희 모두!"

맥브라이스가 툭 내뱉었다.

"돌아가서 랭크의 시신 위에서 춤을 춰, 바코비치. 가서 우리를 즐겁게 해줘. 그의 위에서 신나게 춤을 춰봐, 바코비치."

"네 엄마도 42번가에서 좆 빨고 있어, 흉터쟁이야."

바코비치가 쉰 목소리로 말했다.

"네 뇌가 길에 온통 흩뿌려지는 걸 보고 싶어 기다릴 수가 없네." 맥브라이스가 조용히 말했다. 손으로는 그 흉터를 문지르고 문지르고 또 문지르고 있었다. "그런 일이 일어나면 난 환성을 올릴 거야, 이 살인자 꼬마 호로자식아."

바코비치는 뭔가 숨죽여 중얼거렸다. 다른 사람들은 마치 그가 역병인 것처럼 피했고, 그는 혼자 걷고 있었다.

그들은 열한 시 십 분쯤 97킬로미터를 찍었다. 어떤 다리 표지판도 보이지 않았다. 개러티가 이번에는 포도덩굴이 틀렸다고 생각하기 시작했을 때, 그들은 낮은 언덕을 다 올라 야단법석인 작은 군중이 움직이는 분빛 구덩이를 내려다보고 있었다.

불빛은 몇 대의 트럭에서 나오는 빛줄기였는데, 빠르게 흐르는 실개천 위로 뻗어 있는 널빤지 다리를 비추고 있었다.

"난 정말로 저 다리가 좋아. 정말로."

올슨이 그렇게 말하고 맥브라이스의 담배 한 대를 물었다.

그러나 다리와 가까워지면서 올슨은 목구멍에서 잘 들리지는 않지만 거슬리는 소리를 내더니 잡초 덤불에 담배를 던져버렸다. 다리 받침대 하나와 무겁고 뭉툭한 널빤지 두 개가 쓸려 내려갔지만, 앞쪽의 스쿼드는 열심히 일을 하고 있었다. 한쪽 끝이 잘린 전봇대가 시내 바닥에 심어진 채 거대한 시멘트 플러그같이 보이는 것에 닻을 내리고 있었다. 뭉툭한 널빤지 부분을 대신할 것이 없었기 때문에, 그들은 그 자리에 커다란 호송 트럭 뒷문을 내려놓았다. 임시변통이지만 기능은 할 것이었다.

"샌루이스레이의 다리네. 앞쪽 사람들이 약간만 발을 구르면 다시 무너질 거야."

에이브러햄이 말했다.

"희박한 가능성이군."

피어슨이 말하더니, 갈라지고 눈물이 날 것 같은 목소리로 덧붙였다,

"아우, 젠장!"

서너 명의 소년으로 줄어든 선봉 그룹이 이제 다리 위에 있었다. 건너가면서 그들의 발은 공허하게 쿵쾅거렸다. 다음 순간 그들은 다리 맞은편에 올라, 뒤를 돌아보지 않고 걸어갔다. 하프트랙이 멈추었다. 두 명의 군인이 뛰어내려 그 소년들과 보조를 계속 맞추었다. 다리 맞은편에서는 선봉대에 두 명이 더 합류했다. 이제 철판은 꾸준히 우르릉거렸다.

코듀로이 코트를 입은 두 명의 남자가 '고속도로 수리'라는 표시가 붙은, 아스팔트가 튄 커다란 트럭에 기대어 있었다. 그들은 담배를 피우고 있었다. 녹색 고무장화를 신고 있었다. 그들은 워커들이 지나가는 것을 지켜보다가 데이비슨, 맥브라이스, 올슨, 피

어슨, 하크니스, 베이커, 개러티가 느슨하게 무리를 지어 지나가
자 그중 한 명이 담배 끝을 손가락으로 튀겨 개천에 던져 넣고
말했다.

"쟤가 개야. 저게 개러티야."

"계속 가, 얘야! 난 12대 1로 네게 10달러 걸었어!"

다른 쪽이 소리쳤다.

개러티는 그 트럭 뒤에서 톱밥이 가득 묻은 전봇대 몇 그루를
보았다. 그들은 그가 좋건 싫건 계속 가도록 만든 사람들이었다.
그는 그들에게 한 손을 올리고 다리를 건넜다. 뭉툭한 널빤지를
대체한 트럭 뒷문은 그의 신발 아래에서 쾅쾅거렸고 다음 순간
다리는 그들 뒤에 있었다. 길이 갑자기 홱 꺾였고, 그들 뒤의 나머
지 사람들을 상기시켜 주는 것이라고는 도로 옆 나무들 위에 달
린 쐐기 모양 불빛의 자취뿐이었다. 곧 그것도 사라졌다.

"롱 워크가 무슨 일 때문에 중단된 적이 있어?"

하크니스가 물었다.

"없었던 것 같은데. 책 자료를 더 모으는 거야?"

개러티가 물었다.

"아냐. 그냥 개인적인 궁금증이야."

하크니스가 말했다. 그는 지친 것 같았다.

"롱 워크는 매년 멈춰. 단 한 번."

스테빈스가 그들 뒤에서 말했다.

그 말에 대꾸하는 사람은 없었다.

반 시간쯤 후에, 맥브라이스는 개러티 옆으로 다가와 잠시 동
안 침묵 속에서 함께 걸었다. 그다음, 나직이 말을 꺼냈다.

"네가 이길 것 같니, 레이?"

개러티는 그것을 오래, 아주 오래 생각해 보았다. 그리고 마침내 말했다.

"아니. 아니, 난…… 아니."

냉혹한 현실을 인정하고 나자 겁이 덜컥 났다. 개러티는 티켓을, 아니 총알을 받는 것에 대하여 다시 생각해 보았다. 카빈총의 끝이 보이지 않는 구멍에서 총알이 빙글 돌아 자신을 향하는 것을 볼 때의 마지막 완전한 인식 속의 얼어붙은 0.5초에 대해 생각해 보았다. 다리가 얼어붙었다. 배 속이 울렁거리고 할퀴어지는 것 같았다. 근육, 생식기, 두뇌, 모두 소멸에 겁을 먹고 맥박 하나 차이로 움츠려 피했다.

개러티는 마른침을 삼켰다.

"너는 어때?"

"난 안 될 거 같아."

맥브라이스가 말했다.

"오늘 밤 아홉 시 즈음부터 내게 진짜 가능성이 조금이라도 있다는 생각을 그만뒀어. 이봐, 난……."

맥브라이스는 헛기침을 했다.

"이건 말하기 힘들어, 하지만…… 나는 눈을 뜨고 이걸 시작했어, 알아?"

맥브라이스는 주위의 다른 소년들을 손으로 가리켰다.

"이 녀석들 중 많은 수는 그러지 않았어, 알아? 나는 승산을 알고 있었어. 하지만 사람들을 계산에 넣지 않았어. 그리고 롱 워크가 무엇인지 적나라한 진실을 깨닫지는 못했던 것 같아. 난 그런 생각을 하고 있었던 것 같아. 처음으로 더 이상 걸을 수 없는 녀석이 나오면 그들이 그에게 총을 겨누고 방아쇠를 당기는데, '탕'이라고 인쇄된 종이가 튀어…… 나와…… 그리고 통령은 만우절이라고 말하고 우리는 모두 집에 가는 거야. 내가 무슨 말 하는지 알겠니?"

개러티는 컬리가 오트밀 같은 피와 뇌수의 분수 속에 쓰러졌을 때, 컬리의 뇌가 보도와 흰 선 위에 흩어졌을 때 자신이 받은 찢어질 듯한 충격을 생각했다.

"그래. 네가 무슨 말 하는지 알아."

"그걸 깨닫는 데 어느 정도 시간이 걸렸어. 하지만 내가 정신 차리고 그 깨달음을 통과한 다음부터는 금방이었어. 걷지 않으면 죽는다, 그게 이 이야기의 교훈이야. 아주 간단해. 육체적인 약육강식의 문제가 아니야. 이 일을 시작했을 때 내가 틀렸던 곳은 거기야. 만약 그런 문제였다면 내게는 공정한 기회가 있었을 거야. 하지만 자기 아내가 아래에 깔리면 차를 들어 올릴 수 있는 약골 남자들도 있어. 두뇌야, 개러티."

맥브라이스의 목소리는 가라앉아 거친 속삭임으로 변했다.

"그건 사람이나 신의 문제가 아니야. 그건…… 두뇌 속에 있는 무언가야."

쏙독새가 어둠 속에서 한 번 울었다. 땅안개가 걷히고 있었다.

"이 아이들 중 얼마 정도는 생화학 법칙으로 설명되는 한계가 지난 후에도 오랫동안 계속 걸을 거야. 불리한 조건 따윈 아랑곳없이 말이야. 작년에 양발에 동시에 쥐가 났는데도 최저 제한 속도로 3킬로미터를 기어간 아이가 있어. 너 그거 읽은 기억나? 올슨을 봐, 탈진해 버렸지만 계속 가고 있어. 저 망할 바코비치는 증오를 고옥탄가 연료 삼아 가는데, 계속 잘 가고 있고 데이지처럼 싱싱해. 난 그렇게 해낼 수 있을 것 같지 않아. 난 아직 안 지쳤어. 진짜 지치지는 않았어. 하지만 지칠 거야." 앞쪽의 어둠 속을 들여다보는 그의 초췌한 옆얼굴에서 흉터가 두드러져 보였다.

"그리고 내 생각엔…… 난 지쳐 쓰러지게 되면…… 그냥 주저앉아버릴 것 같아."

개러티는 조용했지만, 정신은 바짝 들었다. 매우 바짝 들었다.

"하지만 난 바코비치보단 오래 살아남을 거야." 맥브라이스가 거의 혼잣말처럼 말했다. "난 그렇게 할 수 있어, 맹세코."

개러티는 시계를 흘끗 보고 열한 시 삼십 분임을 알았다. 그들은 졸려 보이는 순경이 앉아 있는 인적 없는 교차로를 지나갔다. 차량 통행을 막으라고 순경을 보낸 모양이었지만 지나가는 차가 한 대도 없었다. 그들은 순경을 지나, 단 하나의 수은등이 던지는 밝은 빛의 원 밖으로 걸었다. 어둠이 다시 석탄부대성운처럼 그들에게 떨어졌다.

"우리는 지금 숲 속으로 숨어들어 갈 수 있어, 그러면 그들은 절대 우리를 보지 못할 거야."

개러티는 생각에 잠겨 말했다.

"해봐. 그들은 적외선 광범위 스코프와 고강도 마이크로폰이 포함된 마흔 가지 모니터 장비를 갖고 있어. 우리가 하는 말도 전부 들어. 너의 맥박도 잡아낼 수 있을걸. 그리고 널 대낮처럼 볼 수 있어, 레이."

올슨이 말했다.

마치 그 말의 요점을 강조하듯이, 그들 뒤의 한 소년이 두 번째 경고를 받았다.

"상상도 못 하냐?"

베이커가 조용히 말했다. 그의 희미한 남부 사람 특유의 느린 말투는 개러티의 귀에 이곳과 어울리지 않는 이국적인 어조로 들렸다.

맥브라이스는 걸어서 멀어졌다. 어둠은 그들 각자를 고립시키는 것 같았고, 개러티는 한 줄기 강렬한 외로움을 느꼈다. 그들이 지나가고 있는 숲 속 여기저기서 뭔가 요란한 소리가 날 때마다 중얼거림과 반쯤 꽥 지르는 소리들이 났고, 개러티는 늦은 저녁 메인의 숲 속 산책은 워커들 중 도시 소년들에게는 피크닉일 수가 없다는 것을 어느 정도 즐거워하며 깨달았다. 그들 왼쪽 어디에선가 올빼미 한 마리가 기묘한 소리를 냈다. 반대편에서는 뭔가 부스럭거렸다가, 조용했다가, 다시 부스럭거렸다가, 조용했다가 사람이 더 적은 쪽으로 큰 소리를 내며 난입했다. 또 하나의 초조한 외침. "저게 뭐야?"

머리 위에서는, 변덕스러운 봄 구름이 더 많은 비를 예고하며 고등어 비늘 모양으로 하늘을 질주하기 시작했다. 개러티는 옷깃을 올리고 보도를 울리는 자기 발소리에 귀를 기울였다. 이것은 미묘한 정신적 적응의 요령이었다. 어둠 속에 더 오래 있을수록 야간 시력이 더 좋아지는 것과 같은 이치였다. 오늘 아침 그는 자기 발소리를 잃어버렸다. 하프트랙의 우르릉거리는 소리는 말할 것도 없고, 99쌍의 다른 발소리들 속에서 잃어버렸다. 그러나 이제는 그 소리를 쉽게 들을 수 있었다. 자신의 고유한 성큼 걸음,

그리고 왼발이 때때로 보도를 긁는 방식. 그의 귀에는 자기 발소리가 자기 맥박 소리만큼 커진 것 같았다. 생생한, 삶과 죽음의 소리.

그의 눈은 눈구멍 속에 갇혀 까끌까끌한 느낌이었다. 눈꺼풀이 무거웠다. 에너지가 한가운데 있는 싱크홀로 빨려 내려가고 있는 것 같았다. 군인들은 단조롭고 규칙적으로 웅웅거리며 경고를 발했지만, 아무도 총에 맞지 않았다. 바코비치는 입을 닥쳤다. 스테빈스는 다시 유령이 되어, 그들 뒤에서 보이지도 않았다.

시곗바늘은 열한 시 사십 분을 가리켰다.

'마녀들의 시간을 향해 가고 있군.'

개러티는 생각했다. 교회 묘지가 하품을 하며 케케묵은 사자(死者)들을 내뱉는 때. 착한 꼬마들이 모두 자러 갈 때. 아내들과 연인들이 저녁 동안의 성욕의 모의전을 그만두는 때. 뉴욕으로 가는 그레이하운드 버스에서 승객들이 불편하게 잠드는 때. 글렌 밀러(미국의 재즈 연주자 — 옮긴이)가 라디오에서 방해받지 않고 연주하고 바텐더들이 의자들을 테이블 위에 올려놓을 생각을 할 때, 그리고……

마음속에 잰의 얼굴이 다시 떠올랐다. 크리스마스에 그녀에게 키스했던 일이 떠올랐다. 거의 반년 전, 어머니가 부엌의 커다란 전구에 언제나 매달아놓는 플라스틱 겨우살이 아래에서. 바보 같은 어린아이 장난이었다. 지금 어디 서 있는지 봐. 그녀의 입술은 놀랐지만 부드러웠고, 저항하지 않았다. 훌륭한 키스였다. 계속 꿈꿀 키스. 진짜 첫 키스. 그녀를 집에 데려다주면서 다시 키스했다. 그들은 그녀의 집 진입로에, 조용하고 어스레하게 떨어지는 크리스마스 눈 속에 서 있었다. 그것은 훌륭한 키스를 능가했다. 그는 그녀의 허리에 팔을 둘렀다. 그녀는 그의 목에 양팔을 둘러 목 뒤에서 깍지를 끼고는 눈을 감았다(그는 실눈을 떴다.). 그녀의 가슴이 주는 부드러운 느낌 — 물론 그녀가 입은 코트에 덮였지만 — 이 그의 몸에 닿았다. 그는 그때 그녀에게 사랑한다고 말할 뻔했다. 그러나, 아니다…… 그러면 너무 일렀을 것이다.

그 후, 그들은 서로를 가르쳤다. 그녀는 그에게, 때로 책은 공부하기 위한 것이 아니라 읽고 버리는 것일 뿐이라고 가르쳤다(그는 책벌레였고, 잰은 그것을 재미있어했다. 처음에는 그녀가 재미있어한다는 사실이 그를 좌절시켰지만 그다음에는 그도 그것의 재미있는 면을 보게 되었다.). 그는 그녀에게 뜨개질을 가르쳤다. 우스운 일이었다. 다름 아닌 그의 아버지가 그에게 뜨개질하는 법을 가르쳤기 때문이다……. 스쿼드가 아버지를 잡아가기 전에. 마찬가지로, 할아버지가 개러티의 아버지를 가르쳤다. 그것은 개러티 혈족 남성의 전통인 것 같았다. 잰은 코가 늘어나고 줄어드는 모습에 매혹되었고, 금방 그를 앞질렀다. 그가 공들인 스카프와 벙어리장갑 따위는 우습다는 듯 스웨터, 케이블 니트로 나아갔고, 마침내 코바늘 뜨개질로 그리고 심지어 도일리(접시 깔개 — 옮긴이) 레이스 뜨기까지 했다. 그녀는 그 기술을 마스터하자마자 우스꽝스럽다며 뜨개질을 그만두었다.

개러티는 잰에게 룸바와 차차도 가르쳤다. 아멜리아 도젠스 부인의 모던 댄스 학교에서 토요일 오전이면 배웠던 기술…… 그것은 어머니의 아이디어였고, 그는 열렬히 반대했다. 어머니는 생각을 바꾸지 않았다. 고마운 일이었다.

이제 그는 거의 완벽한 타원형인 그녀의 얼굴 위에 어린 빛과 그림자의 패턴을, 그녀가 걷는 방식을, 오르락내리락하는 목소리를, 수월하게 움직이는 섹시한 한쪽 엉덩이의 움직임을 떠올리고 공포에 질려 자기가 여기서 이 어두운 길을 걸어 내려가면서 무엇을 하고 있나 생각했다. 그는 지금 그녀를 원했다. 그는 그것을 모두 다시, 그러나 다르게 하기를 원했다. 이제 통령의 그을린 얼굴과 희끗희끗한 코밑수염, 거울 같은 선글라스를 생각하면서 그는 너무나 깊은 공포감, 다리가 약해지고 흐물흐물해지는 공포감을 느꼈다. 왜 내가 여기 있지? 자신에게 필사적으로 물었지만, 거기에는 아무 대답도 없었다. 그래서 그는 그 질문을 다시 했다. *왜 내가······.*

여러 자루의 총이 어둠 속에서 굉음을 냈다. 그리고 헷갈릴 수 없는, 우편물 주머니가 쿵 떨어지는 것 같은, 시체가 콘크리트 위에 쓰러지는 소리가 났다. 다시 공포가 그를 덮쳤다. 목구멍의 숨을 막는 뜨거운 공포, 안전하게 잰을 발견할 때까지 맹목적으로, 덤불 속에 뛰어들어 계속 달리고만 싶게 만드는 공포.

맥브라이스는 바코비치 생각을 하며 계속 가고 있었다. 개러티는 잰에게 집중할 것이다. 잰에게 걸어갈 것이다. 롱 워커들의 친척과 사랑하는 사람들의 자리는 앞줄에 잡힌다. 그는 그녀를 볼 것이다.

개러티는 다른 소녀에게 키스한 행동을 생각하고 부끄러워졌다. *네가 해낼 건지 어떻게 알아?* 경련······ 물집······ 심한 자상이나 멈추지 않는 코피······ 너무 크고 너무 긴, 거대한 언덕. *네가 해낼 건지 어떻게 알아?*

난 해낼 거야, 난 해낼 거야.

"축하해."

맥브라이스가 뒤에 딱 붙어 말하는 바람에 개러티는 펄쩍 뛰었다.

"어?"

"자정이야. 우리는 살아남아 또 하루를 싸우게 되었어, 개러티."

"그리고 롱 워커 중 많은 사람들이 그렇지." 에이브러햄이 그렇게 말하고 덧붙였다. "이건 나한테 하는 말이야. 내가 너희를 못마땅해하는 건 아니야, 알지?"

"너희가 신경을 쓸지 모르겠는데, 올드타운까지 170킬로미터 남았어."

올슨이 피곤한 목소리로 말했다.

"누가 올드타운에 신경을 쓴대?"

맥브라이스가 날카롭게 물었다.

"너 거기 가본 적 있어, 개러티?"

"아니."

"오거스타는 어때? 맙소사, 난 그게 조지아에 있는 줄 알았어."

"응. 오거스타는 가본 적 있어. 그건 주도야……"

"거기 주도지." 에이브러햄이 말했다.

"그리고 주지사 관저와 원형 교차로 두 개, 영화관 두 개……"

"메인에 있는 건 그 정도야?" 맥브라이스가 물었다.

"뭐, 그건 작은 주도니까, 됐어?" 개러티가 미소 지으며 말했다.

"보스턴에 갈 때까지 기다려봐." 맥브라이스가 말했다.

신음 소리들이 튀어나왔다.

앞쪽에서 환호, 환성, 그리고 야유 소리가 들려왔다. 개러티는 정신을 차리고 자신의 이름을 외치는 소리를 들었다. 앞쪽 1킬로미터 정도 떨어진 곳에 금방이라도 무너질 듯한, 폭삭 주저앉은 인적 없는 농가가 있었다. 그러나 어딘가에 찌그러진 클리그 등(영화 촬영이나 조명용의 강한 아크등 ― 옮긴이)의 플러그가 꽂혀 있었고, 그 집 앞을 가로지르는 거대한 표지판에는 소나무 가지로 된 글자로 이렇게 씌어 있었다.

개러티는 우리 고장 사람!
아루스투크 카운티 부모 연합

"어이, 개러티, 부모님이 어디 계셔?" 누군가가 외쳤다.
"고향에서 아이들을 만들고 계실걸."
개러티가 어리둥절해서 말했다. 메인 주가 개러티의 고장이라는 것은 의심할 여지가 없었지만, 그는 그 표지판과 환호성과 다른 사람들의 비웃음이 전부 좀 당황스럽기만 했다. 그는 지난 열다섯 시간 동안 ― 무엇보다도 ― 자기가 세상의 이목을 그렇게 열렬히 바라지 않는다는 것을 깨달았다. 주 전체의 100만 명이 그를 응원하고 그에게 내기를 건다는(12대 1이라고 고속도로 노동자는 말했다……. 그것이 좋은 건지 나쁜 건지?) 생각을 하니 약간 무시무시했다.
"이 근처 어딘가 통통하고 매력적인 부모들 몇 명이 남아 있을 거야."
데이비슨이 말했다.

"학부모회에서 나와 섹스하는 거야?" 에이브러햄이 물었다.

놀림은 건성이었고 그리 오래가지 않았다. 길에서 대부분의 놀림은 매우 빨리 죽어갔다. 그들은 다리를 또 하나 건너갔다. 이번에는 꽤 큰 강을 건너는 시멘트 다리였다. 아래에서 물이 검은 실크처럼 물결 쳤다. 귀뚜라미 몇 마리가 조심스럽게 귀뚤귀뚤 울었고, 자정에서 15분 정도 지나서 가볍고 차가운 빗방울이 후두둑 떨어졌다.

앞쪽에서 누군가가 하모니카를 불기 시작했다. 오래가지 않았지만(힌트 6번: 숨을 아껴라), 그 소리가 지속되는 동안은 예뻤다.

'약간 「올드 블랙 조」 같다. 옥수수 밭에 누워, 여기 저 애절한 소리. 모든 깜둥이들이 울고 있네, 유잉은 차가운, 차가운 땅속에 (원곡에서는 '주인은 차디찬 땅속에'이다 ─ 옮긴이).'

개러티는 생각했다.

아니, 「올드 블랙 조」가 아니었다. 그 곡조는 스티븐 포스터의 다른 인종주의적 고전 노래였다. 착하고 늙은 스티븐 포스터. 술을 마시다 죽었지. 포도 그랬다, 유명한 이야기였다. 네크로필리아 포, 열네 살짜리 사촌과 결혼한 사람. 그는 소아성애자이기도 했다. 포와 스티븐 포스터, 둘 다 전방위로 타락한 작자들. 개러티는 생각했다.

'그들이 오래 살아서 롱 워크를 보았다면, 둘이 협력해서 세계 최초로 병적인 뮤지컬을 만들어낼 수도 있었을 거야 「주인은 차디찬, 차디찬 길 위에」 아니면 「숨길 수 없는 큰 걸음」 아니면……'

앞쪽에서 누군가 비명을 지르기 시작했고, 개러티는 피가 차가워지는 것을 느꼈다. 매우 어린 목소리였다. 비명으로 무슨 말을 내지르는 것이 아니었다. 오직 비명일 뿐이었다. 검은색 사람 그림자 하나가 무리에서 뛰쳐나가, 갓길을 가로질러 하프트랙 앞으로 맹렬히 달려가서(개러티는 수리된 다리를 건넌 후 언제 하프트랙이 그들의 행진에 다시 합류했는지 기억나지도 않았다.) 숲 속으로 뛰어들었다. 총들이 포효했다. 죽은 이의 무게가 노간주나무 관목과 덤불을 뚫고 땅에 떨어지면서 찢어지는 쿵 소리가 났다. 군인 한 명이 뛰어내려 힘없이 늘어진 사람 그림자의 손을 잡아 위로 끌고 왔다. 개러티는 냉담하게 지켜보며 생각했다.

'공포조차도 닳아 없어져. 죽음에도 과잉이 있어.'

하모니카 연주자는 풍자적으로 영결 나팔 소리를 흉내 내어 불기 시작했다. 누군가가 — 소리로 보아서는 콜리 파커 같았다. — 화가 나서 망할 입 닥치라고 윽박질렀다. 스테빈스가 웃었다. 개러티는 갑자기 스테빈스에게 격분했고, 돌아서서 자기가 죽었을 때 웃을 사람을 어떻게 좋아할 수 있겠냐고 묻고 싶었다. 그 것은 바코비치나 할 법한 짓이었다. 바코비치는 여러 개의 무덤 위에서 춤출 거라고 말했고, 이미 열여섯 개의 무덤 위에서 춤출 수 있었다.

'바코비치의 발이 춤출 만큼 오래 버텨줄까.'

개러티는 생각했다. 오른쪽 발바닥을 타고 날카롭고 찌르르한 고통이 전해졌다. 그곳의 근육이 심장이 멈출 정도로 꽉 죄었다가 느슨해졌다. 개러티는 심장이 목구멍으로 튀어나올 듯이 놀라 통증이 다시 시작되기를 기다렸다. 조임은 더 심해질 테고, 그의 발은 한 뭉텅이의 쓸모없는 나무토막이 될 것이다. 그러나 그런 일은 일어나지 않았다.

"난 더 못 가겠어."

올슨이 목쉰 소리로 말했다. 그의 얼굴은 어둠 속에서 흰 얼룩으로 보였다. 아무도 그에게 대답하지 않았다.

어둠. 빌어먹을 어둠. 개러티가 보기에는 그들이 어둠 속에 산 채로 파묻힌 것 같았다. 그 안에 갇혔다. 새벽은 한 세기는 더 떨어져 있다. 그중 많은 사람들은 절대 새벽을, 태양을 보지 못할 것이다. 그들은 2미터 깊이로 어둠 속에 파묻혔다. 그들에게 필요한 것은 성직자의 단조로운 암송뿐이다. 성직자의 목소리는 새로 들어찬 어둠으로 감싸여 있지만 완전히 알아들을 수 없는 것은 아닐 터이고, 그 위로 조문객들이 서 있을 것이다. 조문객들은 그들이 '여기' 있다는 것을, '살아' 있다는 것을, 비명을 지르며 관 뚜껑 같은 어둠을 긁고 할퀴고 있다는 것을 알지도 못한다. 공기는 버석버석 버스러지고 녹슬어 떨어지고, 독가스로 변하고, 희망은 사라져 희망 그 자체가 어둠이 된다. 그 모든 것 위로 성직자의 예배당 종소리같이 끄덕이는 목소리와 여기서 떠나 따뜻한 5월의 햇빛 속으로 들어가고 싶어 안달인 조문객들의 참을성 없는, 질 짐 끄는 발소리, 그다음, 그것을 압두하며 벌레와 딱정벌레들이 합창하듯 한숨을 쉬고 다리를 끈다. 땅속 길을 꿈지럭거리면서 향연을 누리기 위해 온다.

'나 미칠지도 몰라 지금 당장이라도 미칠 수 있어.'

개러티는 생각했다.

산들바람이 소나무 사이로 불었다.

146

개러티는 돌아서서 오줌을 누었다. 스테빈스가 슬쩍 비켜주었고, 하크니스는 기침과 코고는 소리를 냈다. 하크니스는 반쯤 자며 걷고 있었다.

개러티는 생명의 모든 작은 소리들을 날카롭게 의식하게 되었다. 누군가가 가래를 칵 뱉었다. 다른 누군가가 재채기를 했다. 앞에서 왼쪽의 누군가는 뭔가를 시끄럽게 씹고 있었다. 누군가가 다른 누군가에게 작은 소리로 기분이 어떠냐고 묻고 있었다. 웅얼거리는 대답이 났다. 야닉은 속삭임 수준으로 노래를 부르고 있었다. 부드럽지만 음정은 정말 안 맞았다.

의식. 그것은 모두 의식의 작용이었다. 그러나 그것은 영원하지 않았다.

"왜 내가 이걸 시작했지?" 올슨이 갑자기 절망적으로 물었다. 겨우 몇 분 전에 개러티가 하던 생각을 되풀이하는 말이었다. "왜 내가 이런 일에 말려들었을까?"

아무도 그에게 대답하지 않았다. 한참 동안 아무도 대답하지 않았다. 개러티는 올슨이 이미 죽은 것 같다고 생각했다.

또다시 빗방울이 가볍게 후드득 떨어졌다. 그들은 오래된 공동묘지 또 하나를 지나가고, 그 옆의 교회 한 채, 작은 가게 대문 하나를 지났다. 그리고 나자 그들은 작고 깔끔한 집들로 이루어진 소규모 뉴잉글랜드 공동체 속을 걷고 있었다. 길은 10여 명의 사람들이 모여 그들이 지나가는 것을 보고 있는 작은 상점가와 평행하게 나 있었다. 그들은 환성을 질렀지만, 이웃을 깨울까봐 두려운 듯 억눌린 소리였다. 그들 중 젊은 사람은 아무도 없다는 것을 개러티는 보았다. 가장 젊은 사람은 35세 정도의 강렬한 눈매를 한 남자였다. 무테 안경을 쓰고, 한기에서 몸을 보호하기 위해 초라한 스포츠코트를 입고 있으며 머리카락 뒤쪽이 뻗쳤다. 개러티는 그의 바지 지퍼가 반쯤 내려온 것을 알아차리고 재미있어했다.

"가라! 대단해! 가! 가! 오, 대단해!"

그 남자는 작은 소리로 읊었다. 부드럽고 통통한 한 손을 끊임없이 흔들었고, 그들이 지나갈 때 그의 눈길은 워커 한 사람 한 사람 위에서 타오르는 것 같았다.

마을 맞은편에서 졸린 눈을 한 경찰이, 그들이 다 지나갈 때까지 우르릉거리는 트레일러트럭을 세워놓았다. 가로등이 네 개 더 있었고, '유레카 농가 81번'이라고 앞쪽의 커다란 양쪽 여닫이문에 씌어 있는 텅 비고 부서져가는 건물 한 채가 나온 후, 그 소도시는 사라졌다. 아무 이유 없이 개러티는 누군가를 때릴 수 있을 것 같았다. 마치 셜리 잭슨의 단편 속을 지나온 느낌이었다.

맥브라이스가 개러티를 쿡쿡 찔렀다.

"저 녀석 좀 봐."

'저 녀석'은 우스꽝스러운 암녹색 트렌치코트를 입은 키 큰 소년이었다. 코트는 무릎 주위에서 펄럭거렸다. 그는 거대한 습포제처럼 팔로 머리를 감싸고 걷고 있었다. 불안정하게 앞뒤로 이리저리 왔다 갔다 하고 있었다. 개러티는 학문적 흥미 같은 것을 느끼며 그를 자세히 지켜보았다. 전에 이 워커를 본 기억이 나지 않았다……, 그러나 물론 어둠 속에서는 얼굴들이 다르게 보였다.

그 소년은 한쪽 발이 걸려 비틀거렸고 거의 넘어질 뻔했다. 그 다음 계속 걸었다. 개러티와 맥브라이스는 트렌치코트 입은 소년의 투쟁을 보며 자신들의 고통과 피로를 잊어버렸고 매혹된 침묵 속에서 10분 정도 그를 지켜보았다. 트렌치코트를 입은 그 소년은 신음 소리나 투덜거림 하나 내지 않았다.

마침내 그는 넘어지고 경고를 받았다. 개러티는 그 소년이 일어 날 수 없을 거라고 생각했지만, 그는 일어났다. 이제 그는 거의 개 러티와 그 주위의 소년들과 함께 걷고 있었다. '45번'을 접착테이 프로 코트에 붙인, 매우 못생긴 소년이었다.

올슨이 속삭였다.

"너 문제가 뭐야?"

그러나 그 소년은 들은 것 같지 않았다.

'죽은 애들은 저런 태도를 갖고 있었어.'

개러티는 그것을 알아차렸다. 그 애들은 주위의 모든 것과 모 든 사람에게서 완전히 물러나 침잠했다. 길 외의 모든 것에서. 그 들은 끔찍하게 매혹된 듯한 태도로, 마치 끝없고 바닥 없는 심연 위를 걸어 건너야 하는 줄을 바라보듯이 길을 응시했다.

"이름이 뭐야?"

개러티가 그 소년에게 물었지만 대답은 없었다. 그는 갑자기 자 기가 그 질문을 소년에게 되풀이해서 뱉고 있다는 것을 깨달았 다. 마치 어둠에서 튀어나와 그를 덮칠 검은 특급 화물차 같은 운 명에서 구해 줄 바보 같은 연도(煙道, 사제가 간구하고 신자가 응 답하는 형식으로 되어 있는 기도 ― 옮긴이)라도 되는 것처럼.

"이름이 뭐야, 응? 이름이 뭐냐고, 이름이 뭐야, 네 이름이……."

"레이."

맥브라이스가 그의 소매를 잡아당기고 있었다.

"이름을 안 말하잖아, 피트, 말하게 만들어, 이름을 말하게 만들어······."

"그 애를 괴롭히지 마. 그 애는 죽어가고 있어. 괴롭히지 마."

맥브라이스가 말했다.

트렌치코트에 45번을 붙인 소년이 다시 넘어졌다. 이번에는 얼굴을 처박고 넘어졌다. 일어났을 때 이마에 난 긁힌 자국들에서 천천히 피가 솟아났다. 그는 개러티의 그룹 뒤로 처졌지만, 그가 마지막 경고를 받았을 때 그들은 그 소리를 들었다.

그들은 고가 철도가 던지는 더 깊은 어둠의 공허한 구멍 속을 지나갔다. 어디선가 비가 떨어졌지만, 돌로 된 이 목구멍 속에서는 무의미하고 신비로웠다. 그다음 그들은 어둠에서 다시 나왔고, 개러티는 그들 앞에 뻗은 길고, 똑바르고, 평평한 길을 감사한 마음으로 보았다.

45번은 다시 넘어졌다. 소년들이 흩어지면서 발걸음들이 빨라졌다. 그리 오래지 않아, 총이 발사되었다. 개러티는 하여간 소년의 이름은 중요하지 않았을 것이라고 생각했다.

6장

"이제 우리 참가자들은 격리 방음실에 있습니다."

— 잭 배리

「21」

새벽 세 시 삼십 분이었다.

레이 개러티에게 그 시간은 그의 전 생애에서 가장 긴 밤의 가장 긴 1분 같았다. 그것은 썰물이었다. 죽은 썰물, 바다가 파도를 뒤로 끌고 가며 제멋대로 퍼진 해초, 녹슨 맥주 캔, 썩은 콘돔, 부서진 유리병, 깨진 부표, 찢어진 수영복 반바지를 입은 녹색 이끼가 낀 해골들로 뒤덮인 미끌미끌한 개펄을 남기는 시간. 그것은 죽은 썰물이었다.

트렌치코트 소년 이후로 일곱 명이 더 티켓을 끊었다. 새벽 두 시경, 거센 첫 가을바람에 휩쓸린 마른 옥수수 노적가리처럼 세 명이 거의 함께 쓰러진 적도 있었다. 워크에 나선 이래 120킬로미터를 걸었고, 그사이 24명이 갔다.

그러나 그건 전부 중요하지 않았다. 중요한 것은 죽은 썰물뿐이었다. 세 시 삼십 분과 죽은 썰물. 또 한 번 경고가 주어졌고, 곧 총들이 다시 한 번 요란한 소리를 냈다. 이번에는 낯익은 얼굴이 었다. 스튜벤빌 주 박람회에서 난잡한 여자들의 텐트에 몰래 들어간 적이 있다고 주장했던 8번, 데이비슨이었다.

개러티는 데이비슨의 하얗고 피가 튄 얼굴을 아주 잠시 동안만 보고 다시 길을 보았다. 그는 이제 길을 아주 많이 보고 있었다. 때때로 하얀 줄은 굳건했고, 때로는 끊어졌고, 때로는 시내 전차 길처럼 두 줄이었다. 그는 롱 워크 때가 아닌 다른 때에 사람들은 이 길 위에 어떻게 차를 타고 다닐 수 있는지, 그 흰 페인트 속의 삶과 죽음의 패턴을 보지 못하는 건지 궁금했다. 아니면 결국 그들도 그 패턴을 보는 걸까?

보도는 그를 매혹시켰다. 보도에 앉으면 얼마나 편하고 좋을까. 쭈그리는 것부터 시작할 테고, 뻣뻣한 무릎 관절은 장난감 공기 총처럼 팍 소리를 낼 것이다. 그다음 몸을 버틸 손을 뒤쪽, 서늘하고 자갈이 덮인 표면에 놓을 것이다. 그리고 엉덩이를 내리면, 73킬로그램의 첫소리 나는 압박이 발에서 떠나는 것을 느낄 것이다……. 그다음에는 눕는 거다. 그냥 뒤로 쓰러져 그곳에 눕는다. 팔다리를 벌리고, 지친 등뼈가 쭉 펴지는 것을 느끼며…… 나를 둘러싼 나무들과 잠엄한 별들을 올려다보며…… 경고를 듣지못하고, 그저 하늘을 지켜보며 기다리고…… 기다리고…….

그래.

워커들이 희생 제물처럼 그를 홀로 남겨놓고 사선에서 비키며 흩어지는 발소리를 듣는다. 그 속삭임들을 듣는다. *이봐, 개러티야, 개러티가 티켓을 끊고 있어!* 바코비치가 내 무덤 위에서 춤을 추려고 댄싱슈즈 끈을 다시 묶으면서 웃는 것을 들을 시간도 있을 것이다. 카빈총이 빙글 돌며 조준하고, 그다음…….

개러티는 시선을 억지로 길에서 떼어 주위에서 움직이는 그림자들을 흐릿하게 바라본 다음, 지평선을 쳐다보며 여명의 흔적이라도 있는지 필사적으로 찾았다. 물론 그런 것은 없었다. 밤은 아직 어두웠다.

그들은 작은 소도시 두세 개를 더 지나갔다. 도시들은 전부 어두웠고 문이 닫혀 있었다. 그들은 자정부터 시작해 서른 명 정도의 졸린 구경꾼들을 지나쳐 왔을 것이다. 그 구경꾼들은 무슨 일이 있어도 매해 12월 31일마다 엄숙하게 새해를 지켜보는, 불굴형 인간들이었다. 지난 세 시간 반의 나머지는 꿈의 몽타주, 불면증 환자의 반쯤 잠든 백일몽 외엔 아무것도 아니었다.

개러티는 주위의 얼굴들을 더 자세히 보았지만, 하나도 낯익어 보이지 않았다. 비이성적인 공황 상태가 스며들었다. 앞에 있는 워커의 어깨를 두드렸다.

"피트? 피트, 너지?"

그 사람은 화난 신음 소리를 내며 그에게서 미끄러지듯 빠져나갔고, 돌아보지 않았다. 아까 왼쪽에 올슨이 있었고, 베이커는 오른쪽에 있었다. 그러나 이제 왼쪽에는 아무도 없었고 오른쪽에 있는 소년은 아트 베이커보다 훨씬 더 통통했다.

어떻게인지 개러티는 길에서 벗어나 늦은 하이킹을 하는 보이스카우트 한 무리와 만난 모양이었다. 그들은 그를 찾고 있을 것이다. 그를 사냥하고 있을 것이다. 총과 개와 레이더와 열추적 감지기…… 등등을 가진 스쿼드가…….

안도감이 몸을 휩쓸었다. 앞쪽 네 시 방향에 에이브러햄이 있었다. 고개만 약간 돌리면 보였다. 어색하게 걷고 있는 그의 모습은 헷갈릴 수가 없었다.

"에이브러햄!" 남들이 다 들도록 속삭였다. "에이브러햄, 너 깨어 있니?" 에이브러햄은 뭔가 중얼거렸다. "물었잖아, 너 깨어 있냐고?"

"그래 망할 개러티야 나 좀 가만 놔둬."

최소한 개러티는 여전히 그들과 함께 있었다. 완전히 길을 잃었다는 느낌은 지나갔다.

앞의 누군가가 세 번째 경고를 받았다. 개러티는 생각했다,

'나는 하나도 안 받았어! 나는 1분이나 1분 반 정도 앉아 있을 수 있어. 난 할 수 있어……'

그러나 그는 결코 일어나지 못할 것이다.

아냐 난 일어날 거야. 그는 자기 자신에게 대답했다. *확실히 난 일어날 거야. 나는 그저……*

그저 죽겠지. 잰과 함께 프리포트에서 보자고 어머니와 약속한 것을 떠올렸다. 그때는 편한 마음으로, 아무 생각 없이 그 약속을 했다. 어제 아침 아홉 시에는 개러티가 프리포트에 도착한다는 것은 기정사실이었다. 그러나 그것은 더 이상 게임이 아니었고, 3차원의 현실이었다. 그리고 프리포트로 계속 걸어가는 것이 한 쌍의 피투성이 발목뿐이라는 것은 끔찍하게 있을 법한 가능성으로 보였다.

누군가 다른 사람이 총에 맞고 쓰러졌다……. 이번에는 그의 뒤였다. 조준이 잘못되었는지 운 나쁜 티켓 소유자는 매우 긴 것

같은 시간 동안 쉰 목소리로 비명을 질렀다. 또 다른 총알이 그 소리를 끊었다. 전혀 아무 이유 없이 개러티는 베이컨 생각을 했고, 걸쭉하고 신 침이 입에 돌면서 토하고 싶어졌다. 롱 워크 120킬로미터에 26명이 쓰러졌다는 것이 별나게 높은 수인지 별나게 낮은 수인지 궁금했다.

머리는 어깨 사이로 천천히 떨어졌고, 발은 머리와 어깨를 저절로 앞으로 데려갔다. 어렸을 때 가본 장례식이 생각났다. 프리키(이상하다는 뜻 — 옮긴이) 달레지오의 장례식이었다. 진짜 이름은 조지였지만, 근처에 사는 모든 아이들이 그를 프리키라고 불렀다. 양쪽 눈이 따로 놀았기 때문에……

프리키가 야구 게임에 선수로 뽑히고 싶어서 기다리던 모습을 기억할 수 있었다. 그는 언제나 마지막에 들어왔고, 따로 노는 두 눈은 희망에 차서 테니스 시합 구경꾼처럼 이쪽 팀 주장에서 저쪽 팀 주장으로 움직였다. 그는 언제나 외야 센터필드에 배치되었다. 공이 그리 많이 들어가지 않는 곳이어서 그는 별 피해를 주지 못했다. 한쪽 눈이 거의 보이지 않아 거리 감각이 없었기 때문에, 그는 어떤 공이 자기에게 올지 제대로 판단하지 못했다. 한번은 그가 자신에게 오는 공을 잡으려고 빈 공간에 속에 글러브를 찔러 넣었지만, 그 공은 부엌 나이프 손잡이로 얻어맞는 칸탈루프 멜론같이 귀에 들리는 쿵 소리를 내며 이마에 착륙했다. 공의 실밥이 일주일 동안 상표처럼 앞이마 한가운데 사각형 흔적을 남겼다.

프리키는 프리포트 국도 1호선에서 차에 치여 죽었다. 개러티의 친구 에디 클립스타인이 그 일을 목격했다. 에디 클립스타인은 아이들에게 차가 프리키 달레지오의 자전거를 친 이야기로 아이들을 6주 동안 꼼짝 못 하게 묶어놓았다. 프리키는 자전거 핸들 위로 날아올랐고, 충돌의 여파로 농부 장화에서 튀어나가 그의 몸이 슈윈 자전거 의자에서 돌벽까지 날개 없는 짧은 비행을 하는 동안 불구의 화려한 동작으로 양다리를 뒤에서 마구 휘젓다가, 그 돌벽에 내려앉았으며, 그의 머리는 바위에 부딪쳐 곤죽이 되었다고 했다.

그는 프리키의 장례식에 갔고, 관 속 프리키의 머리가 곤죽이 된 것을 볼 수 있을까 궁금해하다가 거의 토할 뻔했다. 그러나 프리키는 말끔한 얼굴로 스포츠코트를 입고 넥타이를 하고 컵 스카우트(보이스카우트의 어린이 조직 — 옮긴이) 개근 핀을 꽂고 있었다. 그리고 '야구'라고 말하는 순간 관에서 걸어 나올 준비가 되어 있는 것처럼 보였다. 두 눈동자가 따로 노는 눈도 감겨 있었다. 대체로 개러티는 아주 안도감을 느꼈다.

개러티가 이 모든 일 전에 본 죽은 사람은 프리키뿐이었고, 그것은 깨끗하고 깔끔한 죽은 사람이었다. 유잉과, 혹은 암녹색 트렌치코트를 입은 소년과, 혹은 검푸르고 지친 얼굴에 피가 묻은 데이비슨과는 달랐다.

'그건 역겨워. 그냥 역겨워.'

개러티는 음울하게 깨달으며 생각했다.

네 시 십오 분 전에 개러티는 첫 번째 경고를 받고, 깨어 있으려고 애쓰면서 가혹하게 자기 얼굴을 두 번 후려갈겼다. 그의 몸은 충분히 깨어난 것 같았다. 그의 신장이 그를 재촉했지만, 동시에 아직 꼭 오줌을 눌 필요는 없다고 느꼈다. 그의 상상일지 모르지만 동쪽 별들이 약간 희미해진 것처럼 보였다. 어제 이맘때 그들이 주 경계의 표석을 향해 차를 타고 갈 때 그는 차 뒤에서 잠들어 있었다는 생각이 현실적인 놀라움과 함께 떠올랐다. 등을 대고 몸을 뻗고 있는, 움직이지도 않고 그곳에 뻗어 있는 자신이 보일 것만 같았다. 그는 도로 그곳에 있고 싶은 강렬한 갈망을 느꼈다. 도로 어제 아침으로 돌아갈 수만 있다면.

이제 네 시 십 분 전이었다.

그는 주위를 둘러보며 자기가 완전히 깨어 있고 주위를 의식하고 있는 몇 명 중 한 명이라는 것을 알고 우월하고 외로운 만족감을 느꼈다. 이제 확실히 더 밝았다. 걸어가는 사람 그림자들의 특징을 조금 알아볼 수 있을 정도로 밝았다. 베이커는 앞에 있었고 — 펄럭이는 빨간 줄무늬 셔츠로 알 수 있었다. — 맥브라이스는 뒤에 있었다. 그는 올슨이 왼쪽에 떨어져서 하프트랙과 계속 보조를 맞추고 있는 것을 보고 놀랐다. 새벽에 티켓을 끊은 사람들 가운데 올슨도 끼어 있다고 확신하고 있었기 때문이다. 행크가 쓰러지는 모습을 보지 않아도 되어서 다행이라고 안도했는데. 지금도 너무 어두워서 그가 어떤 모습인지는 보이지 않았다. 그러나 올슨의 머리는 그의 큰 걸음에 맞춰 헝겊 인형 머리처럼 위아래로 까딱거리고 있었다.

어머니가 계속해서 찾았던 퍼시는 이제 스테빈스 옆 뒤쪽에 있었다. 퍼시는 오랫동안 항해한 다음 처음 해변으로 나온 선원처럼 한쪽으로 치우쳐 구르듯이 걷고 있었다. 그리블, 하크니스, 와이먼, 콜리 파커도 찾았다. 개러티가 아는 사람들은 대부분 아직 그 안에 있었다.

네 시경에 지평선에 밝은 끈이 떠올랐고, 개러티는 영혼이 가벼워지는 것을 느꼈다. 현실적인 공포 속에서 밤의 긴 터널을 다시 응시하며, 어떻게 그것을 뚫고 나올 수 있었을까 궁금했다.

개러티는 걸음을 조금 더 빨리 해서 맥브라이스에게 접근했다. 맥브라이스는 가슴에 턱을 붙였고, 눈은 반쯤 떴지만 멍하고 텅 비어 있었고, 깨어 있는 것보다 자고 있는 쪽에 더 가까운 채로 걷고 있었다. 그의 입가에는 얇고 부스러질 것 같은 침의 끈이 매달려 진주 같고 아름다운 정확도로 새벽의 첫 번째 떨리는 손길을 잡아내고 있었다. 개러티는 매혹된 채 이 이상한 현상을 뚫어지게 바라보았다. 맥브라이스를 잠에서 깨우고 싶지 않았다. 당분간 자기가 좋아하는 사람과 가까이 있다는 것만으로 충분했다. 밤을 헤쳐 나온 동지들과.

그들은 가파른 바위투성이 초원을 지나갔다. 나무껍질이 벗겨진 통나무 울타리에 다섯 마리 암소가 장중하게 서서 워커들을 바라보며 생각에 잠겨 풀을 씹고 있었다. 농장 안마당에서 작은 개가 뛰쳐나와 그들에게 점점 더 시끄럽게 짖어댔다. 하프트랙 위의 군인들은 총을 높이 들고, 그 동물이 어떤 워커의 전진을 방해하면 쏠 준비를 했다. 그러나 그 개는 안전한 거리에서 용감하게 저항권과 영토권을 외치며 갓길을 따라 앞뒤로 쫓아다닐 뿐이었다. 누군가가 그 개에게 "젠장, 입 닥쳐."라고 쉰 목소리로 고함쳤다.

개러티는 다가오는 새벽에 도취되어 하늘과 땅이 조금씩 밝아지는 것을 지켜보았다. 지평선의 흰 끈이 섬세한 분홍색으로, 붉은색으로, 금빛으로 진해지는 것을 지켜보았다. 밤의 마지막 자락이 마침내 사라지기 전에 총이 다시 한 번 포효했지만, 개러티는 거의 듣지 못했다. 태양의 첫 번째 붉은 호가 지평선 너머를 들여다보고 있다가 약간의 구름 뒤에 사라진 다음, 맹공격 속에서 다시 나왔다. 완벽한 날이 될 것 같았고 개러티는 반쯤만 일관성 있는 생각을 하며 그것을 반겼다.

'하느님 감사합니다. 저는 햇빛 속에서 죽을 수 있습니다.'

새 한 마리가 졸린 듯이 쩍쩍거렸다. 그들은 또 한 채의 농가를 지나갔다. 턱수염이 있는 남자가 괭이, 갈퀴, 종자 들로 가득 찬 손수레를 내려놓은 후 그들에게 손을 흔들었다.

까마귀 한 마리가 어둑한 숲 속에서 쉰 소리로 까악거리며 날아 나왔다. 그날의 첫 번째 열기가 개러티의 얼굴을 부드럽게 어루만졌고, 그는 그것을 반겨 맞았다. 그는 웃으면서 물통을 달라고 커다랗게 외쳤다.

맥브라이스는 고양이를 쫓는 꿈을 방해당한 개처럼 머리를 이상하게 꼬더니, 흐린 눈으로 주위를 둘러보았다.

"세상에, 햇빛이야. 햇빛이라고, 개러티. 몇 시야?"

개러티는 시계를 보고 네 시 사십오 분인 것을 알고 놀랐다. 맥브라이스에게 문자반을 보여주었다.

"얼마나 많이 온 거야? 알아?"

"130킬로미터 정도인 것 같아. 그리고 27명이 갔고. 집까지 4분의 1 왔어, 피트."

"그래, 맞아. 그렇지?"

맥브라이스가 미소를 지었다.

"지랄 맞게 맞지." 개러티가 맞장구치곤 물었다. "몸 상태가 좀 나아졌니?"

"천 퍼센트 정도."

"나도 그래. 햇빛 때문인 것 같아."

"하느님, 우리는 오늘 사람들을 꽤 볼 거라고 장담해. 너《월드 위크》의 롱 워크 기사 읽었니?"

"대충 봤어. 내 이름이 인쇄되어 있는지만 봤지."

개러티가 말했다.

"매해 롱 워크에 20억 달러 넘게 걸린대. 20억 달러!"

베이커가 선잠에서 깨어나 그들에게 합류했다.

"우리 고등학교에서는 판돈을 모으곤 했어. 모두 25센트씩 내고, 그다음에는 모두 각각 세 자리 숫자를 모자에서 집어내는 거야. 그리고 워크의 마지막 킬로미터와 가장 가까운 수를 집은 사람이 그 돈을 가지는 거지."

"올슨!" 맥브라이스가 신나게 외쳤다. "너한테 걸린 돈 액수를 생각해 봐, 야! 바로 네 비쩍 마른 엉덩이에 한밑천 건 사람들을 생각해 보라고!"

올슨은 지치고 기진맥진한 목소리로 자기의 마른 엉덩이에 한밑천 거는 사람들은 두 번 연속으로 딸딸이를 칠 수 있을 것이라고 말했다. 첫 번째 사정 후에 바로 발기되어 두 번째를 시작할 수 있다면서. 맥브라이스와 베이커, 개러티는 웃었다.

"오늘은 길에 예쁜 여자애들이 많기를."

베이커가 개러티를 짓궂게 보면서 말했다.

"그런 건 다 잊었어. 내 앞에는 한 소녀가 기다리고 있거든. 나는 지금부터 착한 소년이 될 거야."

개러티가 말했다.

"생각과 말과 행동에서 죄가 없을지어다."

맥브라이스가 훈계조로 말했다. 개러티는 어깨를 으쓱했다.

"너 좋을 대로 생각하렴."

"네가 그녀에게 손 흔드는 것 이상의 일을 할 기회를 가질 가능성은 백 분의 일이야."

맥브라이스는 심드렁하게 말했다.

"이제 73분의 1이야."

"아직 너무 낮잖아."

그러나 개러티의 쾌활한 기분은 굳건했다.

"나는 영원히 걸을 수 있을 것 같아."

개러티는 담백하게 말했다. 주위의 워커 두 명은 얼굴을 찌푸렸다.

그들은 철야 주유소를 지나갔고, 조수가 나와 손을 흔들었다. 거의 모든 사람이 마주 손을 흔들었다. 조수는 특히 94번 웨인에게 격려의 말을 외치고 있었다.

"개러티." 맥브라이스가 조용히 불렀다.

"왜?"

"나는 티켓을 끊은 녀석을 다 알지는 못해, 넌 알아?"

"아니."

"바코비치는?"

"아냐. 앞에 있어. 스크램 앞에. 그 애가 보여?"

맥브라이스가 앞을 보았다.

"아. 그래, 있는 것 같아."

"스테빈스도 아직 뒤에 있어."

"놀랍지 않아. 재미있는 녀석이야, 안 그래?"

"응."

그들 사이에 침묵이 흘렀다. 맥브라이스는 깊이 한숨을 쉬더니 어깨에서 배낭을 내려 마카롱을 꺼냈다. 하나를 개러티에게 주었고, 그는 그것을 받았다.

"난 이게 끝났으면 좋겠어. 이쪽이든 저쪽이든."

맥브라이스가 말했다. 그들은 침묵 속에서 마카롱을 먹었다.

"우리는 올드타운까지 반쯤 왔을 거야, 그렇지? 130킬로미터 정도 왔고, 130킬로미터 정도 가야 하겠지?"

맥브라이스가 말했다.

"그럴 것 같아." 개러티가 말했다.

"그럼, 오늘 밤까지 거기 가진 못하겠네."

맥브라이스가 밤을 언급하자 개러티는 피부가 스멀스멀해졌다.

"못 가지." 개러티가 그렇게 말하고 난 다음, 갑자기 물었다. "피트, 너 그 흉터 어쩌다 생겼어?"

맥브라이스의 손이 자기도 모르게 뺨과 그 흉터로 갔다.

"이야기가 길어." 맥브라이스가 간단히 말했다.

개러티는 맥브라이스를 더 자세히 들여다보았다. 머리카락은 헝클어지고 먼지와 땀으로 떡이 졌다. 옷은 축 늘어지고 주름졌다. 얼굴은 핼쑥했고 핏발 선 눈동자에 눈은 쾽하니 들어갔다.

"너 엿 같아 보여."

개러티는 그렇게 말하고 갑자기 웃음을 터뜨렸다.

맥브라이스가 웃었다.

"너도 데오도란트 광고 같아 보이지는 않아, 레이."

그다음 그들은 둘 다 길고 히스테릭하게 웃으면서, 서로 붙잡는 동시에 계속 걸으려고 했다. 밤을 완전히 끝내기에는 무엇보다도 좋은 방법이었다. 개러티와 맥브라이스는 둘 다 경고를 받을 때까지 계속 그렇게 있었다. 그다음 그들은 웃고 떠들기를 멈추고, 그날 할 일에 몰두했다.

'생각이야, 그게 그날 일이야. 생각. 생각과 고립, 왜냐하면 네가 누군가와 함께 낮 시간을 보내느냐 아니냐는 중요하지 않으니까. 결국엔 넌 혼자야.'

개러티는 머릿속에 발로 걸어온 것만큼 많은 거리를 집어넣은 것 같았다. 그 생각이 계속 났고 그것을 부인할 길은 없었다. 소크라테스가 독미나리 칵테일을 뚝딱 해치운 직후 무슨 생각을 했을까. 그 문제는 충분히 궁금했다.

다섯 시 조금 넘어서 그들은 그날 처음으로 진짜 구경꾼들을 지나쳤다. 이슬 맺힌 들판에 친 2인용 소형 텐트 밖에서 인디언들처럼 다리를 꼬고 앉아 있는 네 명의 어린 소년들이었다. 하나는 아직 에스키모처럼 엄숙하게 침낭 속에 감싸여 있었다. 그들의 손은 메트로놈처럼 앞뒤로 오갔다. 그들 가운데 아무도 미소 짓지 않았다.

그 후 곧 길이 갈라져 또 다른, 더 큰 길이 되었다. 3차선 너비의 평탄하고 넓은 아스팔트 길이었다. 모두가 계단에 앉아 있는 세 명의 젊은 웨이트리스들에게 휘파람을 불고 손을 흔들었다. 그저 웨이트리스들에게 자기들이 아직 생생하다는 것을 보여주기 위해서였다. 반쯤이라도 진지하게 말한 사람은 콜리 파커뿐이었다.

"금요일 밤이야. 명심해, 너랑 나랑, 금요일 밤에."

콜리가 커다랗게 외쳤다.

다들 약간 치기 어린 행동을 하고 있다고 생각하며 예의 바르게 손을 흔들었다. 웨이트리스들은 신경 쓰지 않는 것 같았다. 워커들은 더 많은 수가 완전히 깨어나 5월 2일의 아침 햇빛을 받으면서 더 넓은 길에 퍼졌다. 개러티는 바코비치를 다시 보며 바코비치가 진짜 영리한 게 아닐까 생각했다. 친구가 없으면 슬퍼할 일도 없잖은가.

몇 분 후 소문이 뒤로 돌았고, 이번에는 똑똑 농담('똑똑'으로 시작하는 문답식 익살 — 옮긴이)이었다. 개러티 바로 앞의 소년 브루스 패스터가 개러티에게 돌아서더니 말했다.

"똑, 똑, 개러티."

"거기 누구야?"

"통령."

"무슨 통령?"

"아침 먹기 전에 어머니 똥구멍부터 따먹는 통령."

브루스 패스터가 말하고, 떠들썩하게 웃었다. 개러티는 껄껄 웃고 그 말을 뒤의 맥브라이스에게 전했고, 맥브라이스는 올슨에게 전했다. 그 농담이 두 번째로 뒤로 왔을 때, 통령은 아침 전에 자기 할머니를 똥구멍부터 따먹었다. 세 번째에는 통령이 언론에 보도될 때 자주 함께 나타나는 베들링턴 테리어(테리어와 하운드를 합친 영국 사냥개 — 옮긴이)인 셰일라를 똥구멍부터 따먹고 있었다.

여전히 그 농담으로 웃고 있던 개러티는 맥브라이스의 웃음소리가 점점 작아지다가 사라진 것을 알아차렸다. 맥브라이스는 하프트랙 위에 탄 뻣뻣한 얼굴의 군인들을 묘하게 고정된 시선으로 바라보고 있었다. 그들은 냉담하게 마주 쳐다보았다.

"너희는 이게 재미있다고 생각해?"

맥브라이스가 갑자기 소리쳤다. 그의 외침이 웃음소리를 깔끔히 자르고 침묵시켰다. 맥브라이스의 얼굴에 핏기가 퍼져 어두웠다. 흉터가 길게 찢어진 느낌표처럼 선명한 흰색 대조를 이루며 두드러졌고, 공포에 가득 찬 한순간 개러티는 그가 뇌졸중 발작을 일으키고 있다고 생각했다. 맥브라이스가 쉰 목소리로 외쳤다.

"통령은 자기 똥구멍을 따먹어, 그게 내가 생각한 거야! 너희들, 너희도 아마 서로 후장을 따먹겠지. 아주 재미있지, 응? 아주 재미있지, 이 어미랑 붙어먹는 새끼들아, 맞지? 아주 젠장 맞게 재미있지, 내 말이 맞아?"

다른 워커들은 맥브라이스를 불편하게 바라보다가 슬금슬금 멀어져갔다.

맥브라이스는 갑자기 하프트랙 쪽으로 달려갔다. 세 명의 군인 중 두 명이 앞에총 자세로 조준했지만, 맥브라이스는 걸음을 멈추었다. 죽은 듯이 멈춰 머리 위로 미친 지휘자처럼 주먹을 흔들며 그들에게 올렸다.

"여기로 내려와! 그 라이플 내려놓고 이리로 내려와! 뭐가 재미있는지 가르쳐주지!"

"경고. 61번 경고. 두 번째 경고다."

그중 하나가 완벽하게 무감정한 목소리로 말했다. 개러티는 멍하니 생각했다.

'오 맙소사, 그는 티켓을 받을 거야. 너무 가까워…… 군인들에게 너무 가까이 있어…… 프리키 달레지오처럼 그도 하늘을 날 거야.'

맥브라이스는 갑자기 달려서 하프트랙을 따라잡더니, 멈추어서 침을 뱉었다. 침은 먼지가 내려앉은 하프트랙 측면에 선명한 줄무늬를 냈다.

"어서! 어서 여기 내려와! 한 번에 한 놈이든 모두 한꺼번에든 상관없어!"

맥브라이스가 목청껏 외쳤다.

"경고! 세 번째 경고다, 61번, 마지막 경고다."

"그놈의 경고 엿이나 먹으라고 해!"

갑자기 개러티는 돌아서서 뒤로 달려갔다. 자신이 이렇게 행동할 줄은 개러티도 몰랐다. 결국 경고를 받았지만, 그 소리도 의식 저편에서 아스라이 들려올 뿐이었다. 군인들은 이제 맥브라이스에게 총을 겨누고 있었다. 개러티는 맥브라이스의 팔을 움켜쥐었다.

"이리 와."

"여기서 나가, 레이, 난 놈들과 싸울 거야!"

개러티는 맥브라이스를 단호하고 세게 떠밀었다.

"총에 맞는다고, 이 멍청이야."

스테빈스가 그들을 지나갔다.

맥브라이스는 개러티를 보았다. 그제야 개러티를 알아차린 것 같았다. 1초 후 개러티도 세 번째 경고를 받았고, 맥브라이스가 티켓을 받기까지 겨우 몇 초밖에 남지 않았다.

"지옥에나 가라지."

맥브라이스는 죽은 듯한, 지친 목소리로 말했다. 그리고 다시 걷기 시작했다.

개러티는 맥브라이스와 함께 걸었다.

"난 네가 티켓을 받을 거라고 생각했어. 그게 다야."

"하지만 난 안 받았지, 삼총사의 의리 덕택에." 맥브라이스가 뚱하게 말했다. 손이 흉터로 갔다. "제기랄, 우리는 모두 티켓을 받을 거야."

"누군가는 이기잖아. 그게 우리 중 하나일 수도 있어."

"그건 거짓말이야. 우승자도 없고, 상도 없어. 그들은 마지막 녀석을 헛간 뒤 어디로 끌고 가서 그놈도 쏴버려."

맥브라이스가 떨리는 목소리로 말했다. 개러티는 분노를 이기지 못하고 그에게 퍼부었다.

"그렇게 엿같이 멍청하게 굴지 마! 넌 네가 무슨 말을 하는지 알지도……."

"모두 지는 거야."

맥브라이스가 말했다. 그의 눈은 눈구멍의 어두운 동굴에서 악의에 찬 짐승처럼 내다보고 있었다. 두 사람은 외따로 걷고 있었다. 아주 잠깐이지만, 다른 워커들은 떨어져 있었다. 맥브라이스는 몹시 화를 냈고 개러티도 어떤 의미로는 그랬다. 그는 뒤돌아 맥브라이스에게 달려가 자신에게 불리한 짓을 했다. 십중팔구는 그가 맥브라이스를 스물여덟 번째 희생자가 되지 않도록 처지에서 구했던 것이다.

"모두가 져. 그걸 믿는 편이 나을 거야."

맥브라이스가 되풀이했다.

그들은 철길 위로 걸었다. 그들은 시멘트 다리 아래를 걸었다. 맞은편에서 이런 표지판이 붙은, 판자로 막힌 데어리 퀸 아이스크림 가게를 지나갔다. 6월 5일에 다시 엽니다.

올슨은 경고 하나를 받았다.

개러티는 누가 어깨를 두드리는 것을 느끼고 뒤로 돌았다. 스테빈스였다. 전날 밤보다 더 좋아 보이지도 나빠 보이지도 않았다.

"거기 네 친구는 통령에게 화가 났나 보군." 스테빈스가 말했다.

맥브라이스는 들은 체도 하지 않았다.

"그래, 그런 것 같아. 나도 집에 차 마시러 오라고 통령을 초대하고 싶은 지점은 넘어섰어."

개러티가 말했다.

"우리 뒤를 봐."

개러티는 뒤를 보았다. 두 번째 하프트랙이 굴러오고 있었고, 그가 바라보는 동안 옆길에서 굴러 들어온 세 번째 하프트랙이 그 뒤에 정렬했다.

"통령이 오고 있어. 그리고 모두 환성을 올릴 거야." 스테빈스가 미소를 지으며 말했다. 그의 미소는 묘하게 도마뱀을 생각나게 했다. "워커들은 아직 진짜로 그를 증오하지 않아. 아직은. 증오한다고 생각할 뿐이야. 그들은 자기들이 지옥을 겪었다고 생각하지. 하지만 오늘 밤까지 기다려봐. 내일까지 기다려봐."

개러티는 스테빈스를 불편한 듯이 바라보았다.

"만약 그들이 그에게 거칠게 야유하고 물통을 던지거나, 그런

다면?"

"너는 야유하고 물통을 던질 거니?"

"아니."

"다른 누구도 안 그럴 거야. 두고 봐."

"스테빈스?" 스테빈스는 눈썹을 치켰다. "넌 네가 이길 거라고 생각하지, 안 그래?"

"그래. 난 아주 확신해."

스테빈스는 차분하게 말했다. 그러고는 도로 속도를 늦춰 평소 자리로 돌아갔다.

다섯 시 이십오 분에 야닉이 티켓을 끊었다. 그리고 오전 다섯 시 삼십 분에, 스테빈스가 예고했던 대로 통령이 왔다.

지프가 그들 뒤의 언덕마루를 튀어 오르면서 구불구불하고 으르렁거리는 큰 소리가 났다. 뒤이어 그 지프는 큰 소리를 내며 갓길을 따라 그들을 지나갔다. 통령은 완전 차렷자세로 서 있었다. 전과 마찬가지로, 그는 뻣뻣한 우로봐 자세의 경례를 하고 있었다. 우스꽝스러운 자부심이 한기처럼 개러티의 가슴속을 지나갔다.

그들 모두 환호하지는 않았다. 콜리 파커는 땅에 침을 뱉었다. 바코비치는 엄지에 코를 대고 야유 동작을 했다. 맥브라이스는 입술을 소리 없이 움직이면서 바라보기만 했다. 통령이 지나갈 때 올슨은 전혀 알아차리지 못한 것 같았다. 그는 도로 자기 발을 보고 있었다.

개러티는 환호했다. '성이 뭔지 몰라도' 퍼시와 책을 쓰고 싶은 하크니스도 환호했고, 와이먼과 아트 베이커와 에이브러햄과, 방금 두 번째 경고를 받은 슬레지도 환호했다.

다음 순간 통령은 빨리 움직이며 사라져버렸다. 개러티는 약간 부끄러웠다. 어쨌건 에너지를 낭비한 셈이니까.

잠시 후 그들은 중고차 주차장을 지나갔다. 주차장에서는 스물한 대의 차가 일제히 경적을 울렸다. 펄럭거리는 두 줄의 비닐 우승기 너머로 외치는 확성기 목소리가 워커들에게 — 그리고 구경꾼들에게 — 맥라렌의 닷지에서는 아무도 바가지를 씌우지 않는다고 말했다. 개러티에게는 전부 다 좀 실망스러웠다.

"기분이 좀 낫니?"

개러티는 머뭇거리며 맥브라이스에게 물었다.

"그럼. 멋지지. 계속 걸어가면서 그들이 내 주위의 모든 사람들을 쓰러뜨리는 걸 보기만 하면 돼. 얼마나 재미있어. 방금 머릿속에서 나눗셈을 전부 마쳤는데 — 학교 다닐 때 수학을 잘했어. — 우리가 가고 있는 속도로 적어도 515킬로미터는 갈 수 있어야 할 거야. 심지어 기록 갱신 거리도 아니야."

"그런 말을 할 거면 다른 데 가서 하지그래, 피트."

베이커가 말했다. 처음으로 긴장한 것 같았다.

"미안해요, 엄마."

맥브라이스는 뚱하니 말했지만, 입을 다물었다.

날이 밝았다. 개러티는 작업용 재킷의 지퍼를 내리고 재킷을 어깨 위에 걸쳤다. 이곳의 길은 평평했다. 집과 작은 상점들, 가끔가다 농장들이 여기저기 흩어져 있었다. 지난밤 길에 줄지어 서있던 소나무들은 데어리 퀸과 주유소와 작고 다닥다닥한 오두막집들에 자리를 내주었다. 오두막집 대다수는 '판매합니다' 표지판을 달고 있었다. 그중 창문 두 개에서 개러티는 낯익은 표지판을

보았다. '내 아들은 스쿼드에 생명을 바쳤다.'

"대양은 어디 있어? 나 일리노이로 도로 돌아온 것 같아."

콜리 파커가 개러티에게 물었다.

"그냥 계속 걷기나 해."

개러티가 말했다. 그는 잰과 프리포트에 대해 다시 생각하고 있었다. 프리포트는 해안가에 있었다.

"그건 거기 있어. 290킬로미터쯤 남쪽에."

"젠장. 여긴 왜 이리 형편없는 주야." 콜리 파커가 말했다.

파커는 폴로셔츠를 입은 근육질의 금발 소년이었다. 눈에 거만한 표정을 띠고 있었는데, 길 위에서 보낸 하룻밤도 그 눈빛을 꺾어놓을 수 없었다.

"사방에 망할 나무들! 이 망할 장소를 통틀어 도시가 있기는 해?"

"우리는 여기서 잘 살고 있어. 스모그 대신 진짜 공기로 숨 쉬는 게 좋다고 생각해."

개러티가 말했다.

"졸리엣에는 스모그 같은 거 없거든, 이 망할 촌놈아. 나한테 무슨 말을 하고 싶은 거야?"

콜리 파커가 분노에 차서 말했다.

"스모그는 없지만 허풍치는 놈은 많겠지."

개러티도 화가 나서 말했다.

"만약 우리가 고향에 있었으면, 그 말 듣자마자 네 불알을 터뜨려놨을 거야."

"자 애들아." 기운을 차린 맥브라이스가 예전의 냉소적인 자아로 다시 돌아왔다. "신사답게 해결하지그래? 먼저 머리를 날려버린 쪽이 다른 쪽에게 맥주를 사는 거야."

"난 맥주 싫어." 개러티는 자동적으로 말했다.

파커는 낄낄 웃었다.

"이 망할 시골뜨기."

파커는 그렇게 말하고 걸어서 멀어져갔다.

"파커는 돌았어. 오늘 아침엔 모두 돌았어. 심지어 나도 돌았어. 아름다운 날이야. 안 그래, 올슨?"

맥브라이스가 말했다. 올슨은 아무 말도 하지 않았다.

"올슨도 돌았어."

맥브라이스가 개러티를 보고 말다.

"올슨! 이봐, 행크!"

"가만 놔두지그래?" 베이커가 말했다.

"이봐 행크! 산책 가고 싶니?"

맥브라이스가 베이커의 만류를 무시하고 외쳤다.

"지옥에나 가라." 올슨이 중얼거렸다.

"뭐라고? 이봐, 뭐라 그랬어?"

맥브라이스가 한 손을 귀에 갖다 대며 즐겁게 외쳤다.

"지옥! 지옥! 지옥에 가라고!" 올슨이 쇳소리로 외쳐댔다.

"그렇게 말했구나."

맥브라이스가 잘 들었다는 듯이 고개를 끄덕였다.

올슨은 도로 자기 발을 보았고, 맥브라이스는 그를 약 올리는 데 싫증이 났다. 그게 맥브라이스가 하고 있던 일이 맞다면.

개러티는 파커가 한 말에 대해서 생각했다. 파커는 개새끼였다.

몸집 큰, 허울만 좋은 카우보이였고 토요일 밤의 터프가이였다. 가죽 재킷의 영웅이었다. 파커가 메인에 대해서 뭘 알아? 자신은 평생 메인 주에 살았다. 프리포트 바로 서쪽 포터빌이라는 작은 마을에. 970명의 인구와 그만큼도 안 되는 교통신호등이 있지만 하여간 일리노이 주 졸리엣이 뭐 그리 대단한 곳이란 말인가?

개러티의 아버지는 포터빌이 그 카운티에서 사람보다 무덤이 더 많은 유일한 동네라고 말하곤 했다. 그러나 포터빌은 깨끗한 곳이었다. 실업률은 높고, 차들은 녹슬고, 사람들이 하는 일 없이 빈둥거리고 있었지만, 깨끗한 곳이었다. 행사라고는 농가 마당에서 벌이는 '수요일 빙고'(마지막 게임은 9킬로그램짜리 칠면조와 20달러 지폐가 오간 것이 전부였지만)뿐이었지만 깨끗한 곳이었다. 그리고 조용한 곳이었다. 그게 뭐 잘못됐는가?

개러티는 원한에 차서 콜리 파커의 등을 바라보았다. *넌 아쉬운 거야, 친구, 그게 다야. 너는 졸리엣과 너의 과자가게 패거리들과 공장들을 가져와서 부풀렸어. 십자로에 가득 채웠지.*

다시 잰 생각을 했다. 그녀가 필요했다. *널 사랑해, 잰,* 그는 생각했다. 그는 바보가 아니었기 때문에 그녀가 실제보다 더 그에게 차지하는 비중이 커졌다는 것을 알았다. 그녀는 생명의 상징이 되었다. 하프트랙에서 오는 갑작스러운 죽음을 막는 방패였다. 그가 자신의 것으로 가질 수 있는 — 잠깐 동안의 — 시간을 그녀가 상징했기 때문에, 그는 점점 더 그녀를 원했다.

이제 아침 다섯 시 사십오 분이었다. 개러티는 어느 무명 마을의 작은 신경중추인 교차로 근처에 함께 모여 서서 환호하는 주부들 한 무리를 바라보았다. 그중 하나는 꽉 끼는 슬랙스 바지와 더 꽉 끼는 스웨터를 입고 있었다. 얼굴은 평범했다. 오른쪽 손목에 금 팔찌를 세개 끼고 있어서, 손을 흔들 때면 짤랑거렸다. 개러티는 그 팔찌가 짤랑거리는 소리를 들을 수 있었다. 아무 생각 없이 마 주 손을 흔들었다. 그는 잰 생각을 하고 있었다. 긴 금발에 플랫 슈즈를 신고 그토록 부드럽고 자신감 있어 보이는, 코네티컷 출신 의 잰. 그녀는 아주 키가 컸기 때문에 거의 언제나 플랫 슈즈를 신었다. 개러티는 잰을 학교에서 만났다. 시간은 걸렸지만, 마침내 그들은 서로 좋아하게 되었다. 하느님, 그들은 서로 좋아하게 되 었다.

"개러티?"

"엉?"

하크니스였다. 그는 불안해 보였다.

"이봐, 나 발에 쥐가 났어. 이 발로 걸을 수 있을지 모르겠어."

하크니스의 눈은 개러티에게 어떻게 좀 해달라고 간청하고 있 는 것 같았다.

개러티는 뭐라고 말해야 할지 몰랐다. 잰의 목소리, 웃음, 황갈 빛 도는 캐러멜색 스웨터와 크랜베리 색 슬랙스, 개러티의 남동생 의 썰매를 가지고 나왔다가 결국 눈 더미 위에서 키스했던 일(그 다음 그녀는 그의 파카 등에 눈을 쏟아부었다.), 그것들은 생명이었 다. 하크니스는 죽음이었다. 이제 개러티는 그 냄새를 맡을 수 있 었다.

"네가 도와줄 순 없어. 넌 스스로 헤쳐나가야 해."

개러티가 말했다.

하크니스는 공황 상태에 빠져 경악한 표정으로 그를 바라보았지만, 다음 순간 얼굴이 암울해지더니 고개를 끄덕였다. 하크니스는 멈춰 서서 무릎을 꿇고 자기 로퍼에서 뭔가 더듬거려 빼냈다.

"경고! 49번 경고!"

하크니스는 이제 발을 마사지하고 있었다. 개러티는 돌아서서 뒤로 걸으며 그를 지켜보았다. 리틀 리그 셔츠를 입고 자전거 손잡이에 야구 글러브를 매달아놓은 어린 소년 두 명도 입을 떡 벌린 채 길가에서 그를 지켜보고 있었다.

"경고! 49번, 두 번째 경고다!"

하크니스는 일어서서 절뚝거리며 양말 바람으로 계속 가기 시작했다. 멀쩡한 다리는 이미 지고 있는 여분의 무게 때문에 휘청한 것 같았다. 그는 자기 신발을 떨어뜨렸고, 신발을 찾아 더듬다가 두 손가락으로 잡아 곡예하듯 던져 올렸지만 놓쳤다. 그는 멈춰 서서 신발을 집어 들다가 세 번째 경고를 받았다.

보통 때는 발그레한 하크니스의 얼굴이 이제 소방차처럼 빨갰다. 입은 축축하고 엉성한 O 자로 벌어져 있었다. 개러티는 자신이 하크니스를 응원하고 있는 것을 깨달았다.

개러티는 생각했다.

'어서, 어서 따라붙어, 하크니스. 넌 할 수 있어.'

하크니스는 더 빠르게 절뚝거렸다. 리틀 리그 소년들은 그를 지켜보며 따라서 페달을 밟기 시작했다. 개러티는 하크니스를 더 이상 보고 싶지 않아서 앞쪽으로 돌아섰다. 똑바로 앞을 보며 잰과 키스하고 부풀어 오르는 가슴을 만졌던 느낌이 어땠는지 기억하려고 애썼다.

오른쪽에서 셸 주유소가 천천히 다가왔다. 아스팔트 도로에 먼지투성이에, 흙받이가 찌그러진 픽업트럭 한 대가 있었고, 빨강과 검정 체크무늬의 사냥 셔츠를 입은 두 남자가 뒷문에 앉아 맥주를 마시고 있었다. 바큇자국이 깊이 팬 비포장 진입로 끝에 우편함이 입처럼 뚜껑을 벌리고 있었다. 개 한 마리가 시야 바로 밖에서 거칠게 끝없이 짖고 있었다.

카빈총들이 앞에총 자세에서 천천히 내려와 하크니스를 겨누었다.

길고 끔찍한 침묵의 순간이 흐른 후 그 총들은 다시 앞에총으로 올라갔다. 모두 규칙에 따른 것이었고, 모두 책에 따른 것이었다. 그다음 그 총들이 다시 내려왔다. 개러티에게는 하크니스의 다급하고, 축축한 숨소리가 들렸다.

총들은 도로 올라갔다가, 내려갔다가, 다시 천천히 앞에총으로 올라갔다.

두 명의 리틀 리그 소년은 여전히 따라오고 있었다. 베이커가 갑자기 쉰 목소리로 말했다.

"여기서 나가! 이런 거 보지 마. 쉿, 저리 가!"

그들은 베이커를 심드렁하게 쳐다보더니 계속 따라왔다. 그들은 마치 베이커가 좀 이상한 사람인 것처럼 쳐다보았다. 그중 상고머리를 하고 눈이 접시만큼 큰 둥근 머리의 아이가 자전거에 붙어 있는 경적을 울리고 웃었다. 치아 교정기를 끼고 있어서, 햇빛에 입속이 금속성으로 번쩍거렸다.

총들이 두 로 내려왔다. 그것은 마치 춤 동작 같았다. 의식 같았다. 하크니스는 아슬아슬하게 작두를 타고 있었다. *최근에 무슨 좋은 책 읽었니?* 개러티는 정신 나간 생각을 했다. 이번에는 그들

176

은 널 쏠 거야. 한 발만 늦으면······.

영원.

모든 것이 얼어붙었다.

그리고 총들은 다시 앞에총으로 올라갔다.

개러티는 시계를 보았다. 초침이 한 번, 두 번, 세 번 돌았다. 하크니스는 개러티를 따라잡았고, 지나쳤다. 얼굴이 딱딱하게 굳어 있었다. 눈은 똑바로 앞을 보았다. 동공은 작은 점으로 수축되었다. 입술은 희미한 파란빛을 띠고 있었고, 불타는 듯했던 피부는 두 뺨에 떠오른 홍조를 빼고는 크림색으로 색이 바랬다. 그러나 이제는 아픈 발을 어루만지고 있지 않았다. 쥐가 풀린 것이다. 양말 신은 발은 리드미컬하게 길에서 철썩였다. *신발 없이 얼마나 오래 걸을 수 있겠니?* 개러티는 궁금했다.

어쨌거나 개러티는 안도의 한숨을 쉬었다. 베이커의 한숨 소리도 들렸다. 그런 식으로 느끼는 것이 어리석다고 할 수도 있었다. 하크니스가 걷기를 더 빨리 멈출수록, 개러티도 걷기를 더 빨리 멈출 수 있을 것이다. 그것은 단순한 사실이었다. 논리였다. 그러나 더 깊고, 더 본질적인, 더 무시무시한 논리가 있었다. 하크니스는 개러티가 속한 그룹의 일부였다. 작은 혈족의 일부였다. 개러티가 속한 마법의 원의 일부였다. 만약 그 원의 일부가 깨질 수 있다면, 다른 부분도 깨질 수 있었다.

리틀 리그 소년들은 다시 3킬로미터 정도 그들과 함께 자전거를 타고 따라오더니, 흥미를 잃고 방향을 돌렸다.

'그게 더 나아.'

개러티는 생각했다. 소년들이 베이커를 동물원의 동물처럼 바라보았다고 해도 상관없었다. 그들의 죽음을 보지 못하고 넘어가는 편이 그 아이들에게 더 나았다. 시야 밖으로 사라지는 것을 지켜보았다.

앞쪽에서 하크니스는 새로 1인 선봉이 되었다. 그는 매우 빨리 걸었다. 거의 달려갔다. 오른쪽도 왼쪽도 보지 않았다. 개러티는 하크니스가 무슨 생각을 하고 있는지 궁금했다.

7장

"나는 스스로를 진짜로 참여하는 녀석이라고 생각하고 싶다.
내가 만나는 사람들은 그저 내가 화면 밖에서는
카메라 앞의 나와 완전히 다르기 때문에
내가 정신분열증이라고 생각한다……."
— 니컬러스 파슨스
「세기의 세일」(영국판)

85번 스크램은 번뜩이는 지성으로 개러티를 매혹시킨 것이 아니었다. 스크램은 그렇게 영리하지 않았다. 둥근 얼굴, 크루 컷을 한 머리, 혹은 큰사슴 같은 체격으로 개러티를 매혹시킨 것도 아니었다. 그는 결혼했다는 것으로 개러티를 매혹시켰다.

"정말?"

개러티는 세 번째로 물었다. 아직도 스크램이 농담을 하고 있는 것만 같았다.

"너 정말 결혼했어?"

"그래." 스크램은 진짜 즐거운 태도로 이른 아침 해를 올려다보았다. "나는 열네 살에 학교에서 나왔어. 거기엔 아무 중요한 게 없었어, 나한테는. 나는 말썽꾸러기가 아니었어. 성적이 안 좋았을 뿐이야. 그리고 우리 역사 선생은 우리에게 학교에 얼마나 학생이 많은지에 대한 기사를 읽어주었어. 그래서 나는 왜 배울 사람이 학교에 있게 하지 않나 생각하고 일자리를 구하기 시작했어. 하여간 나는 캐시와 결혼하고 싶었어."

"몇 살이었는데?"

개러티가 어느 때보다도 더 매혹되어서 물었다. 그들은 또 하나의 작은 도시를 지나가고 있었고, 보도에는 표지판과 구경꾼들이 줄지어 서 있었지만 개러티는 거의 알아차리지 못했다. 관찰자들은 이미 다른 세계에 있었고, 어떤 식으로도 그와 관련이 없었다. 군중은 두꺼운 판유리 방패 뒤에 있는 것 같았다.

"열다섯."

스크램이 대답하고 턱을 긁었다. 턱이 턱수염 그루터기로 파랬다.

"아무도 널 말리지 않았어?"

"학교에는 진로 상담사가 있었는데, 그는 도랑 파는 인부가 되지 말고 학교에 붙어 있으라고 헛소리를 아주 많이 해댔어. 하지만 그에게는 나를 학교에 붙어 있게 하는 일 말고도 더 중요한 할 일이 많았어. 넌 그가 내게 세일즈를 소극적으로 했다고 말할 수 있을 거야. 게다가, 누군가는 도랑을 파야 하잖아, 그렇지?"

그는 따지투성이 무릎에 주름치마를 휘날리며 바보 같은 치어리더 동작을 선보이고 있는 한 무리의 어린 소녀들에게 열렬히 손을 흔들었다.

"하여간, 나는 한 번도 도랑을 파지 않았어. 직업 생활 전체를 통틀어 한 번도 안 팠어. 한 시간에 3달러 받고 피닉스의 베드시트 공장에 일하러 갔지. 나와 캐시, 우리는 행복했어."

스크램이 미소 지었다.

"때때로 함께 TV를 보고 있을 때 캐시가 나를 붙잡고 말하곤 했어. '우리는 행복한 사람들이야, 여보.' 그녀는 아주 좋은 여자야."

"그럼 애도 있어?"

개러티는 점점 더 이것이 말도 안 되는 대화라고 느끼면서도 물었다.

"음, 캐시는 지금 임신 중이야. 캐시는 우리가 출산 비용을 은행에 충분히 예금할 때까지 기다려야 한다고 말했어. 우리가 칠백을 모았을 때 그녀는 아기를 갖자고 했고, 우리는 아기를 가졌어. 그녀는 곧 임신했어." 스크램은 근엄하게 개러티를 바라보았다. "내 아이는 대학에 갈 거야. 사람들은 나같이 멍청한 놈은 절대로 영리한 아이를 가질 수 없다고 말하지만, 캐시는 우리 둘 몫을 할 만큼 영리해. 캐시는 고등학교를 졸업했어. 내가 그러라고 했어. 그녀는 야간 수업 네 개를 듣고 그다음엔 고졸 검정고시를 쳤어. 내 아이는 어디든 자기가 원하는 대학에 갈 거야."

개러티는 아무 말도 하지 않았다. 할 말을 하나도 생각해 낼 수 없었다. 맥브라이스는 옆으로 떨어져서 올슨과 딱 붙어 이야기를 하고 있었다. 베이커와 에이브러햄은 고스트라는 단어 게임을 하고 있었다. 하크니스가 어디 있는지 궁금했다. 하여간 한참 안 보이는 데 있었다. 스크램도 그랬다. 정말로 앞날이 안 보였다. *이봐 스크램, 난 네가 커다란 실수를 저질렀다고 생각해. 네 아내는 임신했어, 스크램, 하지만 그렇다고 여기서 네게 특별한 혜택이 생기지는 않아. 은행에 칠백? 그 정도 돈이 있다고 아기를 가지는 사람이 어디 있어? 스크램. 그리고 세상에 네 보험을 받아줄 회사*

가 하나도 없어서 롱 워커에 지원했겠지.

개러티는 챙이 지저분한 밀짚모자를 열광적으로 흔들고 있는 하운드 투스 무늬(새 발 격자무늬 — 옮긴이) 재킷을 입은 남자를 뚫어지게 바라보았다.

"스크램, 만약 네가 티켓을 끊으면 어떻게 될까?"

개러티는 조심스럽게 물었다.

스크램은 부드럽게 미소 지었다.

"난 아냐. 난 영원히 걸을 수 있을 것 같아. 저기, 난 나이 먹어서 뭔가 원할 만한 때가 되었을 때부터 롱 워크에 끼고 싶었어. 나는 겨우 2주 전에 땀 한 방울 안 흘리고 130킬로미터를 걸었어."

"하지만 무슨 일인가 일어난다면……." 그러나 스크램은 껄껄 웃을 뿐이었다. "캐시는 몇 살이야?"

"나보다 1년 정도 위야. 거의 열여덟이야. 캐시의 친척들이 지금 함께 있어, 피닉스에."

개러티에게는 캐시 스크램의 친척들이 스크램 자신은 알지 못하는 뭔가를 알고 있는 것처럼 보였다.

"아주 많이 사랑하나 봐."

개러티가 약간 동경하는 듯이 말했다.

스크램은 미소를 지었다. 몇 개 남지 않은 치아들을 드러났다.

"나는 그녀와 결혼한 이후 한눈 팔지 않았어. 캐시는 아주 좋은 여자야."

"그런데도 넌 여기에 참가했구나."

스크램이 웃었다.

"재미있지 않아?"

"하크니스에게는 아닐걸. 그 애한테 가서 재미있냐고 물어봐."

개러티가 심술궂게 말했다.

"넌 결과를 예단할 수 없어, 조금도. 질지도 몰라. 네가 질 수도 있다는 걸 인정해야 해."

피어슨이 개러티와 스크램 사이로 끼어들며 말했다.

"워크 시작 직전 라스베이거스 배당률은 내가 제일 높았어. 승산이 있어."

스크램이 말했다.

"그렇겠지." 피어슨이 무뚝뚝하게 말했다. "너는 몸도 좋으니까, 누구라도 그건 알 수 있어."

피어슨은 길 위에서 긴 밤을 지낸 다음부터 창백하고 아파 보였다. 그는 그들이 막 지나가고 있는 슈퍼마켓 주차장에 모여 있는 군중들을 냉담하게 흘끗 보았다.

"몸이 좋지 않은 사람은 지금 죽었거나, 거의 죽어가. 하지만 아직 우리는 72명 남았어."

"그래, 하지만……."

스크램의 둥글넓적한 얼굴에 생각하느라 찡그린 표정이 퍼졌다. 개러티는 그곳에서 작동하고 있는 기계 소리를 들을 수 있을 것만 같았다. 느리고 무겁지만 결국 죽음만큼 확실하고 세금만큼 피할 수 없는 생각의 작동. 어쨌든 경탄할 만했다.

"난 너희들을 화나게 만들고 싶지 않아. 너희는 좋은 녀석들이야. 하지만 너희는 이겨서 상을 탈 생각으로 여기 뛰어들지 않았어. 이 녀석들 대부분은 왜 자기가 여기 뛰어들었는지 몰라. 저 바코비치를 봐. 그는 상을 타려고 여기 들어온 게 아니야. 그냥 다른 사람들이 죽는 걸 보려고 걷고 있어. 그는 그걸 먹고 살아. 누군가가 티켓을 끊으면, 조금 더 갈 힘을 얻어. 하지만 그걸로는 충분하지 않아. 그는 나뭇잎처럼 말라버릴 거야."

스크램이 말했다.

"그럼 나는?"

개러티가 물었다. 스크램은 마음이 불편한 것 같았다.

"오, 젠장……."

"아냐, 계속 말해 보래도."

"음, 내가 보는 방식으로는, 너도 네가 왜 걷고 있는지 몰라. 그건 똑같아. 너는 지금 두렵기 때문에 걷고 있어. 하지만…… 그걸로는 충분하지 않아. 그건 닳아 없어져." 스크램은 길을 내려다보고 손을 비볐다. "그리고 그게 닳아 없어질 때, 너도 다른 모든 사람과 마찬가지로 티켓을 끊게 될 거라고 생각해, 레이."

개러티는 맥브라이스의 말을 생각했다. *내가 지치면…… 정말로 지치면…… 음, 나는 주저앉을 거라고 생각해.*

"내가 걷다 주저앉을 때까지 걸으려면 오랫동안 걸어야 할걸."

개러티는 말했다. 그러나 지금 상황에 대한 스크램의 단순한 평가에 그는 매우 겁을 먹었다.

"나는 오랫동안 걸을 준비가 되어 있어." 스크램이 말했다.

그들의 발은 올라갔다가 아스팔트로 떨어졌다. 발은 그들을 앞으로 실어가고, 커브 길을 돌게 하고, 움푹 팬 부분에 내렸다가 철제 궤도가 깔린 철로 위를 넘어가게 했다. 그들은 닫힌 조개 튀김을 파는 오두막집을 지나 다시 시골길에 올랐다.

피어슨이 갑자기 말했다.

"난 죽는 게 뭔지 알 것 같아. 하여간 지금은 그래. 죽음 그 자체를 안다는 말이 아니야. 아직도 그건 이해하지 못해. 그게 아니라 죽는다는 게 뭔지 알겠다고. 내가 걸음을 멈추면 나는 끝나는 거야."

피어슨이 침을 삼키자 목구멍에서 꿀꺽 소리가 났다.

"마지막 홈을 지나간 레코드판과 같아."

피어슨은 진지하게 스크램을 바라보았다.

"네가 말하는 게 맞을지도 몰라. 아마 이걸로는 충분하지 않을 거야. 하지만…… 나는 죽고 싶지 않아."

스크램은 피어슨을 비웃듯이 바라보았다.

"너는 그저 죽음에 대해 안다는 것만으로 네가 죽지 않을 거라고 생각해?"

피어슨은 출렁이는 보트에서 저녁 먹은 것을 토하지 않으려고 애쓰는 사업가 같은, 우습고 병든 작은 미소를 지었다.

"지금 당장 내가 계속 가게 만드는 건 그것뿐이야."

개러티는 커다란 감사를 느꼈다. 자신이 계속 걷는 이유는 그 정도로 축소되지 않았기 때문이었다. 최소한 아직은 아니었다.

앞쪽에서 느닷없이, 마치 그들이 토론하고 있던 주제의 삽화를 그리듯이, 검은 터틀넥 스웨터를 입은 한 소년이 갑자기 경련을 일으켰다. 길에 쓰러져 딱딱 소리를 내며 물고기처럼 펄떡거리고 극렬하게 몸을 접기 시작했다. 그의 관절이 뒤틀리고 휙휙 꺾였다. 목구멍에서 우스꽝스러운 양치질 소리가 났다. 아아아 ─ 아아아 ─ 아아아. 전혀 의식이 없는, 양 울음소리 같은 소리였다. 개러티가 서둘러 그를 지나칠 때 흔들리던 한 손이 그의 신발에 맞고 튀었다. 그는 미친 듯한 역겨움의 파도를 느꼈다. 소년의 눈은 뒤로 넘어가 흰자만 보였다. 입술과 턱에 거품 얼룩들이 튀어 있었다. 두 번째 경고를 받았지만 당연히 들을 수가 없었고, 2분이 끝나자 그들은 그를 개처럼 쐈다.

오래지 않아 그들은 부드러운 경사 꼭대기에 다다라서 앞에 펼쳐진 사람 없는 녹색 시골을 내려다보고 있었다. 개러티는 금세 땀이 나기 시작한 몸을 쓸고 지나가는 서늘한 아침 바람이 고마웠다.

"경치 좋은데." 스크램이 말했다.

길은 20킬로미터 정도 앞까지 보였다. 긴 경사를 미끄러져 내려가, 숲 속을 평평한 지그재그로 지나가야 했다. 녹색 주름 종이 견본에 새겨진 검회색 흔적 같은 길. 그리고 그 한참 앞에서 다시 오르막이 되기 시작해서, 이른 아침 햇빛의 장밋빛 아지랑이 속으로 사라졌다.

"이건 아마 하인스빌 숲이라는 곳일 거야. 트럭 운전사들의 무덤이지. 겨울엔 지옥이야."

개러티는 대단한 확신은 없이 말했다.

"난 이런 건 한 번도 본 적이 없어. 애리조나 주를 통틀어도 이렇게 녹색이 많은 곳은 없어."

스크램이 경건하게 말했다.

"즐길 수 있을 때 즐겨둬. 온 세상을 태울 듯이 더운 날이 될걸. 겨우 아침 여섯 시 반인데 이미 더워."

베이커가 그 그룹에 합류하며 말했다.

"너는 네 출신지라 익숙해졌다 이거지."

피어슨이 원망하듯 말했다.

"더위에는 익숙해지지 않아. 그냥 참는 법을 배우는 거지."

베이커가 입고 있던 가벼운 재킷을 팔에 걸치며 말했다.

"나는 이 위에 집을 짓고 싶어."

스크램이 말하고 두 번 크게 재채기를 했다. 약간 골난 황소 같은 소리였다.

"바로 이 위에 내 두 손으로 집을 짓고, 매일 아침 이 경치를 보는 거야. 나랑 캐시랑. 언젠가 이 일이 전부 끝나면 꼭 할 거야."

그 누구도 더 이상 말하지 않았다.

여섯 시 사십오 분쯤 언덕마루는 그들 뒤에 솟아 있었고, 바람은 거의 다 막혔고, 열기는 이미 그들과 함께 걷고 있었다. 개러티는 재킷을 벗어 말아서 허리춤에 단단히 묶었다. 숲을 가로지르는 길에는 이제 사람들이 있었다. 일찍 일어난 사람들이 길에서 떨어진 곳에 여기저기 차를 세워놓고 옹기종기 모여 일어서거나 앉아서, 환성을 지르고, 손을 흔들고, 표지판을 들고 있었다.

움푹 파인 길에 주차된 찌그러진 MG(영국의 소형 스포츠카 ― 옮긴이) 옆에 두 소녀가 서 있었다. 꼭 죄는 여름 반바지와 미디블라우스(세일러복을 본뜬 블라우스 ― 옮긴이)를 입고, 샌들을 신고 있었다. 환성과 휘파람 소리가 났다. 소녀들의 얼굴은 벌겋게 상기되었고, 아주 오래된, 물결치는, 개러티가 보기에는 거의 비정상적일 정도로 에로틱한 무엇인가로 흥분해 있었다. 그는 속에서 동물적인 욕망이 일어나는 것을 느꼈다. 마비된 열기 그 자체로 몸을 떨리게 만드는, 공격적일 정도로 생생한 욕망.

소녀들에게 갑자기 달려든 것은 롱 워커 가운데 과격파인 그리블이었다. 그의 발은 갓길을 따라 쌓인 흙을 솟구치듯 차 올렸다. 소녀 중 한 명이 MG후드에 몸을 뒤로 기대고 다리를 살짝 벌리며 그를 향해 엉덩이를 기울였다. 그리블은 그녀의 가슴에 손을 댔다. 그녀는 그를 저지하려고 하지 않았다. 그는 경고를 받고 머뭇거리다가 그녀에게 고꾸라졌다. 땀투성이 흰 셔츠와 코듀로이 바지를 입은 밀어붙이고, 돌진하고, 좌절하고, 화나고, 겁먹은 사람. 소녀는 그리블의 종아리 주위로 갈고리처럼 발목을 걸고 그의 목 주위에 팔을 가볍게 둘렀다. 그들은 키스했다.

그리블은 두 번째, 세 번째 경고를 받은 다음 15초 정도의 유예 시간을 남기고 허둥지둥 떨어져 어기적거리며 미친 듯이 달리기 시작했다. 그는 넘어졌다가 일어났고, 사타구니를 움켜쥐고 다시 비틀거리며 길에 올라섰다. 흰 얼굴은 격앙되어 홍조가 올라와 있었다.

"할 수가 없었어." 그리블은 흐느끼고 있었다. "시간이 충분치 않아서, 그녀는 내가 하기를 바랐는데 할 수가 없었어……난……."

그리블은 사타구니를 손으로 누르고 울면서 비틀거리고 있었다. 그의 말들은 흐릿한 흐느낌에 지나지 않았다.

"그렇게 넌 쟤네들에게 작은 스릴을 준 거야. 내일 발표 수업에서 말할 거리가 생겼겠지."

바코비치가 말했다.

"입 닥치고 있어!"

그리블이 꽥 소리를 지르고 손으로 자기 사타구니를 비벼 팠다.

"아파, 나 경련이······."

"흥분했는데 사정을 못 해서 아픈 거야. 그런 거지."

피어슨이 말했다.

그리블은 눈을 찌를 듯한 헝클어진 검은 앞머리 사이로 피어슨을 바라보았다. 피어슨은 얼떨떨한 족제비처럼 보였다.

"아파."

그리블이 다시 중얼거렸다. 천천히 무릎을 꿇으며 아랫배를 손으로 누르고, 머리를 숙이고 등을 굽혔다. 몸을 떨며 코를 킁킁거렸다. 개러티는 그의 목에 맺힌 땀방울을 볼 수 있었다. 어떤 것들은 목 뒤의 고운 털 — 개러티의 아버지가 언제나 오리솜털이라고 부르던 — 에 맺혀 있었다.

잠시 후 그리블은 죽었다.

개러티는 고개를 돌려 그 소녀들을 보았지만, 이미 자기들의 MG로 들어간 뒤였다. 그들은 그림자에 지나지 않았다.

개러티는 그들을 마음속에서 밀어내려고 단호하게 노력했지만, 그들은 계속 슬금슬금 기어들어 왔다. 제 맘대로 솟아오르는 그 따뜻하고 적극적인 살덩이를 어떻게 했어야 하는가? 그녀의 넓적다리가 비비 꼬였다. 하느님, 그 다리는 경련으로, 오르가슴으로 꼬였다, 오 하느님, 꽉 껴안고 어루만지고 싶은 억제할 수 없는 충동······ 그리고 무엇보다도 그 열기를······ 그 열기를 느끼고 싶은 충동.

개러티는 자신이 사정하는 것을 느꼈다. 그를 데우는 따뜻하고 쏘는 듯한 감각의 흐름. 그를 적시는. 오 하느님, 그것은 그의 바지를 적실 것이고 누군가가 알아차릴 것이다. 알아차리고 손가락으로 가리키며 어떻게 옷도 안 입고 집 근처를 걸어 돌아다닐 수 있느냐고, 어떻게 벌거벗고 걸을 수 있느냐고 그에게 물을 것이다…… 걸을 수…… 걸을…… 걸을…….

'오 잰 난 너를 사랑해 정말 너를 사랑해.'

그러나 생각은 혼란스러웠고, 뭔가 다른 것과 섞여 있었다.

개러티는 재킷을 허리에 다시 묶고 전과 같이 계속 걸었다. 그러자 그 기억은 양지에 남겨진 폴라로이드 음화처럼 매우 빨리 흐려지고 갈색으로 빛이 바랬다.

걸음걸이가 더 빨라졌다. 그들은 이제 가파른 내리막 경사로를 내려가고 있었고, 천천히 걷기가 힘들었다. 근육들은 일하고 피스톤 운동을 하고 서로 밀어붙였다. 땀은 막힘없이 흘러내렸다. 개러티는 자기가 다시 밤이 왔으면 하고 바라고 있는 것을 깨닫고 믿을 수가 없었다. 올슨이 어떻게 하고 있나 궁금해져서 건너다보았다.

올슨은 다시 자기 발을 보고 있었다. 목 힘줄들이 울뚝불뚝 튀어나와 있었다. 입술은 뒤로 당겨져 얼어붙은 웃음을 짓고 있었다.

"저 애는 이제 거의 다 됐어." 맥브라이스가 가까이에서 말하는 바람에 개러티는 깜짝 놀랐다. "누군가가 자기를 쏴서 발이 쉴 수 있었으면 좋겠다고 반쯤 바라기 시작할 때, 끝이 머지않은 거야."

"그게 정말이야? 어째서 여기 모든 사람들이 그 일에 대해서 나보다 그렇게 많이 알고 있는 거야?"

개러티가 부루퉁하게 물었다.

"왜냐하면 너는 아주 다정하니까."

맥브라이스는 상냥하게 말하고 나서 속도를 내어 내리막을 따라잡으며 개러티를 지나쳤다.

스테빈스. 개러티는 오랫동안 스테빈스 생각을 하지 않고 있었다. 고개를 돌려 스테빈스를 찾았다. 스테빈스는 그곳에 있었다. 긴 언덕을 내려오며 무리는 길게 늘어졌고, 스테빈스는 400미터쯤 뒤에 있었다. 그러나 그 자주색 바지와 샴브레이 작업 셔츠는 헷갈릴 수가 없었다. 스테빈스는 여전히 무리를 쫓아오고 있었다. 그들이 쓰러지기만 기다리고 있는 여윈 독수리처럼…….

개러티는 분노의 파도를 느꼈다. 뒤로 달려가 스테빈스의 목을 조르고 싶은 충동을 갑자기 느꼈다. 거기에는 아무 이유도 없었기에, 그는 적극적으로 그 충동과 싸워 내리눌러야 했다.

그들이 내리막 바닥에 닿았을 때 개러티의 다리는 흐느적거리고 휘청거렸다. 그의 육체가 대체로 적응했던 멍한 피로 상태는 발과 다리를 타고 오는, 뜨개질 바늘로 찌르는 것 같은 예기치 못한 고통에 부서져버렸다. 고통은 그의 근육을 뭉치고 경련하게 하겠다고 위협했다.

'하느님 맙소사, 왜 아니겠어?'

개러티는 생각했다. 그들은 22시간 동안 길 위에 있었다. 멈추지 않고 걸은 22시간, 믿을 수가 없었다.

"지금은 기분이 어때?"

열두 시간 전에 물어보고 처음 물어보는 것인 양 개러티가 스크램에게 물었다.

"팔팔해." 스크램이 말했다. 손으로 코를 닦더니 재채기를 하고 침을 뱉었다. "더 이상 팔팔할 수가 없어."

"너 목소리가 감기 걸린 것 같은데."

"아니, 꽃가루 알레르기야. 해마다 봄이 되면 이래. 건초열이야. 애리조나에서도 이랬어. 하지만 난 감기는 절대 안 걸려."

개러티는 입을 열어 대답하려 했으나, 훨씬 앞에서 공허한 평평 소리가 뒤로 울렸다. 라이플이 발사되는 소리였다. 소문이 뒤로 돌았다. 하크니스가 소진되었다고.

그 말을 뒤로 전하면서 개러티의 배 속에 엘리베이터를 탔을 때 같은 이상한 느낌이 일었다. 마법의 원이 깨졌다. 하크니스는 절대로 롱 워크에 대한 책을 쓰지 못할 것이다. 하크니스는 앞쪽 어디에선가 곡물 부대처럼 길에서 끌려 나갔다. 캔버스 천 시체 주머니에 단단히 싸여서 트럭에 던져지고 있었다. 하크니스에게 롱 워크는 끝났다.

"하크니스. 옛 친구 하크니스는 농장을 볼 티켓을 끊었네."

맥브라이스가 말했다.

"그에게 시라도 한 편 써주지?" 바코비치가 외쳤다.

"입 다물어, 살인자." 맥브라이스는 멍하니 대답하고 머리를 흔들었다. "오랜 친구 하크니스, 개새끼."

"난 살인자 아냐!" 바코비치가 크게 외쳤다. "난 네놈 무덤 위에서 춤을 출 거야, 흉터쟁이! 난……"

그 순간 모두가 입을 모아 분노의 함성을 토해 냈고, 바코비치는 입을 다물지 않을 수 없었다. 그는 뭐라고 중얼거리며 맥브라이스를 노려보다가 주위를 둘러보지 않고, 약간 더 빠르게 성큼 성큼 걷기 시작했다.

"너 우리 삼촌이 뭐 하는지 알아?"

베이커가 갑자기 말했다. 그들은 잎이 무성한 나무들이 만든 그늘진 터널을 지나가고 있었고, 개러티는 하크니스와 그리블에 대해 잊고 오직 그 서늘함만 생각하려고 했다.

"뭐 하시는데?" 에이브러햄이 물었다.

"장의사야." 베이커가 말했다.

"대단하네." 에이브러햄은 무관심하게 말했다.

"어렸을 때 나는 언제나 궁금해했어." 베이커가 모호하게 말하고 잠시 생각에 빠져 있는 것 같더니, 개러티를 보고 미소 지었다. 희한한 미소였다. "그러니까, 누가 삼촌을 방부 처리 해줄지 궁금했어. 누가 이발사의 머리카락을 자르는지 아니면 누가 의사의 담석 수술을 할지 궁금해하는 것같이 말이야. 알겠어?"

"의사가 되려면 담이 아주 많이 필요하지." 맥브라이스가 진지하게 말했다. "내가 무슨 말 하는지 알지?"

"그래서 그때가 왔을 때 누가 방부 처리를 했어?"

에이브러햄이 물었다.

"그래. 누가 했어?" 스크램도 궁금한 모양이었다.

베이커는 위로 지나가는 서로 휘감긴, 무거운 나뭇가지들을 쳐다보았고, 개러티는 베이커가 지쳐 보인다는 것을 다시 알아차렸다.

'우리 모두 그런 방식으로 보이는 건 아니야.'

개러티는 혼잣말로 덧붙였다.

"어서. 우리를 기다리게 하지 마. 누가 삼촌을 장례 지냈어?"

맥브라이스가 말했다.

"이건 세상에서 제일 오래된 농담이야. 베이커는 말할 거야, 왜 삼촌이 죽었다고 생각해?"

에이브러햄이 말했다.

"하지만 삼촌은 죽었어. 폐암으로. 6년 전에."

"담배 피우셨어?"

4인 가족과 그들의 고양이에게 손을 흔들며 에이브러햄이 물었다. 고양이는 줄에 매여 있었다. 페르시안 고양이였다. 심술궂고 짜증이 난 듯 보였다.

"아니, 파이프 담배도 안 피웠어. 그것 때문에 암에 걸릴까 봐 두려워했거든."

베이커가 말했다.

"오, 하느님 맙소사. 그래서 누가 네 삼촌을 묻었는데? 빨리 이야기해 줘. 우린 세계적 문제나 야구나 가족계획 같은 걸 의논할 거거든."

맥브라이스가 말했다.

"난 가족계획은 세계적 문제라고 생각해. 내 여자친구는 가톨릭이고……."

개러티가 진지하게 말했다.

"어서! 대체 누가 네 할아버지를 파묻었어, 베이커?"

맥브라이스가 소리질렀다.

"삼촌. 내 삼촌 이야기라고. 우리 할아버지는 슈리브포트에 있는 변호사였어. 할아버지는……."

"상관 안 해. 그 늙은 양반 거시기가 세 개라도 상관 안 해. 그냥 우리가 계속 이야기할 수 있도록, 누가 그를 파묻었는지 알고 싶을 뿐이야."

맥브라이스가 말했다.

"사실, 아무도 삼촌을 파묻지 않았어. 삼촌은 화장을 원했어."

"아야, 불알이 다 쑤시네."

에이브러햄이 말하더니 조금 웃었다.

"숙모는 삼촌의 재를 도자기 꽃병에 넣었어. 배턴루지에 있는 숙모 집에 있어. 숙모는 그 사업을 계속하려고 했지만 — 장의사 사업 말이야. — 아무도 여자 장의사에게 오려고 하지 않는 것 같았어."

"그것 때문이 아닐 것 같은데." 맥브라이스가 말했다.

"아니라고?"

"아니야. 난 네 삼촌이 숙모에게 징크스가 되었다고 생각해."

"징크스? 무슨 말이야?" 베이커는 흥미를 느꼈다.

"음, 그게 그 사업에 그리 좋은 광고는 되지 않는다는 걸 너도 인정해야지."

"뭐, 죽은 거?"

"아니. 화장한 거." 맥브라이스가 말했다.

스크램이 막힌 코로 답답하게 웃었다.

"그런 결론을 내리셨군, 친구."

"난 그럴 수 있다고 생각해."

베이커가 말했다. 베이커와 맥브라이스는 서로를 보며 환하게 웃었다. 에이브러햄이 무겁게 말했다.

"네 삼촌 이야기는 지겨워 죽겠어. 그리고 이 말도 해야겠는데 너네 삼촌은⋯⋯."

그 순간, 올슨이 자기를 쉬게 해달라고 경비병 한 명에게 간청하기 시작했다.

올슨은 걸음을 멈추지 않았고, 경고를 받을 정도로 속도를 늦추지도 않았다. 그러나 목소리가 간청과 애원으로 오르락내리락 거리다가, 완전히 겁에 질린 단조로운 목소리가 되었기 때문에 개러티는 매우 당황했다. 대화는 뒷전이 되었다. 구경꾼들은 겁에 질린 채 올슨에게서 눈을 떼지 못했다. 개러티는 올슨이 나머지 사람들에게 심리적 상처를 주기 전에 입을 다물었으면 했다. 개러티도 죽고 싶지 않았지만, 죽어야 한다면 사람들이 그를 겁쟁이라고 생각하지 않을 때 끝나고 싶었다. 군인들은 올슨을 건너다보고, 뚫어져라 보고, 주위를 둘러 보았다. 아무 말 못 듣고 아무 말 못 한다는 듯, 딱딱한 얼굴로. 그러나 그들은 때때로 경고를 했기 때문에, 그들이 말을 못 한다고 할 수는 없다고 개러티는 생각했다.

여덟 시 십오 분 전에, 그들이 160킬로미터에서 겨우 9킬로미터 모자란다는 소문이 뒤로 돌았다. 개러티는 롱 워크의 첫 160킬로미터를 다 마친 최다 인원 기록은 63명이라고 읽은 것을 기억했다. 그들은 분명히 그 기록을 깰 것이다. 이 그룹에는 아직 69명이 있었다. 어느 쪽이든 중요하지는 않았다.

올슨이 간청차는 소리는 점점 커졌고, 개러티의 위쪽에서 잘 알아들을 수 없는 연도처럼 끊이지 않고 계속되었다. 왠지 몰라도 그 소리는 날씨를 전보다 더 덥고 더 불편하게 만드는 것 같았다. 소년들 중 몇 명이 올슨에게 고함쳤지만, 올슨은 들리지도 신경 쓰지도 않는 것 같았다.

그들은 나무로 덮인 다리를 지나갔다. 발아래에서 널빤지들이 우르르거리며 덜거덕댔다.

개러티는 서까래 가운데 둥지를 지어놓은 제비들이 비밀스럽게 퍼덕거리는 소리와 급강하하는 소리를 들었다. 날은 상쾌할 정도로 서늘했고, 그들이 다리 맞은편에 닿았을 때 해는 더 뜨겁게 내리쬐는 것 같았다.

'지금이 뜨겁다고 생각한다면 나중까지 기다려봐. 탁 트인 시골길로 도로 들어갈 때까지 기다려. 맙소사.'

개러티는 자신에게 말했다.

개러티는 물통을 달라고 외쳤고, 군인 한 명이 물통을 하나 가지고 빠른 걸음으로 왔다. 군인은 개러티에게 말없이 물통을 건네준 다음 다시 속보로 돌아갔다. 개러티의 위는 음식도 달라고 으르렁거리고 있었다.

'아홉 시에. 그때까지는 계속 걸어야 해. 내가 배고파서 죽는다면 젠장 맞을 일이지.'

개러티는 생각했다.

베이커는 갑자기 그를 지나쳐 걷더니 구경꾼을 찾는 듯이 두리번거렸다. 그러나 하나도 보이지 않자 반바지를 떨어뜨리고 쭈그려 앉았다. 그리고 경고를 받았다. 개러티는 베이커를 지나쳤지만, 군인이 그에게 다시 경고하는 소리를 들었다. 20초쯤 후에 베이커는 심하게 헐떡이며 다시 개러티와 맥브라이스를 따라잡았다. 바지를 단단히 여미고 있었다.

"내가 똥 눈 것 중에 제일 빨랐어!"

베이커가 심하게 헐떡이며 말했다.

"똥 목록도 같이 가져오지 그랬어." 맥브라이스가 말했다.

"난 똥 안 누고는 못 참아. 어떤 놈들은, 젠장, 일주일에 한 번 똥을 싸지. 난 하루에 한 번 누는 사람이라고. 하루에 한 번 누지 못하면 변비약을 먹어."

베이커가 말했다.

"변비약을 먹으면 장이 망가져." 피어슨이 말했다.

"무슨, 헛소리를." 베이커가 비웃었다.

맥브라이스는 고개를 뒤로 젖히고 웃었다.

에이브러햄이 고개를 돌리고 대화에 끼어들었다.

"우리 할아버지는 평생 한 번도 변비약을 먹지 않고 언제까지 사셨냐 하면……."

"너는 기록이라도 쟀냐?" 피어슨이 말했다.

"우리 할아버지 말씀을 의심하는 건 아니겠지, 엉?"

"절대 아니지." 피어슨은 눈을 굴렸다.

"좋아. 우리 할아버지는……."

"저것 봐."

개러티가 작게 말했다. 변비약 논쟁의 어느 쪽에도 흥미가 없었던 그는 '성이 뭔지 몰라도' 퍼시를 하릴없이 지켜보고 있었다. 이제 그는 퍼시를 자세히 지켜보며, 자기가 보고 있는 모습을 거의 믿지 못했다. 퍼시는 길 옆쪽으로 조금씩 조금씩 가까이 다가가고 있었다. 이제 모래투성이 갓길 위에서 걷고 있었다. 때때로 하프트랙 위의 군인들에게 겁에 질린 긴장한 눈길을 쏘아 보내다가 오른쪽, 2미터도 안 떨어진 곳에 있는 두터운 나무 장막을 쳐다보고 있었다.

"퍼시가 저쪽으로 돌진할 것 같아." 개러티가 말했다.

"아무도 저 애를 보고 있는 것 같지 않은데." 피어슨이 대답했다.

"그러면 제발, 그들에게 눈치 주지 마! 이 바보 무리들아! 맙소사!"

맥브라이스가 화가 나서 말했다.

그다음 10분 동안 아무도 분별 있는 말을 하지 않았다. 그들은 대화하는 척하면서 군인들을 주시하고 있는 퍼시를 지켜보았다. 그러다 무성한 숲 속까지의 짧은 거리를 마음속으로 재어보았다.

"퍼시는 실행할 배짱이 없어."

피어슨이 마침내 중얼거렸다. 누가 뭐라고 대답하기도 전에, 퍼시는 서두르지 않고 천천히 숲으로 걷기 시작했다. 두 걸음, 세 걸음, 한 걸음만 더, 기껏해야 두 걸음이면 그곳에 닿을 수 있었다. 청바지를 입은 그의 다리는 서두르지 않고 움직였다. 햇빛에 바랜 금발 머리는 가볍게 부는 바람에 아주 약간 흐트러졌다. 그는 하루 탐조 여행을 나온 익스플로러 스카우트(18세 이상의 보이스카우트 단원 — 옮긴이)였을 수도 있었다.

경고는 없었다. 퍼시의 오른발이 갓길 경계를 넘어갈 때, 그는 그의 권리를 박탈당했다. 퍼시는 길에서 이탈했고, 군인들은 내내 다 알고 있었다. 가엾은 '성이 뭔지 몰라도' 퍼시는 아무도 속이지 못했다. 날카롭고 깔끔한 총성이 한 번 일었고, 개러티는 퍼시에게서 눈을 홱 떼어 하프트랙의 뒤쪽 갑판 위에 서 있는 군인을 보았다. 그 군인은 깔끔하고 각진 선으로 된 조각품 같았다. 어깨의 우묵한 곳에 라이플총을 걸쳐놓고, 머리는 총열 쪽으로 반쯤 기울이고 있었다.

개러티는 다시 퍼시에게 고개를 획 돌렸다. 퍼시는 진짜 볼 만했다, 안 그런가? 퍼시는 이제 소나무 숲의 잡초 가득한 경계에 양쪽 발을 딛고 서 있었다. 자기를 쏜 남자만큼이나 조각품 같았고 얼어붙어 있었다.

'그들 둘이 함께 미켈란젤로의 작품 주제가 될 수도 있을 거야.' 개러티는 생각했다. 퍼시는 파란 봄 하늘 아래 완전히 가만히 서 있었다. 막 말을 하려는 시인처럼 한 손을 가슴에 누르고. 그의 눈은 크게 뜨였고, 어쩐지 황홀경에 빠진 듯 보였다.

손가락 사이로 맑은 피가 새어 나오며 햇빛 속에서 빛났다. 오랜 친구 '성이 뭔지 몰라도' 퍼시. 이봐 퍼시, 네 어머니가 부르고 있어. 이봐 퍼시, 네 어머니는 네가 아웃되었다는 걸 아니? 이봐 퍼시, 그건 무슨 바보 같은 계집애 이름이냐, 퍼시, 퍼시, 귀엽지 않니? 퍼시는 야만적인 회갈색의 사냥꾼과 대조를 이루는 밝고, 햇빛 아래 아도니스로 변했다. 그리고 동전 모양의 핏방울이 여행으로 더러워진 퍼시의 검은 신발 위에 한 방울, 두 방울, 세 방울, 후드득 떨어졌다. 그 모든 일이 거의 3초 안에 일어났다. 그 시간 동안 개러티는 두 발짝도 떼지 않았는데도 경고를 받지 않았다. 오 퍼시, 네 어머니는 뭐라고 말할까? 말해 봐, 넌, 넌 정말 죽을 용기가 있니?

퍼시는 그런 용기가 있었다. 그는 앞으로 힘껏 몸을 내던져 작고 비뚤어진 어린 나무와 부딪치더니, 반쯤 돌아 얼굴을 위로 하고 하늘을 보고 착륙했다. 그 우아함, 얼어붙은 대칭, 그것은 이제 사라졌다. 퍼시는 죽었을 뿐이었다.

"이 땅에 소금을 뿌리소서. 옥수수나 밀 줄기가 절대 자라지 못하도록. 이 땅의 아이들과 그들의 음부는 저주받았나이다. 그들의 넓적다리와 오금 또한 저주받았나이다. 은총 가득한 거룩하신 마리아여, 우리를 이 망할 장소에서 구하소서."

맥브라이스가 갑자기, 매우 빠르게 말하더니 웃기 시작했다.

"닥쳐! 그런 식으로 말하지 마."

에이브러햄이 쉰 목소리로 말했다.

"온 세상이 신이야."

맥브라이스는 그렇게 말하더니 히스테릭하게 웃었다.

"우리는 주 위를 걷고 있고, 저기 저 파리들은 주 위를 기어 다니고 있어. 사실 저 파리들도 신이야. 그러니 그대 자궁의 소산 퍼시를 축복하소서. 아멘, 할렐루야, 피넛 버터 덩어리. 은박지 속에 거하시는 우리 아버지시여, 이름을 거룩하게 하옵시며."

"피트, 한 대 맞고 싶냐!"

에이브러햄이 경고했다. 그의 얼굴은 매우 창백했다.

"기도하느으은 사람이다!" 맥브라이스가 비웃더니 다시 킬킬거렸다. "오 나의 비누 거품과 몸! 오 나의 성스러운 모자!"

"닥쳐! 한 대 맞기 전에." 에이브러햄이 악쓰며 소리 질렀다.

"하지 마. 제발 싸우지 마. 서로…… 화해해."

개러티가 겁에 질려서 말했다.

"네 편이 되어줄까?" 베이커가 미친 듯이 물었다.

"누가 너한테 물었냐, 이 망할 시골뜨기야?"

"퍼시는 이 도보 여행에 오르기에는 너무 어렸어. 열네 살만 되었어도 내가 돼지한테 키스를 하겠다."

베이커가 서글프게 말했다.

"어머니가 그를 망쳤어. 보면 알잖아." 에이브러햄이 떨리는 목소리로 말했다. 그는 간청하듯이 개러티와 피어슨을 둘러보았다.
"보면 알잖아, 안 그래?"

"퍼시의 어머니는 더 이상 그 애를 망치지 못할 거야."
맥브라이스가 말했다.

올슨은 갑자기 다시 군인들에게 횡설수설하기 시작했다. 퍼시
를 쏜 군인은 이제 앉아서 샌드위치를 먹고 있었다. 그들은 걸으
며 여덟 시를 넘겼다. 햇볕이 내리쬐는 주유소 하나를 지나갔다.
거기서는 기름투성이 작업복을 입은 기계공이 도로 포장재를 뿌
리고 있었다.

"우리에게 저걸 좀 뿌려주면 좋겠다. 나는 부지깽이처럼 뜨거
워."
스크램이 말했다.

"우리 모두 뜨거워." 개러티가 말했다.

"난 메인 주 날씨는 절대 안 더워지는 줄 알았어. 메인 주 날씨
는 서늘할 줄 알았어."
피어슨이 말했다. 어느 때보다도 피곤한 목소리였다.

"자 그럼, 이제는 다른 면을 알게 됐네."
개러티가 퉁명스럽게 말했다.

"너 되게 재밌다, 개러티. 너 그거 알아? 너 진짜 되게 재미있
어. 야, 널 만나서 기뻐."
피어슨의 말에 맥브라이스가 웃었다.

"너 그거 알아?" 개러티가 대꾸했다.

"뭐?"

"너 속옷에 똥 묻었어."

그것은 개러티가 서둘러 생각해 낼 수 있는 가장 재치 있는 말이었다.

그들은 트럭 정류장을 또 하나 지나갔다. 대형 트럭 두세 대가 한쪽에 세워져 있었다. 롱 워커들이 지나갈 공간을 만들기 위해 고속도로에서 끌려 나간 것이 분명했다. 운전자 한 명은 자기 트럭 — 거대한 냉장 트럭 — 옆에 초조하게 서서 손으로 옆면을 더듬고 있었다. 아침 햇빛 속에 새어 나오는 한기를 더듬고 있었다. 워커들이 터덜터덜 걸어 지나가자 웨이트리스 몇 명이 환성을 올렸고, 자기 냉장칸 옆을 더듬던 트럭 운전사는 돌아서서 그들에게 가운뎃손가락을 들었다. 더러운 티셔츠에서 짧고 굵고 불그스름한 목이 튀어나온 거대한 남자였다.

"대체 저 녀석 왜 저러는 거야? 롱 워크 처음 보나!"

스크램이 외쳤다. 맥브라이스가 웃었다.

"저 사람은 우리가 이 조개구이 파티를 시작한 이래 처음으로 본 정직한 시민이야, 스크램. 야, 난 그가 아주 좋아!"

"아마 보스턴에서 출발해서 몬트리올로 가는 잘 상하는 화물을 싣고 있나 보지. 우리가 그를 억지로 길옆으로 밀어냈어. 그는 자기 직업을, 아니면 자기 트럭을 잃을까 봐 두려운 거야. 그가 독립 차주가 아니라면."

개러티가 말했다.

"설마! 그건 너무하잖아! 당국에서는 두 달 정도, 어쩌면 그 이상 어떤 길이 롱 워크에 쓰일지 사람들에게 계속 말하고 있었어. 그냥 또 하나의 망할 촌놈일 뿐이야, 그게 다야!"

콜리 파커가 듣기 싫은 소리로 말했다.

"넌 트럭 일을 아주 잘 아는 것 같다."

에이브러햄이 개러티에게 말했다.

"약간." 개러티가 파커를 노려보며 말했다. "우리 아버지가 전에…… 떠나기 전에 트럭을 몰았어. 돈 벌기 힘든 직업이야. 저 뒤의 저 남자는 아마 다음 지름길까지 갈 시간이 있다고 생각했을 거야. 더 빠른 길이 있다면 이 길로 오시 않았겠지."

"하지만 우리에게 가운뎃손가락을 들 필요는 없었어. 그럴 필요는 없었다고. 신께 맹세코, 그가 실은 오래되어 썩은 토마토는 이렇게 생사가 달린 문제는 아니잖아."

스크램이 고집했다.

"너희 아버지가 너희 어머니를 떠났어?"

맥브라이스가 개러티에게 물었다.

"스쿼드에게 끌려갔어."

개러티가 부루퉁하게 말했다. 그러고는 말없이 파커 ─ 나 다른 누구든지 ─ 가 입을 열면 가만두지 않겠다고 별렀지만, 아무도 아무 말도 하지 않았다.

스테빈스는 여전히 끝에서 걷고 있었다. 그가 트럭 정류장을 지나치자마자 그 건장한 운전사는 도로 트럭 운전석에 휙 올라갔다. 앞쪽에서 총들이 갑자기 자기들이 아는 단 하나의 말을 하기 시작했다. 몸 하나가 빙글 돌아 퍼덕 뒤집히더니, 조용히 누웠다. 군인 두 명이 그를 길가로 끌어냈다. 세 번째 군인은 하프트랙에서 그들에게 시체 주머니를 던졌다.

"나도 스쿼드에게 끌려간 삼촌이 하나 있어."

와이먼이 머뭇거리며 말했다. 개러티는 와이먼의 왼쪽 신발 바닥의 테두리가 닳아서 음란하게 퍼덕거리는 것을 알아차렸다.

"망할 바보들 말고는 아무도 스쿼드에게 안 끌려가."

콜리 파커가 또렷하게 말했다.

개러티는 파커를 쳐다보았다. 화를 내고 싶었다. 그러나 파커는 고개를 떨어뜨리고 길만 뚫어져라 보았다. 아버지는 망할 바보였다, 됐냐? 무슨 일을 하려고 했건 간에 금세 빈털터리가 되는 망할 술주정뱅이였다. 자신의 정치적 견해를 속으로만 간직할 정도의 분별도 없는 남자였다. 개러티는 늙고 병든 느낌이었다.

"네 냄새 나는 아가리나 닫아." 맥브라이스가 차갑게 말했다.

"한번 입 다물게 해보시……"

"아니, 난 널 입 다물게 하고 싶지 않아. 그냥 입 닥쳐, 이 개자식아."

콜리 파커가 개러티와 맥브라이스 사이로 처졌다. 피어슨과 에이브러햄이 약간 옆으로 움직였다. 심지어 군인들도 말썽을 대비해 몸을 곤추세웠다. 파커는 개러티를 오랫동안 열심히 뜯어보았다. 그의 넓적한 얼굴은 땀이 송골송골했고, 눈은 여전히 오만했다. 다음 순간 그는 개러티의 팔을 짧게 철썩 두드렸다.

"난 가끔 입이 제멋대로야. 그 말은 진심이 아니었어. 괜찮지?"

개러티는 지쳐서 고개를 끄덕였고, 파커는 맥브라이스에게 시선을 옮겼다.

"엿 먹어라, 이 자식아."

파커는 그렇게 말하고 다시 선봉을 향해 앞으로 움직였다.

"뭐 저런 개자식이 다 있어!"

맥브라이스가 무뚝뚝하게 말했다.

"바코비치보다 나쁜 건 아냐. 심지어 약간 더 좋을지도 몰라."

에이브러햄이 말했다.

"게다가, 스쿼드에 끌려가는 게 어떤 거야? 죽는 것보다 더 나쁘지, 내 말이 맞지?"

피어슨이 덧붙였다.

"네가 어떻게 알아? 너희들 중 누구든 간에 어떻게 알아?"

개러티가 물었다.

그의 아버지는 연한 갈색 머리의 거인이었다. 목소리는 우렁우렁했고 큰 소리로 웃을 때는 어린 개러티의 귀에 산이 쪼개지는 소리같이 들렸다. 자기 트럭을 잃은 후, 그는 정부 트럭을 브룬스윅 밖으로 운전해 나가는 것으로 생계를 꾸렸다. 짐 개러티가 자기 정치학을 속에만 간직할 수 있었다면 그것은 좋은 생계 수단이었을 것이다. 그러나 당신이 정부를 위해 일할 때, 정부는 당신이 살아 있는지 두 배나 신경을 쓰고, 일이 조금이라도 엇나갈 듯 위태위태하면 경찰을 부를 준비도 두 배였다. 그리고 짐 개러티는 롱 워크의 열렬한 지지자는 아니었다. 그래서 어느 날 그는 전보 한 장을 받았고, 그다음 날 군인 두 명이 문간에 나타났다. 짐 개러티는 고함을 치며 그들에게 끌려갔다. 그의 아내는 문을 닫았고 그녀의 뺨은 우유처럼 창백했다. 개러티가 아빠는 군인들과 함께 어디로 가는 거냐고 어머니에게 물었을 때, 그녀는 아이의 입에서 피가 날 정도로 뺨을 갈기고 입 다물라고, 가만 있으라고 말했다. 그 후로 개러티는 아버지를 한 번도 보지 못했다. 그리고 11년이었다. 그것은 깔끔한 제거였다. 무취에, 위생적이고, 살균되고, 방축 가공되고, 비듬 하나 없었다.

"난 법적인 말썽을 겪은 형이 하나 있었어. 정부 상대가 아니고 법적인 것뿐이었어. 형은 차 한 대를 훔쳐서 우리 도시부터 미시시피 하티스버그까지 내내 차를 몰았어. 2년 집행 유예를 받았어. 지금은 죽었어."

베이커가 말했다.

"죽어?"

그 목소리는 비쩍 마른 쌀겨 같았다. 유령 같았다. 올슨이 그들이 있는 곳으로 왔다. 초췌한 얼굴은 몸에서 1킬로미터는 튀어나와 있는 것 같았다.

"형은 심장 발작을 일으켰어. 나보다 겨우 세 살 위였어. 엄마는 형이 자기가 짊어진 십자가라고 말하곤 했어. 하지만 형은 그때 한 번만 심한 말썽을 부렸을 뿐이야. 나는 더했어. 나는 3년 동안 나이트 라이더(야간의 복면 기마 폭력단원 — 옮긴이)였거든."

베이커가 말했다.

개러티는 베이커를 바라보았다. 그의 지친 얼굴에는 수치심이 깃들어 있었지만, 위엄도 엿보였다. 나무 사이를 뚫고 들어온 어스름한 빛줄기에 얼굴의 윤곽이 두드러져 보였다.

"그건 스쿼드에 끌려갈 범죄지만 난 신경 안 썼어. 난 거기 뛰어들었을 때 겨우 열두 살이었어. 지금 나이트 라이딩을 가는 건 어린애들밖에 없어, 알지. 나이 든 녀석들은 더 현명하거든. 그들은 우리에게 그걸 하러 가라고 말하고 우리 머리를 쓰다듬지만, 자기들은 경찰에 잡힐지도 모르니 나가지 않아, 자기들은 안 나가. 내가 속한 나이트 라이더가 어떤 흑인의 잔디밭에서 십자가를 불태우는 걸 보고 난 거기서 나왔어. 나는 토할 듯이 겁을 먹었어. 그리고 부끄럽기도 했어. 누가 왜 어느 흑인의 잔디밭에 십자가를 불태우러 가고 싶겠어? 하느님 맙소사, 그건 옛날 이야기야, 안 그래? 확실히 그래."

베이커는 애매하게 고개를 흔들었다.

"그건 옳지 않았어."

그 순간 라이플이 다시 발사되었다.

"하나 더 갔다."

스크램이 코 막힌 소리로 말하고 손등으로 코를 닦아냈다.

"서른넷."

피어슨이 말하고 한쪽 주머니에서 1페니를 꺼내 다른 쪽 주머니에 넣었다.

"나는 99페니를 가져왔어. 누군가가 티켓을 끊을 때마다, 1페니를 다른 쪽 주머니에 넣어. 그리고 그것이……."

"섬뜩해!" 올슨이 말했다. 겁에 질린 눈이 불길하다는 듯이 피어슨을 바라보았다. "네 죽음의 시계는 어디 있어? 네 부두 인형은 어디 있는데?"

피어슨은 아무 말도 하지 않았다. 초조하고 당황한 모습으로 그들이 지나가고 있는 휴한지 들판을 열심히 바라볼 뿐. 마침내 그가 중얼거렸다.

"거기에 대해서는 아무 말도 안 할 거야. 행운을 위해서야. 그게 전부야."

올슨이 쉰 목소리로 말했다.

"더러워. 추잡해. 그건……"

"야, 그만해. 내 신경 좀 그만 긁어." 에이브러햄이 말했다.

개러티는 시계를 보았다. 여덟 시 이십 분이었다. 음식 먹을 시간까지 사십 분이었다. 길가에 흩어져 있는 저 작은 식당차 중 하나로 들어가면 얼마나 좋을까 생각했다. 패드를 댄 카운터 긴 의자 중 하나에 엉덩이를 바싹 붙이고, 발을 레일 위에 얹고(아 하느님, 그렇게만 해도 안도감이!) 스테이크와 프라이드 양파를 주문하고, 사이드 디시로 프렌치프라이를 주문하고 디저트로 딸기 소스 없은 커다란 바닐라 아이스크림을 주문한다. 아니면 미트볼 스파게티 큰 접시 하나, 이탈리아 빵과 큰 버터에 볶은 완두콩을 곁들여서. 그리고 우유. 우유 한 주전자. *튜브와 증류수 물통 따위 지옥에나 가라지. 우유와 고체 음식과 앉아서 먹을 자리. 참 좋겠지?*

바로 앞에 5인 가족 — 아버지, 어머니, 아들, 딸, 그리고 흰 머리의 할머니 — 가 커다란 느릅나무 아래 퍼져서 샌드위치와 핫코코아로 보이는 피크닉 아침 식사를 먹고 있었다. 그들은 기분 좋게 워커들에게 손을 흔들었다.

"변태들." 개러티가 중얼거렸다.

"뭐라고?" 맥브라이스가 물었다.

"나는 앉아서 뭔가 먹고 싶다고 말했어. 저 사람들을 봐. 망할 돼지 새끼들 같으니."

"너도 똑같이 하고 있었을걸."

맥브라이스가 말했다. 그는 손을 흔들고 미소 지으며, 가장 크고 환한 미소를 할머니를 위해 아껴두었다. 할머니는 마주 손을 흔들고 달걀 샐러드 샌드위치처럼 보이는 것을 씹었다. 음, 잇몸으로 으깬다는 것이 진실에 더 가까웠다.

"빌어먹을 그렇겠지. 저기 앉아서 먹는 거야, 한 무리의 굶어 죽어가는……"

"굶어 죽지는 않아, 레이. 그렇게 느껴질 뿐이야."

"그럼 배고픈……"

"정신이 물질을 지배한다." 맥브라이스가 주문처럼 외었다. "정신이 물질을 지배해, 젊은 친구."

그 주문은 W.C. 필즈(미국의 영화배우 —— 옮긴이)를 지저분하게 흉내 낸 것처럼 들렸다.

"지옥에나 가. 너는 인정하고 싶지 않은 것뿐이야. 저 사람들, 저 사람들은 짐승들이야. 누군가의 뇌가 길에 쏟아지는 걸 보고 싶어 해. 그래서 나온 거야. 그들은 너의 뇌가 쏟아져도 아주 좋아할걸."

"그건 중요하지 않아. 너 어렸을 때 롱 워크를 보러 갔다고 말하지 않았니?"

맥브라이스는 차분하게 말했다.

"응, 내가 아무것도 몰랐을 때!"

"자, 그러면 그건 괜찮은 거야, 안 그래?" 맥브라이스가 짧고, 듣기 싫은 웃음소리를 냈다. "그들은 짐승 맞아. 넌 방금 새로운 법칙을 발견했다고 생각해? 때때로 네가 얼마나 순진한지 궁금해. 프랑스의 귀족들은 단두대 처형을 집행한 후 섹스를 하곤 했대. 고대 로마인들은 검투 시합 도중에 서로 잔뜩 먹이곤 했고. 그게 엔터테인먼트야, 개러티. 그건 전혀 새로운 게 아냐."

맥브라이스는 다시 웃었다. 개러티는 그에게서 눈을 떼지 못하고 열심히 바라보았다.

"계속해. 너는 2루에 있어, 맥브라이스. 3루 도루를 시도해 보고 싶어?"

누군가가 말했다.

개러티는 돌아볼 필요도 없었다. 물론 그것은 스테빈스였다. 호리호리한 부처 스테빈스. 개러티의 발은 그를 자동적으로 실어 갔지만, 그는 마치 발이 고름으로 채워진 것처럼 부어오르고 미끄럽게 느껴진다는 것을 어렴풋이 알고 있었다.

맥브라이스가 말했다.

"죽음은 식욕에 좋아. 그 두 소녀와 그리블은 어때? 그들은 죽은 사람과 섹스하는 게 어떤지 알고 싶어 했어. '완전히 새롭고 다른 것'을 위해서. 나는 그리블이 많이 달랐는지 모르겠지만, 그들은 확실히 그렇다고 생각했어. 그건 누구나 마찬가지야. 사람들이 먹고 있건 마시고 있건 캔 위에 앉아 있건 그게 문제가 아니야. 그들은 그걸 더 좋아해. 죽은 사람들을 지켜보고 있기 때문에 더 잘 느끼고 더 맛있어.

하지만 그것조차도 이 작은 원정의 진짜 요점은 아니야, 개러티. 요점은 그들이 영리한 사람들이라는 거야. 그들은 사자에게 던져지지 않을 거야. 그들은 자기들이 비틀거리며 걸으면서 두 번의 경고를 받아가며 똥을 눠야 할 필요가 없기를 바라고 있어. 넌 멍청해, 개러티. 너와 나와 피어슨과 바코비치와 스테빈스, 우리 모두 멍청해. 스크램도 자기가 이해한다고 생각하지만 이해하지 못하기 때문에 멍청해. 올슨은 너무 늦게, 너무 많이 이해했기 때문에 멍청해. 그래 좋아, 그들은 짐승이야. 하지만 그렇다고 우리가 인간이라고 넌 어떻게 그렇게 빌어먹을 확신을 갖는 거야?" 맥브라이스는 말을 멈추고 심하게 헐떡였다. "자, 너는 죽음 직전까지 갔고 나까지 끌고 들어갔어. 6000편의 짧은 설교 시리즈 중 제342화, 기타 등등, 기타 등등. 내 수명을 다섯 시간, 아니 그보다 더 갉아먹었을 거야."

"그럼 너는 왜 이걸 하고 있는 거야? 네가 그렇게 많이 알고 있다면, 그리고 그렇게 확신한다면, 왜 이걸 하고 있는 거야?"

개러티는 그에게 물었다.

"우리 모두 이걸 하고 있는 것과 같은 이유지."

스테빈스가 말하고 부드럽게, 거의 애정을 담아 미소 지었다. 입술은 햇빛으로 바싹 말랐다. 그것을 빼면 그의 얼굴은 여전히 주름 하나 없고 천하무적으로 보였다.

"우리는 죽고 싶어, 그래서 우리가 이걸 하고 있는 거야. 달리 무엇이겠어, 개러티? 달리 무엇이겠어?"

8장

"3-6-9, 거위는 와인을 마셨고
원숭이는 시내 전차 철로에서 담배를 씹었고
철로는 깨졌고
원숭이는 숨이 막혔고
그들은 모두 노 젓는 작은 배를 타고 천국에 갔다네……."
—동요

레이 개러티는 농축액 허리띠를 허리에 꽉 잡아매고, 적어도 아홉 시 삼십 분까지는 절대로 아무것도 먹지 않겠다고 단호하게 자신에게 말했다. 그것은 지키기 힘든 결심이 될 터였다. 배가 아프고 꾸르륵거렸다. 주변 워커들은 길 위에서 처음 24시간이 끝난 것을 모두 마지못해 축하하고 있었다.

스크램은 치즈 스프레드를 한입 가득 물고 개러티를 보며 웃더니, 뭔가 유쾌하지만 알아들을 수 없는 말을 했다. 베이커는 올리브—진짜 올리브—가 든 유리병을 들고 기관총같이 정기적으로 올리브를 입에 던져 넣고 있었다. 피어슨은 참치 스프레드를 듬뿍 바른 크래커를 입속에 쑤셔 넣고 있었고, 맥브라이스는 천천히 치킨 스프레드를 먹고 있었다. 눈꺼풀이 반쯤 내려앉은 모습은 극도의 고통이나 쾌락의 절정에 있는 것처럼 보였다.

여덟 시 반부터 아홉 시 사이에 두 명이 더 쓰러졌다. 그중 하나는 한참 전에 주유소 조수가 응원했던 웨인이었다. 그러나 그들은 겨우 36명만 쓰러지고 159킬로미터를 왔다.

'이건 멋지잖아?'

개러티는 맥브라이스가 치킨 농축액을 튜브에서 마저 짜낸 다음 빈 튜브를 옆으로 던져버릴 때 입안에 침이 솟아오르는 것을 느끼며 생각했다.

'대단해. 난 지금 당장 모두 죽어 쓰러졌으면 좋겠어.'

페그드 청바지(허리가 넉넉하고 발목으로 갈수록 가늘어지는 모양의 청바지. 대개 밑단을 접는다 — 옮긴이)를 입은 10대 하나와 중년의 주부 하나가 맥브라이스의 빈 튜브를 손에 넣으려고 달려왔다. 그 튜브는 유용성을 잃고 기념품으로서 새로운 경력을 시작했다. 주부가 더 가까웠지만 십대가 더 빨랐고 몸의 절반 길이 정도 차이로 이겼다.

"고마워요!"

10대는 구부러지고 꼬인 튜브를 높이 들어 보이며 맥브라이스에게 소리쳤다. 그러고는 튜브를 흔들면서 친구들에게로 날쌔게 돌아갔다. 주부는 불쾌한 듯이 그를 쳐다보았다.

"너 아무것도 안 먹어?" 맥브라이스가 물었다.

"참고 기다리고 있어."

"뭘?"

"아홉 시 삼십 분을."

맥브라이스는 생각에 잠겨 개러티를 바라보았다.

"옛날 극기훈련 같은 거야?"

개러티는 어깨를 으쓱하며 반발 섞인 빈정거림을 기다렸다. 그러나 맥브라이스는 그를 계속 바라보기만 했다.

"너 그거 알아?" 맥브라이스가 마침내 물었다.

"뭘?"

"만약 내게 1달러…… 딱 1달러가 있다면, 잘 들어…… 개러티, 난 그걸 너한테 걸 거야. 난 네가 여기서 이길 가능성이 있다고 생각해."

개러티는 남들의 눈을 의식하며 웃었다.

"나한테 암시를 거는 거야?"

"뭘 걸어?"

"암시. 투수에게 무안타로 갈 거라고 말해 주는 것 같은 거."

"아마 그럴 거야."

맥브라이스가 말하고 앞으로 두 손을 내밀었다. 손이 살짝 떨리고 있었다. 맥브라이스는 주의가 흐트러진 표정으로 그 손을 보며 얼굴을 찌푸렸다. 반쯤 미친 것 같은 시선이었다.

"바코비치가 곧 티켓을 끊으면 좋겠어."

"피트?"

"왜?"

"만약 네가 이걸 전부 다시 해야 한다면…… 네가 이렇게 멀리 올 수 있고 여전히 걷고 있을 수 있다는 걸 안다면…… 이걸 할 거야?"

그러자 맥브라이스는 손을 내리고 개러티를 뚫어지게 보았다.

"너 농담하냐? 농담이겠지."

"아냐, 진담이야."

"레이, 나는 통령이 내 불알에 권총을 들이대도 다시 이걸 하지는 않을 거야. 이건 자살 다음으로 나쁜 일이야. 보통 자살이 더 금방 끝난다는 걸 제외하면."

"맞아. 진짜 그래."

올슨이 말했다. 그는 공허한, 강제 수용소에 갇힌 사람 같은 미소를 지었다. 개러티는 그것을 보고 배가 스멀거렸다.

10분 후 그들은 이렇게 선언하고 있는 거대하고 붉고 흰 현수막 아래를 지나갔다. 160킬로미터! 제퍼슨 플랜테이션 상공회의소가 축하합니다! 올해의 '센트리 클럽' 롱 워커들을 축하합니다!

"난 사람들이 센트리 클럽을 둘 수 있는 장소를 갖고 있지. 그건 길고 갈색에 해가 절대로 비치지 않아."

콜리 파커가 말했다.

갑자기 꾀죄죄한 땅과 길을 경계 지으며 드문드문 서 있던 2차림(처녀림 벌채 후 자연 발생하는 숲 — 옮긴이)의 소나무와 가문비나무 들이 숨어버렸다. 그날 처음으로 진짜 군중이 나타난 것이다. 엄청난 환호가 터져 나왔고, 또 다른 환호가 뒤따랐다. 환호는 바위를 두드리는 큰 파도 같았다. 플래시가 펑펑 터지고 눈이 부셨다. 주 경찰이 몇 줄이나 되는 사람들을 제지했고, 밝은 오렌지색 나일론 제지용 로프가 비포장 갓길을 따라 매달려 있었다. 경찰 한 명이 소리를 지르는 어린 소년과 씨름하고 있었다. 소년의 얼굴은 더럽고 콧물 범벅이었다. 한 손에 장난감 글라이더를, 다른 손에는 방명록을 흔들고 있었다.

"세상에! 세상에, 저기 좀 봐, 저 사람들 전부 좀 봐!"

베이커가 외쳤다.

콜리 파커는 손을 흔들며 미소 짓고 있었다. 개러티는 파커를 따라잡고 나서야 그가 단조로운 중서부 억양으로 외치는 소리를 들을 수 있었다.

"니들 만나서 반갑다, 이 바보 새끼들아!"

파커는 웃으며 손을 흔들었다.

"어찌 지내쇼, 마더 맥크리(아일랜드 민요에 나오는 인물 — 옮긴이), 망할 할망구. 네 얼굴과 내 엉덩이 참 잘 어울리겠네. 어찌 지내쇼, 어찌 지내?"

개러티는 손으로 입을 막고 히스테릭하게 킬킬거렸다. 스크램의 이름이 엉성하게 쓰인 표지판을 흔들고 있는, 첫 번째 줄의 한 남자는 지퍼가 내려갔다. 한 줄 뒤에서 우스꽝스러운 노란 선 슈트를 입은 뚱뚱한 여자 하나가 맥주를 마시고 있는 대학생 세 명 사이에 끼여 고생하고 있었다.

'맷돌로 간 뚱뚱이네.'

개러티는 더 세차게 웃었다.

너는 히스테릭해지고 있어, 오 하느님, 히스테리에 먹히지 않게 하소서, 그리블을 생각해…… 그리고…… 먹히지…… 마…….

그러나 그런 일이 일어나고 있었다. 위장이 뭉치고 경련할 때까지 웃음이 터져 나왔고, 개러티는 엉거주춤하게 걷고 있었다. 누군가가 군중의 큰 소리보다 더 크게 그에게 소리 지르고, 고함치고 있었다. 맥브라이스였다.

"레이! 레이! 무슨 일이야? 괜찮아?"

"사람들이 웃겨!" 개러티는 이제 웃다가 거의 울고 있었다. "피트, 피트, 사람들이 너무 웃겨, 그냥…… 그냥…… 너무 웃기다고!"

더러운 선드레스를 입은 소녀가 못마땅한 듯 입을 부루퉁하게 내밀고 찡그린 채 땅 위에 앉아 있었다. 워커들이 지나가자 그 소녀는 무시무시한 표정을 지었다. 개러티는 웃느라고 주저앉을 뻔했고 경고 하나를 받았다. 이상한 일이었다. 이렇게 소음이 큰데도 경고 소리는 또렷이 들렸다.

'난 죽을 수도 있어. 웃다 죽어버릴 수도 있어. 그것도 우스운 일 아닐까?'

개러티는 생각했다.

콜리는 여전히 명랑하게 미소 지으며 손을 흔들고 구경꾼들과 기자들을 대대적으로 저주하고 있었다. 그것이 가장 우스워 보였다. 개러티는 무릎을 꿇었고 다시 경고를 받았다. 그러고도 짧고 짖어대는 듯한, 뿜어져 나오는 웃음을 계속 웃었다. 그의 힘겨운 폐가 허락하는 웃음이 그것뿐이었다.

"쟤 토할 거야. 쟤 잘 봐, 앨리스. 쟤 토할 거야!"

누군가가 기쁨의 황홀경에서 외쳤다.

"개러티! 제발 개러티!"

맥브라이스가 외치고 있었다. 그는 개러티의 등에 한 팔을 두르고 한 손을 그의 겨드랑이에 걸었다. 어찌어찌 개러티를 끌어 일으켰고 개러티는 비틀거리며 계속 걸었다.

"하느님 맙소사, 그들은 날 죽일 거야. 난…… 난 못해……."

개러티는 헐떡거렸다. 그리고 다시 한 번 헐거운, 흩뿌리는 듯한 웃음을 터뜨렸다. 무릎이 풀렸다. 맥브라이스는 그를 다시 한 번 거칠게 일으켰다. 개러티의 옷깃이 찢어졌다. 둘 다 경고를 받았다. 개러티는 희미하게 생각했다.

'저건 내 마지막 경고야. 나는 저 전설 속의 농장을 보는 길에 올랐어. 미안, 잰, 나는……'

"어서, 이 멍청아, 내가 너를 싣고 나를 수는 없어!"

맥브라이스가 속삭였다. 개러티가 헐떡였다.

"난 못 하겠어. 숨을 못 쉬겠어, 난……."

오른쪽 뺨은 손바닥으로, 왼쪽은 손등으로, 맥브라이스가 그를 재빨리 두 번 세게 갈겼다. 그다음 뒤도 돌아보지 않고 빠르게 걸어가버렸다.

이제 웃음은 다 빠져나가버렸지만 그의 배는 젤리처럼 흐물거렸고, 폐는 다 비어서 도로 채울 수가 없는 것 같았다. 개러티는 취한 듯이 비틀거리고, 몸을 숙이고 흔들며 걸었다. 숨을 쉬려고 애썼다. 눈앞에서 검은 점들이 춤을 추었고, 이제 곧 기절하겠구나 하는 생각이 들었다. 한쪽 발이 다른 발에 걸렸고, 비틀거리다가 거의 넘어질 뻔했지만, 어떻게 균형을 지켰다.

넘어지면 난 죽어. 절대 못 일어날 거야.

그들이 그를 지켜보고 있었다. 군중이 그를 지켜보고 있었다. 환호는 사라져 숨죽인, 거의 성적인 중얼거림이 되었다. 그들은 그가 쓰러지기를 기다리고 있었다.

개러티는 계속 걸으면서, 한 발을 다른 발 앞에 뻗는 것에만 집중했다. 8학년 때 그는 레이 브래드버리라는 사람의 소설을 읽었다. 그 이야기는 사람 생명이 왔다 갔다 하는 사고 현장에 모인 군중에 대한 이야기였다. 이 군중은 언제나 똑같은 얼굴들을 가지고 있고, 그 얼굴은 부상자가 살지 죽을지 알고 있는 것처럼 보였다.

'나는 조금 더 오래 살 거야.'

개러티는 그들에게 말했다. *나는 살 거야. 나는 조금 더 오래 살 거야.*

개러티는 머릿속의 꾸준한 박자에 따라 발을 올리고 내렸다. 다른 모든 것을, 잰조차도 애써 잊었다. 그는 그 열기를, 콜리 파커를, 프리키 달레지오를 몰랐다. 발의 둔하고 꾸준한 통증과 무릎 뒤 힘줄 근육의 얼어붙은 듯한 뻣뻣함도 몰랐다. 그 생각은 그의 마음속에서 커다란 케틀드럼(반구형의 큰 북 — 옮긴이)처럼 쿵쿵 울렸다. 심장 고동처럼. 조금 더 오래 살아. 조금 더 오래 살아. 조금 더 오래 살아. 그 말들 자체가 의미 없어지고 아무것도 의미하지 않게 될 때까지.

개러티를 거기서 빼낸 것은 총소리였다.

군중이 입을 다물어 적막한 가운데 그 소리는 충격적일 정도로 컸다. 누군가가 비명을 지르는 것이 들렸다. 개러티는 생각했다.

'이제 알겠지. 너는 총소리를 들을 만큼 오래 살고, 자기가 비명 지르는 소리를 들을 정도로 오래 살고⋯⋯.'

그러나 그때 한쪽 발이 작은 돌을 찼고 고통이 느껴졌다. 티켓을 끊은 것은 개러티가 아니었다. 64번, 유쾌하고 미소 잘 짓는 프랭크 모건이라는 소년이었다. 그들은 프랭크 모건을 길에서 끌고 나갔다. 그의 안경은 끈덕지게 한쪽 귀에 걸린 채 질질 끌리다 보도 위에 통통 튀었다. 왼쪽 렌즈가 깨졌다.

"난 안 죽었어."

개러티는 멍하니 말했다. 충격이 따뜻하고 파란 파도처럼 그를 때렸고, 그의 다리를 다시 물로 만들겠다고 위협했다.

"그래, 하지만 넌 죽었어야 했어." 맥브라이스가 말했다.

"네가 그를 구했어." 올슨이 말하고, 욕설을 퍼부었다. "왜 그랬어? 왜 그랬어?" 그의 눈은 문손잡이만큼 반짝거리고 공허했다. "난 할 수만 있으면 널 죽일 거야. 난 네가 미워. 넌 죽을 거야, 맥브라이스. 기다려봐. 네가 한 짓 때문에 신이 널 죽이실 거야. 신이 널 개똥처럼 죽이실 거야."

올슨의 목소리는 창백하고 공허했다. 개러티는 그에게서 수의 냄새를 맡을 수 있을 것 같았다. 그는 두 손으로 입을 막고 신음했다. 사실 수의 냄새는 그들 모두에게서 났다.

"엿 먹어. 나는 내 빚을 갚은 거야. 그것뿐이야." 맥브라이스가 침착하게 말하고 개러티를 보았다. "이봐, 이제 우린 동점이야. 그걸로 끝났어, 맞지?"

맥브라이스는 서두르지 않고 걸어서 멀어져갔다. 그리고 곧 20미터쯤 앞에 있는 색깔 셔츠들 사이로 섞여 들어갔다.

개러티의 숨이 매우 천천히 돌아왔고, 오랫동안 그는 옆구리에 바늘로 찌르는 듯한 통증을 확실히 느낄 수 있었다……. 그러나 마침내 그것도 사라졌다. 맥브라이스가 그의 생명을 구했다. 그는 히스테리에 빠져서 웃음 발작을 일으켰고, 맥브라이스가 그를 쓰러지지 않게 구했다. *우리는 동점이야, 이봐. 그걸로 끝났어, 맞지? 좋아.*

"하느님이 그를 벌주실 거야. 하느님이 그를 쓰러뜨리실 거야."

행크 올슨이 절대적이고 초자연적인 확신을 가지고 요란하게 떠들고 있었다.

"입 다물지 않으면 내가 직접 널 쓰러뜨릴 거야."

에이브러햄이 말했다.

날은 더 뜨거워졌고, 사소한 일로 옥신각신하는 말싸움이 국지전처럼 발발했다. 그들이 TV 카메라와 마이크로폰의 반경 밖으로 걸어나가면서 거대한 군중의 규모는 점점 줄어들었다. 그러나 군중은 완전히 사라지지 않았고 심지어 작은 섬처럼 흩어지지도 않았다. 군중은 지금 여기 있었고, 어디 갈 생각도 없어 보였다. 군중을 만든 사람들은 익명의 단 하나의 '군중 얼굴'로 녹아들었다. 자신을 몇 킬로미터씩이나 복사한 김빠지고 열망하는 얼굴. 사람들은 문간, 잔디밭, 진입로, 피크닉 지대, 주유소 아스팔트(기획력 있는 건물주들은 입장료를 받았다.)를 채웠고, 그다음 도시에서도 길 양쪽과 그 동네 슈퍼마켓 주차장을 채웠다. '군중 얼굴'은 우스꽝스러운 표정을 짓고 횡설수설하고 환호성을 올렸지만, 언제나 본질적으로는 똑같았다. 그 얼굴은 와이먼이 볼일을 보려고 쭈그렸을 때 게걸스럽게 지켜보았다. 남자들, 여자들, 아이들, '군중 얼굴'은 언제나 똑같았고, 개러티는 거기에 금세 싫증이 났다.

개러티는 맥브라이스에게 고맙다고 하고 싶었지만, 어쩐지 맥브라이스가 감사를 받고 싶을지가 의심스러웠다. 바코비치 뒤에서 걷고 있는 맥브라이스가 앞쪽에 보였다. 맥브라이스는 바코비치의 목을 열심히 노려보고 있었다.

아홉 시 삼십 분이 왔다 갔다. 군중은 열기를 증폭시키는 것 같았고, 개러티는 허리띠 버클 바로 위까지 셔츠 단추를 풀었다. 프리키 달레지오가 티켓을 끊기 전에 자기가 티켓을 끊을지 알았을까? 알았다고 해도 상황을 바꾸지는 못했을 것이다. 이쪽이든 저쪽이든.

길이 가파르게 경사졌고, 그들이 그 길을 올라가서 아래에 놓여 있는 4세트의 동서 철로를 넘는 동안 군중은 당분간 그들과 떨어져 있었다. 꼭대기에서, 워커들이 나무 다리를 건너가는 동안, 개러티는 앞쪽에 또 숲이 있는 것을 보았다. 그리고 그들이 막 지나온, 건물들이 잔뜩 들어선 교외 지역 같은 곳도 왼쪽 오른쪽으로 보였다.

땀에 젖은 피부 위에 서늘한 바람이 스쳐 지나가자 개러티는 몸을 떨었다. 스크램은 세 번 날카롭게 재채기를 했다.

"나 감기 걸릴 것 같아." 스크램이 진저리를 치며 말했다.

"그러면 기운 없어지는데, 그거 엿 같지."

피어슨이 말했다.

"더 열심히 걸어야겠지." 스크램이 말했다.

"너는 강철로 만들어진 게 분명해. 내가 감기에 걸린다면 난 곧장 나가떨어져 죽을 것 같아. 나한텐 그럴 에너지밖에 없어."

피어슨이 말했다.

"지금 나가떨어져 죽어! 에너지를 아껴!"

바코비치가 뒤로 소리 질렀다.

"닥치고 계속 걷기나 해, 살인자야."

맥브라이스가 즉각 말했다. 바코비치는 몸을 돌려 그를 바라보았다.

"왜 내 등에서 떨어지지 않는 거야, 맥브라이스? 어디 딴 데 가서 걸어."

"여긴 자유 통행로야. 난 내가 좋은 데 가서 걸을 거야."

바코비치는 가래를 칵 뱉고는 그를 무시했다.

개러티는 음식 용기 하나를 열어 크림치즈 크래커를 먹기 시작했다. 그의 배는 첫입에 쓰디쓰게 신음했고, 그는 늑대처럼 모두다 먹어버리지 않기 위해서 스스로와 싸워야 했다. 로스트비프 농축 튜브를 입에 짜 넣고 천천히 삼켰다. 농축액을 물로 씻어 내린 후 더 먹고 싶은 걸 억지로 참았다.

그들은 목재 저장소 옆을 걸어갔다. 그곳 사람들은 인디언들처럼 하늘을 배경으로 실루엣이 진 채 널빤지 더미 위에 서서 그들에게 손을 흔들었다. 뒤이어 그들은 다시 숲 속으로 들어갔고 침묵이 쿵 소리를 내며 내려앉는 것 같았다. 물론 조용하지는 않았다. 워커들은 이야기했고, 하프트랙은 그들을 따라 기계적으로 따라오고 있었고, 어떤 사람은 방귀를 뀌고, 어떤 사람은 웃고, 개러티 뒤의 어떤 사람은 절망적인 작은 신음 소리를 냈다. 길옆에는 여전히 구경꾼들이 늘어서 있었다. 그러나 그 대단한 '센트리 클럽' 군중이 사라지자 비교적 조용해졌다. 새들은 잎이 높이 달린 나무들 속에서 노래했다. 남몰래 부는 바람은 때때로 잠시 열기를 식혀 주면서, 나무들 사이로 쐐쐐 불 때 길 잃은 영혼 같은 소리를 냈다. 갈색 다람쥐가 꼬리는 나뭇잎 밖으로 내고, 검은 눈으로 난폭하게 주의를 기울이며, 견과 하나를 쥐 같은 앞발 사이에 잡은 채 높은 나뭇가지에 얼어붙었다. 다람쥐는 그들에게 재재거리더니, 종종걸음으로 더 높이 사라졌다. 비행기 한 대가 멀리서 거대한 파리처럼 웅웅거렸다.

개러티는 모두 일부러 그를 그렇게 침묵으로 대하는 것처럼 느껴졌다. 맥브라이스는 여전히 바코비치 뒤에서 걷고 있었다. 피어슨과 베이커는 체스에 대해 이야기하고 있었다. 에이브러햄은 소리를 내며 먹은 다음 셔츠에 손을 닦았다. 스크램은 티셔츠 자락을 찢어내 손수건으로 사용했다. 콜리 파커는 와이먼과 소녀들 이야기를 나누고 있었다. 그리고 올슨은…… 그러나 개러티는 올슨을 보고 싶지도 않았다. 올슨은 다른 모든 사람이 다가오는 자신의 죽음에 대한 액세서리라고 암시하고 싶은 것 같았다.

그래서 개러티는 한 번에 조금씩(세 번 받은 경고를 염두에 두고) 매우 조심스럽게 뒤로 처지기 시작해 스테빈스와 함께 걸었다. 자주색 바지는 이제 먼지투성이였다. 샴브레이 셔츠의 겨드랑이 아래에는 땀으로 어두운 원이 그려져 있었다. 스테빈스의 정체가 무엇인지는 몰라도 슈퍼맨은 아니었다. 그는 마른 얼굴에 묻는 듯한 표정을 지으며 잠시 개러티를 쳐다본 다음 시선을 도로 길로 떨어뜨렸다. 목 뒤의 척추 마디가 두드러져 보였다.

"왜 사람들이 더 없는 거지? 지켜보는 거 말이야."

개러티가 머뭇거리며 물었다.

잠시 개러티는 스테빈스가 대답하지 않을 거라고 생각했다. 그러나 마침내 스테빈스는 다시 쳐다보더니, 머리를 손으로 쓸어 이마에서 떼어내고 대답했다.

"더 생길 거야. 조금 기다려봐. 사람들은 너를 보려고 지붕 위에 셋씩 앉아 있을 거야."

"하지만 누군가가 여기에 수십억 달러가 걸려 있다고 했어. 나는 사람들이 내내 세 줄로 서 있을 거라고 생각했어. TV에도 방송될 거고……."

"그건 금지되었어."

"왜?"

"그걸 왜 나한테 물어?"

"넌 아니까." 개러티가 울컥해서 말했다.

"네가 그걸 어떻게 알아?"

"맙소사, 너는 때때로 『이상한 나라의 앨리스』에 나온 쐐기벌레를 생각나게 하는구나. 그냥 말해 주지그래?"

개러티가 말했다.

"사람들이 양쪽에서 너에게 소리를 질러대는데 네가 얼마나 오래갈수 있을 것 같아? 체취만으로도 얼마 후 미쳐버릴걸. 제야의 밤에 타임 스퀘어를 500킬로미터 걷는 것과 같을 거야."

"하지만 사람들이 보는 건 허락하잖아, 안 그래? 어떤 사람이 올드타운부터는 대규모 군중이 있을 거라고 했어."

"하여간 나는 쐐기벌레가 아니야." 스테빈스가 작고, 어떤 면에서는 은밀한 미소를 띠고 말했다. "나는 오히려 흰 토끼 타입이야, 그렇게 생각하지 않아? 내가 내 금시계를 집에 놔두고 왔고 아무도 나를 차 마시러 오라고 초대하지 않는다는 것만 제외하고. 최소한, 내가 아는 한에는 아무도 그러지 않았어. 내가 이기면 요청할 일은 그걸지도 몰라. 상으로 뭘 원하느냐고 그들이 물으면, 나는 말할 거야. '아, 나는 차 마시러 오라고 집에 초대받고 싶어요.'"

"헛소리 마!"

스테빈스는 더 환하게 미소 지었다. 그러나 그 미소는 여전히 입술 당기기 운동일 뿐이었다.

"그래, 올드타운이나 그 근처부터 구속력은 없어지지 그때부터는 아무도 법령 같은 세속적인 것에 대해 많이 생각하지 않아. 그리고 오거스타부터 끊임없이 TV 방송이 되지. 결국 롱 워크는 전국적인 오락거리니까."

"그런데 왜 여기는 아니야?"

"너무 일러. 너무 이르다고." 스테빈스가 말했다.

다음 모퉁이 근처에서 총들이 다시 포효했다. 꿩 한 마리가 총소리에 놀라 열광적으로 날개를 치며 덤불에서 치솟아 올랐다. 개러티와 스테빈스는 그 모퉁이를 돌았지만, 시체 주머니에는 이미 지퍼가 채워지고 있었다. 빠른 일처리였다. 개러티는 그것이 누구였는지 볼 수 없었다.

"어떤 지점에 이르면 너는 군중이 자극제로든 장애물로든 중요하다고 느끼지 않게 돼. 군중은 거기서 아무 의미가 없어져. 교수대 위의 사람처럼 그럴 거라고 나는 생각해. 군중에서 벗어나 다른 곳으로 파고들게 되는 거야."

스테빈스가 말했다.

"나 그거 이해할 것 같아." 개러티가 말했다. 그는 겁이 났다.

"네가 그걸 이해했다면 아까 거기서 히스테리에 빠지지 않았을 거야. 네 친구가 널 구해 줄 필요도 없었겠지. 하지만 너도 이해하게 될 거야."

"넌 얼마나 파고들었지, 궁금한데?"

"넌 얼마나 깊이 있는데?"

"모르겠어."

"음, 그것도 알게 될 거야. 개러티의 잴 수 없는 심연을 재어봐. 거의 여행 광고같이 들린다, 그렇지 않아? 기반암에 부딪칠 때까지 파고들어. 그다음에는 기반암 속으로 파고들어. 그리고 마침내 바닥에 닿아. 그다음에 티켓을 끊고 끝내는 거지. 내 생각은 그래.

네 생각도 들어보자."

개러티는 아무 말도 하지 않았다. 당분간, 그는 아무 생각이 없었다.

워크는 계속되었다. 열기도 계속되었다. 해는 길이 통과하는 숲의 윤곽 바로 위에 매달려 있었다. 그들의 그림자는 뭉툭한 난쟁이들이었다. 열 시 즈음에, 군인 중 하나가 하프트랙의 뒤쪽 승강구로 사라졌다가 긴 장대를 가지고 다시 나타났다. 그 장대의 위쪽 3분의 2는 천으로 감싸여 있었다. 그는 승강구를 닫고 그 장대 끝을 금속 구멍으로 떨어뜨렸다. 그리고 손을 천 아래로 뻗어 무엇인가를 했다……. 뭔가를 조작했다. 아마 단추 하나였을 것이다. 잠시 후 커다란, 회갈색의 양산이 확 펴졌다. 그것은 하프트랙의 금속 표면을 거의 다 가렸다. 그 군인과 다른 두 군인은 칙칙한 군용 파라솔 그늘 아래 다리를 꼬고 앉았다.

"이 썩을 개자식들! 상을 타게 되면 너희를 공개 거세하게 해 달라고 할 테다!"

누군가가 소리 질렀다.

군인들은 그런 말을 듣고도 전혀 개의치 않는 듯했다. 그들은 계속 워커들을 공허한 눈으로 살펴보며 때때로 전산 콘솔에 대고 말을 했다.

"워크 끝나면 저놈들은 아마 콘솔을 마누라들한테 가져갈 거야."

개러티가 말했다.

"난 그들이 그럴 거라고 확신해."

스테빈스가 말하고 웃었다.

개러티는 스테빈스와 더 이상 같이 걷고 싶지 않았다. 지금 당장은. 스테빈스는 그를 불편하게 만들었다. 개러티는 스테빈스와 한 번에 조금씩만 이야기할 수 있었다. 스테빈스를 다시 혼자 놓아두고 더 빠르게 걸었다. 열 시 이 분. 이십삼 분 지나면 그는 경고 하나를 떨쳐낼 수 있었다. 그러나 지금은 경고 세 개를 받은 채 걷고 있었다. 그것은 생각했던 것만큼 무섭지는 않았다. 이 유기체 레이 개러티가 죽을 수 없다는 맹목적인 확신은 여전히 흔들리지 않았다. 다른 사람들은 죽을 수 있었다. 그들은 그의 인생이라는 영화의 엑스트라들이었다. 그러나 오랫동안 상영되는 히트 영화 「레이 개러티 이야기」의 주인공인 레이 개러티는 아니다. 그는 결국 그것이 사실이 아니라는 것을 지성적으로뿐만 아니라 감정적으로도 이해하게 될 것이다……. 아마 그것이 스테빈스가 말한 최종 깊이일 것이다. 그것은 떨리는, 반갑지 않은 생각이었다.

부지불식간에 그는 무리 길이의 4분의 3을 걸었다. 다시 맥브라이스 뒤에 있었다. 피로에 절은 콩가 춤(사람들이 길게 줄을 서서 앞 사람을 잡고 추는 빠른 춤 — 옮긴이) 대열로 그들 셋이 있었다. 바코비치는 맨 앞에서 여전히 자만심에 찬 모습을 보이려고 애썼지만 가장자리부터 조금씩 깎여 나가고 있었다. 맥브라이스는 머리를 늘어뜨리고, 손을 반쯤 쥐고, 이제 왼발을 조심스레 디디고 있었다. 그리고 그 뒤로 오면, 「레이 개러티 이야기」의 주인공인 개러티 자신이 있었다. *그런데 난 어떻게 보일까?* 그는 궁금했다.

개러티는 한 손을 뺨에 문지르고 손이 가볍게 턱수염이 난 그루터기에 닿아서 내는 사각거리는 소리에 귀를 기울였다. 아마 그도 그렇게 말쑥해 보이지는 않을 것이다.

개러티는 약간 더 걸음을 빨리해서 맥브라이스와 나란히 걷게 되었다. 맥브라이스는 잠깐 건너다보고 도로 바코비치를 바라보았다. 그의 눈은 어둡고 읽기 힘들었다.

그들은 짧고 가파르고 맹렬하게 햇볕이 내리쬐는 오르막을 올라간 다음 또 하나의 작은 다리를 건넜다. 15분이 지나고, 또 20분이 지났다. 맥브라이스는 아무 말도 하지 않았다. 개러티는 헛기침을 두 번 했지만 아무 말도 하지 않았다. 침묵이 계속될수록 침묵을 깨기는 더 어려워질 거라고 개러티는 생각했다. 아마 맥브라이스는 이제 그를 구해 준 일에 화가 날 것이다. 아마 그것을 후회할 것이다. 그 생각을 하자 개러티의 배는 공허하게 떨렸다. 모든 것이 절망적이고 어리석고 무의미했다. 그 무엇보다도, 빌어먹게 무의미해서 정말 한심했다. 개러티는 맥브라이스에게 말을 걸려고 입을 열었다. 그러나 그 전에 맥브라이스가 먼저 말했다.

"다 괜찮아." 바코비치는 그의 목소리에 펄쩍 뛰었고 맥브라이스는 덧붙였다. "너 말고 이 살인자야, 너한테는 아무것도 괜찮지 않을 거야. 그냥 계속 걷기나 해."

"뒈져버려." 바코비치가 으르렁거렸다.

"내가 널 곤란하게 한 것 같아."

개러티가 낮은 목소리로 말했다.

"내가 말했잖아, 공평한 건 공평한 거고, 동점은 동점이고, 끝난 건 끝난 거라고. 난 그런 일을 다시 하지 않을 거야. 네가 그걸 알았으면 좋겠어."

맥브라이스는 차분히 말했다.

"알아. 난 그냥……" 개러티가 말했다.

"날 다치게 하지 마! 제발 날 다치게 하지 마!"

누군가가 소리쳤다.

허리에 격자무늬 셔츠를 묶은 붉은 머리였다. 길 한가운데 멈춰서 울고 있었다. 그는 첫 번째 경고를 받았다. 다음 순간 그는 하프트랙으로 뛰어갔다. 눈물이 땀과 먼지에 찌든 얼굴에 도랑을 내며 흘러내렸다. 붉은 머리는 햇빛 속에서 불처럼 번쩍였다.

"하지 마…… 난 못 해…… 제발…… 우리 엄마…… 난 못 해…… 하지 마…… 더 이상은…… 내 발……."

그는 하프트랙 옆으로 올라가려고 했고, 군인 한 명이 카빈총 개머리판을 아래로 뻗어 그의 손을 쳐냈다. 그 소년은 비명을 지르며 쿵 쓰러져 움직이지 않았다.

그는 다시 비명을 질렀다. 유리를 깬 듯이 날카롭고 높고, 믿을 수 없을 만큼 가는 음이었다. 그가 소리 지른 것은…….

"내 바아아아아아아아아아아아아 —"

"세상에. 왜 저 소리를 멈추지 않는 거지?"

개러티가 중얼거렸다. 비명은 계속되고 또 계속되었다.

"저 애가 멈출 수 있을까 의심스러운데. 하프트랙의 뒤쪽 무한궤도가 다리 위로 지나갔거든."

맥브라이스가 진단하듯이 말했다.

개러티는 그쪽을 보고 위가 목구멍까지 꿀렁거리며 올라오는 듯한 느낌을 받았다. 그것은 사실이었다. 그 붉은 머리 아이가 발 때문에 비명을 지르고 있는 것도 이상하지 않았다. 발은 흔적도 없었다.

"경고! 38번 경고!"

"— 아아아아아아아아아아 —"

"나 집에 가고 싶어. 제길, 나 어느 때보다도 집에 가고 싶어."

개러티 뒤의 누군가가 아주 조용히 말했다.

잠시 후 붉은 머리 소년의 얼굴이 날아갔다.

개러티는 빠르게 말했다.

"나는 프리포트에서 여자친구를 만날 거야. 그때쯤이면 경고는 다 없어졌을 테고 나는 그녀에게 키스할 거야. 하느님, 난 그녀가 그리워. 하느님, 예수님, 그 애 다리 봤어? 그들은 여전히 그에게 경고를 하고 있었어, 피트. 그가 일어서서 걸을 거라고 생각하는 듯이……"

"또 한 소년이 그 은빛 도시로 가버리셨군, 하느님 맙소사."

바코비치가 읊조렸다.

"입 닥쳐, 살인자야."

맥브라이스가 멍하니 말했다.

"예쁘냐, 레이? 네 여자친구 말이야."

"그녀는 아름다워, 난 그녀를 사랑해."

맥브라이스가 미소 지었다.

"그 애랑 결혼할 거야?"

개러티는 횡설수설했다

"그래. 우리는 '평범한 부부'가 될 거야, 아이 넷에 콜리 한 마리, 다리, 빨간 머리 그 애는 다리가 하나도 없었어, 그들은 개를 깔고 지나갔어, 그들은 개를 깔고 지나갈 수 없었어, 그거 규칙에 없어, 누군가 그걸 보고해야 해, 누군가가……"

"남자애 둘에 여자애 둘, 그렇게 가질 거야?"

"그래, 그래, 그녀는 아름다워. 난 내가 그러지 않았기를……."

"그리고 첫 번째 아이는 레이 주니어가 될 거고 그 개는 이름이 새겨진 접시를 갖게 되겠지?"

개러티는 펀치 드렁크 증후군에 빠진 싸움꾼처럼 천천히 고개를 들었다.

"날 놀리는 거야? 뭐야?"

그때 바코비치가 불쑥 끼어들었다.

"아냐, 그는 널 엿 먹이고 있는 거야! 그걸 잊지 마. 하지만 난 너를 위해 그의 무덤 위에서 춤을 출 거야, 걱정 마."

바코비치는 짧게 키득거렸다.

"입 닥쳐, 살인자야. 레이, 난 너를 못살게 굴고 있는 게 아니야. 자, 여기 이 살인자에게서 멀어지자."

맥브라이스가 말했다.

"그래, 너네 잘났다."

그들 뒤에서 바코비치가 쇳소리를 질렀다.

"그녀는 너를 사랑해? 네 여자친구, 잰이라고 했던가?"

"그래, 그런 것 같아." 개러티가 말했다.

맥브라이스는 천천히 고개를 저었다.

"그 모든 낭만적인 헛소리…… 알지, 그건 사실이야. 최소한, 어떤 사람들에게 어떤 짧은 시간 동안은 그래. 내게도 그랬어. 나도 너처럼 느꼈어." 그는 개러티를 보았다. "아직도 내 흉터에 대해서 궁금해?"

"그래."

"왜?"

맥브라이스는 개러티를 보았다. 그러나 갑자기 벌거벗은 그의 눈은 그 자신을 탐색하고 있을지도 몰랐다.

"난 너를 돕고 싶어." 개러티가 말했다.

맥브라이스는 자기 왼쪽 발을 내려다보았다.

"아파. 나는 발가락을 더 이상 많이 꼼지락거리지 못하겠어. 목은 뻣뻣하고 신장 있는 데가 아파. 내 여자친구는 알고 보니 개쌍년이었어, 개러티. 남자들이 보통 외인부대에 들어가는 것처럼 나는 이 '롱 워크'라는 헛짓을 하게 되었어. 위대한 로큰롤 시인의 말을 빌리면, 나는 그녀에게 내 심장을 주었는데, 그녀는 그것을 찢어버리고 내게 똥을 줬지."

개러티는 아무 말도 하지 않았다. 열 시 삼십 분이었다. 프리포트는 아직 멀었다.

"그녀의 이름은 프리실라였어." 맥브라이스가 말했다. "너는 네 사례가 특수하다고 생각하니? 나는 완전 순정남이었어. 내 가운데 이름은 '유월의 달'이야. 나는 그녀의 손가락에 키스하곤 했어. 심지어 집 뒤에서 바람이 알맞을 때 그녀에게 키츠를 읽어주곤 했어. 그녀의 아버지는 소를 키우고, 쇠똥 냄새가 났어. 제일 우아하게 말해서 쇠똥 냄새가 존 키츠의 작품과 특별한 방식으로 어우러졌지. 아마 바람이 역풍일 때 그녀에게 스윈번의 시를 읽어줬어야 할 거야."

맥브라이스는 웃었다.

"너 네가 느낀 걸 속이고 있어." 개러티가 말했다.

"아, 가짜로 만들어내고 있는 건 너야, 레이. 그건 중요하지 않지만. 네가 기억하는 건 '위대한 로맨스'뿐이지, 그녀의 분홍빛 조개 같은 귀에 사랑의 말들을 속삭인 후 집에 가서 살덩이를 세우던 기억이 아니라."

"넌 네 식으로 기억해, 난 내 식으로 기억할 테니."

맥브라이스는 듣지 못한 것 같았다.

"이런 것들, 이것들은 대화의 무게조차 견디지 못해. J.D. 샐린저…… 존 놀스…… 심지어 제임스 커크우드와 돈 브레더스라는 작가까지…… 그들은 사춘기를 파괴했어, 개러티. 열어섯 살 소년은 더 이상 사춘기 사랑의 고통을 품위 있게 이야기할 수 없어. 심하게 말해서 발기한 론 하워드처럼 들릴 뿐일 거야."

맥브라이스는 약간 히스테릭하게 웃었다. 개러티는 맥브라이스가 무슨 이야기를 하는지 몰랐다. 그는 잰에 대한 사랑 속에서 안전했고, 그 사랑에 대해 조금도 부끄럽게 느끼지 않았다. 개러티는 오른쪽 발꿈치가 흔들리는 것을 느낄 수 있었다. 곧 발톱이 빠질 것이고, 신발 뒤꿈치를 죽은 피부처럼 흘려버릴 것이다. 뒤쪽에서 스크램이 기침 발작을 했다. 개러티를 괴롭게 하는 것은 워크였지, 낭만적인 사랑에 대한 모든 이상한 헛소리가 아니었다.

"하지만 그건 그 이야기와 아무 상관이 없어."

맥브라이스가 마치 개러티의 마음을 읽고 있는 것처럼 말했다.

"상처에 대한 이야기지. 지난여름이었어. 우리 둘 다 집에서 나와서, 부모에게서 도망치고, 그 쇠똥 냄새에서 도망쳐서 '위대한 로맨스'를 활짝 꽃피우고 싶었어. 그래서 우리는 뉴저지의 파자마 공장에서 일자리를 잡았어. 어떻게 들려, 개러티? 뉴저지의 파자마 공장이라는 거.

우리는 뉴어크에 각자 아파트를 잡았어. 대단한 도시야, 뉴어크는. 언젠가 너는 뉴저지 주 뉴어크의 쇠똥 냄새를 맡을 수 있을 거야. 우리 부모들은 약간 화를 냈지만, 각자 아파트를 얻고 좋은 여름 일자리를 얻었으니 그렇게 많이 화를 내지는 않았어. 나는 두 명의 다른 남자들과 함께 있었고, 프리스는 세 명의 여자아이들과 함께 있었어. 우리는 6월 3일에 내 차로 떠났고, 일단 오후 세 시쯤 모텔에 들러 처녀성 문제를 해치워버렸어. 난 진짜 비뚤어진 놈이 된 것 같았어. 그녀는 섹스하고 싶어 하지 않았지만, 나를 기쁘게 해주고 싶어 했어. 셰이디 눅 모텔이었어. 끝내고 나서 나는 셰이디 눅 화장실에 콘돔을 넣고 물을 내렸고 셰이디 눅 종이컵으로 입을 헹궈냈어. 그건 모두 낭만적이었고, 아주 천상의 것이었지.

그런 다음 우리는 뉴어크에 와서 쇠똥 냄새를 맡으면서 그건 다른 쇠똥이라고 확신했지. 나는 그녀의 아파트에 그녀를 내려준 다음 내 아파트로 갔어. 그다음 월요일에 우리는 플리머스 잠옷 공장에서 일을 시작했어. 개러티, 그건 별로 영화 같지 않았어. 그곳에서는 가공 안 한 천의 악취가 났고 내 감독은 개새끼였고 점심시간에 우리는 직물 자루 아래의 쥐들에게 낚싯바늘을 던지곤 했어. 하지만 나는 상관하지 않았어. 그건 사랑이었으니까. 알겠어? 그건 사랑이었어."

맥브라이스는 무미건조하게 먼지 속에 침을 뱉고, 물통에서 한 모금 삼킨 다음 새 물통을 달라고 소리쳤다. 그들은 이제 길고, 한쪽으로 기운 언덕 비탈을 오르고 있었고, 그의 말은 숨 가쁘게 터져 나왔다.

"프리스는 1층에 있었어. 콘돔 만드는 곳에 관광여행 오는 것보다 더 나은 할 일이 없는 천치 같은 관광객들을 위한 진열장 같은 곳이었어. 프리스가 있는 아래층은 좋았어. 예쁜 파스텔 벽, 훌륭한 최신 기계, 에어컨. 프리스는 아침 일곱 시부터 오후 세 시까지 단추를 꿰맸지. 생각 좀 해봐, 전국에 프리실라의 단추로 잠긴 파자마를 입고 있는 남자들이 있어. 가장 차가운 마음도 데울 만한 생각이지.

나는 5층에 있었어. 자루에 담는 일을 했어. 봐, 아래 지하실에서 그들은 가공되지 않은 옷감을 염색해서 따뜻한 공기 튜브에 넣어 5층으로 올려 보내. 다 올려 보내면 벨을 울리고, 나는 통을 열어. 거기에는 온갖 무지갯빛 망할 염색 섬유가 들어 있어. 나는 그걸 쇠스랑으로 꺼내서, 90킬로그램 자루에 집어넣고 그 자루들을 사슬로 들어 올려 수확기에 갈 자루들을 쌓은 커다란 무더기 위에 놓는 거야. 수확기는 천을 하나씩 갈라놓고, 직조기가 천을 짜고, 다른 녀석들은 그것을 자르고 꿰매 파자마로 만들지. 그리고 예쁜 파스텔톤 1층에서 프리스가 단추를 달아. 멍청이 관광객들이 유리벽을 통해 프리스와 다른 여자들을 지켜보고 있는 동안…… 오늘 사람들이 우리를 보고 있는 것과 똑같이. 내가 무슨 말을 하는지 알겠니, 개러티?"

"흉터 이야기." 개러티는 그를 일깨웠다. "계속 그 이야기에서 멀어지고 있었지, 안 그래?"

맥브라이스는 꼭대기에 올라가면서 이마를 닦고 셔츠 단추를 풀었다. 파도 같은 숲이 그들 앞으로 산맥이 튀어나온 지평선까지 뻗어 있었다. 산들은 서로 맞물리는 지그소 퍼즐처럼 하늘과 만났다. 열기의 아지랑이 속에서 거의 보이지도 않는, 15킬로미터쯤 떨어진 곳에 화재 감시탑 하나가 녹색 속에서 튀어나와 있었다. 길은 미끄러지는 회색 뱀처럼 녹색 사이를 누비며 나 있었다.

"처음에는, 기쁘고 황홀하기가 키츠 시 같았어. 나는 그녀와 세 번 더 섹스했어. 모두 옆 초원의 쇠똥 냄새가 차창으로 불어 들어오는 자동차 극장에서였어. 난 아무리 많이 샴푸 질을 해도 빠진 실밥을 내 머리카락에서 전부 뽑아낼 수 없었고, 최악의 일은 그녀가 나를 넘어서서 내게서 달아나고 있다는 거였어. 나는 그녀를 사랑했어, 정말 그랬어. 난 그렇게 확신했고 그녀에게 더 알아듣게 말할 수 있는 방법은 없었어. 심지어 그녀와 섹스할 수도 없었어. 언제나 그놈의 쇠똥 냄새가 났어.

중요한 건, 개러티, 공장은 작업량에 따라 돈을 받았어. 그건 우리가 받는 기본급이 형편없었다는 뜻이야. 하지만 어떤 최저선만 넘기면 모든 일에 대해 1퍼센트를 받았어. 나는 아주 뛰어난 자루쟁이는 아니었어. 하루에 스물세 자루 정도를 했거든. 그러나 표준은 보통 서른 자루 정도였어. 그래서 다른 녀석들은 나를 썩 좋아하지 않았어. 내가 그들의 신세를 망치고 있었으니까. 아래쪽 염색장의 할런은 내가 통을 다 비워놓지 않는 바람에 블로어(기류를 불어내는 장치 — 옮긴이)를 써먹지 못해서 성과급 일을 하지 못했어. 수학기의 랠프는 내가 자루를 충분히 넘겨주지 않기 때문에 성과급 일을 하지 못했어. 유쾌한 일은 아니었어. 그들은 유쾌하지 않은 일이 생기면 신경을 써. 무슨 말인지 이해하니?"

"응."

개러티는 말했다. 그는 손등으로 목을 닦은 다음 바지에 닦아냈다. 바지에 어두운 얼룩이 생겼다.

"그동안 아래층 단추 다는 곳에서 프리스는 계속 바빴어. 어떤 날 밤 그녀는 자기 여자친구들에 대해서 몇 시간이나 이야기했지. 보통은 똑같은 타령이었어. 이 애는 얼마나 벌고 있다, 저 애는 얼마나 벌고 있다. 그리고 무엇보다도, 자기는 얼마나 벌고 있다. 그녀는 많이 벌고 있었어. 그래서 나는 결혼하고 싶은 여자와 경쟁하는 게 얼마나 우스운 일인지 알게 되었어. 그 주 주말에 나는 집에 64.40달러 수표를 가지고 가서 물집에 콘허스커스 로션을 발랐어. 그녀는 일주일에 90달러 정도를 벌었고 은행으로 달려갈 수 있게 되자마자 재빨리 돈을 모았어. 우리가 어딘가에서 더치페이로 내자고 내가 제안했을 때, 네가 봤으면 내가 살해 의식이라도 제안한 줄 알았을 거야.

얼마 후 나는 그녀와 하던 섹스도 그만두었어. 그녀를 침대로 데려가는 걸 그만뒀다고 말하고 싶어. 그게 더 듣기 좋을 테니까. 하지만 우리에겐 같이 누울 침대가 있었던 적이 한 번도 없었어. 그녀를 내 아파트로 데려올 수는 없었어. 그곳에는 보통 열여섯 명 정도의 사내들이 맥주를 마시고 있었거든. 그리고 그녀의 숙소에도 언제나 사람들이 있었어. 하여간 그녀 말로는 그랬어. 또 나는 모텔 방을 잡을 여유가 없었고, 더치페이를 하자는 제안은 결코 할 수 없었지. 그래서 그저 자동차 극장 뒷자리에서 섹스할 수밖에 없었어. 나는 그녀가 점차 싫증을 내고 있다는 것을 알 수 있었어. 내가 그걸 알게 되고 아직 그녀를 사랑하지만 동시에 증오하기 시작했기 때문에, 나는 그녀에게 결혼하자고 했어. 바로 그때. 그녀는 나를 피하며 헤어질 준비를 했지. 그래서 나는 그녀를 다그쳤어. 예스냐 노냐."

"그리고 노였구나."

"당연히 노였지. '피트, 우린 그럴 여유가 없어. 우리 엄마가 뭐라고 하시겠어. 피트, 우리는 기다려야 해.' 피트 어쩌고, 피트 저쩌고 했지만 내내 진짜 이유는 자기 돈이었어. 자기가 단추를 바느질해서 벌고 있는 돈."

"야, 그녀에게 그렇게 물어본 건 빌어먹게 불공평했어."

"당연히 불공평했지!" 맥브라이스가 으르렁대며 말했다. "나도 알고 있었어. 그녀가 욕심 많고 자기중심적인 년이라고 스스로 느끼게 만들고 싶었어. 그녀가 나를 패배자처럼 느끼게 만들고 있었기 때문에." 그의 손이 흉터로 올라갔다. "다만 그녀는 나를 패배자로 느끼게 만들 필요가 없었어. 왜냐하면 나는 패배자였으니까. 나는 그녀에게 찔러 넣는 자지를 빼면 특별한 구석이 아무것도 없었어. 그리고 그녀는 그걸 거부해서 내가 남자라고 느끼지도 못하게 만들었어."

뒤쪽에서 총들이 포효했다.

"올슨이야?" 맥브라이스가 물었다.

"아니. 걔는 뒤에 있어."

"아……."

"그 흉터." 개러티가 일깨웠다.

"오, 왜 그냥 이야기하게 놔두지 않는 거야?"

"넌 내 생명을 구했어."

"엿 먹어."

"그 흉터."

긴 침묵 후에 마침내 맥브라이스가 말했다.

"싸웠어. 수확기에 있던 랠프와 싸웠어. 랠프는 내 양쪽 눈에 멍을 들이고, 떠나는 게 좋을 거라고, 안 그러면 내 팔도 부러뜨려버리겠다고 했어. 나는 사직서를 제출하고 그날 밤 프리스에게 그만뒀다고 말했어. 그녀는 내 모습이 어떤지 보았어. 그리고 이해했지. 그녀는 그게 아마 최선일 거라고 말했어. 나는 집에 돌아갈 거라고 했고 그녀에게 같이 가자고 했어. 그녀는 그럴 수 없다고 했어. 나는 그녀가 그 빌어먹을 단추의 노예일 뿐이고, 그녀를 만나지 않았더라면 좋았을 거라고 했어. 개러티, 내 안에 그렇게 많은 독이 있었어. 나는 그녀에게 넌 바보고 핸드백에 갖고 다니는 망할 은행 통장밖에 보이지 않는 냉정한 쌍년이라고 말했어. 내가 한 말은 하나도 공정하지 않았어. 그렇지만…… 그 모든 말에는 진실이 깃들어 있었던 것 같아. 충분히. 우리는 그녀의 아파트에 있었어. 그녀의 룸메이트가 전부 외출했다고 해서 처음으로 거기 갔던 거였어. 친구들은 영화관에 갔대. 내가 그녀를 침대로 데려가려고 하자 그녀는 편지 여는 칼로 내 얼굴을 그었어. 그건 그녀의 친구가 영국에서 보내준 장난감 칼이었어. 그 위에는 패딩턴 곰이 그려져 있었어. 그녀는 내가 자기를 강간하려는 것처럼, 내가 세균이어서 자기를 감염시킬 것처럼 나를 그었어. 내 말 뭔지 알겠니, 레이?"

"그래, 알겠어."

개러티가 말했다. 'WHGH 라디오 방송국 뉴스 차량'이라는 글자가 옆에 붙은 하얀 스테이션왜건 한 대가 앞쪽 도로 밖에 서 있었다. 그들이 가까워지자, 반짝거리는 양복을 입은, 머리가 벗어지고 있는 남자가 커다란 뉴스 영화 촬영기로 그들을 찍기 시작했다. 피어슨, 에이브러햄, 젠슨은 모두 왼손으로 사타구니를 움켜쥐고 오른손 엄지를 코에 댔다. 개러티를 즐겁게 한 이 작은 반항의 행동은 로켓(라디오시티 뮤직홀의 군무 무용단 — 옮긴이)같이 정확했다.

"나는 울었어." 맥브라이스가 말했다. "갓난애처럼 울었어. 무릎을 꿇고 그녀의 치마를 붙잡고 나를 용서해 달라고 빌었어. 그동안 피가 온통 마루에 쏟아지고 있었어, 그건 기본적으로 혐오스러운 장면이었어, 개러티. 그녀는 토할 것 같은지 화장실로 달려갔어. 그러곤 토했어. 토하는 소리가 들렸어. 밖으로 나왔을 때, 그녀는 내 얼굴에 댈 수건을 갖고 왔어. 다시는 나를 보고 싶지 않다고 하더군. 그녀는 울고 있었어. 왜 그렇게 했느냐고, 왜 자신에게 상처를 주냐고 하더라. 그랬다고, 레이. 찢어진 건 내 얼굴이었는데, 그녀는 왜 내가 자기를 상처 입혔느냐고 묻고 있었어."

"그랬구나."

"나는 수건을 얼굴에 댄 채로 떠났어. 열두 바늘을 꿰맸고 그게 이 멋진 흉터에 얽힌 이야기야. 이제 다 들어서 행복하니?"

"그 후에 그녀를 본 적 있어?"

"아니." 맥브라이스가 말했다. "그러고 싶은 마음도 없어. 그녀는 이제 아주 조그맣고, 아주 멀리 있는 것처럼 보여. 내 인생의 이 지점에서 프리스는 지평선 위의 작은 얼룩에 지나지 않아. 그녀는 진짜 돌았어, 레이. 뭔가…… 아마 그녀의 어머니일 거야. 그녀의 어머니는 알코올 중독자였어…… 뭔가가 그녀를 돈이라는 주제에 집착하도록 못 박아버렸어. 진짜 구두쇠였어. 거리를 두고 보면 시야가 열린다고 사람들이 말하지. 어제 아침까지만 해도 프리스는 내게 정말 중요했어. 하지만 이제는 아무것도 아니야. 내가 방금 한 이야기 말이야. 난 그 이야기를 꺼내면 마음이 아플 거라고 생각했어. 하지만 아프지 않았어. 게다가 그 헛소리가 진짜로 내가 여기 있는 이유와 무슨 관계가 있는지도 의심스러워. 그건 그 당시의 편리한 변명이었을 뿐인 것 같아."

"무슨 뜻이야?"

"넌 왜 여기 있어, 개러티?"

"난 모르겠어."

맥브라이스의 목소리는 기계적이고 인형 같았다. 프리키 달레지오는 공이 오는 것을 볼 수 없었다. 사시라 거리를 제대로 가늠하지 못했다. 공은 그의 이마를 때렸고 그에게 바느질 자국 낙인을 찍었다. 그리고 나중에(그 전일지도…… 개러티의 과기는 이제 전부 서로 섞이고 유동적이었다.) 개러티는 공기총 총열로 가장 친한 친구의 입을 때렸다. 그 친구는 맥브라이스 같은 흉터를 가지고 있을지도 몰랐다. 지미. 그와 지미는 의사 놀이를 하고 있었다.

"넌 모르는 거야. 죽어가고 있는데 왜인지 모른다고."

맥브라이스가 말했다.

"죽은 다음에 그건 중요하지 않아."

"그래, 아마 그렇겠지. 하지만 레이, 네가 알아야 할 것이 하나 있어. 그러면 그게 전부 그렇게 의미 없지는 않을 거야."

맥브라이스가 말했다.

"그게 뭔데?"

"그건, 네가 제대로 뒤통수를 맞았다는 거야. 너 진짜로 그걸 몰랐단 말이야, 레이? 정말로?"

9장

"아주 좋습니다. 노스웨스턴 대학팀, 이제
10점짜리 동전 던지기 질문이 나갑니다."
— 앨런 러든
「칼리지 볼」

한 시에 개러티는 다시 목록을 만들었다.

185킬로미터를 왔다. 그들은 올드타운에서 북쪽으로 72킬로미터, 주도인 오거스타에서 북쪽으로 200킬로미터 떨어져 있었다. 프리포트까지는 240킬로미터 남았다.(더 많을지도 모른다……. 그는 오거스타와 프리포트 사이가 40킬로미터를 넘을까 봐 매우 두려웠다.), 뉴햄프셔 주 경계까지 370킬로미터일 것이다. 소문으로는 이 워크가 확실히 거기까지는 지속될 것이라고 했다.

오랫동안(90분 정도) 아무도 티켓을 끊지 않았다. 그들은 걸었고, 사이드라인에서 들려오는 환호성들에 반쯤 귀를 기울였고, 몇 킬로미터씩이나 이어지는 단조로운 솔숲을 바라보았다. 개러티는 왼쪽 넓적다리에 새로이 느껴지는 찌르르한 고통과 다리 양쪽에 자리잡은 꾸준하고 뻣뻣한 고통, 그리고 그의 발에 뭉근하게 느껴지는 고통이 함께 맥박 친다는 것을 발견했다.

정오쯤, 해의 열기가 절정을 향해 갈 때 총소리들이 다시 들렸다. 92번 트레슬러라는 소년은 일사병에 걸려 의식 없이 누워 있으면서 총에 맞았다. 또 한 소년이 경기를 일으켰고 혀를 삼켜서 듣기 싫은 소리를 내면서 땅바닥에서 펄떡거리다가 티켓을 끊었다. 1번 애런슨은 양쪽 발에 경련을 일으켜, 목이 뻣뻣하게 굳은 상태로 얼굴을 태양을 향해 처들고 흰 선 위에 동상처럼 서서 총에 맞았다. 그리고 한 시 오 분 전에, 개러티가 모르는 소년 하나가 일사병에 걸렸다.

'이게 내가 들어온 곳이야.'

개러티는 라이플이 보이는 길바닥에서 경련을 일으키며 웅얼거리는 소년을 돌아서 걸으면서, 탈진해 곧 죽을 소년의 머리카락에 맺힌 보석 같은 땀방울을 보면서 생각했다. *이게 내가 들어온 곳이야. 난 지금 떠날 수 없을까?*

총이 포효했고, 스카우트 캠핑카의 짧은 그늘 안에 앉아 있던 한 무리의 고등학생들이 잠깐 박수를 쳤다.

"통령이 도착했으면 좋겠어. 난 통령이 보고 싶어."

베이커가 심술궂게 말했다.

"뭐라고?"

에이브러햄이 기계적으로 말했다. 그는 지난 몇 시간 동안 더 수척해졌다. 눈은 눈구멍 안에 더 깊이 가라앉았다. 파랗게 올라오는 턱수염이 얼굴에 덧대어졌다.

"그러면 내가 그에게 엿 먹일 수 있잖아." 베이커가 말했다.

"긴장 풀어. 그냥 긴장 풀어."

개러티가 말했다. 이제 그가 받은 경고 세 번이 다 취소되었다.

"너나 긴장 풀어. 이것 때문에 네가 어떻게 되었는지 봐."

베이커가 말했다.

"너는 통령을 증오할 권리가 없어. 그는 네게 강요하지 않았어."

"강요? 나한테 강요했느냐고? 그는 날 죽이고 있어, 그게 전부야!"

"그래도……."

"입 다물어."

베이커가 퉁명스럽게 말했고, 개러티는 입을 다물었다. 개러티는 목 뒤를 잠깐 문지르고 청백색 하늘을 쳐다보았다. 그의 그림자는 거의 발아래에 변형되어 옹송그리고 있었다. 그는 그날의 세 번째 물통을 들어 올려 다 마셔버렸다.

베이커가 말했다.

"미안해. 소리 지르려고 한 건 절대 아니었어. 내 발이……."

"괜찮아." 개러티가 말했다.

"우리는 모두 이렇게 변하고 있어. 때때로 난 그게 가장 나쁜 부분 같아."

베이커가 말했다.

개러티는 눈을 감았다. 매우 졸렸다.

"너 내가 뭘 하고 싶은지 알아?"

피어슨이 말했다. 그는 개러티와 베이커 사이에서 걷고 있었다.

"통령을 엿 먹이고 싶겠지." 개러티가 말했다.

"모두 통령을 엿 먹이고 싶어 해. 그가 다시 오면 집단으로 공격해서 그를 끌어내려 지퍼를 열고 끌어다가……."

"난 그런 짓을 하고 싶은 게 아니야."

피어슨은 취기로 정신을 잃기 직전 단계에 있는 사람처럼 걷고 있었다. 머리는 목 위에서 갸우뚱거렸고, 눈꺼풀은 뇌성마비에 걸린 블라인드처럼 위아래로 퍼덕거렸다.

"그건 통령과 아무 관계가 없어. 난 그냥 가다가 처음 나오는 들판에 들어가서 누워서 눈을 감고 싶어. 그냥 밀밭에 등을 대고 누워서……."

"메인에서는 밀을 안 키워. 그건 건초야." 개러티가 말했다.

"…… 그럼 건초 더미에 대고. 그리고 시를 한 편 짓는 거야. 잠 드는 동안."

개러티는 새 음식 벨트를 더듬었지만 대부분의 파우치에 아무 것도 없었다. 마침내 그는 살틴(소금을 뿌린 짭짤한 크래커 — 옮긴이) 한 팩을 찾아내 물로 씻어내기 시작했다.

"난 체가 된 것 같아. 물을 마시면 2분 후에 피부에서 흘러나 와."

총이 다시 포효했고 또 한 사람이 지친 잭 인 더 박스(뚜껑을 열면 인형이 튀어나오는 깜짝 장난감 상자 — 옮긴이)처럼 볼품없이 쓰러졌다.

"45명이야. 우리가 이 속도로 포틀랜드까지 갈 것 같지 않아."

스크램이 그들과 합류하면서 말했다.

"너 목소리가 별로 좋지 않다."

피어슨이 말했고, 그의 목소리에는 조심스러운 낙관주의가 깃들어 있었을 수도 있다.

"내가 체격이 좋아서 다행이야. 나 지금 열이 나는 것 같아."

스크램이 명랑하게 말했다.

"세상에, 어떻게 계속 걷고 있는 거야?"

에이브러햄이 물었다. 그의 목소리에는 종교적 공포 같은 것이 깃들어 있었다.

"나? 내 얘기 하는 거야?" 스크램이 말했다.

"저기를 봐! 어떻게 계속 걷고 있지? 난 그게 궁금하다고!"

에이브러햄은 엄지손가락을 올슨에게 기울였다.

올슨은 두 시간 동안 말하지 않았다. 새 물통에 손도 대지 않았다. 탐욕스러운 눈길들이 거의 건드리지도 않은 그의 음식 벨트에 쏟아졌다. 짙은 흑요석 같은 눈은 똑바로 앞에 고정되어 있었다. 얼굴은 이틀 동안 자란 턱수염으로 얼룩져 허약한 여우 같았다. 거기다 머리카락이 뒤로는 곱슬곱슬하게 뜨고 앞으로는 이마에 늘어져 전체적으로 송장 먹는 귀신처럼 보였다. 입술은 바싹 마르고 터졌다. 혀는 동굴 가장자리에 늘어진 죽은 뱀처럼 아랫입술 위로 늘어져 있었다. 혀의 건강한 분홍색은 사라졌다. 이제는 칙칙한 회색이었다. 길의 먼지가 그곳에 달라붙었다.

'올슨은 거기 있어, 확실히 그래. 스테빈스가, 우리가 충분히 오래 파고들면 모두 가는 곳이 어디라고 했지? 그는 자기 안으로 얼마나 깊이 들어가 있을까? 몇 패덤(수심 측정 단위, 1.8미터에 해당 — 옮긴이), 몇 킬로미터? 몇 광년? 얼마나 깊고 얼마나 어두울까?'

개러티가 궁금했다. 이내 그 질문의 대답이 떠올랐다. *밖을 내다보지 못할 정도로 깊을 거야. 그는 그곳 어둠 속에 숨었고 그 어둠이 너무 깊어서 밖을 내다보지 못했다.*

"올슨? 올슨?" 개러티가 부드럽게 불렀다.

올슨은 대답하지 않았다. 발만 움직였다.

"적어도 혀는 집어넣었으면 좋겠어."

피어슨이 초조하게 속삭였다.

워크는 계속되었다.

숲은 뒤에서 하나로 녹아들었고 그들은 또 다른 넓은 길을 지나가고 있었다. 환호하는 구경꾼들이 보도에 줄지어 있었다. 다시 개러티를 응원하는 표지판이 주를 이뤘다. 다시 숲이 나왔다. 그러나 숲조차도 이제 구경꾼들이 뒤로 물러서게 하지 못했다. 사람들은 비포장 갓길에 줄을 서기 시작했다. 반바지와 홀터를 입은 예쁜 소녀들. 농구 반바지와 소매 없는 티셔츠를 입은 소년들.

'즐거운 휴일이군.' 개러티는 생각했다.

개러티는 더 이상 여기 안 왔으면 하고 바랄 수 없었다. 옛일을 돌아보기에는 너무 지치고 감각이 없었다. 지난 일은 지난 일이다. 세상에 그것을 바꿀 수 있는 것은 없다. 이제 곧 다른 사람들에게 이야기하려는 노력도 너무 힘들어질 거야. 그는 생각했다. 그는 깔개에 말려 있는 어린 소년처럼 더 이상 걱정하지 않고 자기 속에 숨었으면 하고 바랐다. 그러면 모든 것이 훨씬 더 단순해질 것이다.

개러티는 맥브라이스의 말이 엄청나게 궁금했다. 그들 모두 속고 사기 당했다는 말. 하지만 그럴 리가 없어. 그는 완고하게 자기 자신에게 고집했다. 그들 중 하나는 속지 않았다. 그들 중 하나는 다른 모든 사람을 속일 것이다…… 그게 옳지 않은가?

개러티는 입술을 핥고 물을 조금 마셨다.

그들은 지금부터 70킬로미터 후에 메인 유료 고속도로가 시작된다고 알리는 작은 녹색 표지판을 지나갔다.

"바로 그거야. 올드타운까지 70킬로미터야."

개러티는 특별히 누구에게랄 것 없이 말했다.

아무도 대답하지 않았고, 개러티는 또 하나의 교차로를 지나면서 맥브라이스에게 돌아갈까 하고 생각하고 있었다. 그때 한 여인이 소리를 지르기 시작했다. 차량 통행은 로프로 막혀 있었고, 군중은 열렬히 저지선을 밀고 있었고, 경찰들이 그들을 막고 있었다. 사람들은 손을, 표지판을, 선탠 로션 병을 흔들었다.

소리를 지르는 여자는 몸이 크고 얼굴이 붉었다. 방어막으로 세워둔 허리 높이의 톱질 받침대에 몸을 던져 넘어뜨리고, 밝은 노란색 가드로프 여러 개를 잡아당겼다. 그러고는 자기를 잡는 경찰들과 싸우고 할퀴고 쇳소리를 질러댔다. 형사들은 힘이 들어 앓는 소리를 내고 있었다.

'난 저 여자를 알아. 모르나?'

개러티는 생각했다.

파란 스카프. 공격적이고 빛나는 눈. 심지어 단이 비뚤어진 남색 드레스까지 모두 눈에 익었다. 그 여자의 쇳소리는 알아들을 수 없게 되었다. 빙빙 도는 손 하나가 그녀를 잡고 있는 —잡으려고 하는— 형사 한 명의 얼굴에 피로 줄무늬를 냈다.

개러티는 그녀에게서 3미터도 안 되는 곳을 지나갔다. 그곳을 지나쳐 걸으면서, 전에 그녀를 어디서 봤는지 기억났다. 그녀는 당연히 퍼시의 엄마였다. 숲 속으로 몰래 들어가려고 하다가 대신 내세로 곧장 들어가게 된 퍼시.

"내 아이를 돌려줘! 내 아이를 돌려달라고!"

그녀는 고함쳤다.

군중은 그녀에게 열광적으로, 그리고 편견 없이 환호했다. 그녀 뒤의 어린 소년이 그녀의 다리에 침을 뱉고 쏜살같이 달아났다.

'잰, 나는 네게 걸어가고 있어. 잰, 다른 헛소리들은 엿 먹으라고 해. 신에게 맹세코 나는 너에게 갈 거야.'

개러티는 생각했다. 그러나 맥브라이스가 옳았다. 잰은 그가 워크에 오는 것을 원하지 않았다. 그녀는 울었다. 그에게 마음을 바꾸라고 간청했다. 그들은 기다릴 수 있었고, 그녀는 그를 잃기 싫었다. *제발 레이, 바보 짓 하지 마, 롱 워크는 살인 행위일 뿐이야……*.

그들은 연주대 옆 벤치에 앉아 있었다. 한 달 전 4월이었고, 그는 그녀에게 팔을 둘렀다. 그녀는 그가 생일 선물로 준 향수를 뿌리고 있었다. 그것은 그녀의 은밀한 소녀 냄새를 끌어내는 것 같았다. 어두운 냄새, 흥분시키는 살 냄새를. *나는 가야 해.* 그는 그녀에게 말했다. *난 가야 해, 이해 못 하겠니? 난 가야 해.*

레이, 너는 네가 뭘 하고 있는지 몰라. 레이, 제발 가지 마. 난 너를 사랑해.

'그래.'

개러티는 이제 길을 걸어 내려가면서 생각했다. 그 점에서는 그녀가 옳았어. 나는 확실히 내가 뭘 하고 있는지 몰랐어.

지금도 나는 몰라. 그것이 이 일의 지옥 같은 점이야. 순수하고 단순한 지옥.

"개러티?"

개러티는 놀라서 고개를 홱 쳐들었다. 다시 반쯤 잠들어 있었던 것이다. 말을 건 것은 옆에서 걷고 있던 맥브라이스였다.

"기분이 어때?"

"기분?" 개러티는 조심스럽게 말했다. "괜찮은 것 같아. 괜찮은 것 같아."

"바코비치는 무너져가고 있어." 맥브라이스가 조용히 기쁨을 드러내며 말했다. "난 확신해. 그는 혼잣말을 하고 있어. 그리고 절뚝거리고 있어."

"너도 절뚝거리고 있어. 피어슨도 그렇고, 나도 그래."

개러티가 말했다.

"내 발은 아파, 그게 전부야. 하지만 바코비치…… 그 녀석은 계속 자기 다리를 문지르고 있어. 근육이 당기는 거야."

"왜 그렇게 걔를 미워해? 왜 콜리 파커가 아니고? 아니면 올슨이나? 아니면 우리 모두나?"

"바코비치는 자기가 뭘 하고 있는지 알기 때문이야."

"바코비치는 이기려고 플레이를 하지, 그걸 말하는 거야?"

"넌 이해 못 해, 레이."

"너는 아는지 궁금해. 확실히 그는 개자식이야. 이기려면 개자식이어야 하는 건지도 몰라."

개러티가 말했다.

"좋은 사람들이 마지막에 죽는다?"

"대체 내가 그걸 어떻게 알아?"

그들은 판자로 지은 방 한 칸짜리 학교 건물을 지나갔다. 아이들이 운동장에 서서 손을 흔들었다. 몇몇 소년들은 정글짐 위에 초병처럼 서 있었다. 개러티는 한참 전에 목재 저장소에 있던 남자들이 기억났다.

"개러티!" 그중 하나가 외쳤다. "레이 개러티! 개 — 러 — 티이!"

머리가 헝클어진 어린 소년이 양쪽 팔을 흔들면서 정글짐 맨 위층에서 위아래로 뛰었다. 개러티는 건성으로 마주 손을 흔들었다. 소년은 몸을 홱 뒤집어 정글짐에 다리를 걸고 거꾸로 매달려서, 계속 손을 흔들었다. 그 아이와 학교가 보이지 않게 되자 개러티는 약간 안심했다. 마지막 모습은 너무 힘들어서 오랫동안 생각할 수가 없었다.

피어슨이 그들과 합류했다.

"나 생각하고 있는 게 있어."

"힘 아껴." 맥브라이스가 말했다.

"약해, 인마. 그건 약해."

"뭘 생각하고 있었던 거야?" 개러티가 물었다.

"끝에서 두 번째 사람이 되는 건 얼마나 힘들까 하는 거."

"그게 왜 힘든데?" 맥브라이스가 물었다.

"음⋯⋯."

피어슨은 눈을 비비더니, 옛날 어느 때에 번개에 맞은 소나무 한 그루를 눈을 가늘게 뜨고 보았다.

"알지, 걸어서 모두를 쓰러뜨린 거야. 마지막 사람만 빼고 완전히 모두를. 준우승상이 있어야 해. 내가 생각한 건 그거야."

"무슨 상?" 맥브라이스가 심드렁하게 물었다.

"몰라."

"상으로 목숨은 어때?" 개러티가 물었다.

"누가 그걸 위해서 걸겠어?"

"워크가 시작하기 전에는 아마 아무도 안 그러겠지. 하지만 지금 당장 나는 그걸로 충분히 행복할 거야, 상은 지옥에나 가라지, 내 마음속 모든 소망도 그렇고. 너는 어때?"

피어슨은 오랫동안 그 문제를 생각하다가 마침내 미안한 듯이 말했다.

"난 그냥 그 의미를 모르겠어."

"네가 그에게 말해, 피트." 개러티가 말했다.

"그에게 뭘 말해? 그가 옳아. 바나나 전부를 얻거나 바나나를 전혀 못 얻거나야."

"너희는 미쳤어."

개러티는 말했지만, 그다지 확신은 없었다. 그는 매우 덥고 피곤했고, 눈 뒤쪽에서 아주 희미한 두통이 시작되었다.

'아마 이런 식으로 일사병이 시작되는 걸 거야.'

개러티는 생각했다. 그것도 가장 좋은 길일 것이다. 꿈꾸는 듯한, 반쯤 의식이 있는 슬로모션 상태에서 그냥 쓰러져 죽어서 깨어나는 것이다.

"당연히기. 우리는 모두 미쳤어. 아니면 여기 오지 않았을 거야. 그 문제는 얘기가 다 끝난 줄 알았는데. 우리는 죽고 싶은 거야, 레이. 머리가 아프고 흐려서 그 생각을 아직 마무리하지 못했어? 올슨을 봐. 막대기 위에 얹은 해골바가지잖아. 그가 죽고 싶어 하지 않는다고 말해 보시지. 넌 못 해. 준우승? 우리 중 한 명이 속아서 진짜로 원하는 것을 빼앗기게 되는 것만으로도 충분히 나빠."

맥브라이스가 온화하게 말했다.

"나는 그런 망할 역사 심리학 같은 건 몰라. 그저 누구도 두 번째 자리에는 들어가지 않을 것 같아."

피어슨이 마침내 말했다. 개러티는 웃음을 터뜨렸다.

"너희는 미쳤어."

개러티의 말에 맥브라이스도 웃었다.

"이제 내 방식대로 그 문제를 보기 시작하는구나. 햇볕을 약간 더 쬐고 네 머리를 조금 더 끓이면 너도 진짜 신봉자가 될 거야."

워크는 계속되었다.

해는 세계의 지붕 위에 말끔히 올라앉아 있는 것 같았다. 수은주는 26도에 달했다(한 소년이 휴대용 온도계를 갖고 있었다.). 그리고 끓는 듯한 몇 분의 시간 동안 27도까지 떨리며 올라갔다. *27이라니.* 개러티는 생각했다. *27. 그렇게 덥지는 않아.* 7월이면 수은주가 5도는 더 올라갈 것이다. 27. 뒷마당 느릅나무 아래에 앉아 양상추에 치킨 샐러드를 올려 먹기 딱 좋은 온도일 뿐이다. 27. 로열 강(메인 주 남부의 작은 강 — 옮긴이)의 가장 가까운 지류에 배를 부딪치며 뛰어드는 티켓, 오, 그건 좋지 않겠어? 수면은 따뜻하지만 아래쪽 발 있는 곳은 차갑고, 몸을 아주 약간 끌어 올리는 조류를 느낄 수 있다. 그리고 바위 옆에는 거머리들이 있다. 그렇지만 겁쟁이가 아니라면 그걸 집어 올릴 수 있다. 피부를, 머리카락을, 사타구니를 씻어 내릴 물. 그런 생각을 하며 그의 뜨거운 살은 떨렸다. 27. 트렁크 수영복만 남기고 다 벗어버리고 뒷마당의 캔버스 천 해먹에 좋은 책을 갖고 눕기 딱 좋다. 그리고 아마도

꾸벅꾸벅 졸겠지. 한번은 개러티가 잰을 해먹에 끌어들인 적이 있었다. 흔들리는 해먹 위에 함께 누워 애무했다. 그의 자지가 길고 뜨거운 돌처럼 아랫배에 느껴질 때까지. 그녀는 신경 쓰는 것 같지 않았다. 27. 쉐보레에 탄 예수님, 27도래요.

이십칠. 이십칠이십칠이십칠. 그걸 헛소리로 만들자. 사라지게 하자.

"난 평생 이러케 더워본 적이 엄써."

스크램이 코 막힌 소리로 말했다. 넓적한 얼굴이 상기되어 땀을 흘리고 있었다. 셔츠를 벗고 털이 숭숭한 몸통을 드러냈다. 봄 홍수 때의 작은 시냇물처럼 온몸에서 땀이 흘러내리고 있었다.

"셔츠를 다시 입는 편이 좋겠어. 해가 지기 시작하면 오한이 날 거야. 그러면 정말 곤란해질걸."

베이커가 말했다.

"이 망알 감기. 내 몸이 타올라." 스크램이 말했다.

"비가 올 거야. 비가 와야 해."

베이커가 말했다. 그의 눈은 빈 하늘을 살폈다.

"그건 아무 관계도 없어. 난 이런 망할 주를 본 적이 없어."

콜리 파커가 말했다.

"여기가 마음에 안 들면 집에 가지그래?"

개러티는 그렇게 묻고 바보같이 킬킬거렸다.

"엿 먹어."

개러티는 억지로 물병의 물을 조금만 마셨다. 물 경련을 겪고 싶지 않았다. 그건 티켓을 끊는 최악의 방법일 것이다. 한 번 겪어본 적이 있었고, 한 번으로 충분했다. 그는 이웃집인 엘웰 가족이

건초를 들여놓는 일을 돕고 있었다. 엘웰네 헛간 다락은 터질 듯이 뜨거웠고, 그들은 소방관 릴레이(어깨에 짊어지고 릴레이 형식으로 옆으로 보내는 것 — 옮긴이)로 30킬로그램짜리 큰 건초 더미를 던져 올리고 있었다. 개러티는 엘웰 부인이 가져온 얼음같이 차가운 물을 세 국자나 먹는 전략적 실수를 했다. 가슴과 배와 머리에 갑자기 눈이 멀어버릴 듯한 고통이 덮쳤고, 그는 느슨한 건초를 밟고 미끄러져서 뼈가 없는 것처럼 다락에서 트럭으로 떨어졌다. 엘웰 씨는 그가 고통과 부끄러움으로 약해진 채 옆을 보고 토하고 있는 동안, 노동으로 못 박히고 굳은 손으로 그의 배 부분을 잡고 있었다. 그들은 그를 집에 보냈다. 팔에 건초 발진이 나고 머리카락에는 왕겨가 묻은, 첫 번째 남자 테스트에서 떨어진 소년을. 그는 집으로 걸어갔고, 해는 그의 그을린 목 뒤를 5킬로그램짜리 해머처럼 세게 두들겼다.

그는 발작적으로 몸을 떨었고, 순간적으로 열 때문에 닭살이 올랐다. 눈 뒤에서 두통이 메스껍게 퉁퉁 울렸다……. 그 줄을 놓아버리는 건 얼마나 쉬울까.

개러티는 올슨을 건너다보았다. 올슨은 거기 있었다. 혀가 검게 변하고 있었다. 얼굴은 더러웠다. 눈은 눈먼 듯이 응시했다. *난 올슨이랑은 달라. 하느님 맙소사, 올슨이랑은 다르다고. 제발, 나는 올슨처럼 되고 싶지 않아.*

"여기서 진이 다 빠지겠는걸. 우리는 뉴햄프셔까지 가지 못할 거야. 난 돈도 걸 수 있어."

베이커가 우울하게 말했다.

"2년 전에는 진눈깨비가 왔어. 하지만 그때도 주 경계선을 넘어갔어. 하여간 그중 네 명은 넘어갔어."

에이브러햄이 말했다.

"그래, 하지만 열기는 달라. 추우면 빨리 걸어서 몸을 데울 수 있어. 더우면 더 천천히 걸어……. 그리고 그 자리에 얼어붙겠지. 뭘 어쩔 수 있어?"

젠센이 말했다.

"정의는 없어. 왜 이 망할 워크를 땅이 평평한 일리노이에서 할 수 없는 거야?"

콜리 파커가 화가 나서 말했다.

"나능 메잉이 조아. 왜 그러케 욕을 마니 하는 거야, 파거?"

스크램이 말했다.

"그러는 너는 왜 그렇게 자주 콧물을 닦아내야 하는데? 왜긴 왜겠어? 내가 그렇게 생겨먹었기 때문이지. 뭐 불만 있어?"

파커가 물었다.

개러티는 시계를 보았다. 시계는 열 시 십육 분에 멈춰 있었다. 시계태엽 감는 것을 잊어버렸던 것이다.

"누구 시간 알아?" 개러티가 물었다.

"어디 보자."

피어슨이 눈은 가늘게 뜨고 시계를 보았다.

"방금 멍청시를 지났네, 개러티."

모두 웃었다.

"얼른, 내 시계가 멈춰서 그래."

피어슨이 다시 시계를 보았다.

"두 시 이 분이야." 피어슨은 하늘을 보았다. "저 해는 오랫동안 지지 않을 거야."

띠처럼 늘어선 숲 위로 해는 사악하게 균형을 잡고 있었다. 길에 그늘을 던질 만한 각도가 전혀 나오지 않았고, 앞으로 한두 시간 정도 더 나오지 않을 것이었다. 남쪽 멀리서, 개러티는 소나기구름일지도 모르는 자주색 얼룩이 보인 것 같다고 생각했다. 아니면 희망 섞인 예상일 뿐일지도 몰랐다.

에이브러햄과 콜리 파커는 4배럴 카빈총의 장점에 대해 뽐내듯이 논의하고 있었다. 다른 사람은 아무도 별로 이야기할 마음이 없는 것 같았기 때문에 개러티는 혼자서 길의 맞은편으로 떠돌듯 걸어가며, 때때로 군중에게 손을 흔들었지만 애써 규칙적으로 흔들지는 않았다.

워커들은 전처럼 흩어져 걷고 있지 않았다. 선봉은 앞에 잘 보였다. 검은 가죽 재킷을 허리에 두른 키 크고 햇볕에 그은 소년 두 명. 소문으로는 그들이 동성애자라고 했지만, 개러티는 달이 녹색 치즈라고 믿지 않는 것과 마찬가지로 그것을 믿지 않았다. 그들은 여성적으로 보이지 않았고, 충분히 멋진 사내들로 보였다…….

'그중 아무것도 그들이 동성애자냐 아니냐와는 관계가 없겠지만.'

개러티는 생각했다. 그리고 그들이 동성애자라고 해도 그가 상관할 일이 아니었다. 하지만…….

바코비치는 가죽 소년들 뒤에 있었고 맥브라이스는 그 뒤에서 바코비치의 등만 노려보고 있었다. 노란 레인해트는 여전히 바코비치의 뒷주머니에서 달랑거렸고, 개러티에게는 바코비치가 부서져 나가고 있는 것처럼 보이지 않았다. 사실 몹시 지쳐 보이는 쪽은 맥브라이스라고, 개러티는 고통스러운 찌릿한 통증을 느끼며 생각했다.

맥브라이스와 바코비치 뒤에는 일고여덟 명이 느슨한 매듭처럼 뭉쳐 있었다. 워크가 진행되는 동안 새 멤버와 옛날 멤버가 끊임없이 오고 가며 만들어지고 다시 만들어지는 부주의한 뜨개질 뭉치 같았다. 그들 뒤에는 더 작은 그룹이 있었고, 그 그룹 뒤에는 스크램, 피어슨, 베이커, 에이브러햄, 파커, 젠센이 있었다. 개러티의 그룹이었다. 출발점 부근에서는 다른 사람들과 함께 있었지만, 이제는 그들의 이름을 거의 기억할 수 없었다.

개러티의 그룹 뒤에는 두 그룹이 있었고, 소금 속의 후추처럼 전체적으로 마구 뒤섞인 줄 사이에 혼자 가는 아이들이 흩어져 있었다. 그들 중 몇몇은 올슨처럼 내부로 퇴행해 긴장증 환자 같았다. 다른 아이들은 스테빈스처럼 혼자 걷는 것을 진짜로 즐기는 듯했다. 그리고 그들 거의 모두가 얼굴에 그 몰두하는 듯 겁먹은 표정이 찍혀 있었다. 개러티는 그 표정을 아주 잘 알게 되었다.

총이 내려와 그가 보고 있던 혼자 가는 아이 한 명에 겨누어졌다. 낡은 녹색 실크 조끼를 입고 있는 키 작고 땅딸막한 소년이었다. 개러티는 그가 반 시간 전에 마지막 경고를 받은 것 같다고 생각했다. 그는 겁에 질린 눈길을 총에 잠깐 던지고 걸음 속도를 올렸다. 총들은 그에 대한 무시무시한 흥미를 잃었다. 최소한 당분간은.

개러티는 갑자기 이해할 수 없이 영혼이 고양되는 것을 느꼈다. 그들은 올드타운과 문명에서 이제 65킬로미터 정도밖에 남지 않앗을 것이다. 제분소, 신발, 카누가 있는 소도시를 문명이라고 부른다면. 그들은 오늘 밤 늦은 시간에 그곳에 도착해 유료 고속도로에 오를 것이다. 여기에 비하면 유료 고속도로는 평탄한 항해가 될 것이다. 유료 고속도로에서 원한다면 신발을 벗고 풀이 많은 중앙분리대 위에서 차가운 이슬을 느끼며 걸을 수 있을 것이다. 아, 그건 멋질 것이다. 개러티는 팔뚝으로 이마를 닦았다. 모든 건 결국 괜찮아질 것이다. 보라색 얼룩은 약간 더 가까워졌고, 그건 확실히 소나기구름이었다.

총이 발사되었지만 개러티는 펄쩍 뛰지도 않았다. 녹색 실크 조끼를 입은 소년이 티켓을 끊었고, 그는 태양을 쳐다보고 있었다. 죽음조차도 그렇게 나쁘지는 않을 것이다. 모두들, 심지어 통령 자신도 조만간 죽음과 대면해야 했다. 그러면 죽음과 똑바로 대면하게 될 때, 누가 누구를 속이고 있는 거지? 개러티는 다음에 대화를 나눌 때 그것을 맥브라이스에게 말하자고 마음속에 적어놓았다.

개러티는 발꿈치를 조금 들어 올리고 다음에 보는 예쁜 소녀에게 손을 흔들기로 마음을 정했다. 그러나 예쁜 소녀가 나오기 전에, 작은 이탈리아 남자가 보였다.

풍자만화에서 튀어나온 듯한 이탈리아 남자였다. 찌그러진 펠트 모자를 쓰고 끝이 말려 올라간 검은 콧수염을 기른 키 작은 남자. 그는 뒷문이 열린 오래된 스테이션왜건 옆에 있었다. 손을 흔들며 믿을 수 없을 만큼 희고, 믿을 수 없을 만큼 고른 이로 웃고 있었다.

스테이션왜건의 화물칸 바닥에는 절연 매트가 깔려 있었다. 그

매트에는 부서진 얼음이 높이 쌓여 있었고, 그 얼음 틈새로 수박 조각들이 분홍색 속살을 드러내며 웃고 있었다.

개러티는 위장이 몸을 홱 뒤집는 고공 다이버처럼 두 번 퍼덕이는 것을 느꼈다. 스테이션왜건 위의 표지판에는 이렇게 쓰여 있었다. **돔 란쇼는 모든 롱 워커를 사랑한다. 공짜 수박!**

에이브러햄과 콜리 파커를 포함한 몇 명이 종종걸음으로 갓길로 달려갔다. 모두 경고를 받았다. 그들은 시속 6.5킬로미터 이상의 속도로 잘 가고 있었지만, 잘못된 방향으로 가고 있었다. 돔 란쇼는 그들이 오는 것을 보고 웃었다. 맑고, 즐겁고, 단순한 소리였다. 그는 손뼉을 치고 얼음 속을 파헤치더니 분홍빛으로 웃고 있는 수박들을 양손에 쥐고 꺼냈다. 개러티는 먹고 싶어서 입이 쪼글쪼글해지는 것을 느꼈다.

'그렇지만 그들이 허락해 주지 않을 거야.'

그 가게 주인이 소다 음료를 주도록 허락하지 않았던 것처럼. 그리고 그다음의 생각. *하지만 오 하느님, 맛있겠어요. 하느님, 이번에 이 유혹 앞에서 약간 느려지는 게 너무한 일입니까? 하여간 저 남자는 이 계절에 어떻게 수박을 얻었을까?*

롱 워커들은 저지선으로 몰려갔고, 돔 주위의 작은 군중은 행복으로 미칠 지경이었다. 두 번째 경고가 흩뿌려졌고, 세 명의 주경찰관이 기적처럼 나타나서 돔을 제지했다. 돔의 목소리는 크고 또렷했다.

"무슨 짓이야? 못 한다니 무슨 소리야? 이건 내 수박이야, 이 멍청한 형사야! 나는 주고 싶어, 줄 거야, 이봐! 무슨 생각 하는 거야? 나한테서 손 떼, 이 멍청이들아!"

경찰관 하나가 돔이 손에 쥐고 있던 수박을 빼앗았다. 다른 경찰은 그를 옥죄더니 왜건의 화물칸 문을 쾅 닫았다.

"이 개자식들!"

개러티는 온 힘을 다해 외쳤다. 그의 비명은 유리로 된 창처럼 그 맑은 날을 관통했고, 경찰관 한 명은 깜짝 놀라서, 그리고…… 음, 거의 쭈뼛거리면서 주위를 둘러보았다.

"냄새나는 개새끼들! 너희 어머니가 너희 냄새나는 호래자식들을 떼어버렸어야 하는데!"

개러티는 그들에게 고래고래 소리 질렀다.

"그놈들에게 말해, 개러티!"

누군가 다른 사람이 소리쳤다. 바코비치였다. 7센티미터 길이의 못을 입안 가득 문 것처럼 웃으면서 주 경찰관들에게 양 주먹을 흔들고 있었다.

"그놈들에게……."

어느새 그들 모두 소리치고 있었고, 경찰관들은 롱 워크의 군인들처럼 연방 스쿼드에서 갓 나온 사람들이 아니었다. 그들은 붉고 당황한 얼굴로 돔과 돔이 양손에 가득 든 시원한 분홍빛 웃음들을 사이드라인에서 떼어놓느라 두 배의 시간을 들여 씨름하고 있었다.

돔도 영어 실력이 달렸거나 포기한 모양이었다. 그는 도발적인 이탈리아어 욕설을 외치기 시작했다. 군중들은 주 경찰관들에게 야유를 보냈다. 늘어진 밀짚 선해트를 쓴 한 여자가 경찰관 한 명에게 트랜지스터라디오를 던졌다. 라디오는 경찰의 머리를 맞추었고 모자가 벗겨졌다. 개러티는 그 경찰관이 안됐다고 느꼈지만 계속 욕설을 퍼부었다. 욕설을 참을 수 없는 것 같았다. '호래자식' 이라는 단어, 누가 그 말을 실제 생활에서 쓰는 것을 들어본 적도 없었다.

돔 란쇼가 그들 시야에서 영원히 사라질 듯이 보였던 바로 그때, 그 키 작은 이탈리아인은 다시 빠져나와 그들을 향해 달려왔다. 군중은 마법처럼 그에게 길을 열어주고 경찰 앞을 막아섰다. 아니면 그러려고 했다. 주 경찰관 한 명이 그에게 플라잉 태클을 걸면서 그의 무릎을 팔로 감싸 안아 앞으로 넘어뜨렸다. 몸의 균형을 잃기 직전, 돔은 그의 아름다운 분홍색 웃음을 커다랗게 휘둘러 던져 날렸다.

"돔 란쇼는 너희 모두를 사랑해!" 그가 외쳤다.

군중은 히스테릭하게 환호했다. 돔은 머리부터 땅에 처박혔고, 뒤에서 순식간에 수갑이 채워졌다. 수박 조각들이 밝은 공중에서 아치를 그리며 빙글빙글 돌았다. 에이브러햄이 차분하고 교묘하게 한 조각 잡는 것을 보았을 때, 개러티는 크게 웃으며 양손을 하늘로 들어 의기양양하게 주먹을 흔들었다.

다른 워커들은 수박 조각을 집어 올리느라 멈추었다고 세 번째 경고를 받았지만, 놀랍게도 아무도 총에 맞지 않았고 다섯 — 아니, 여섯 — 명의 소녀이 결국 수박을 손에 넣었다. 나머지는 수박 한 조각을 집는 데 성공한 사람들에게 환호를 하다가 뻣뻣한 얼굴의 군인들에게 욕설을 하다가 했다. 이제 군인들의 얼굴에 희미하나마 분개의 표정이 떠오른 것을 누가 봐도 알 수 있었다.

"난 모두 사랑해!"

에이브러햄이 울부짖었다. 웃는 얼굴에 분홍빛 수박 즙이 흘러
내려 줄무늬가 졌다. 그는 갈색 씨 세 개를 공중에 뱉었다.

"내가, 내가 안 그러면 저주받을 거야, 저주받아."

콜리 파커가 행복하게 말하고 얼굴을 수박에 파묻었다. 허겁지
겁 게걸스럽게 먹다가 자기 수박을 반으로 쪼개 개러티에게 절
반을 던졌다. 개러티는 놀라서 그걸 거의 놓칠 뻔했다.

"여기 간다, 촌놈아! 내가 너한테 아무것도 안 줬다고 하지 마,
이 망할 시골뜨기야!"

콜리가 외쳤다. 개러티가 웃었다.

"엿이나 먹어라."

수박은 차디찼다. 즙이 코로 튀고, 턱에 더 흘러내렸고, 아 달
콤한 천국이 목구멍에 내려왔다, 목구멍으로 흘러내렸다.

개러티는 참고 반만 먹었다.

"피트!"

개러티가 외치고, 남은 조각을 맥브라이스에게 던졌다. 맥브라
이스는 대학 유격수나 메이저리그 야구 선수 못지않은 실력을 보
여주며 번개 같은 백핸드로 수박을 잡았다. 맥브라이스는 개러티
에게 웃어 보이고 수박을 먹었다.

개러티는 주위를 둘러보며 미친 듯한 기쁨이 자기 심장에 펌프
질을 하고, 물구나무를 서서 원을 그리며 돌고 싶게 만들고, 몸을
뚫고 나오는 것을 느꼈다. 거의 모든 사람이 수박 한 조각씩을 들
고 있었다. 씨에 붙어 있는 분홍색 과육 조각에 지나지 않는다고
해도.

보통 때와 마찬가지로, 스테빈스는 예외였다. 그는 길을 보고

있었다. 손에는 아무것도 없었고, 얼굴에서도 미소를 찾아볼 수 없었다.

'망할 놈.'

개러티에게서 기쁨이 조금 흘러 나갔다. 발도 다시 무겁게 느껴졌다. 그는 스테빈스가 수박을 하나도 얻지 못한 것이 아님을 알았다. 스테빈스가 하나도 원하지 않았던 것도 아니었다. 스테빈스는 하나도 필요하지 않았다.

오후 두 시 삼십 분. 그들은 195킬로미터를 걸었다. 소나기구름은 더 가까운 곳으로 흘러왔다. 서늘한 바람이 불어오자 개러티의 뜨거운 피부에 한기가 느껴졌다.

'다시 비가 오겠구나. 좋아.' 개러티는 생각했다.

길가의 사람들은 담요를 펴고, 날아다니는 종잇조각을 잡고, 피크닉 바구니에 짐을 챙기고 있었다. 폭풍은 그들에게 유유히 날아왔고, 갑자기 기온이 곤두박질쳐서 가을 같았다. 개러티는 재빨리 셔츠 단추를 잠갔다.

"다시 온다. 셔츠 입는 게 좋을걸."

개러티가 스크램에게 말했다. 스크램이 웃었다.

"농담하니? 난 하루 중에 지금 제일 기분이 좋아!"

"큰비가 내릴 거야!"

파커가 매우 기뻐하며 외쳤다.

그들은 점차 기울어지는 고원 위에 있었고, 자주색 소나기구름 아래로 비의 커튼이 숲을 가로질러 다가오는 것을 볼 수 있었다. 바로 위의 하늘은 병적인 노란색이 되었다.

'토네이도 하늘이야.'

개러티는 생각했다. 그것이 삶의 끝이 되지는 않을 것이다. 토네이도가 길에 붙어 있는 엉덩이를 떼어, 소용돌이치는 먼지구름과 펄럭이는 구두와 회오리치는 수박씨 속에서 그들을 모두 오즈로 날려 보낸다면 그들은 어떻게 할까?

개러티는 웃었다. 바람이 그 웃음을 입에서 떼어냈다.

"맥브라이스!"

맥브라이스는 비스듬히 그에게 다가왔다. 바람 때문에 몸을 굽혔고, 그의 옷은 몸에 찰싹 붙으며 뒤로 날렸다. 검은 머리와 그은 피부에 대조를 이루는 흰 흉터 때문에 그는 배 함교에 다리를 벌리고 선 살짝 미친 바다 선장처럼 보였다.

"뭐야?" 맥브라이스가 소리쳤다.

"불가항력에 대한 조항이 규칙에 있어?"

맥브라이스는 생각에 잠겼다.

"아니, 없는 것 같아."

그가 재킷 단추를 잠그기 시작했다.

"우리가 번개에 맞으면 어떻게 되는 거야?"

맥브라이스는 머리를 뒤로 젖히고 낄낄 웃었다.

"죽겠지!"

개러티는 코웃음을 치고 걸어서 그에게서 멀어졌다. 다른 아이들 몇 명은 초조하게 하늘을 보고 있었다. 이것은 어제의 열기를 겪고 난 후 그들의 몸을 식혀줄 작은 소낙비가 아닐 것이다. 파커가 뭐라고 했지? 큰비. 그래, 확실히 큰비가 내릴 것이다.

야구모자 한 개가 개러티의 다리 사이로 재주를 넘었다. 개러티가 어깨 너머를 보자 작은 소년이 그 모자를 갈망하듯 바라보고 있었다. 스크램이 모자를 잡아 그 아이에게 도로 던져주려고 했지만, 바람이 모자를 커다란 부메랑처럼 날려서 모자는 거칠게 날리는 나무 위에 착륙했다.

천둥이 세게 쳤다. 흰색을 띤 자주색 번개가 지평선을 찔렀다. 솔숲에서 쇄쇄 불며 위안을 주던 바람 소리는 퍼덕거리며 비웃는 백 마리의 미친 유령 소리가 되었다.

총들이 찰칵거렸다. 천둥과 바람 소리에 거의 묻혀버려 작은 장난감 총소리 같았다. 올슨이 마침내 총탄을 확실히 몸에 박았을 거라는 예감을 느끼며 개러티는 고개를 홱 돌렸다. 그러나 올슨은 여전히 그곳에 있었다. 펄럭이는 옷자락에 놀라울 정도로 순식간에 홀쭉해진 몸이 드러났다. 올슨은 어딘가에서 재킷을 잃어버렸다. 짧은 슬리브리스에서 튀어나온 팔은 뼈가 앙상하고 연필처럼 가늘었다.

끌려간 사람은 누군가 다른 사람이었다. 휘몰아치는 갈기 같은 머리 아래로 보이는 얼굴은 작았고 지쳤고 완전히 죽었다.

"이 바람이 뒤에서 불어주면 우리는 네 시 삼십 분쯤 올드타운에 갈 수도 있어!"

바코비치가 매우 기뻐하며 외치고는 귀 뒤에 레인해트를 눌러 썼다. 날카로운 얼굴은 아주 기쁘고 미친 듯했다. 개러티는 그 사실을 갑자기 깨닫고 맥브라이스에게 말해 주자고 다짐했다. 바코비치는 미쳤다.

몇 분 후 바람이 갑자기 사라졌다. 천둥은 일련의 탁한 중얼거림처럼 쪼그라들었다. 달려오던 서늘한 바람이 자취를 감추고 대신 축축하고 거의 참을 수 없게 느껴지는 열기가 도로 그들에게 빨려 들어왔다.

"무슨 일이 일어난 거야? 개러티! 이 망할 주는 비구름까지도 펑크가 나는 거야?"

콜리 파커가 듣기 싫은 목소리로 말했다.

"넌 원하는 걸 갖게 될 거야. 그걸 받을 때에도 원하고 있을지 잘 모르겠지만."

개러티가 말했다.

"야호! 레이먼드! 레이먼드 개러티!"

개러티는 고개를 홱 들었다. 끔찍하게도 한순간 어머니가 찾아 왔다고 생각했고, 퍼시의 환상이 머릿속에서 춤추었다. 그러나 그 것은 초로의, 상냥한 얼굴을 한 노부인일 뿐이었다. 레인해트 대 신 쓰고 있는 보그 잡지 아래에서 개러티를 바라보고 있었다.

"망할 할망구."

아트 베이커가 가까이에서 중얼거렸다.

"나한테는 상냥해 보이는데. 아는 할머니야?"

"난 저 타입을 알아." 베이커가 악의를 품고 말했다.

"꼭 우리 해티 이모 같아 보여. 이모는 장례식에 가기를 좋아했 지. 바로 저것과 똑같은 미소를 짓고 울고 흐느끼고 떠들썩한 소 리들에 귀를 기울였어. 쥐 소굴에 들어간 고양이처럼."

"저 할머니는 아마 통령의 어머니일 거야."

개러티가 말했다. 우스우라고 한 소리였지만 완전히 실패였다. 서둘러 움직이는 하늘의 희미해지는 빛 아래에 보이는 베이커의 얼굴은 긴장되고 창백했다.

"우리 해티 이모는 아홉 아이를 두었어. 아홉이야, 개러티. 이모는 저 할머니와 똑같은 표정으로 그중 넷을 묻었어. 자기 아이를. 어떤 사람들은 다른 사람들이 죽는 걸 보기 좋아해. 난 그게 이해가 안 돼. 넌 이해가 되니?"

"아니."

개러티가 말했다. 베이커는 그를 불편하게 만들고 있었다. 다시 천둥이 하늘에서 울려 퍼지기 시작했다.

"그래서 해티 이모는, 돌아가셨어?"

"아니." 베이커는 하늘을 쳐다보았다. "이모는 고향에 있어. 아마 현관 흔들의자에 앉아 있을 거야. 이제는 오래 걸을 수가 없거든. 앉아서 의자를 흔들고 라디오 뉴스를 들을 뿐이야. 그리고 새로운 인물들에 대해 들을 때마다 미소를 지어." 베이커는 손바닥으로 팔꿈치를 문질렀다. "너 고양이가 자기 새끼 잡아먹는 거 본 적 있니, 개러티?"

개러티는 대답하지 않았다. 이제 공기 중에는 전기를 띤 긴장이 흘렀다. 그들 위에서 태세를 갖추고 있는 폭풍, 그리고 그보다 더한 것이었다. 개러티는 그것의 깊이를 잴 수 없었다. 눈을 깜박일 때 그는 프리키 달레지오의 사팔눈이 어둠 속에서 자신을 마주 보고 있는 것을 본 것 같았다.

마침내 개러티가 베이커에게 말했다

"너희 가족은 모두 죽음에 대해 연구하니?"

베이커는 창백하게 미소 지었다.

"음, 나는 몇 년 안에 장의사 학교에 갈 생각을 곰곰이 하고 있었어. 좋은 직업이야. 장의사는 공황 중에도 먹을 것이 떨어지지 않거든."

"난 언제나 소변기 제조 공장을 운영할 거라고 생각했어. 영화 관이나 볼링장이나 그런 곳들과 계약을 하고. 확실하잖아. 전국에 소변기 제조 공장이 몇 개나 되겠어?"

개러티가 말했다.

"아직도 내가 장의사가 되고 싶은 것 같지는 않아. 그게 중요한 건 아니지만."

베이커가 말했다.

거대한 번개가 번쩍이며 하늘을 찢었다. 거인의 박수 같은 천둥이 뒤따랐다. 바람이 갑자기 세차게 불어왔다. 칠흑 같은 악몽의 바다를 가로지르는 미친 사략선(私掠船)처럼 구름이 하늘을 가로질러 달렸다.

"오고 있어. 오고 있어, 아트." 개러티가 말했다.

"어떤 사람들은 자기들은 상관없다고 말해." 베이커가 갑자기 말했다. "'간단한 걸로. 내가 갈 때 원하는 건 그것뿐이야.' 그 사람들은 그렇게 말해. 우리 삼촌에게. 하지만 대부분의 사람들은 신경을 아주 많이 써. 삼촌은 언제나 내게 그렇게 말했어. 사람들은 '그냥 소나무 관이면 나한테 충분해.'라고 말하지만 결국엔 커다란 관을 찾는단다. 돈만 낼 수 있으면 납 보호관을 씌운 관을 찾고. 유언장에 모델 넘버까지 써놓는 사람도 많아."

"왜?" 개러티가 물었다.

"우리 고향 사람들은 대부분 커다란 묘에 묻히고 싶어 해. 지상에. 지하수면이 너무 높아서 사람들이 지하에 묻히는 걸 바라지 않아. 습도가 높아서 잘 썩지 않거든. 하지만 땅 위에 묻히면 쥐를 걱정해야 해. 커다란 루이지애나 늪지대의 쥐. 묘지의 쥐. 쥐는 잘 잠겨 있는 소나무 관도 쏟아내거든."

바람이 보이지 않는 손으로 그들을 잡아당겼다. 개러티는 폭풍이 오고 또 오기를 바랐다. 마치 미친 회전목마 같았다. 누구와 이야기하든, 당신은 이 망할 주제로 다시 돌아오게 된다.

"말도 안 돼. 죽은 뒤에 쥐를 쫓기 위해서 1500달러나 내다니."

개러티가 말했다.

"난 모르겠어." 베이커가 말했다. 눈이 반쯤 감기고 졸린 눈치였다. "쥐들은 부드러운 부분을 파먹어. 그래서 마음이 불편해. 쥐들이 내 관에 구멍을 파고, 구멍을 더 크게 뚫고, 마침내 관 속으로 파고드는 광경이 그려져. 그다음에 마치 대추 노리듯이 내 눈으로 곧장 오는 거야. 쥐들이 내 눈을 먹을 테고 그러면 나는 그 쥐의 일부가 되겠지. 그게 맞지 않아?"

"모르겠어."

개러티가 역겨워하며 말했다.

"아니 됐어. 나는 납 보호관이 달린 관을 쓸 거야. 어느 때든지."

"실제로는 한 번만 쓰겠지만."

개러티는 겁에 질려 작게 킬킬거리며 말했다.

"사실 그렇지."

베이커가 진지하게 맞장구쳤다

번개가 다시 갈라졌다. 공중에 오존 냄새를 남기는, 분홍빛에 가까운 번개였다. 잠시 후 폭풍이 다시 몰아쳤다. 그러나 이번에는 비가 아니었다. 우박이었다.

5초 후에 그들은 작은 자갈 크기 우박의 공격을 받았다. 몇몇 소년들은 소리를 질렀고, 개러티는 한 손으로 눈을 가렸다. 바람

은 거세져 비명을 질렀다. 우박은 튀어서 땅에, 얼굴에, 몸에 박살
났다.

젠센은 되는대로 퍼져 나가는 커다란 원을 그리며 완전한 공황
상태에서 달렸다. 눈을 가렸고, 발은 헛디디고 서로 부딪쳤다. 그
는 더듬거리다가 마침내 갓길로 들어갔고, 하프트랙 위의 군인들
은 제대로 확신하기도 전에 파도처럼 몰아치는 우박 커튼 속으로
대여섯 개의 총탄을 퍼부었다.

'안녕, 젠센, 안됐구나.' 개러티는 생각했다.

그다음 비가 우박에 섞여 떨어지며 그들이 올라가고 있는 언덕
을 씻어 내리고, 발 근처에 흩어진 우박을 녹였다. 또 한 번 우박
이 파도처럼 그들을 때리고 더 많은 비가 쏟아지고, 다시 우박이
후드득 떨어지고, 뒤이어 비가 꾸준히 장막처럼 떨어졌다. 커다란
천둥소리가 간간이 끼어들었다.

"망할!"

파커가 개러티에게 성큼성큼 걸어오며 외쳤다. 그의 얼굴은
붉은 얼룩으로 덮였고, 그는 물에 빠진 생쥐 같았다.

"개러티, 여기는 의심할 바 없이……"

"그래, 51개 주 중에 가장 망할 주지. 가서 얼굴 좀 씻어."

개러티가 말을 맺었다.

파커는 머리를 뒤로 젖히고 입을 벌려, 차가운 비가 후드득 떨
어져 들어오게 했다.

"하고 있어, 빌어먹을, 하고 있다고!"

개러티는 바람 속으로 몸을 굽히고 맥브라이스를 따라잡았다.

"넌 어때?"

개러티가 물었다. 맥브라이스는 몸을 꼭 안고 떨었다.

"넌 이길 수 없어. 해가 나왔으면 좋겠다."

"이건 오래가지 않을 거야."

개러티가 말했다. 그러나 그의 말은 틀렸다. 그들이 네 시를 넘어 걸어갈 때에도, 여전히 비가 오고 있었다.

10장

"왜 그들이 나를 카운트(백작이라는 뜻이 있음 — 옮긴이)라고 부르는지 알아?
왜냐하면 나는 수 세기(count — 옮긴이)를 좋아하거든! 아-하-하."
— 더 카운트
「세사미 스트리트」

길 위에서의 두 번째 밤으로 걸어 들어갈 때 일몰은 없었다.
네 시 삼십 분 즈음 폭풍우는 가볍고 으스스한 보슬비로 바뀌었
다. 보슬비는 거의 여덟 시까지 계속되었다. 그다음 구름이 갈라
지면서 밝고 차갑게 깜박이는 별들을 보여주기 시작했다.

개러티는 축축한 옷 속으로 몸을 더 꼭 옹송그렸다. 어느 쪽에
서 바람이 부는지 알기 위해 일기예보관까지 동원할 필요도 없었
다. 변덕스러운 봄은 그들이 여기까지 두르고 온 아늑한 온기를
낡은 깔개처럼 아래로 끌어내렸다.

아마 군중이 어느 정도 온기를 주었을 것이다. 복사열 같은 것.
사람들이 점점 더 길에 늘어섰다. 그들은 온기를 얻기 위해 서로
옹기종기 모여 있었지만 시위하는 듯이 보이지는 않았다. 그들은
워커들이 지나가는 것을 지켜본 다음 집에 가거나 서둘러 그다음

의 유리한 관람 지점으로 갔다. 군중들이 찾고 있는 것이 피였다면, 그들은 피를 많이 보지 못했다. 워커들은 젠센이 죽은 후 둘만 잃었을 뿐이다. 그들 둘 다 기절해 죽어버린 어린 소년들이었다. 그래서 그들은 정확히 절반이 되었다. 아니…… 사실 절반이 지나갔다. 50명이 죽었고, 49명이 더 죽어야 했다.

개러티는 혼자 걷고 있었다. 너무 추워서 졸리지 않았다. 입술을 떨지 않기 위해 꽉 다물고 있었다. 올슨은 여전히 뒤에 있었다. 소년들은 올슨이 50번째 티켓을 끊을 거라고 별로 고민도 하지 않고 내기를 했다. 절반의 이정표가 되는 소년. 그러나 그렇지 않았다. 그 귀중한 영광은 13번 로저 페넘에게 돌아갔다. 옛날부터 불운한 13번. 개러티는 올슨이 굶어 죽을 때까지 무기한 걸을 것이라고 생각하기 시작했다. 그는 자신을 고통을 초월한 장소에 안전하게 가둬버렸다. 어떤 의미로는 올슨이 이긴다면 시적 정의일 것이라고 개러티는 생각했다. 신문 헤드라인을 눈앞에 그려볼 수 있었다. **죽은 사람이 롱 워크에서 이기다.**

개러티의 발가락에는 감각이 없어졌다. 신발의 찢어진 안감에 대고 발가락을 꼼지락거렸지만 아무것도 느껴지지 않았다. 진짜 고통은 이제 발가락에서 느껴지는 것이 아니었다. 그것은 발바닥이 움푹 파인 부분에서 느껴졌다. 한 발짝 내디딜 때마다 종아리까지 위쪽으로 칼로 쑤시듯 들어오는 날카롭고 떠들썩한 고통. 어렸을 때 어머니가 읽어준 어느 이야기가 생각났다. 여자가 되고 싶어 한 인어 이야기였다. 그녀에게는 꼬리만 있었고 착한 요정이가 누군가가 그녀가 절실히 원한다면 다리를 가질 수 있다고 했다. 그녀가 마른 땅에서 걷는 발걸음은 전부 칼 위에서 걷는 것 같겠지만, 그녀는 원한다면 다리를 가질 수 있었다. 그녀는 '네, 좋아요.' 하고 말했고, 그것은 롱 워크였다. 간단히 말해서⋯⋯

"경고! 47번 경고!"

"들었어."

개러티는 부루퉁하게 쏘아붙이고, 걸음 속도를 올렸다.

숲은 더 드문드문해졌다. 그들은 주의 진짜 북쪽 부분을 지나왔다. 그들은 조용한 주거 도시 두 군데를 거쳐 왔다. 길은 도시를 세로로 나누었고 보도에는 보슬비로 빛이 퍼진 가로등 아래 그림자 같은 사람들이 가득했다. 아무도 소리 높여 환호하지 않았다.

'너무 추워.'

너무 춥고, 너무 어둡고, 하느님 맙소사, 그는 걸어서 없애야 할 또 한 번의 경고를 받았고, 이것이 대단히 젠장 맞은 상황이 아니라면 어떤 상황도 젠장 맞지 않을 것이다.

발걸음이 다시 느려지고 있어서, 개러티는 억지로 발에 속도를 붙였다. 한참 앞쪽 어디선가 바코비치가 무슨 말을 하고 뒤이어 불쾌한 웃음을 짧게 터뜨렸다. 맥브라이스의 대답이 또렷이 들렸다.

"닥쳐, 살인자야."

바코비치는 맥브라이스에게 지옥에나 가라고 말했다. 이제 그는 그 일에 아주 화가 난 것 같았다. 개러티는 어둠 속에서 가냘프게 미소 지었다.

개러티는 뒤로, 거의 줄 끄트머리로 처지며 꺼림칙한 마음으로 자기가 다시 스테빈스 쪽을 향하고 있다는 것을 깨달았다. 스테빈스의 무엇인가가 그를 매혹시켰다. 그러나 그 무엇인가가 무엇인지 특별히 신경 쓰지 않기로 결심했다. 궁금해하는 일을 포기할 때였다. 그런 건 아무 이득이 없었다. 그저 또 한 가지 대단히 젠장 맞은 상황일 뿐이었다.

거대한, 빛을 발하는 화살표가 앞쪽 어둠 속에 있었다. 그것은 악령처럼 빛났다. 갑자기 관악대가 행진곡을 연주하기 시작했다. 소리로 보아서는 꽤 큰 규모의 악단이었다. 더 큰 환성이 들렸다. 공중은 떠도는 조각들로 가득 찼고, 말도 안 되지만 한순간 개러티는 눈이 오고 있다고 생각했다. 그러나 그것은 눈이 아니었다. 색종이 조각이었다. 그들은 길을 갈아타고 있었다. 옛 길과 새 길은 직각으로 만났고, 메인 주 유료 고속도로 표지판이 또 하나 나오면서 올드타운이 이제 겨우 26킬로미터 남았다고 알려주었다. 개러티는 흥분으로, 심지어 자부심으로 떨리기 시작했다. 올드타운 다음부터는 길을 알았다. 자기 손바닥처럼 짚어갈 수 있었다.

"여기는 네가 유리한 곳이겠다. 내 생각은 그렇지 않지만, 그럴지도 모르겠어."

개러티는 펄쩍 뛰었다. 스테빈스가 그의 마음의 뚜껑을 비틀어 열고 그 안을 들여다본 것 같은 느낌이었다.

"뭐라고?"

"여긴 네 지역이잖아, 안 그래?"

"이 위는 아니야. 우리가 출발점으로 차를 타고 왔을 때를 제외하면 난 평생 그린버시 북쪽에 가본 적이 없어. 그리고 우리는 이 길로 오지 않았어."

그들은 관악대를 지나쳤다. 튜바와 클라리넷이 촉촉한 밤공기에 부드럽게 반짝였다.

"하지만 우린 네 고향을 지나가지, 안 그래?"

"아냐, 하지만 그 옆으로 가까이 지나가."

스테빈스는 툴툴거렸다. 개러티는 스테빈스의 발을 내려다보고, 스테빈스가 테니스 슈즈를 벗고 부드러워 보이는 모카신을 신고 있는 것을 놀라며 보았다. 그의 테니스 슈즈는 샴브레이 셔츠에 덮여 있었다.

"난 테니스 슈즈를 아끼고 있어. 만약을 대비한 것일 뿐이야. 하지만 모카신으로 이걸 끝낼 수 있다고 생각해."

스테빈스가 말했다.

"오."

그들은 빈 들판에 해골같이 서 있는 방송탑을 지나갔다. 붉은 불이 아주 빠르게 뛰는 심장처럼 정기적으로 고동쳤다.

"넌 사랑하는 사람들을 볼 거라 기대하고 있는 거야?"

"응, 그래." 개러티가 말했다.

"그다음엔 무슨 일이 일어나는데?"

"일어나?" 개러티는 어깨를 으쓱했다. "계속 길을 걷겠지. 그때쯤 너희들이 모두 배려심 넘치게도 티켓을 끊어주지 않는다면."

"오, 그럴 것 같지는 않아." 스테빈스는 슬쩍 미소를 짓고 말했다. "걷다가 뻗지 않을 거라고 확신해? 네가 그들을 본 다음에?"

"이봐, 난 아무것도 확신하지 않아. 난 시작했을 때 많은 것을 알지 못했고, 지금은 더 몰라."

개러티가 말했다.

"너한테 가능성이 있다고 생각해?"

"그것도 몰라. 왜 내가 귀찮게 너하고 이야기를 하고 있는지도 모르겠다. 연기에 대고 이야기하는 것 같아."

아주 멀리 어둠 속에서, 경찰 사이렌이 울렸다.

"누군가가 앞에서 길에 뛰어들었어. 경찰이 드문드문 있는 곳에서. 여기 주민들은 들썩이고 있어, 개러티. 앞에서 네게 길을 열어주려고 애쓰고 있는 사람들을 생각해 봐."

스테빈스가 말했다.

"너한테도지."

"나한테도야."

스테빈스가 동의했다. 그다음 오랫동안 아무 말도 하지 않았다. 샴브레이 작업복 셔츠 옷깃이 목덜미에서 공허하게 퍼덕거렸다.

"마음이 어떻게 몸을 조작하는지 생각하면 놀라워." 스테빈스가 마침내 말했다. "그게 어떻게 몸을 접수하고 이리저리 휘두를 수 있는지 놀라워. 평균적인 주부는 냉장고에서 다리미판에서 빨랫줄까지 하루에 26킬로미터를 걸을 거야. 그 주부는 그날이 끝나면 발을 올리고 쉬려고 하겠지만 기진맥진하지는 않아. 집집마다 돌아다니는 세일즈맨은 32킬로미터를 걸을지 모르지. 풋볼 훈련을 하는 고등학생은 40킬로미터에서 45킬로미터를 걸을 거야…… 아침에 일어나서 밤에 자러 갈 때까지 하루 종일, 그들은 전부 지치지만, 아무도 기진맥진하지는 않아."

"그래."

"하지만 네가 그 주부에게 이렇게 말한다고 생각해 봐. '오늘 너는 저녁을 먹기 전에 26킬로미터를 걸어야 한다.'"

개러티는 고개를 끄덕였다.

"그녀는 지치는 게 아니라 기진맥진하겠지."

스테빈스는 아무 말도 하지 않았다. 개러티는 스테빈스가 자기에게 실망했다는 이상한 감정을 느꼈다.

"음…… 안 그럴까?"

"그 주부가 정오쯤에 자기가 걸어야 할 26킬로미터를 다 걸어버리고, 신발을 차 던지고 드라마를 보면서 오후 시간을 보낼 거라고 생각하지 않니? 난 그렇게 생각해. 너 지쳤니, 개러티?"

"그래, 나 지쳤어." 개러티는 퉁명스럽게 말했다.

"기진맥진이야?"

"음, 그렇게 되어가고 있는 것 같아."

"아냐, 넌 아직 기진맥진하지는 않았어, 개러티." 스테빈스는 올슨의 검은 윤곽 쪽으로 엄지손가락을 홱 젖혔다. "저게 기진맥진한 거지. 저 애는 이제 거의 끝났어."

개러티는 올슨에게서 눈을 떼지 못했다. 스테빈스의 말대로 곧 쓰러질 거라고 예상되었다.

"넌 뭘 바라고 있는 거야?"

"네 남부에서 온 백인 친구, 아트 베이커에게 물어봐. 밭을 갈고 싶지 않은 노새. 하지만 당근은 좋아하지. 그래서 당근을 그의 눈앞에 매달아. 당근 없는 노새는 기진맥진해져. 당근이 달린 노새는 지칠 때까지 오랜 시간이 걸리지. 알겠어?"

"아니."

스테빈스는 다시 미소 지었다.

"알게 될 거야. 올슨을 지켜봐. 그는 당근에 대한 식욕을 잃었어. 그는 아직 잘 알지 못하지만, 식욕을 잃었어. 올슨을 지켜봐,

개러티. 너는 올슨에게서 배울 수 있을 거야."

개러티는 스테빈스의 말을 얼마나 진지하게 받아들여야 할지 확신하지 못하고 그를 유심히 보았다. 스테빈스는 소리 내어 웃었다. 그의 웃음은 우렁찼다. 놀랍도록 선명한 소리라서 다른 워커들이 고개를 돌리고 그를 보았다.

"가봐. 가서 그와 이야기해, 개러티. 그가 말을 하지 않거든, 그냥 가까이 가서 잘 살펴봐. 배우는 데는 너무 늦다는 게 없는 법이야."

개러티는 침을 꿀꺽 삼켰다.

"그게 아주 중요한 교훈이라고 말하려는 거야?"

스테빈스는 웃음을 멈추고 개러티의 손목을 덥석 움켜잡았다.

"아마도 네가 배우게 될 가장 중요한 교훈이지. 죽음을 이기는 삶의 비밀이야. 그 방정식을 풀면 너는 죽음을 감당할 수 있게 될 거야, 개러티. 너는 네 삶을 실컷 마신 술고래처럼 쓸 수 있어."

스테빈스가 그의 손을 놓았다. 개러티는 손목을 천천히 문질렀다. 스테빈스는 그를 다시 무시하는 것 같았다. 초조해하며, 개러티는 그에게서 멀어져 올슨에게 걸어갔다.

개러티는 보이지 않는 줄로 올슨에게 끌려가는 것 같았다. 그는 네 시에 올슨 옆에 섰다. 그는 올슨 얼굴의 깊이를 재어보려고 했다.

오래전에 한번, 그는 영화 때문에 긴 밤 동안 자지 못하고 겁에 질렸던 적이 있다. 누가 나오는 거였더라? ……로버트 미첨이었다, 아닌가? 그는 상습적인 살인자이면서 남부를 돌아다니며 부흥회 설교를 하는 무자비한 목사 역할을 하고 있었다. 윤곽만 보면 올슨은 이제 약간 그 인물처럼 보였다. 그의 모습은 무게가 없어지면서 길게 늘어난 것 같아 보였다. 피부는 탈수로 비늘같이 되었다. 눈은 움푹 팬 구멍 속으로 가라앉았다. 머리카락은 바람에 날리는 옥수수 수염처럼 그의 머리통 위에서 방향을 잃고 날았다.

아니, 사실 그는 로봇일 뿐이었다, 자동인형일 뿐이었다. 저 안에는 아직 올슨이 숨어 있을 수도 있을까? 아니. 그는 사라졌다. 풀밭에 앉아 농담을 하고, 출발선에서 얼어붙어 바로 그곳에서 티켓을 끊은 아이 이야기를 하던 올슨, 그 올슨은 사라졌다고 난 아주 확신해. 이건 죽은 진흙 덩어리다.

"올슨?" 개러티는 속삭였다.

올슨은 계속 걸었다. 그는 다리 위에 세워진 느릿느릿한 흉가였다. 똥을 지렸는지 냄새가 지독했다.

"올슨, 너 이야기할 수 있니?"

올슨은 미끄러지듯 앞으로 계속 나아갔다. 얼굴은 암흑으로 변했지만, 그는 움직이고 있었다, 그래 움직이고 있었다. 무엇인가가 여기서 일어나고 있었다, 무엇인가가 여전히 천천히 진행되고 있었다, 그러나…….

무엇인가, 그래, 거기엔 무엇인가가 있었다, 그러나 그게 뭐지?

그들은 또 다른 오르막을 올랐다. 개러티의 폐 속에서 숨은 점점 더 짧아져 개처럼 헉헉거리게 되었다. 젖은 옷에서 희미하게 김이 올라왔다. 그들 아래 어둠 속에 은빛 뱀처럼 누워 있는 강이 있었다.

'스틸워터야.'

개러티는 생각했다. 올드타운 근처를 지나가는 스틸워터. 건성으로 올리는 환호가 몇몇 올라왔지만, 많지는 않았다. 더 계속 가자, 갑자기 굽어지는 강줄기 뒤편(그렇다면 저쪽은 페놉스콧 강일 것이다.)으로 빛의 둥지가 자리 잡고 있었다. 올드타운이었다. 맞은편의 더 작은 빛둥지는 밀포드와 브래들리일 것이다. 올드타운. 그들은 올드타운까지 왔다.

"올슨, 저게 올드타운이야. 저 불빛이 올드타운이야. 인마, 우리는 거기에 가고 있어."

올슨은 대답하지 않았다. 그리고 이제 개러티는 무엇이 빠져 달아나고 있었는지를, 그리고 그게 결국 그렇게 중요하지 않았다는 것을 기억해 낼 수 있었다. 올슨이 생각나게 한 것은 선원들이 전부 사라진 후에도 계속 항해하고 있는 '방황하는 네덜란드인'(희망봉 근처에 출몰한다는 네덜란드 유령선 선장 — 옮긴이)이었다.

그들은 재빠르게 긴 언덕을 내려갔다. S 자 커브길을 지나가고, 표지판에 따르면 미도 브룩을 지나가는 다리를 건넜다. 다리 맞은편에는 또 '급경사이니 트럭은 기어 하단을 사용하시오.'라고 쓴 표지판이 있었다. 몇몇 워커들이 신음 소리를 냈다.

정말로 가파른 언덕이었다. 언덕은 그들 위로 터보건 썰매(앞쪽이 위로 구부러진, 좁고 긴 썰매 — 옮긴이) 활강장처럼 솟아 있는 것 같았다. 언덕은 길지 않았다. 심지어 어둠 속에서도 정상이 보였다. 그러나 그것은 가팔랐다. 아주 가팔랐다.

그들은 위로 올라가기 시작했다.

개러티는 호흡에 대한 통제력이 거의 즉각적으로 흘러나가는 것을 느끼면서, 경사 쪽으로 몸을 숙였다.

'꼭대기에서는 개처럼 헉헉거리고 있을 거야.'

개러티는 생각했다…… 그리고 또 생각했다.

'만약 내가 꼭대기까지 간다면 말이지.'

양쪽 다리에서 항의의 아우성이 솟아올랐다. 그것은 그의 허벅지에서 시작해서 밑으로 쭉 내려갔다. 그의 다리들은, 이 똥 같은 일을 절대 더 이상 하지 않을 거라고 그에게 소리치고 있었다.

'그러나 넌 할 거야. 하지 않으면 죽을 테니까.'

개러티는 그들에게 말했다.

'난 신경 안 써. 내가 죽어도, 죽어도, 죽어도 신경 안 써.'

그의 다리들이 도로 대답했다.

근육이 부드러워지기 시작하는 것 같았다. 뜨거운 햇볕 속에 내놓은 젤리처럼 녹는 것 같았다. 근육이 거의 어떻게 할 수 없을 정도로 떨렸다. 잘못 조종한 꼭두각시들처럼 꼬였다.

왼쪽 오른쪽으로 경고가 갑자기 튀어나왔고, 개러티는 자신도 곧 경고를 하나 받게 되리라는 것을 깨달았다. 올슨에게 눈을 고정시키고 억지로 자기 걸음걸이를 올슨의 걸음걸이에 맞추었다. 그들은 이 살인자 같은 언덕 꼭대기를 넘어 함께 갈 것이고, 그러고 나서 그는 올슨이 자기 비밀을 말하게 만들 것이다. 그러면 모든 것이 나무랄 데 없어질 것이고 스테빈스나 맥브라이스나 잰이나 아버지, 그래, 심지어 자기 머리를 국도 1호선 옆 돌벽에 풀처럼 펴 바른 프리키 달레지오에 대한 걱정을 안 해도 될 것이다.

얼마나 남았을까, 30미터? 15미터? 얼마나?

이제 개러티는 헐떡거리고 있었다.

첫 번째 총성이 울렸다. 커다랗고 낑낑거리는 듯한 비명이 울리다가 더 많은 총소리에 지워져버렸다. 산꼭대기에서 총성이 한 번 더 들렸다. 개러티는 어둠 속에서 아무것도 볼 수 없었다. 고문당한 그의 맥박은 관자놀이를 망치처럼 두드렸다. 이번에는 누가 티켓을 끊었는지 조금도 신경 쓰이지 않았다. 그것은 문제가 되지 않았다. 고통, 다리와 폐의 고통만이 문제였다.

언덕은 둥글어졌고, 평평해졌고, 내리막에서 더 둥글어졌다. 맞은편은 부드러운 경사가 져서 숨을 회복하는 데 완벽했다. 그러나 근육 속에 느껴지기 시작한 부드러운 젤리는 없어지려고 하지 않았다.

'내 다리는 무너질 거야. 절대로 나를 프리포트까지 데려가지 않을 거야. 올드타운까지도 가지 못할 것 같아. 난 죽어가고 있는 것 같아.'

개러티는 태연하게 생각했다.

그때 난장판이 벌어진 듯한 거친 소리가 어둠 속에서 두들기듯 들리기 시작했다. 그것은 목소리, 많은 목소리들이었고, 똑같은 말을 계속 되풀이하고 있었다.

개러티! 개러티! **개러티! 개러티!** 개러티!

그가 그 비밀을 알아내기 전에 그의 다리를 잘라내려고 하고 있었다. 그것은 신일 수도, 그의 아버지일 수도 있었다. 비밀, 그 비밀, 그것이 비밀……

천둥처럼, **개러티! 개러티! 개러티!**

그것은 그의 아버지도 아니고 신도 아니었다. 올드타운 고등학교 학생 전체가 그의 이름을 한꺼번에 외치고 있는 것 같았다. 그들이 그의 희고 지치고 긴장한 얼굴을 보았을 때, 꾸준히 울리던 두드리는 듯한 소리는 녹아들어 거친 환호성이 되었다. 치어리더

들이 폼폼(손에 들고 흔드는, 비닐 가닥들을 묶은 뭉치 — 옮긴이)
을 흔들었다. 소년들은 날카롭게 휘파람을 불고 자기 여자친구들
에게 키스했다. 개러티는 마주 손을 흔들고, 미소를 짓고, 고개를
끄덕이고, 능청스럽게 올슨에게 슬금슬금 다가갔다.

"올슨, 올슨." 개러티가 속삭였다.

올슨의 눈은 약간 깜박인 것도 같았다. 버려진 자동차의 오래
된 시동 장치를 한번 돌렸을 때처럼 생명의 불꽃이 일었다.

"나한테 이야기해 봐, 올슨. 뭘 해야 할지 나한테 말해 줘."

개러티가 속삭였다.

남녀 고등학생들(내가 고등학교에 간 적이 있었던가? 꿈이었나?
개러티는 궁금했다.)은 이제 그들 뒤에서 여전히 열광적으로 환호
하고 있었다.

오랫동안 녹슬어서 기름이 필요한 것처럼, 올슨의 눈이 눈구멍
에서 요동쳤다. 입은 쾅 소리가 날 것같이 열렸다.

"그거야. 말해. 나한테 말해, 올슨. 나한테 말해. 말하라고. 나한
테 말해."

개러티가 열심히 속삭였다.

"아. 아. 아." 올슨이 말했다.

개러티는 올슨에게 더 가까이 갔다. 한 손을 올슨의 어깨에 올
리고 땀과 입 냄새와 오줌의 사악한 원광(圓光)으로 몸을 기울
였다.

"제발. 기운을 내봐." 개러티가 말했다.

"스. 시. 신. 신의 정원……."

"신의 정원." 개러티가 의심스럽게 되풀이했다. "신의 정원이 뭐

어떻다고, 올슨?"

"그건 잡초로. 가득. 찼어."

올슨이 슬프게 말했다. 머리가 그의 가슴에 부딪쳐 퉁겨 올라왔다.

개러티는 아무 말도 하지 않았다. 할 수가 없었다. 그들은 이제 또 언덕으로 올라가고 있었고 개러티는 다시 헐떡였다. 올슨은 전혀 숨이 차지 않는 것 같았다.

"나. 나는 죽고. 싶지. 않아." 올슨이 말을 끝냈다.

개러티의 눈은 올슨의 얼굴이었던 그늘진 폐허에 납땜한 듯이 붙었다. 올슨은 삐걱대며 개러티 쪽으로 고개를 돌렸다.

"아?" 올슨은 축 늘어진 머리를 천천히 들었다. "개. 개. 개러티?"

"그래, 나야."

"몇 시야?"

개러티는 아까 시계태엽을 다시 감아 시계를 맞춰 두었다. 신만이 왜 그런지 아시리라.

"여덟 시 사십오 분이야."

"그거. 그거보다는. 더 안 늦었어?"

가벼운 놀람이 산산조각 난 노인 같은 올슨의 얼굴을 씻어 내렸다.

"올슨……."

개러티가 올슨의 어깨를 부드럽게 흔들자 올슨의 골격 전체가 강풍 속의 지지대처럼 떨리는 것 같았다.

"이게 다 무슨 소리야?" 갑자기 개러티가 미친 듯이 낄낄거렸다. "이게 다 무슨 소리야, 알피?"

올슨은 미리 계산한 약삭빠른 태도로 개러티를 쳐다보았다.

"개러티."

올슨이 속삭였다. 그 입에서 하수도 냄새가 죽 끼쳤다.

"왜?"

"몇 시야?"

"젠장!"

개러티는 올슨에게 소리쳤다. 재빨리 스테빈스 쪽을 돌아봤지만 그는 길을 내려다보고 있었다. 그가 개러티를 보며 웃고 있었는지는 몰라도, 너무 어두워서 보이지 않았다.

"개러티?"

"왜?"

개러티는 좀 더 조용히 말했다.

"예, 예수님이 널 구해 주실 거야."

올슨의 머리는 다 올라왔다. 그는 길에서 벗어나 걷기 시작했다. 하프트랙을 향해 걷고 있었다.

"경고. 70번 경고!"

올슨은 결코 느려지지 않았다. 그에게는 파멸의 운명을 받아들인 자의 위엄이 있었다. 와자지껄하던 군중이 조용해졌다. 그들은 눈을 휘둥그레 뜨고 지켜보고 있었다.

올슨은 망설이지 않고 비포장 갓길에 다다랐다. 손을 하프트랙 옆면에 대었다. 고통스럽게 옆면을 기어오르기 시작했다.

"올슨!"

에이브러햄이 깜짝 놀라서 외쳤다.

"야, 저거 행크 올슨이야!"

군인들은 완벽한 4부 화음을 내며 총을 돌렸다. 올슨은 가장 가까운 총열을 움켜쥐고 총을 쥔 손에서 아이스크림 막대기를 빼듯 총을 빼냈다. 총은 군중 속으로 덜거덕 떨어졌다. 그들은 총이 살아 있는 살모사인 것처럼 비명을 지르며 총에서 물러났다.

다음 순간 다른 세 자루 총 중 하나가 발사되었다. 개러티는 총신 끝의 불꽃을 분명히 보았다. 총탄이 올슨의 배로 들어갔다가 등으로 뚫고 나올 때 셔츠에 홱 일어나는 잔물결도 보았다.

올슨은 멈추지 않았다. 하프트랙 위로 올라가 자기를 방금 쏜 총의 총열을 잡았다. 그 총이 다시 발사될 때 그는 그것을 지렛대처럼 공중으로 올렸다.

"그들을 해치워!" 맥브라이스는 사납게 위를 보고 외치고 있었다. "그들을 해치워, 올슨! 죽여버려! 죽여버려!"

다른 두 자루 총이 한꺼번에 포효했고 대구경 총알의 충격은 올슨을 하프트랙에서 날려버렸다. 그는 십자가에 못 박힌 사람처럼 사지를 벌리고 등을 땅에 대고 착륙했다. 배 한쪽은 검고 너덜너덜한 잔해가 되었다. 세 방의 총알이 그의 몸에 추가로 박혔다. 올슨이 무장 해제시킨 경비병은 하프트랙 안에서 (힘들이지 않고) 카빈총 한 자루를 더 꺼냈다.

올슨은 일어나 앉았다. 손을 배에 대고 침착하게 하프트랙 갑판 위에서 태세를 갖추고 있는 군인들을 노려보았다. 군인들도 마주 그를 노려보았다.

"이 개새끼들아!" 맥브라이스가 흐느꼈다. "이 잔인한 개새끼들!"

290

올슨은 일어나기 시작했지만, 또 한 번의 일제사격에 다시 납작하게 뻗었다.

이제 개러티 뒤에서 무슨 소리가 났다. 고개를 돌릴 필요도 없이 그것이 스테빈스임을 알았다. 스테빈스는 작게 웃고 있었다.

올슨은 다시 일어나 앉았다. 총들은 여전히 그를 겨누고 있었지만, 군인들은 총을 쏘지 않았다. 하프트랙 위에 선 그들의 윤곽은 마치 호기심이라도 띤 것 같았다.

올슨은 손을 배 위에 교차시키고 천천히, 사색하듯이 일어섰다. 방향을 알기 위해 공기 냄새를 맡는 것 같더니, 천천히 워크 방향으로 돌아 비틀거리며 걷기 시작했다.

"그를 거기서 밀어내! 제발 거기서 밀어내!"

충격 받은 목소리 하나가 목쉰 소리로 고함쳤다.

올슨의 내장이 파란 뱀들처럼 천천히 손가락 사이로 빠져나오고 있었다. 토막 난 소시지처럼 사타구니로 떨어져 음란하게 퍼덕거렸다. 그는 멈추어서 마치 그걸 도로 찾으려는 듯이 몸을 굽히고(*그걸 도로 주워.* 개러티는 경이와 공포로 거의 정신이 혼미해진 상태에서 생각했다.) 피와 담즙의 거대한 덩어리를 토했다. 그리고 몸을 굽힌 채 다시 걷기 시작했다. 그의 얼굴은 상냥할 정도로 침착했다.

"오 하느님."

에이브러햄이 말하고 손을 입 위에 컵처럼 댄 채로 개러티를 보았다. 에이브러햄의 얼굴은 하얗고 치즈 같았고, 눈이 튀어나오고 있었다. 그의 눈은 공포로 미친 것 같았다.

"오 하느님, 레이, 이게 무슨 지랄 염병하게 역겨운 일이야, 오

맙소사!"

에이브러햄은 토했다. 토한 것이 손가락 사이로 뿜어져 나왔다.

'음, 친구 에이브는 자기 쿠키를 던져주었지, 그건 힌트 13번을 지키는 길이 아니야, 에이브.'

개러티는 아득하게 생각했다.

"놈들은 배를 쏴. 그렇게 할 거야." 스테빈스가 개러티 뒤에서 말했다. "그건 고의적으로 그러는 거야. 다른 누구도 그 옛날 '경기병 여단의 돌격'(크림전쟁 발라클라바 전투 때 영국 경기병 여단이 러시아 포병 부대에게 무모하게 돌격했던 사건 ― 옮긴이)을 시도하지 못하게 기를 꺾기 위해서."

"나한테서 떨어져. 안 그러면 네 머리를 날려버릴 테야!"

개러티가 속삭였다. 스테빈스는 재빨리 뒤로 처졌다.

"경고! 88번 경고!"

스테빈스의 웃음은 부드럽게 떠돌아 그에게 닿았다.

올슨은 무릎을 꿇었다. 머리는 길 위에 고인 팔 사이에 매달려 있었다.

라이플 한 자루가 포효했고, 총탄 하나가 올슨의 왼손 옆 아스팔트에 구멍을 내고 지잉 울며 튕겨 나갔다. 그는 지친 듯이 다시 처처히 일어나기 시작했다

'놈들은 그를 갖고 놀고 있어. 이 모든 게 틀림없이 놈들에게는 끔찍하게 지루한 거야. 그래서 올슨을 갖고 놀고 있는 거야. 올슨이 재미있냐, 이 자식들아? 올슨이 네놈들을 재미있게 해주냐?'

개러티는 울기 시작했다. 올슨에게 달려가 옆에 무릎을 꿇고 지친, 열에 들뜬 것처럼 뜨거운 얼굴을 가슴에 안았다. 그리고 마

르고 지독한 냄새가 나는 그 머리카락에 얼굴을 묻고 흐느꼈다.

"경고! 47번 경고!"

"경고! 61번 경고!"

맥브라이스가 그를 잡아당기고 있었다. 이번에도 맥브라이스였다.

"일어나, 레이, 일어나, 넌 그를 도울 수 없어, 제발 일어나!"

"이건 공정하지 않아!" 개러티가 울었다. 광대뼈에 올슨의 피의 끈적끈적한 얼룩이 묻어 있었다. "절대로 공정하지 않아!"

"알았으니까 일어나, 얼른."

개러티는 일어났다. 그와 맥브라이스는 무릎을 꿇고 있는 올슨을 지켜보며 빠르게 뒤로 걷기 시작했다. 올슨은 일어섰다. 그리고 흰 선 양쪽으로 두 다리를 벌리고 섰다. 양손을 하늘로 들어 올렸다. 군중은 작게 한숨지었다.

"난 그걸 잘못했어!"

올슨은 떨며 외치더니, 납작 쓰러져 죽었다.

하프트랙 위의 군인들은 그에게 두 발의 총알을 더 박은 후 그를 길에서 부지런히 끌고 갔다.

"그래, 그걸로 끝이야."

그들은 10분 정도 조용히 걸었다. 개러티는 맥브라이스의 존재에서 절제된 위안을 끌어내고 있었다.

"나는 그 안에서 뭔가 보기 시작했어, 피트. 패턴이 있어. 모두 무의미한 게 아니야." 개러티가 마침내 말했다. "패턴이 있어. 그건 모두 무의미한 게 아니야."

"그래? 그걸 믿지 마."

"그는 내게 말했어, 피트. 그는 그들이 쏠 때까지 죽지 않았어. 살아 있었어." 이제 그것이 올슨의 일에서 가장 중요한 것 같았다. 개러티는 그것을 되풀이했다. "살아 있었어."

"그게 무슨 차이가 있는 것 같지는 않아."

맥브라이스가 지친 한숨을 쉬며 말했다.

"그는 그냥 숫자야. 시체의 숫자 하나 더야. 53번. 우리가 조금 더 가까워졌다는 뜻이고 그 뜻이 전부야."

"너 정말 그렇게 생각하는 건 아니지."

"내가 무슨 생각을 하고 무슨 생각을 하지 않는지 나한테 말하지 마! 그대로 놔둬, 못 그러겠어?"

맥브라이스가 날카롭게 말했다.

"우린 올드타운까지 20킬로미터 정도 남았다고 봐."

개러티가 말했다.

"무슨 허튼소리야!"

"너 스크램이 어떤지 알아?"

"난 그의 의사가 아니야. 스크램에게 직접 가보지그래?"

"대체 무엇 때문에 괴로워하는 거야?"

맥브라이스는 거칠게 웃었다.

"우리는 여기까지 왔는데, 여기까지 오고도 뭐가 괴롭냐고! 다음 해 소득세가 걱정이다, 그게 괴롭다. 사우스다코타 주의 곡물 가격이 걱정이다, 그게 괴로워. 올슨, 그 애의 내장이 떨어져 나가고 있었어, 개러티, 결국 내장이 떨어져 나가면서 걷고 있었어. 그게 괴로워, 그게 괴롭다고⋯⋯."

맥브라이스는 갑자기 말을 멈추었고 개러티는 그가 토하지 않으려고 애쓰는 것을 지켜보았다. 맥브라이스가 불쑥 말했다.

"스크램은 안 좋아."

"그래?"

"콜리 파커가 그의 이마를 짚어보더니 불타는 것 같다고 했어. 그는 자기 아내에 대해서, 플래그스태프와 피닉스에 대해서, 호피족과 나바호족과 카치나 인형(호피족이 만드는 인형 ― 옮긴이)에 대해서 이상한 소리를 하고 있어……. 무슨 소리인지 못 알아듣 겠어."

"그가 얼마나 더 오래갈 수 있을까?"

"누가 알겠어. 그래도 그가 우리 모두보다 더 오래갈 수도 있어. 그는 버펄로 같은 체격을 가졌고 끔찍이도 열심히 노력하고 있어. 세상에, 나 지쳤나 봐."

"바코비치는 어때?"

"그도 이제 분위기를 깨달아가고 있어. 자기가 티켓을 끊는 걸 보면 우리들이 기뻐하리라는 걸 알아. 그래서 나보다 더 오래 살 아남기로 결심했어, 돼먹지 못한 새끼 같으니라고. 그는 내가 자기를 괴롭혀서 좋아하지 않아, 안됐지, 그래, 나도 알아." 맥브라이스는 다시 거칠게 웃음을 터뜨렸다. 개러티는 그 소리가 마음에 들지 않았다. "하지만 그는 겁에 질렸어. 폐활량도 줄고 다리 힘으로 가고 있어."

"우리 모두 그래."

"그래. 올드타운이 다가오고 있어. 20킬로미터?"

"맞아."

"너한테 뭐 좀 말해도 돼, 개러티?"

"그럼. 무덤까지 가지고 갈게."

"난 그게 사실이라고 생각해."

군중 앞쪽 가까이 있는 누군가가 폭죽을 터뜨렸고, 개러티와 맥브라이스 둘 다 펄쩍 뛰었다. 몇몇 여자들이 꽥 소리를 질렀다. 앞줄의 건장한 남자 하나가 팝콘을 한입 가득 물고 "빌어먹을!" 하고 말했다.

"이 모든 것이 이렇게 무시무시한 이유는 그저 사소하기 때문이야. 알겠어? 우리는 사소한 것에 우리를 팔고 우리 영혼을 거래했어. 올슨, 그는 시시했어. 웅장하기도 했지만, 그것들은 상호 배제하는 게 아니야. 그는 웅장하고 시시해. 어느 쪽이든, 혹은 둘다야. 그는 현미경 아래 놓인 벌레같이 죽었어."

맥브라이스가 말했다.

"너는 스테빈스만큼 나빠." 개러티는 화가 나서 말했다.

"프리실라가 날 죽였으면 좋았을걸. 최소한 그건……"

"시시하지는 않았겠지." 개러티가 말을 맺었다.

"그래. 내 생각엔……"

"이봐, 나는 가능하면 약간 졸고 싶어. 신경 쓰여?"

"아냐. 미안해." 맥브라이스는 기분이 상했는지 뻣뻣한 말투였다.

"내가 미안해." 개러티가 말했다. "야 신경 쓰지 마. 그건 정말……"

"시시해."

맥브라이스가 말을 맺었다. 그는 세 번째로 거친 웃음을 웃고 멀어져갔다. 개러티는 롱 워크에서 친구를 사귀지 말걸 하고—처음은 아니었지만—바랐다. 친구는 일을 힘들게 만들 것이었다. 사실, 이미 힘들었다.

창자 속에서 느릿느릿한 움직임이 일었다. 곧 장을 비워야 할 것이다. 그 생각을 하자 속으로 이가 갈렸다. 사람들은 손으로 가리키며 웃을 것이다. 그는 똥개처럼 거리에 똥을 떨어뜨릴 것이고, 나중에 사람들이 종이 냅킨으로 그것을 모아 가서 병에 넣어 기념품으로 만들 것이다. 사람들이 그런 일을 하는 건 불가능해 보였지만, 그는 그런 일이 있었다는 것을 알았다.

창자를 떨어뜨리며 죽은 올슨.

맥브라이스와 프리실라와 파자마 공장.

신열로 벌게진 스크램.

에이브러햄…… 스토브파이프 햇(에이브러햄 링컨이 즐겨 썼던 1870년대의 모자 — 옮긴이)의 가격은 얼마지, 청중인가?

개러티의 머리가 떨어졌다. 그는 졸았다. 워크는 계속되었다.

언덕을 넘어, 계곡을 넘어, 스타일(목장 울타리의 층계형 출입구 — 옮긴이)과 산을 넘어. 산등성이를 넘고, 다리 아래를 지나, 내 아가씨의 분수를 지나. 개러티는 두뇌의 흐릿한 구석에서 낄낄거렸다. 그의 발은 인도를 쿵쿵 울렸고 힘이 풀린 발은 더 느슨하게 퍼덕거렸다. 죽은 집의 오래된 덧문처럼.

나는 생각한다, 그러므로 존재한다. 라틴어 첫해 수업. 죽은 언어로 된 오래된 곡조. 딩-동-벨-고양이가-우물 아래-있네. 누가 고양이를 밀어넣었지? 꼬마 재키 플린(「딩-동-벨」이라는 영미권의 전래 동요 — 옮긴이).

나는 존재한다, 그러므로 나는 있다.

또 하나의 폭죽이 터졌다. 함성과 환호성이 울렸다. 하프트랙이 철컹거렸고 개러티는 자기 번호가 불리는 소리가 들리나 귀를 기울이고 더 깊이 졸았다.

아빠, 나는 아빠가 가야만 했을 때 기쁘지 않았어요, 하지만 아빠가 사라졌을 때 진짜로 아쉽지는 않았어요. 미안해요. 그렇지만 그래서 내가 여기 있는 건 아니에요. 나는 자살하고 싶은 잠재의식적 충동이 있는 건 아냐, 미안 스테빈스. 정말 미안해. 하지만……

다시 총소리가 들리는 바람에 그는 깜짝 놀라 깼다. 다른 소년이 천국으로 예수님을 만나러 가는, 우편물 주머니가 땅에 떨어질 때 나는 익숙한 쿵 소리가 났다. 관중은 무서워서 비명을 지르는 동시에 현실을 인정하는 큰 소리를 냈다.

"개러티!" 한 여자가 꽥꽥거렸다. "레이 개러티!"

그녀의 목소리는 쉬고 딱지가 앉은 것 같았다.

"우리는 너와 함께 있어, 얘야!"

"우리는 너와 함께 있어, 레이!"

그녀의 목소리는 관중을 갈랐고, 사람들은 메인의 아들을 더 잘 보려고 고개를 돌리고 목을 뺐다. 올라오는 환호성에 야유 소리가 묻혔다.

관중은 그 구호를 다시 시작했다. 개러티는 자기 이름이 자기와 아무 관계없는 말도 안 되는 음절의 뒤죽박죽이 될 때까지 들었다.

그는 잠깐 손을 흔들고 다시 졸았다.

11장

"어서, 이 멍청이야! 넌 영원히 살고 싶으냐?"
—무명의 1차 세계대전 고참 상사

그들은 자정 즈음에 올드타운으로 들어갔다. 그들은 두 개의 진입로를 통해 길을 바꾸어, 국도 2호선에 합류해 도시 중심으로 들어갔다.

레이 개러티에게 그 길 전체는 흐릿한 잠의 아지랑이가 낀 악몽이었다. 환호성이 일어나고, 생각이나 이성의 모든 가능성을 끊어버릴 것 같을 때까지 부풀어 올랐다. 밤은 낯선 오렌지색 빛을 던지는 불타는 아크-소듐 램프 아래에서 빛나는, 그림자 없는 낮으로 변했다. 그런 빛 속에서는 제일 친밀한 얼굴이라도 지하 묘지에서 기어 나온 것 같아 보였다. 2층, 3층 창문에서 색종이 조각, 신문, 전화번호부 자른 조각, 화장실 휴지의 긴 띠가 떠다니고 날아다녔다. 마치 동네 야구를 위한 뉴욕식 색종이 퍼레이드 같았다.

올드타운에서는 아무도 죽지 않았다. 그들이 아침의 도랑 속에서 스틸워터 강을 따라 걸을 때 오렌지색 아크등 불은 사라지고 군중은 대폭 감소했다. 이제 5월 3일이었다. 제지 공장의 고약한 냄새가 그들을 강타했다. 화학 물질, 나무 태운 연기, 오염된 강의 냄새, 위암이 걸릴 것 같은 축축한 냄새였다. 시내 건물들보다 더 높은 원뿔 모양의 톱밥 더미들이 있었다. 펄프 재료로 쓰이는 나무가 무더기가 거대한 돌기둥처럼 하늘 높이 쌓여 있었다. 개러티는 졸며 안도와 구원의 어슴푸레한 꿈을 꾸었고, 영원 같은 시간 이후 누군가가 그의 갈비뼈를 쿡쿡 찌르기 시작했다. 맥브라이스였다.

"무스은 일이야아?"

"우리는 유료 고속도로로 올라갈 거야." 맥브라이스가 말했다. 그는 흥분해 있었다. "소문이 뒤로 돌았어. 입체 교차로에 그 망할 기수단 전부를 세운대. 우리는 400자루의 총으로 경례를 받을 거야!"

"사백을 타고 사망의 골짜기로 들어가는구나."

개러티는 눈을 문질러 졸음의 씨앗을 떨어내며 중얼거렸다.

"나는 오늘 밤에 세 자루의 총 경례를 너무 많이 들었어. 흥미 없어. 나 잘래."

"거기가 중요한 게 아니야. 그들이 다 끝난 후에, 우리가 그들에게 경례할 거야."

"우리가?"

"그래. 46명의 야유지."

개러티는 약간 웃었다. 입술 위에서 웃음은 뻣뻣하고 불안정하게 느껴졌다.

"그게 정말이야?"

"확실히 그래. 음…… 40명의 야유야. 몇 명의 아이들이 이제 완전히 갔어."

개러티는 올슨의 환영을 잠깐 보았다. 인간 '방황하는 네덜란드인.'

"음, 나도 넣어줘." 개러티가 말했다.

"그러면 우리와 함께 잠깐 모이자."

개러티는 속도를 올렸다. 그와 맥브라이스는 피어슨, 에이브러햄, 베이커, 스크램 쪽으로 다가갔다. 선봉에 있던 가죽 소년들은 훨씬 가까이 다가와 있었다.

"바코비치도 넣는 거야?" 개러티가 물었다.

맥브라이스가 코웃음 쳤다.

"그놈은 그게 유료 화장실 이후에 가장 멋진 생각이라고 생각해." 개러티는 차가운 몸을 더 꼭 부여잡고 유머 없는 작은 킬킬거림을 내뱉었다. "장담하건대 그놈은 아주 사악한 야유가 뭔지 보게 될걸."

그들은 이제 유료 고속도로와 평행해서 가고 있었다. 개러티의 오른쪽에 가파른 경사면이 보였고, 위로는 더 많은 아크 ― 소듐의 흐릿한 빛 ― 이번에는 백골처럼 하얗다. ― 이 보였다. 1킬로미터쯤 앞에서 고속도로 진입 경사로가 나뉘어 올라갔다.

"이제 우리가 간다." 맥브라이스가 말했다.

"캐시!" 스크램이 갑자기 외치는 바람에 개러티는 깜짝 놀랐다. "난 아직 포기하지 않았어, 캐시!"

스크램은 개러티에게 열에 들뜬 멍한 눈을 돌렸다. 그 눈에는 개러티를 알아보는 기색이 없었다. 뺨은 붉었고, 입술은 열로 물집이 잡히고 갈라졌다.

"쟤는 상태가 별로 좋지 않아." 베이커는 마치 자기가 그런 일을 초래했다는 듯, 미안한 투로 말했다. "우리는 그에게 때때로 물을 주고, 머리에도 부어주고 있어. 하지만 그의 물통은 거의 비었고, 새로 물통을 받고 싶으면 자기가 소리쳐야 해. 그게 규칙이야."

"스크램." 개러티가 불렀다.

"누구야?" 스크램의 눈이 눈구멍에서 거칠게 회전했다.

"나야. 개러티."

"아. 너 캐시 봤어?"

"아니. 난⋯⋯." 개러티는 불편한 심경으로 말했다.

"여기 우리가 간다."

맥브라이스가 말했다. 군중의 환성이 다시 크게 들려왔고, 유령 같은 녹색 표지판이 어둠 속에서 튀어나왔다. **주간 고속도로 95 오거스타 포틀랜드 포츠머스 방면 남행선**

"저건 우리야. 신이 우리를 도우사 남쪽을 가리키시는 거지."

에이브러햄이 속삭였다.

그들이 오른 고속도로 진입로는 위로 기울어져 있었다. 그들은 머리 위의 아크등이 첫 번째로 번쩍이는 곳을 지나갔다. 새로 포장된 도로는 발아래에서 더 매끈하게 느껴졌고, 개러티는 낯익은 흥분이 들썩이는 것을 느꼈다.

기수단 호위병들은 나들목 경사로를 따라 군중을 쫓아냈다. 그들은 조용히 라이플을 앞에총 자세로 들었다. 그들의 예복은 휘황찬란하게 번쩍였다. 먼지투성이 하프트랙에 탄 군인들은 상대적으로 초라해 보였다.

거대하고 잠들지 않는 소음의 바다 위로 올라가 조용한 공중으로 들어가는 것 같았다. 소리라곤 그들의 발소리와 바쁜 숨소리뿐이었다. 나들목은 영원히 계속되는 것 같았고, 그 길은 언제나 팔을 앞에총 경례 자세로 뻗은 진홍색 군복의 군인들로 둘러쳐져 있었다.

그때, 어둠 속 어딘가에서, 전기로 증폭된 통령의 목소리가 나왔다.

"받들어총!"

무기들이 살에 부딪치며 철썩 소리를 냈다.

"준비!"

총이 어깨로, 강철의 아치를 그리며 위의 하늘 쪽을 가리켰다. 죽음을 의미하는 요란한 소리에 대응해 모두 본능적으로 옹기종기 모였다. 그것은 그들에게 파블로프 반사로 각인되었다.

"발사!"

어둠 속 400자루의 총성, 귀가 찢겨 나갈 정도로 엄청나게 큰 소리. 개러티는 머리에 손을 갖다 대려는 충동을 싸워 억눌렀다.

"발사!"

다시 매캐한 코르다이트 폭약 연기 냄새. 익사한 남자의 시체를 수면으로 끌어 올리기 위해 사람들이 물 위로 총을 발사하는 이야기가 어느 책에 나오더라?

"내 머리. 맙소사, 머리가 아파." 스크램이 신음했다.

"발사!"

총은 세 번째이자 마지막으로 폭발했다.

맥브라이스는 즉각 돌아서서 뒤로 걸었다. 큰 소리로 외칠 준비를 하느라 얼굴이 얼룩덜룩한 붉은색이 되었다.

"받들어총!"

40개의 입이 40개의 입술을 오므렸다.

"준비!"

개러티도 숨을 크게 들이쉬고는 머금고 있으려고 애썼다.

"발사!"

그것은 정말 초라했다. 커다란 어둠 속 초라하고 작은 반항의 소리. 그것은 되풀이되지 않았다. 기수단의 무표정한 얼굴들은 변함없이 않고 똑같아 보였지만, 미묘한 비난을 암시하는 듯했다.

"오, 망했어."

맥브라이스가 말했다. 그는 돌아서서 머리를 떨어뜨리고 다시 앞으로 걷기 시작했다.

도로가 평평해졌다. 그들은 유료 고속도로 위에 있었다. 남쪽으로 속력을 내어 멀어져가는 통령의 지프, 검은 선글라스에 반사된 차가운 형광 불빛이 번쩍이는 모습이 잠깐 보였고, 다음 순간 군중은 다시 가까워졌지만 어느새 더 멀리 있었다. 고속도로는 4차선 넓이였기 때문이다. 풀이 무성한 중앙 분리대까지 치면 5차선.

개러티는 재빨리 중앙 분리대로 방향을 정하고, 아주 짧게 잘린 풀 속을 걸으며 이슬이 갈라진 신발 사이로 스며들고 발목에 묻는 것을 느꼈다. 누군가가 경고를 받았다. 유료 고속도로는 앞쪽에 평평하고 단조롭게 뻗어 있었다. 이 녹색 중앙 분리대로 나 뉜 콘크리트 포장도로가 쭉 뻗어 있고, 모든 것이 위쪽 아크-소 듐 램프에서 나오는 흰 빛의 길고 가는 끈으로 함께 묶여 있었다. 그들의 그림자는 마치 여름 달빛을 받은 것처럼 날카롭고 또렷하 고 길었다.

개러티는 위로 물통을 기울여 벌컥벌컥 마시고, 다시 뚜껑을 닫고 졸기 시작했다. 오거스타까지 130킬로미터, 어쩌면 135킬로 미터. 젖은 풀의 감촉에 마음이 편안해지는 듯했다.

개러티는 비틀거리다가 넘어질 뻔하면서 확 깨어났다. 어떤 바 보가 중앙분리대에 소나무를 심어놓았다. 그것이 주목(州木)이라 는 것은 알았지만, 너무 멀리까지 심은 것 아닌가? 그런 게 있으 면 어떻게 풀밭을 걸으리라고 예상할 수가…….

사람들은 물론 그런 것을 예상하지 못했다.

개러티는 그들 대부분이 걷고 있는 왼쪽 차선으로 옮겼다. 하 프트랙이 두 대 더 덜걱거리며 오로노 나들목에서 유료 고속도 로로 올라왔다. 이제 남은 46명의 워커들을 다 감시하기 위해서 였다. 그들은 네가 풀밭을 걸을 거라고 예상하지 못했어. 또 당했 구나, 개러티. 치명적인 건 아냐, 그저 또 한 번 조금 실망한 것뿐 이야. 시시해, 정말. 그냥…… 감히 아무것도 바라지 마, 그리고 아무것에도 의지하지 마. 문은 닫히고 있어. 하나하나씩, 닫히고 있어.

"그들은 오늘 밤 퇴장할 거야. 오늘 밤 벽 위의 벌레들처럼 사 라질 거야."

개러티가 말했다.

"난 거기에 의지하지 않겠어."

콜리 파커가 말했다. 이제 그는 지치고 힘든 나머지 결국 가라앉은 것 같았다.

"왜 안 하는데?"

"크래커 한 상자를 체질하는 것 같은 거야, 개러티. 부스러기들은 매우 빨리 떨어지지. 그다음 작은 조각들이 부서져서 내려가. 그러나 큰 크래커들은 — 파커가 웃자 어둠 속에서 침으로 떡진 치아가 초승달같이 번뜩였다. — 크래커들 전체가 한꺼번에 부스러기로 부서져야 해."

"하지만 이렇게 오래 걸었는데…… 아직……"

"난 아직 살고 싶어." 파커가 거칠게 말했다. "너도 그래, 날 속이지 마, 개러티. 너와 저 맥브라이스 녀석은 그 길을 걸어 내려갈 수 있고 제기랄 우주와 서로 마주 보고 있어, 그래서 뭐, 모두 개똥 같은 일이지만 시간은 지나가지. 하지만 날 속이지 마. 최저 한계선은 네가 아직 살고 싶다는 거야. 다른 아이들 대부분도 그래. 그들은 천천히 죽어갈 거야. 한 번에 한꺼번에 죽을 거야. 나도 그럴지 모르지만, 지금 당장은 놈들의 장난감 차 안에서 축축한 종말을 맞기 위해 무릎을 꿇기 전에 뉴올리언스까지 내내 걸어갈 수 있을 것 같은 기분이야."

"정말이야? 정말?"

개러티는 실망의 파도가 자신을 씻어 내리는 것을 느꼈다.

"그래, 정말이야, 진정해, 개러티, 우리는 여전히 갈 길이 멀어."

콜리 파커는 가죽 소년들 마이크와 조가 그룹을 이끌고 있는 곳까지 성큼성큼 걸어갔다. 개러티는 머리를 떨구고 다시 졸았다.

개러티의 마음은 몸을 떠나 떠돌기 시작했다. 자유로이, 고통 없이, 마찰 없이 달리면서 모든 것을, 아무것이나 셔터샷으로 찰칵거리고 있는 노출되지 않은 필름이 가득 찬 거대하고 앞이 안 보이는 카메라. 개러티는 녹색 고무 부츠를 신고 큰 걸음으로 성큼성큼 걸어가는 아버지를 생각했다. 지미 오웬스를 생각했다. 그가 지미를 공기총 총열로 때렸고, 그래 노리고 한 짓이었다, 왜냐하면 그것은 지미의 생각이었기 때문이다, 옷을 벗고 서로 어루만지는 건 지미의 생각이었다, 그건 지미의 생각이었다. 총은 빛나는 호를 그리며 휘둘러졌다, 빛나고 단호한 호, 피의 분수("미안해 짐 오 세상에 너 반창고가 필요해.")가 지미의 턱에서 흩뿌려졌다, 그를 집 안으로 들어가도록 도우며…… 지미가 소리치고…… 소리치고.

개러티는 반쯤 얼이 빠진 채, 밤의 한기에도 약간 땀을 흘리며 위를 쳐다보았다. 누군가가 소리쳤다. 총들이 작고 약간 뚱뚱한 그림자에 집중되어 있었다. 바코비치 같아 보였다. 그들은 깔끔하게 동시에 발사했고, 작고 약간 뚱뚱한 그림자는 늘어진 세탁물 자루처럼 두 차선 너머로 던져졌다. 여드름이 난 달덩이 같은 얼굴은 바코비치의 얼굴이 아니었다. 개러티에게 그 얼굴은 평화롭게 쉬고 있는 것처럼 보였다.

개러티는 자기들이 모두 죽는 게 낫지 않을까 하고 생각하는 것을 깨닫고 그 생각을 재빨리 떨쳐내려 했다. 그러나 그게 사실이 아닐까? 그 생각을 멈출 수가 없었다. 발의 고통은 종말이 오기 전에 두 배, 어쩌면 세 배가 될 것이고, 지금도 그 고통은 참을 수 없을 것 같았다. 그런데 그건 심지어 최악의 고통도 아니었다.

콧구멍에는 죽음, 변함없는 죽음, 썩어가는 고기 냄새가 자리 잡고 있었다. 군중의 환호성은 그의 생각에 변하지 않는 배경이 되어주고 있었다. 그 소리를 들으며 그는 졸았다. 다시 졸기 시작했고, 이번에는 잰의 이미지가 떠올랐다. 잠시 그는 그녀의 모든 것을 잊어버렸었다. *어떤 의미로는 자는 것보다 조는 게 더 좋아.* 그는 두서없이 생각했다. 발과 다리의 고통은 그가 느슨하게 묶여 있기만 한 다른 사람의 고통 같았고, 약간의 노력만 하면 자기 생각을 조절할 수 있었다. *그들이 그를 위해 일하게 하라.*

개러티는 마음속에 천천히 그녀의 이미지를 지었다. 그녀의 작은 발. 건장하지만 완전히 여성적인 다리, 흙 묻은 농부의 종아리를 채울 만큼 부푼, 작은 넓적다리. 허리는 가늘었고, 가슴은 크고 훌륭했다. 지적이고 둥근 얼굴, 긴 금발. 어떤 이유에서인지 그는 그런 머리가 창녀의 머리라고 생각했다. 그는 한 번 그녀에게 그 말을 한 적이 있었다. 그 말은 입에서 빠져나왔을 뿐이고 그녀가 화낼 거라고 생각했지만, 그녀는 전혀 대답하지 않았다. 그는 그녀가 남몰래 기뻐했다고 생각했다…….

이번에 개러티가 일어난 것은 장 속의 끊임없는, 내키지 않는 수축 때문이었다. 그는 그 느낌이 지나갈 때까지 속도를 맞춰 계속 걷기 위해 이를 악물어야 했다. 시계의 형광 문자판은 한 시가 다 되었다고 알려주었다.

오 하느님, 제발 제가 이 모든 사람들 앞에서 똥을 싸게 만들지 말아주세요. 제발 하느님. 제가 이기면 가진 모든 것의 절반을 바치겠습니다. 제가 변비에 걸리게만 해주세요. 제발. 제발. 제…….

그토록 고단하게 걸어왔음에도 개러티가 여전히 본질적으로 건강하다는 사실을 단언하듯이, 그의 장이 다시 강하고 아프게 수축했다. 그는 가장 가까운 머리 위의 무자비한 불빛에서 벗어날 때까지 억지로 계속 길을 갔다. 초조하게 허리띠를 풀고, 멈추고, 얼굴을 찡그리며 바지를 아래로 밀어내리고 한 손으로 보호하듯 불알을 가린 채 쭈그려 앉았다. 무릎에서 폭발할 듯이 펑 소리가 났다. 허벅지와 종아리의 근육들이 본의 아니게 새로운 방향으로 고통을 받으면서 비명을 지르며 항의하고 뭉치겠다고 위협했다.

"경고! 47번 경고!"

"존! 어이 조니, 저기 저 불쌍한 개자식을 봐."

반쯤은 보이고 반쯤은 상상한, 어둠 속에서 그를 가리키는 손가락들. 플래시 전구가 팍 터지면서 개러티는 비참하게 고개를 돌렸다. 어떤 것도 이보다 더 나쁠 수 없을 것이다. 아무것도.

개러티는 거의 뒤로 넘어질 뻔하다가 간신히 한 팔로 몸을 지탱했다.

깩깩거리는 여자아이 같은 목소리.

"그거 보여! 쟤 물건이 보여!"

베이커가 그를 보지도 않고 지나갔다.

한순간 개러티는 괜히 무릎 꿇고 바지를 내렸다고 ─ 가짜 경보였다고 ─ 생각했지만, 다음 순간 괜찮아졌다. 일을 볼 수 있었다. 그다음, 그렁거리고 반쯤 흐느끼면서, 그는 일어서서 비틀거리며 반은 걷고 반은 뛰면서 바지 허리를 다시 채웠다. 그의 일부가 뒤에 남아 천여 명의 사람들이 탐욕스럽게 바라보는 가운데 어둠 속에서 김을 내도록 놔두고. *그걸 병에 담아! 벽난로 선반 위에*

놔! 말 그대로 길에 목숨을 걸었던 남자의 똥이야! 이거야, 베티, 내가 말했지, 우리 오락실에 특별한 게 있다고…… 바로 이 위, 스테레오 위에. 그는 20분 후에 총에 맞았어……

개러티는 맥브라이스를 따라잡아 옆에서 머리를 숙이고 걸었다.

"힘들어?"

맥브라이스의 목소리에서는 분명 존경심이 묻어났다.

"정말 힘들었어."

개러티가 말하고, 떨면서 안도의 한숨을 내쉬었다.

"뭔가 잊어버렸다는 걸 알았어."

"뭔데?"

"화장지를 집에 놔두고 왔어."

맥브라이스가 킬킬 웃었다.

"우리 할머니가 말씀하시던 것처럼, 거미줄이 없으면 그때는 그냥 엉덩이를 좀 더 마음대로 흔들라고."

개러티는 웃음을 터뜨렸다. 히스테리가 없는 또렷하고, 쾌활한 웃음이었다. 더 가벼워지고 더 느슨해진 것 같았다. 앞으로 어떻게 되든 간에 그 일을 다시 겪어야 하지는 않을 것이다.

"야, 해냈구나."

베이커가 보조를 맞추면서 말했다.

"맙소사." 개러티는 놀라서 말했다. "너희들 모두 나한테 퇴원 축하 카드라도 보내지그래?"

"사람들이 모두 너를 바라보고 있는데 그러는 건 장난이 아니잖아."

베이커가 진지하게 말했다.

"들어봐. 나 방금 어떤 말을 들었어. 그걸 믿어야 할지 모르겠어. 믿고 싶은지도 모르겠어."

"그게 뭔데?" 개러티가 물었다.

"조와 마이크 있잖아? 모두 동성애자라고 생각했던 가죽 재킷 입은 두 녀석? 걔들 호피족이래. 전에 스크램이 하려고 했던 말이 그 이야기 같아. 그런데 우리가 알아듣지 못했던 거야. 하지만…… 봐…… 그들이 형제라는 이야기를 들었어."

개러티의 입이 떡 벌어졌다. 베이커가 말을 계속했다.

"나는 앞으로 가서 그들을 자세히 보고 왔어. 그들이 형제처럼 보이지 않는다면 난 지옥 갈 거야."

"비뚤어진 일이야." 맥브라이스가 화가 나서 말했다. "젠장 맞게 비뚤어졌어! 그들 가족은 이런 일을 허락한 죄로 스쿼드에게 붙잡혀 가야 해!"

"너 혹시 아는 인디언 있어?" 베이커가 조용히 물었다.

"퍼세이익(미국 뉴저지 주 동북부에 있는 도시 — 옮긴이) 출신이 아니라면 아무도 몰라."

맥브라이스가 말했다. 여전히 화난 것 같았다.

"우리 고향에는 주 경계 맞은편에 세미놀족 보존 지구가 있어." 베이커가 말했다. "재미있는 사람들이야. '책임' 같은 걸 우리와 같은 방식으로 생각하지 않아. 그들은 자부심이 강해. 그리고 가난해. 그런 사정은 세미놀족이나 호피족이나 똑같을 거라고 생각해. 그리고 그들은 죽는 법을 알아."

"그중 무엇도 이걸 정당화할 수는 없어."

맥브라이스가 말했다.

"그들은 뉴멕시코 출신이야." 베이커가 말했다.

"그건 낙태나 마찬가지야."

맥브라이스가 단호하게 말했고, 개러티는 거기에 찬성하는 편이었다.

수군거리는 소리가 줄을 따라 위아래로 오가다가 시들해졌다. 부분적으로는 군중에서 나는 소음 때문이었지만, 더한 이유는 유료 고속도로 자체의 단조로움 때문이 아닐까 개러티는 의심했다. 언덕은 길고 완만해서 거의 언덕 같지 않았다. 워커들은 졸고, 발작적으로 코웃음을 치고, 허리띠를 더 꽉 졸라매고 앞에 놓인 길고 이해할 수 없는 괴로움을 받아들이려 하는 것 같았다. 소년들의 그룹은 셋, 둘, 하나의 외로운 섬들로 흩어져 갔다.

군중은 피로를 몰랐다. 그들은 꾸준히 듣기 싫은 하나의 목소리로 환호했고, 읽을 수 없는 플래카드를 흔들어댔다. 개러티의 이름이 자주 단조롭게 외쳐졌지만, 주 밖에서 온 사람들의 무리는 바코비치, 피어슨, 와이먼을 짧게 환호했다. 다른 이름들은 텔레비전 화면에 날리는 눈과 같은 속도로 빽 소리를 내고 지나가 사라졌다.

폭죽이 연이어 펑펑 칙칙 터졌다. 누군가가 차가운 하늘로 불타는 조명탄을 던졌고, 그것이 갓길 너머 자갈 더미에 빛나는 자줏빛을 식식 내뿜으며 빙글빙글 돌면서 내려오자 군중은 비명을 지르며 흩어졌다. 군중 속에서 또 눈에 띄는 부분들이 있었다. 전기 핸드마이크를 가진 한 남자가 개러티를 외치다 번갈아 제2지구를 대표해 자신이 출마한다고 광고하고 있었다. 거대한 가슴에 작은 새장에 든 큰 까마귀를 혹시 날아갈세라 껴안은 여인도 있었다. 뉴햄프셔 대학 셔츠를 입은 학생들로 만들어진 인간 피라미드. 엉클 샘 복장을 입고 '우리는 파나마 운하를 공산주의 흑인들에게 넘겨버렸다'라고 쓴 표지판을 몸에 두른, 뺨이 푹 꺼지고 치아가 없는 남자. 그러나 그 외의 군중은 유료 고속도로 그 자체와 같이 따분하고 단조로워 보였다.

개러티는 발작적으로 졸았고, 머릿속 환영들은 번갈아가며 사랑과 공포를 선사했다. 어떤 꿈에서는 낮고 웅웅거리는 목소리가 계속 계속 되풀이해 물었다. *너 경험이 있니? 너 경험이 있니? 너 경험이 있니?* 그것이 스테빈스의 목소리인지 통령의 목소리인지 알 수 없었다.

12장

"나는 길을 내려갔어, 길은 진흙탕이었지.
나는 발가락을 부딪쳤어, 발가락에서 피가 났지.
너희 모두 여기 있니?"
— 술래잡기 동요

어떻게인지 정신을 차리니 다시 아침 아홉 시 즈음이었다.

레이 개러티는 목에서 뚝 소리가 날 때까지 몸을 뒤로 젖히고 머리 위로 물통을 기울였다. 날은 간신히 입김이 안 나올 정도였고, 물은 몹시 차가웠다. 물을 마시자 끝없는 졸음이 약간 뒤로 물러갔다.

개러티는 여행 동료들을 훑어보았다. 맥브라이스는 이제 머리칼만큼이나 검은 수염이 무성했다. 콜리 파커는 초췌하지만 어느 때보다도 강인해 보였다. 베이커는 거의 천상의 사람 같았다. 스크램은 그렇게 홍조가 올라오지는 않았지만, 꾸준히 기침을 하고 있었다. 개러티에게 오래전의 자신을 생각나게 하는 깊고 우레 같은 기침이었다. 개러티는 다섯 살 때 폐렴에 걸린 적이 있다.

그 밤은 반사 장치가 달린 머리 위 표지판들에 쓰인 이상한 이름들이 꿈같이 연속되는 가운데 지나갔다. 비지, 뱅고어, 허먼, 잼프덴, 윈터포트. 군인들은 두 명만 죽었고, 개러티는 파커의 크래커 비유의 진실을 받아들이기 시작했다.

그리고 이제 밝은 햇빛이 다시 나왔다. 작은 방어적 그룹들이 다시 형성되었고, 워커들은 턱수염에 대해 농담했지만 발에 대해서는 하지 않았다…… 절대로 발에 대해서는 하지 않았다. 개러티는 밤 동안 오른쪽 발꿈치에 작은 물집이 몇 개 난 것을 느꼈지만, 부드럽고 흡수력 있는 양말이 맨살의 충격을 어느 정도 완화해 주었다. 이제 그들은 '오거스타 78 포틀랜드 188'이라고 쓰여 있는 표지판을 방금 지나왔다.

"네가 말했던 것보다 더 멀어."

피어슨이 개러티에게 비난하듯 말했다. 피어슨은 무시무시하게 초췌했는데, 머리카락은 뺨 언저리에 맥없이 늘어져 있었다.

"난 걸어 다니는 도로 지도가 아니야." 개러티가 말했다.

"그래도…… 여긴 네 주잖아."

"거칠지."

"그래, 그런 것 같아." 피어슨의 지친 목소리에 악의는 없었다. "야, 난 10만 년이 흘러도 다시는 이 짓을 안 할 거야."

"그렇게 오래 살아야겠네."

"그래." 피어슨의 목소리가 낮아졌다. "하지만 난 마음을 정했어. 만약 너무 지쳐서 더 갈 수 없으면, 나는 저기로 달려가서 군중 속에 뛰어들 거야. 그들은 감히 쏘지 못할 거야. 어쩌면 빠져나가서 달아날 수도 있어."

"트램펄린을 때리는 것 같을 거야. 사람들은 네가 피 흘리는 걸 보려고 널 곧장 보도 위로 튕겨낼 걸. 너 퍼시를 잊었어?"

개러티가 말했다.

"퍼시는 생각이 짧았어. 그냥 걸어서 숲으로 들어가려고만 했지. 그들은 그 개를 때려서 퍼시에게서 몰아냈지, 좋아." 피어슨은 궁금한 듯이 개러티를 보았다. "넌 안 지쳤어, 레이?"

"젠장, 안 지쳤어." 개러티는 마른 팔을 가짜로 위풍당당하게 휘저었다. "나는 관성으로 저절로 움직이고 있어, 모르겠니?"

"내 꼴이 형편없어." 피어슨이 입술을 핥았다. "똑바로 생각하는 것만도 힘들어. 다리는 위쪽까지 작살에 꿰인 것 같고……"

맥브라이스가 그들 뒤로 왔다.

"스크램이 죽어가고 있어." 맥브라이스가 퉁명스럽게 말했다.

개러티와 피어슨이 한꺼번에 "응?" 하고 물었다.

"폐렴에 걸렸어."

개러티는 고개를 끄덕였다.

"그렇지 않을까 걱정했어."

"폐에서 나는 소리가 1.5미터 밖에서도 들려. 마치 누군가 그의 폐로 걸프 해류를 펌프질하는 것 같은 소리가 나. 오늘 다시 더워지면 그는 소진해 버릴 거야."

"불쌍한 개자식."

피어슨이 말했고, 그의 목소리에 깃든 안도감은 무의식적이면서 동시에 확연한 것이었다.

"내 생각엔, 스크램은 우리 모두를 이길 수도 있었어. 결혼도 했잖아. 스크램의 아내는 어떻게 할까?"

"그 여자가 뭘 어떻게 할 수 있겠어?" 개러티가 물었다.

그들은 이제 자기들을 만지려고 애쓰며 뻗어 나와 있는 손들을 알아채지 못하고 — 손톱에 팔이 한두 번 긁히면 어느 정도 거리를 지켜야 하는지 알게 된다. — 군중에 상당히 가까이 걷고 있었다. 어린 소년 하나가 집에 가고 싶다고 낑낑거렸다.

"나는 모두에게 말하고 있는 거야. 음, 거의 모든 워커들에게. 난 우승자가 그녀를 위해 뭔가 해야 한다고 생각해."

맥브라이스가 말했다.

"어떤 거?" 개러티가 물었다.

"그건 우승자와 스크램의 아내 사이의 문제여야지. 그리고 만약 그 개자식이 약속을 어기면, 우리 모두 돌아와서 그놈을 홀려 버리자고."

"좋아. 잃을 게 뭐 있겠어?" 피어슨이 말했다.

"레이?"

"좋아. 물론이야. 너 개리 바코비치한테도 말했어?"

"그 멍청이? 걔는 자기 어머니가 물에 빠져 죽어가고 있어도 인공호흡도 하지 않을걸."

"내가 말할게." 개러티가 말했다.

"헛수고일 거야."

"마찬가지잖아. 지금 해볼게."

"레이, 그럼 네가 스테빈스에게도 말해 보지그래? 네가 스테빈스랑 이야기하는 유일한 사람 같은데."

개러티가 코웃음을 쳤다.

"스테빈스가 뭐라고 말할지 미리 너희에게 말해 줄 수 있어."

"싫다고?"

"스테빈스는 왜 그런 일을 하냐고 물을 거야. 그리고 걔랑 대화가 다 끝낼 때쯤에는 나도 왜 그러는지 전혀 모르게 될 거야."

"그럼 걔 건너뛰어."

"그럴 순 없어."

개러티는 작고 고꾸라지듯이 걷는 바코비치 쪽으로 향하기 시작했다.

"바코비치는 아직도 자기가 이길 거라고 생각하는 유일한 사람이야."

바코비치는 졸고 있었다. 거의 감긴 눈에 올리브색 뺨이 희미한 솜털로 덮여 혹사당하고 학대당한 테디 베어 같았다. 레인해트는 잃어버렸든지 던져버렸든지 한 모양이었다.

"바코비치."

바코비치는 홱 깨어났다.

"무스니리야? 누구야? 개러티?"

"그래. 들어봐, 스크램이 죽어가고 있어."

"누구? 오, 맞아. 거기 비버 대가리. 그에겐 잘됐네."

"폐렴에 걸렸어. 아마 정오까지 버티지 못할 거야."

바코비치는 검은 구두 단추 같은 반짝이는 눈으로 천천히 개러티를 돌아보았다. 그래, 그는 오늘 아침 놀랄 정도로 파괴적인 개구쟁이의 테디 베어처럼 보였다.

"커다랗고 열심인 얼굴을 내밀고 있는 네 모습 좀 보게, 개러티. 하고 싶은 말이 뭐야?"

"음, 넌 몰랐는지 몰라도, 스크램은 결혼했어, 그리고……"

바코비치의 눈이 튀어나올 것처럼 커졌다.

"결혼했어! 결혼했다고? 너 나한테 저 멍청이가……"

"입 닥쳐, 이 자식아! 스크램이 듣겠어!"

"난 조금도 신경 안 써! 그는 돌았어!" 바코비치는 화가 나서 스크램을 쳐다보았다. "너희는 뭘 하고 있다고 생각했던 거야, 멍청이들, 진 러미(카드 게임의 일종 — 옮긴이)를 플레이하고 있다고?"

바코비치는 목청껏 소리쳤다. 스크램은 게슴츠레하게 뜬 눈으로 바코비치를 돌아보더니 건성으로 손을 들어 흔들었다. 바코비치가 구경꾼이라고 생각한 것 같았다. 스크램 가까이서 걷고 있던 에이브러햄은 바코비치에게 가운뎃손가락을 들어 보였다. 바코비치는 바로 똑같이 응수해 주더니, 개러티를 보았다. 그리고 갑자기 미소 지었다.

"아, 맙소사. 네가 무슨 생각을 하는지 네 그 멍청한 촌놈 얼굴다 쓰여 있다고, 개러티. 죽어가는 남자의 아내를 위해 모자를 돌리자는 거지? 귀엽지도 않아."

"너는 뺄까, 응?" 개러티가 뻣뻣하게 말했다.

"좋아."

개러티는 바코비치에게서 떨어지기 시작했다.

그런데 바코비치의 미소가 가장자리에서 떨리는가 싶더니 그가 개러티의 소매를 붙잡았다.

"잠깐, 잠깐. 난 싫다고 하지 않았어, 안 그래? 내가 싫다고 하는 거 들었어?"

"아니……"

"아니지, 내가 그렇게 말하지 않았으니까." 바코비치의 미소가 다시 나타났다. 그러나 이제 그 미소에는 필사적인 구석이 있었다. 자만심은 사라졌다. "들어봐, 나 너희들과는 첫 단추를 잘못 끼웠어. 그러려던 건 아니었어. 젠장, 나도 알고 보면 좋은 녀석인데, 언제나 첫 단추를 잘못 끼워. 고향에서도 친구가 많았던 적이 없어. 학교에서 말이야. 하느님, 왜 그런지 모르겠어. 나도 알고 보면 좋은 녀석인데, 다른 사람과 마찬가지로 좋은 녀석, 그렇지만 난 언제나 그냥, 알지, 첫 단추를 잘못 끼우는 것 같아. 내 말은, 사람은 이런 일에서 두어 명 친구가 있어야 한다는 거야. 혼자인 건 전혀 좋지 않아, 그렇지? 하느님 맙소사, 개러티, 너 그거 알지. 랭크. 그 애가 먼저 시작했어, 개러티. 내 엉덩이를 찢어놓고 싶어 했다고. 사람들, 사람들은 언제나 내 엉덩이를 찢어놓고 싶어 해. 나는 내 엉덩이를 찢어놓고 싶어 하는 녀석들 때문에 고등학교 다닐 때 스위치블레이드(칼날이 튀어나오는 나이프 — 옮긴이)를 갖고 다녔어. 난 랭크를 죽일 생각은 없었어, 전혀 그런 생각이 아니었어. 내 말은, 그건 내 잘못이 아니라고. 너희는 그 죽음만 봤어. 그가…… 내 엉덩이를 찢어놓고 싶어 하려던 건 못 보고, 알지……"

바코비치는 말꼬리를 끌었다.

"그래, 그런 것 같아."

개러티는 위선자가 된 기분을 느끼며 말했다. 바코비치는 자기를 위해 역사를 다시 쓸 수 있을지 모르지만, 개러티는 랭크 사고를 너무 선명히 기억했다.

"자, 하여간 넌 어떻게 할래? 너도 그 약속에 끼고 싶어?"

"그럼, 그럼."

바코비치가 개러티의 소매를 버스의 비상 정지선처럼 당기면서 발작하듯 꽉 쥐었다.

"그 여자가 남은 평생을 유복하게 지낼 수 있도록 충분히 빵을 보내겠어. 난 그저 네게 말하고 싶었어…… 알려주고 싶었어…… 사람은 친구가 있어야 한다고…… 사람에겐 사람들이 있어야 해, 알지? 꼭 죽어야 한다면, 누가 증오를 받으며 죽고 싶겠어, 난 그렇게 봐. 난…… 난……"

"그래, 맞아."

개러티는 겁쟁이가 된 기분으로 뒤로 처지기 시작했다. 여전히 바코비치가 미웠지만 왜인지 동시에 그에게 미안하다고 느꼈다.

"고마워, 아주 많이."

개러티를 무섭게 한 것은 바코비치 안의 인간적인 느낌이었다. 어떤 이유에서인지 그것이 무서웠다. 왜 무서운지는 몰랐다.

개러티는 너무 빨리 뒤로 처져서 경고를 하나 받았고, 그다음 10분이 걸려 길을 따라 느긋하게 걷고 있는 스테빈스에게 다시 갔다.

"레이 개러티구나. 해피 5월 3일, 개러티."

스테빈스가 말했다. 개러티는 조심스럽게 고개를 끄덕였다.

"너도."

"나는 발가락을 세고 있었어. 언제나 똑같은 답이 나오기 때문에 엄청나게 좋은 동료야. 무슨 생각을 하고 있니?"

스테빈스가 다정하게 물었다.

그래서 개러티는 스크램과 그 아내에 대한 이야기를 두 번째로 풀어놓았고, 이야기를 반쯤 했을 때 또 한 소년이 티켓을 끊는 바람에(그의 낡은 진 재킷 등에는 스텐실로 '지옥의 천사 폭주족'이라고 찍혀 있었다.) 그것이 전부 좀 무의미하고 진부하게 보였다. 이야기를 다 끝내고, 개러티는 스테빈스가 그 생각을 해부하기를 긴장하며 기다렸다.

"왜 안 되겠어?"

스테빈스가 온화하게 말했다. 그러고는 개러티를 쳐다보고 미소 지었다. 개러티는 스테빈스도 마침내 피로에 굴복하기 시작한 것을 볼 수 있었다.

"너는 아무것도 잃을 게 없는 것 같아." 개러티가 말했다.

"그 말이 맞아. 우리 중 아무도 진짜로 잃을 건 아무것도 없어. 그래서 기부하는 게 더 쉬워지지."

스테빈스는 명랑하게 말했다.

개러티는 우울해져서 스테빈스를 쳐다보았다. 스테빈스가 한 말에는 너무 많은 진실이 있었다. 그래서 스크램에 대한 그들의 성의 표시조차 초라해 보였다.

"날 오해하지 마, 오랜 친구 개러티. 난 좀 이상한 놈일지는 몰라도, 쩨쩨한 늙은이는 아니야. 내가 약속을 안 해서 스크램이 조금이라도 더 빨리 죽는다면 난 그렇게 할 거야. 하지만 그런 게 아니잖아. 확실히는 모르겠지만 롱 워크마다 스크램 같은 가엾은 아이를 찾아내서 이런 성의 표시를 했을 거야, 개러티. 그리고 더 나아가서, 그런 일은 언제나 워크에서 오래된 현실성과 도덕성이 약해지기 시작하는 때쯤 벌어진다고도 장담하겠어. 옛날에, '체인지'와 '스쿼드' 이전에 아직 백만장자들이 있었을 때, 그들은 재단을 세우고 도서관을 짓고 온갖 좋은 헛짓거리들을 하곤 했어. 모든 사람들이 도덕성의 보호자가 되고 싶어 해, 개러티. 어떤 사람들은 그것이 자기 아이들이나 마찬가지라고 자기 정당화를 할 수도 있어. 하지만 이 가엾은 미아들은 아무도……" 스테빈스는 마른 한쪽 팔을 저어 다른 워커들을 가리키며 웃었지만, 개러티는 그의 목소리가 슬프게 들린다고 생각했다. "이 아이들은 절대로 어떤 사생아도 남기지 않을 거야." 스테빈스는 개러티에게 윙크했다. "충격 받았니?"

"나…… 난 아닌 것 같아."

"너와 네 친구 맥브라이스는 이 오합지졸에서 단연 눈에 띄어, 개러티. 어떻게 너희 둘이 여기 오게 되었는지 모르겠어. 분명 그이유는 네 생각보다 더 깊은 곳에 있겠지. 너는 간밤에 내 말을 진지하게 받아들였지, 안 그래? 올슨에 대해서 말이야."

"그런 것 같아."

개러티가 천천히 말했다. 스테빈스는 기쁜 듯이 웃었다.

"너는 멋져, 레이. 올슨은 아무 비밀도 없어."

"네가 지난밤에 날 놀렸다고는 생각하지 않아."

"아냐, 맞아. 나 너 놀린 거야."

개러티는 뻑뻑하게 미소 지었다.

"내가 무슨 생각 하는지 알아? 나는 네가 어떤 통찰을 했는데 지금은 그걸 부인하고 싶다고 생각해. 아마 그게 널 무섭게 한 거지."

스테빈스의 눈이 우울해졌다.

"너 좋을 대로 생각해, 개러티. 네 마음대로 하라고. 이제 뭐라고 말하면 네가 꺼질까? 넌 약속 받았잖아."

"넌 게임을 속이고 싶어 해. 아마 그래서 곤란한 거겠지. 넌 게임이 조작되었다고 생각하고 싶은 거야. 하지만 이건 정정당당한 게임일 거야. 그래서 넌 무서운 거지, 스테빈스?"

"가버려."

"어서, 인정해."

"네가 기본적으로 어리석다는 것만 제외하고, 난 아무것도 인정 안 해. 가서 너 자신에게 이게 정정당당한 게임이라고 말해." 스테빈스의 뺨에 엷은 홍조가 올라왔다. "모든 사람이 동시에 속고 있으면 어떤 게임이라도 정정당당해 보여."

"넌 완전히 틀렸어."

하지만 이제 개러티의 목소리에는 확신이 없었다. 스테빈스는 잠깐 미소 짓고 도로 자기 발을 내려다보았다.

그들은 척추처럼 구부러진 길고 움푹 팬 길에서 나오고 있었다. 개러티는 서둘러서 도로 맥브라이스, 피어슨, 에이브러햄, 베이커와 스크램이 함께 뭉쳐 있는 곳으로 — 더 정확히 말하면, 아이들이 스크램 주위에 뭉쳐 있는 곳으로 — 길을 따라 올라오면서 땀이 나는 것을 느꼈다. 그들은 펀치 드렁크에 빠진 선수 주위에서 안절부절못하는 심판들 같아 보였다.

"쟨 어때?" 개러티가 물었다.

"왜 그들에게 물어?"

스크램이 날카롭게 물었다. 예전의 허스키한 목소리는 그저 속삭임이 되었다. 열은 가라앉았지만 얼굴은 창백하고 밀랍 같아졌다.

"그래, 너한테 물어볼게."

"오, 나쁘지 않아." 스크램이 대답하고는 기침했다. 물속에서 들려오는 것 같은 목쉬고 부글거리는 소리였다. "난 그리 나쁘지 않아. 그건 좋아, 너희들이 캐시를 위해 하고 있는 일 말이야. 남자는 자기 일을 직접 하는 걸 좋아하지만, 내가 자존심을 내세운다면 잘못하는 것일 거야. 지금 같은 형편에서는 그래."

"그렇게 많이 말하지 마. 너 지쳐버릴 거야." 피어슨이 말했다.

"무슨 차이야? 지금이든 나중이든, 무슨 차이야?" 스크램은 그들을 멍하게 바라보고 이쪽저쪽으로 천천히 고개를 흔들었다. "왜 내가 아프게 됐을까? 난 잘하고 있었어, 정말로. 제일 승산이 있었어. 지쳤을 때에도 난 걷는 게 좋아. 사람들을 바라보고, 공기 냄새를 맡고…… 왜? 이건 신이야? 신이 나한테 이런 짓을 한 거야?"

"모르겠어." 에이브러햄이 말했다.

개러티는 이번엔 이 애가 죽겠구나 하는 관심이 고개를 드는 것을 느끼고 혐오감에 사로잡혔다. 그는 그것을 떨쳐내려고 했다. 그것은 공정하지 않았다. 친구의 일일 때는 그러면 안 되었다.

"지금 몇 시야?"

스크램이 갑자기 물었고, 개러티는 등골이 오싹해지며 올슨을 떠올렸다.

"열 시 십 분." 베이커가 말했다.

"320킬로미터쯤 온 거야." 맥브라이스가 덧붙였다.

"내 발은 지치지 않았어. 대단한 거야." 스크램이 말했다.

어린 소년 하나가 사이드라인에서 활기차게 소리 지르고 있었다. 목소리가 순수하고 날카로웠기 때문에 군중의 낮게 웅성거리는 소리 위로 또렷이 들려왔다.

"엄마 봐요! 저 커다란 사람 봐요! 저 큰사슴 봐요, 엄마! 엄마 봐요! 봐요!"

개러티의 눈은 잠깐 군중을 훑다가 첫 번째 줄의 소년을 잡아냈다. 소년은 로봇 랜디 티셔츠를 입고 눈을 크게 뜨고 반쯤 먹은 잼 샌드위치를 보고 있었다. 스크램은 그에게 손을 흔들었다.

"아이들은 착해. 그래. 캐시가 남자애를 낳았으면 좋겠어. 우린 둘 다 사내애를 원했어. 딸도 괜찮을 거야. 하지만 너희 알지…… 아들…… 아들에겐 내 성을 물려줄 수 있잖아. 스크램이 그렇게 대단한 이름은 아니지만."

스크램은 웃었다. 개러티는 스테빈스가 한 말을 생각했다. 도덕성의 보호자.

축 늘어진 파란 스웨터를 입고 사과 같은 뺨을 한 워커 한 명이 그들 사이로 처져 앞쪽 소문을 전했다. 가죽 소년 마이크와 조 가운데 마이크가 갑자기 복통을 일으켰다는 것이다.

스크램은 한 손으로 이마를 훑었다. 심한 기침 때문에 가슴이 경련하며 오르락내리락하고 있었지만 그럭저럭 버텨내며 걷고 있었다.

"그 애들은 우리 고향 출신이야. 내가 알았더라면 우리 모두 함께 모일 수 있었을 거야. 그 애들은 호피족이야."

"그래. 네가 우리에게 말했어."

피어슨이 말했다. 스크램은 어리둥절한 것 같았다.

"내가 그랬어? 음, 그건 중요하지 않아. 하여간 나는 그 여행을 혼자 갈 것 같지는 않아. 궁금하네……"

스크램의 얼굴에 단호한 표정이 자리 잡았다. 그는 속도를 올리기 시작했다. 그다음 잠시 속도를 늦추고 돌아서서 그들을 마주 보았다. 그 얼굴은 이제 침착하고 안정된 것 같았다. 개러티는 자기도 모르게 매혹되어서 스크램을 바라보았다.

"난 너희를 다시 볼 수 있을 것 같지 않아. 안녕."

스크램의 목소리에는 위엄만 깃들어 있었다. 처음 응답한 사람은 맥브라이스였다.

"그래, 안녕. 좋은 여행 해."

"그래, 행운을 빌어."

피어슨도 따라 인사하고는 눈길을 돌렸다.

에이브러햄은 뭐라 말하려 했지만 하지 못했다. 창백한 얼굴과 비틀어진 입술로 고개를 돌릴 뿐.

"잘 가."

베이커가 엄숙한 얼굴로 말했다.

"안녕."

개러티는 얼어붙은 입술로 말했다.

"안녕, 스크램. 좋은 여행, 좋은 휴식."

"좋은 휴식?" 스크램이 약간 미소 지었다. "진짜 워크는 아직 시작도 안 되었을지 몰라."

스크램은 속도를 올려 닳은 가죽 재킷을 입고 무표정한 얼굴을 한 마이크와 조를 따라잡았다. 마이크는 복통 때문에 허리를 굽히지는 않았지만 양손으로 아랫배를 누르고 걷고 있었다. 걷는 속도는 일정했다.

스크램은 그들과 이야기했다.

워커들 모두 그들을 지켜보고 있었다. 그들 셋은 매우 오랫동안 상의하는 것 같았다.

"쟤들 대체 뭘 하려는 거야?"

피어슨은 걱정스럽게 혼잣말로 속삭였다.

갑자기 상의가 끝났다. 스크램은 마이크와 조에게서 조금 멀리 걸어 나왔다. 심지어 이 뒤에서도 개러티는 스크램이 기침을 거칠게 참는 소리를 들을 수 있었다. 군인들은 그들 셋을 주의 깊게 지켜보고 있었다. 조는 한 손을 형제의 어깨에 올리고 힘을 주었다. 그들은 서로를 쳐다보았다. 개러티는 그들의 구릿빛 얼굴에서 아무 감정도 알아볼 수 없었다. 그다음 마이크는 약간 서두르더니 스크램을 따라잡았다.

잠시 후 마이크와 스크램은 갑자기 '뒤로돌아'를 해서 군중을 향해 걸어가기 시작했다. 군중은 그들에게서 날카로운 죽음의 냄새를 느끼고 비명을 지르며 흩어졌다. 마치 그들이 역병인 것처럼 물러섰다.

개러티는 피어슨을 보고 그의 입술이 긴장되는 것을 바라보았다.

두 소년은 경고를 받았고, 길의 경계를 이루는 가드레일에 닿았을 때 날쌔게 '뒤로돌아'를 해서 다가오는 하프트랙을 마주 보았다. 두 개의 가운뎃손가락이 동시에 공중을 찔렀다.

"내가 너희 엄마를 따먹었더니 맛이 괜찮던데!"

스크램이 소리쳤다.

마이크는 자기 부족의 언어로 뭐라 말했다.

워커들이 엄청난 환호를 올렸고, 개러티는 눈꺼풀 뒤에서 눈물이 찔끔 나왔다. 군중은 조용했다. 마이크와 스크램 뒤는 황량하게 비어 있었다. 그들은 두 번째 경고를 받은 후, 함께 양반다리를 하고 앉아 서로 차분하게 이야기하기 시작했다. 아주 빌어먹게 이상한 광경이라고 개러티는 걸어서 그들을 지나치면서 생각했다. 스크램과 마이크는 같은 언어로 이야기하고 있는 것 같지 않았기 때문이다.

개러티는 뒤를 돌아보지 않았다. 그들 중 아무도 뒤를 돌아보지 않았다. 그 일이 끝난 다음에도.

"누가 이기든 약속을 지키는 게 좋을 거야. 그러는 게 좋을 걸."

맥브라이스가 갑자기 말했다.

아무도 아무 말도 하지 않았다.

13장

"조니 그린블룸, 무대로 올라오세요!"
─조니 올슨
「새 가격이 옳다」

오후 두 시.

"넌 속이고 있어, 이 빌어먹을!" 에이브러햄이 외쳤다.

"속이는 거 아니거든. 너 나한테 1달러 40센트 빚졌어, 멍청이야."

베이커가 침착하게 말했다.

"사기꾼한텐 돈 못 줘."

에이브러햄은 던져 올리고 있던 10센트짜리 동전을 손에 꼭 쥐었다.

"나는 보통 나를 그렇게 부르는 녀석들과는 동전 놀이를 하지 않지." 베이커가 험악하게 말한 후 미소 지었다. "하지만 에이브, 네 경우엔 예외를 두겠어. 네가 이길 수 있는 방법이 너무 많아서 어쩔 수가 없네."

"닥치고 뒤집어." 에이브러햄이 말했다.

"제발 나한테 그런 목소리로 말하지 마. 나 기절해서 넘어질지도 몰라!"

베이커가 눈을 굴리면서 비굴하게 말했다. 개러티는 웃었다.

에이브러햄은 코웃음을 치고 자기 동전을 튀겨서 붙잡아 팔목 위에 찰싹 내려놓았다.

"네가 해봐."

"좋아."

베이커는 자기 동전을 더 높이 튀겨 교묘하게 잡았고, 개러티가 보기에는 서 있는 동전을 손바닥으로 덮은 것 같았다.

"이번에는 네가 먼저 보여줘." 베이커가 말했다.

"아니지. 내가 저번에 먼저 보여줬잖아."

"젠장, 에이브, 그 전에 처음 세 번 연속으로 내가 먼저 보여줬어. 속이고 있는 건 네 쪽인가 봐."

에이브러햄은 뭐라고 중얼거리고 생각하다가, 자기 동전을 드러냈다. 월계수 잎으로 둘러싸인 포토맥 강이 있는 뒷면이었다.

베이커는 손을 들고, 그 아래로 재빨리 훔쳐보더니 미소를 지었다. 그의 동전도 뒷면이었다.

"이제 나한테 1달러 50센트 빚졌어."

"하느님 맙소사, 너 내가 바보 멍청이인 줄 알아?" 에이브러햄이 소리 질렀다. "너 내가 무슨 천치인 줄 알지, 응? 어서 인정해! 저 시골뜨기 돈을 다 따먹어야겠다, 맞지?"

베이커는 생각에 잠긴 척했다.

"어서, 어서! 나 참을 수 있어!" 에이브러햄이 고함쳤다.

"네가 말했으니 말인데, 네가 시골뜨기인지 아닌지는 한 번도 생각해 본 적이 없어. 네가 천치라는 건 아주 확실히 인정하고. 너를 털어먹는 걸로 말하면……." 베이커는 한 손을 에이브러햄의 어깨에 얹었다. "그건, 친구여, 확실한 일이야."

"하자." 에이브러햄이 교활하게 말했다. "전체 금액의 두 배를 걸거나 아무것도 못 따거나. 그리고 이번에는 네가 먼저 보여줘."

베이커는 생각에 잠겼다가 개러티를 바라보았다.

"레이, 너라면 할래?"

"내가 뭘 해?"

개러티는 대화의 줄거리를 놓쳤다. 왼쪽 다리가 확실히 이상하게 느껴지기 시작했다.

"너라면 여기 이 녀석과 두 배 걸기나 못 따거나를 할래?"

"왜 안 해? 결국 그는 너무 멍청해서 너를 못 속일 거 아냐."

"개러티, 넌 내 친구라고 생각했는데."

에이브러햄이 차갑게 말했다.

"좋아, 1달러 50센트, 두 배거나 못 따거나."

베이커가 말했다. 그때 그 무시무시한 고통이 개러티의 왼쪽 다리를 빗장처럼 지르고 올라왔다. 지난 30시간 동안의 고통을 다 모아도 이것과 비교하면 속삭임일 뿐인 것 같았다.

"내 다리, 내 다리, 내 다리!"

개러티는 참지 못하고 비명을 질렀다.

"맙소사, 개러티."

베이커는 그 말을 할 시간밖에 없었다. 그의 목소리에는 가벼운 놀라움밖에 없었다. 그다음 그들은 개러티를 지나쳤다. 그가 여기 꽉 쥐어지고 고통에 찬 대리석으로 변한 왼다리로 서 있는 동안, 그들 모두 그를 지나치고 있는 것 같았다. 그를 지나, 뒤에 남겨두고.

"경고! 47번 경고!"

공포에 빠지지 말자. 지금 공포에 빠지면 그 길을 밟는 거다.

개러티는 왼다리를 앞에 뻣뻣하게 뻗고 보도에 앉았다. 대근육을 마사지하기 시작했다. 근육을 주무르려고 했다. 마치 상아를 주무르는 기분이었다.

"개러티!" 맥브라이스였다. 겁먹은 목소리였다……. 그건 환영일 뿐이겠지? "뭐야? 쥐 났어?"

"그래, 그런 것 같아. 계속 가. 괜찮을 거야."

시간. 개러티에게는 시간이 더욱 빨리 가고 있었지만, 다른 사람들은 전부 기어가는 것처럼, 1루 클로스 플레이(세이프인지 아웃인지 분간하기 어려운 아슬아슬한 상황 ― 옮긴이)를 즉시 재생하는 속도로 느려진 것 같았다. 맥브라이스는 속도를 천천히 올리고 있었다. 한쪽 발꿈치가 보이고 그다음 다른 발꿈치가 보이고, 닳은 못이 반짝, 갈라지고 티슈처럼 얇아진 신발 가죽이 흘끗 보이고. 바코비치는 얼굴에 작은 웃음을 띠고 천천히 지나가고 있었다. 조용한 긴장의 파도가 군중을 천천히 덮치고 있었다. 해변을 향하는 거대한 멀건 농어처럼 그가 앉아 있는 곳에서 양쪽으로 서서히 퍼져 나갔다. 개러티는 생각했다.

'내 두 번째 경고야. 두 번째 경고가 다가오고 있어. 어서 다리야, 어서 망할 다리야. 나는 티켓을 끊기 싫어, 어쩌라는 거야, 어서 움직여.'

"경고! 47번, 두 번째 경고!"

'그래, 나도 알아, 내가 숫자 못 셀까 봐? 내가 여기 선탠이라도 하려고 앉아 있는 줄 알아?'

사진처럼 사실적이고 이론의 여지가 없는 죽음에 대한 인식이 흘러들어 그를 집어삼키려고 하고 있었다. 마비시키려고 하고 있었다. 그는 필사적으로 냉담하게 그것을 차단했다. 넓적다리가 몹시 고통스러웠지만, 집중하느라 거의 느끼지 못했다. 1분 남았다. 아니, 이제 50초, 아니, 45초. 줄줄 새어나가고 있었다. 내 시간이 가버리고 있었다.

관념적인, 마치 교수 같은 표정을 얼굴에 띠고, 개러티는 손가락으로 근육의 얼어붙은 끈과 갑옷을 파고들었다. 그는 주물렀다. 다리를 풀었다. 머릿속으로 다리에 말을 걸었다. *어서, 어서, 어서, 망할 것아.* 손가락이 아프기 시작했지만 별로 알아차리지 못했다. 스테빈스가 지나쳐 가며 뭔가 중얼거렸다. 개러티는 그 말을 알아듣지 못했다. 행운을 빈다는 말이었을 수도 있다. 다음 순간 개러티는 혼자였다. 주행 차선과 추월 차선 사이의 끊어진 흰 선 위에 앉아 혼자였다.

모두 가버렸다. 순회 서커스가 방금 도시를 떠났다. 모든 것 중심에 있던 말뚝들을 빼고 급히 도시를 떠났다. 여기 이 아이, 개러티만 납작해진 캔디 껍질과 짓이겨진 담배꽁초와 버려진 싸구려 상품들을 마주 보도록 남겨두고.

젊고 금발이지만 별로 잘생기지 않은 군인 하나만 남고 모두 가버렸다. 한 손에 은으로 된 정밀시계를 들었고, 다른 손에는 라이플을 들었다. 그 얼굴에 자비심이란 없었다.

"경고! 47번 경고! 47번 세 번째 경고!"

근육은 전혀 풀리고 있지 않았다. 그는 죽을 것이다. 이 모든 것을 겪은 후, 창자를 찢어내고, 결국 죽음만이 사실이었다.

개러티는 다리를 놓고 차분하게 그 군인을 바라보았다. 누가 이길지 궁금했다. 맥브라이스가 바코비치보다 더 오래 살아남을지 궁금했다. 머릿속에 총알이 들어오면 무슨 느낌일지, 갑작스러운 어둠 같기만 할지 아니면 실제로 생각이 갈가리 찢겨 나가는 것을 느낄지 궁금했다.

마지막 몇 초가 빠져나가기 시작했다.

쥐가 풀렸다. 피가 도로 근육에 흘러들면서 근육이 바늘에 찔리는 것처럼 콕콕 아프고 따뜻해졌다. 별로 잘생기지 않은 얼굴의 금발 군인이 주머니 시계를 치웠다. 그의 입술은 마지막 몇 초를 세면서 소리 없이 움직였다. 개러티는 생각했다.

'하지만 난 일어날 수 없어. 그냥 앉아 있는 게 너무 좋을걸. 그냥 앉아서 전화가 울리게 두자, 상관없어. 왜 내가 수화기를 내려놓지 않았지?'

개러티는 고개가 뒤로 젖혀지게 내버려두었다. 군인은 마치 터널 입구나 깊은 우물 입구에서 보는 것처럼 그를 내려다보고 있었다. 느린 동작으로 양손으로 총을 옮겨 쥐고 오른쪽 검지를 부드럽게 방아쇠에 올리더니, 손가락을 감고 총열을 맞추기 시작했다. 군인의 왼손은 개머리판 위에 굳게 올려져 있었다. 결혼 반지가 햇빛에 반짝였다. 모든 것이 느렸다. 아주 느렸다. 그냥…… 전화 끊지 말고 기다려.

'이거야.' 개러티는 생각했다. '이런 게 그거구나. 죽는 거.'

군인의 오른쪽 엄지손가락이 매우 느릿느릿하게 안전장치 주

위에서 돌며 해제 위치로 가고 있었다. 바로 뒤에 뼈만 앙상한 여자들 세 명이 있었다. 세 명의 섬뜩한 자매들. *전화를 받지 마. 1분만 늦게 받아, 이건 그걸 위해 죽을 만한 값어치가 있어.* 햇빛, 그늘, 파란 하늘, 고속도로 위를 흘러가는 구름. 스테빈스는 이제 등만 보였다. 견갑골 사이로 흐른 땀자국이 난 파란 작업 셔츠만 보였다. *안녕, 스테빈스.*

소리들이 천둥처럼 그에게 덮쳐 왔다. 그것이 상상인지, 감수성이 높아져서 그런지, 죽음이 그에게 손을 내밀고 있다는 사실 때문인지 알 수 없었다. 안전장치가 나뭇가지를 꺾는 것 같은 딱 소리를 내며 풀렸다. 이 사이로 훅 공기를 빨아들이는 소리가 풍동(비행기 등에 공기의 흐름이 미치는 영향을 시험하기 위한 터널형 인공 장치 — 옮긴이) 소리 같았다. 그의 가슴 고동은 드럼이었다. 그리고 높은 노랫소리가 울렸다. 귀에 들리는 것이 아니라 귀 사이에서 나선형을 그리며 위로 또 위로 올라가는 소리, 그는 그것이 실제 뇌파의 소리라고 미친 듯이 확신했다…….

개러티는 비명을 지르며 발작적으로 날듯이 벌떡 일어났다. 그리고 속도를 높여 미끄러지듯 몸을 던져 달렸다. 그의 발은 깃털로 만들어진 것 같았다. 군인의 손가락이 방아쇠 위에서 당겨지고 휘어졌다. 군인은 허리에 찬 반도체 컴퓨터를 흘끗 내려다보았다. 작지만 복잡한 음파 탐지 기계가 포함된 장치였다. 개러티는 《파퓰러 메카닉스》에서 그 장치에 대한 기사를 읽은 적이 있었다. 그것은 수수점 이하 네 자리까지 원하는 만큼 정확히 워커 한 명의 속도를 읽어낼 수 있었다.

군인의 손가락은 느슨해졌다.

개러티는 속도를 늦춰 매우 빠른 걸음으로 걸었다. 입은 솜처럼 메말랐고, 심장은 스프링해머 같은 속도로 쿵쾅거렸다. 불규칙한 흰 섬광이 눈앞에서 번쩍거렸고, 한순간 속이 뒤집히면서 그는 자기가 기절할 거라고 확신했다. 그 순간은 지나갔다. 정당한 휴식을 거절당해 맹렬히 화가 난 듯한 그의 발은 무지막지하게 비명을 질렀다. 그는 이를 악물며 그 고통을 견뎠다. 왼쪽 다리 대근육은 여전히 무서울 정도로 꼬이고 있었지만 절뚝거리지 않았다. 아직까지는.

개러티는 시계를 보았다. 오후 두 시 십칠 분이었다. 앞으로 한 시간 동안 그는 죽음에서 2초도 떨어져 있지 않을 것이다.

"산 자들의 땅으로 돌아왔군."

개러티가 따라잡자 스테빈스가 말했다.

"물론이야."

개러티는 멍하니 말했다. 갑자기 억울함이 파도처럼 밀려오는 것을 느꼈다. 그가 티켓을 끊었더라도 그들은 계속 걸었을 것이다. 그를 위해 눈물을 흘려줄 사람은 없었다. 이름과 번호가 공식 기록에 들어갈 뿐일 것이다. 개러티, 레이먼드, 47번, 350킬로미터에서 제거됨. 그리고 하루 이틀 주 신문에서 인물 기사가 나오겠지. 개러티 죽다. '메인의 아들'이 61번째로 쓰러졌다!

"난 이겼으면 좋겠어." 개러티가 중얼거렸다.

"네가 이길 것 같아?"

개러티는 그 금발 군인의 얼굴을 생각했다. 그 얼굴에는 감자 한 접시만큼의 감정만 깃들어 있었다.

"그건 잘 모르겠어. 난 이미 삼진당했어. 그건 아웃이라는 뜻이잖아, 안 그래?"

"마지막 경고는 파울 팁(타자의 배트를 스쳐 투수의 미트로 들어간 파울볼 — 옮긴이)이라고 하자."

스테빈스가 말했다. 그는 다시 자기 발을 바라보고 있었다.

개러티는 걸음 속도를 올렸다. 2초 차이가 머릿속에 돌처럼 박혀 있었다. 이번에는 경고가 없을 것이다. 누군가가 '너 속도 올리는 편이 좋을 거야, 개러티. 그러다 경고 받을 거야.' 하고 말할 시간도 없을 것이다.

개러티는 주위를 둘러보고 있는 맥브라이스를 따라잡았다.

"네가 여기서 아웃된 줄 알았어, 야." 맥브라이스가 말했다.

"나도 그랬어."

"그렇게 아슬아슬했어?"

"2초 정도 차이인 것 같아."

맥브라이스는 입을 오므리고 조용히 휘파람을 불었다.

"지금 네 처지가 되고 싶지는 않군. 다리는 어때?"

"좀 나아. 이봐, 이야기를 못 하겠어. 한동안 앞에서 갈 거야."

"그건 하크니스에게 아무 도움도 되지 않았어."

개러티는 고개를 흔들었다.

"나는 화실처 전수려으로 가야 해."

"좋아. 같이 가줄까?"

"네가 그럴 기운이 있으면."

맥브라이스가 웃었다.

"나야 기운이 넘치지."

"그럼 나랑 같이 가자. 아직 내 모가지가 붙어 있는 동안 속도를 내자."

개러티는 다리가 반역을 일으키려고 할 때까지 속도를 올렸고, 그와 맥브라이스는 재빨리 앞쪽 주자들을 헤치고 나갔다. 두 번째로 걷고 있던 소년은 키가 크고 여위고 사악한 얼굴을 한 해롤드 퀸스라는 이름이었는데, 그와 두 가죽 소년의 생존자 조 사이에는 공간이 있었다. 가까운 곳에서 보자 그의 피부는 놀라울 정도로 구릿빛이었다. 그의 눈은 흔들림 없이 지평선을 응시했고, 얼굴은 무표정했다. 재킷에 달린 여러 개의 지퍼가 멀리서 들려오는 음악 소리처럼 잘랑거렸다.

"안녕, 조."

맥브라이스가 말했고, 개러티는 "넌 뭘 알고 있니?" 하고 덧붙이고 싶은 히스테리컬한 충동을 느꼈다.

"안녕." 조가 무뚝뚝하게 말했다.

조를 지나친 다음부터 길은 그들의 것이었다. 기름으로 얼룩지고 풀 많은 중앙 분리대로 나뉜, 합성 콘크리트로 된 넓은 2차선 길 양쪽에는 사람들의 벽이 빈틈없이 세워져 있었다.

"앞으로, 영원히 앞으로. 믿음의 군병들이여, 전쟁에 나가듯이 행진합시다. 이거 들어본 적 있어, 레이?"

맥브라이스가 말했다.

"몇 시야?"

맥브라이스는 시계를 흘끔 보았다.

"두 시 이십 분, 이봐, 레이, 네가 만약……."

"세상에, 그것밖에 안 됐어? 내 생각엔……."

그는 기름투성이의 뻑뻑한 패닉이 목구멍으로 올라오는 것을 느꼈다. 그는 해낼 수 없을 것이다. 너무 아슬아슬하다.

"이봐, 계속 시간 생각을 하다 보면 넌 미쳐서 군중 속으로 뛰어들려고 할 거고 그들은 널 개처럼 쏴 죽일 거야. 널 쏴서 네가 혀를 내밀고 침이 턱을 타고 흘러내리게 만들 거야. 잊어버리려고 해봐."

"못 하겠어." 모든 것이 개러티의 안에서 억눌려 덜컥거리고 뜨겁고 역겹게 들끓고 있었다. "올슨…… 스크램…… 그 애들은 죽었어. 데이비슨도 죽었어. 나도 죽을 수 있어, 피트! 난 이제 그걸 믿어. 죽음은 내 망할 등 뒤에서 숨 쉬고 있어!"

"네 여자친구 생각을 해. 잰, 얼굴이 어땠는지, 아니면 네 어머니, 아니면 네 망할 귀여운 고양이나, 아니면 아무것도 생각하지 마. 그냥 속도를 올렸다가 내려. 계속 길을 걷기만 해. 거기 집중해."

개러티는 자신을 통제하려고 애썼다. 조금 통제력을 되찾은 기분도 들었다. 하지만 그만큼 흐트러지고도 있었다. 그의 다리는 더 이상 마음의 명령에 매끄럽게 응답하려고 하지 않았다. 오래되어 낡고 깜박거리는 전구처럼.

"쟤는 오래 못 가겠다."

앞줄의 한 여자가 아주 잘 들리게 말했다.

"당신 젖꼭지가 오래가지 못할걸!"

개러티가 그녀에게 쏘아붙였고, 군중들은 그에게 환호했다.

"저 사람들 맛이 갔어. 정말로 맛이 갔어. 변태들. 몇 시야, 맥브라이스?"

개러티는 중얼거렸다.

"확인 편지를 받았을 때 처음 한 일이 뭐야? 네가 진짜로 뽑혔다는 걸 알게 되었을 때 말이야."

맥브라이스가 부드럽게 물었다.

개러티는 팔뚝으로 재빨리 이마를 닦으며 얼굴을 찌푸린 후, 자신의 정신을 무시무시한 땀투성이의 현재에서 풀어내 그 갑자기 불현듯 떠오른 과거로 돌려보냈다.

"나는 혼자 있었어. 어머니는 일을 하시거든. 금요일 오후였어. 그 편지는 우편함에 들어 있었고 델라웨어 주 윌밍턴 소인이 찍혀 있어서 그게 그 편지라는 걸 알았어. 그렇지만 난 거기에 내가 육체적이나 정신적인 문제로, 혹은 둘 다 때문에 떨어졌다고 적혀 있다고 확신했어. 난 그걸 두 번 읽어야 했어. 기쁨의 발작 같은 건 겪지 않았지만 흐뭇했어. 진짜 흐뭇했어. 그리고 자신만만했어. 그때는 발이 아프지 않았고 등에 누군가가 손잡이가 고장 난 갈퀴를 쑤셔 넣은 것처럼 느껴지지 않았으니까. 나만은 다를 거라고 생각했어. 다 다른 걸로 말하면. 서커스의 뚱뚱한 여자도 마찬가지라는 걸 알아차릴 정도로 영리하지 못했지."

개러티는 잠시 말을 멈추고 4월 초순의 냄새를 맡으며 생각했다.

"철회할 수가 없었어. 너무 많은 사람이 지켜보고 있었어. 다들 마찬가지였을 거라고 생각해. 그건 그들이 그 게임을 작동시키는 방법 중 하나야, 알지. 나는 4월 15일 취소 날짜를 흘려보냈고 다음 날 그들은 시청에서 나를 위해 커다란 추천 만찬을 열어주었어. 친구들이 모두 거기 있었고 디저트를 먹은 후 모두 '연설! 연설!' 하고 외치기 시작했어. 나는 나가서 내가 뽑히게 되면 얼마나 최선을 다할지 하는 말을 손에 대고 중얼거렸어. 그런데도 마치 내가 사람들 머리 위에 대고 그 빌어먹을 게티스버그 연설이라도 한 것처럼 모두 미친 듯이 박수갈채를 보냈지. 무슨 말인지 알지?"

"응, 알아."

맥브라이스가 웃으며 대답했지만 그의 눈은 어두웠다.

뒤에서 갑자기 총이 천둥소리처럼 울렸다. 개러티는 발작적으로 펄쩍 뛰며 그 자리에서 얼어붙다시피 했지만 어찌어찌 계속 걷고 있었다.

'이번에는 맹목적인 본능이었어. 다음엔 어떨까?'

"개새끼. 조였어." 맥브라이스가 나직이 말했다.

"몇 시야?"

개러티가 묻다가, 맥브라이스가 대답하기도 전에 자기도 시계를 차고 있다는 것을 기억해 냈다. 두 시 삼십팔 분이었다. 하느님. 그의 2초 차이는 등에 진 쇠 덤벨 같았다.

"아무도 너한테 그만두라고 하지 않았어?"

맥브라이스가 물었다. 둘은 이제 나머지 워커들보다 훨씬 앞에 나와 있었다. 해롤드 퀸스보다 100미터도 더 넘게 앞에 있었다. 그들을 주시하기 위해 군인 한 명이 파견되었다. 개러티는 그 군인이 그 금발 녀석이 아니어서 매우 기뻤다.

"아무도 네게 4월 31일 취소를 사용하라고 말해 준 사람이 없었어?"

"처음에는. 우리 엄마와 잰과 패터슨 박사, 우리 엄마의 특별한 친구야, 무슨 말인지 알지, 엄마와 5년째 교제하고 있었어. 그들은 처음에는 실제보다 덜 심각하게 대했어. 그들은 기뻐하고 자랑스러워했어. 전국의 12세 이상 아이들 대부분이 그 시험을 쳤지만 50명 중 한 명만 합격했으니까. 그리고 여전히 수천 명의 아이들이 남고 그들은 200명을 쓸 수 있어. 100명의 워커와 100명의 예비를. 뽑히는 데는 아무 기술도 필요 없어. 너도 알겠지만."

"그럼. 그 망할 드럼통에서 이름을 뽑지. 대단한 TV 구경거리잖아."

맥브라이스의 목소리가 약간 갈라졌다.

"그래. 통령은 200개의 이름을 뽑지만, 그들은 그 이름들을 모두 읽어주지. 워커인지 예비일 뿐인지는 몰라."

"그리고 마지막 취소 일자까지 네가 어느 쪽인지 아무 통지도 없지. 그래, 그들은 자기 방식대로 카드 쌓는 걸 좋아하지."

맥브라이스는 마치 마지막 취소 일자가 겨우 나흘 전이 아니라 몇 년 전인 것처럼 말하면서 동의했다.

방금 군중 속의 누군가가 작은 풍선 묶음을 풀어놓았다. 풍선들은 붉은색, 파란색, 녹색, 노란색으로 녹아들 듯한 호를 그리며 하늘로 떠올랐다. 계속해서 불러오는 남풍이 풍선들을 가지고 놀듯, 느긋한 속도로 실어 갔다.

"그런 것 같아. 통령이 이름들을 뽑을 때 우리는 TV를 보고 있었어. 나는 드럼에서 73번으로 나왔어. 난 의자에서 굴러떨어졌어. 믿을 수가 없었어."

개러티가 말했다.

"그래. 네가 뽑힐 리가 없다고 생각했을 테니까. 그런 일은 언제나 다른 사람에게 벌어지기 마련이지."

맥브라이스가 동의했다.

"그래, 그런 느낌이었어. 그때 모든 사람이 나에게 압력을 가했어. 축하 연설을 듣고 롱 워크에서 이기면 펼쳐질 멋진 미래에 대한 헛된 기대 등등, 그다음에는 첫 번째 취소 날짜처럼 마음 편하게 취소할 수가 없었어. 잰은……."

개러티는 말을 멈추었다. 왜 안 하지? 그는 다른 모든 것을 말했다. 그러나 그것은 중요하지 않았다. 그나 맥브라이스나 그것이 끝나기 전에 죽을 것이다. 아마 둘 다.

"잰은 내가 4월 31일에 취소를 하면 뭐든지 다 들어주겠다고 했어. 언제든, 뭐든, 내가 하고 싶을 때마다 하게 해주겠다고. 나는 그러면 내가 기회주의자이자 재수 없는 놈으로 느껴질 거라고 그녀에게 말했고, 그녀는 내게 미친 듯이 화를 내며 그쪽이 죽는 것보다 낫다고 했어. 그다음 그녀는 많이 울었어. 그리고 내게 애원했어."

개러티는 맥브라이스를 쳐다보았다.

"모르겠어. 다른 무엇이든 그녀가 부탁하는 거였다면 나는 그렇게 하려고 애썼을 거야. 그러나 이것 하나만은…… 그럴 수가 없었어. 마치 목에 돌이 하나 걸려 있는 것 같았어. 얼마 후 잰은 내가 '그래, 좋아, 800번에 전화할게.'라고 말할 수 없다는 걸 알았어. 이해하기 시작했던 것 같아. 나 자신이 아는 것과 마찬가지로, 시은 그것이 썩 좋지 않다 — 않다 — 는 걸 알고 계실 거야.

그다음 패터슨 박사가 말리기 시작했어. 그는 진단 전문의였고, 사악할 정도로 논리적인 정신을 갖고 있었어. 그는 말했어. '여기 이거 봐, 레이. 제1그룹과 예비 그룹을 셈에 넣으면, 네가 살아남을 확률은 50대 1이야. 네 어머니에게 이런 일을 하지 마라, 레이.' 나는 최대한 그에게 공손하게 굴었지만, 마침내 그냥 참견하지 말라고 말했어. 당신도 우리 어머니와 결혼할 생각이 별로 없으면서 매일 우리 어머니를 괴롭히지 않느냐고."

개러티는 양손으로 떡진 머리를 훑었다. 2초 차이에 대해서는 잊어버렸다.

"그는 화내지 않았어. 고함치고 열변을 토하고 엄마 가슴을 찢어놓고 싶으면 어디 맘대로 해보라고 했어. 그는 내가 수…… 숲 진드기처럼 뭘 모른다고 말했어. 그렇게 말했던 것 같아. 숲 진드기처럼 뭘 모른다, 아마 그의 집안에 내려오는 속담이나 뭐 그런 거겠지. 모르겠어. 그는 그런 짓을 우리 엄마와 재니스처럼 착한 여자친구에게 하는 기분이 어떠냐고 내게 물었어. 그래서 나는 나름의 논박 불가능한 논리로 맞섰어."

"그랬어? 그게 뭐였는데?" 맥브라이스가 미소 지으며 물었다.

"여기서 나가지 않으면 때리겠다고 말했어."

"어머니는 뭐라고 하셨어?"

"어머니는 말을 거의 하지 않았어. 그걸 믿을 수 없었던 것 같아. 그리고 이겼을 때 내가 받게 될 상 생각, 그 상이랑 남은 평생 원하는 모든 것을 손에 넣으리란 생각에 좀 눈이 멀었던 것 같아. 내게는 제프라는 동생이 있었어. 제프는 여섯 살 때 폐렴으로 죽었어. 그리고 잔인한 얘기지만 그 애가 살았다면 우리는 사이좋게 지내지 못했을지도 몰라. 그리고…… 어머니는 내가 1급이 되더라도 취소할 수 있을 거라고 계속 생각하고 있었던 것 같아. '통령은 좋은 사람이야. 그가 우리 형편을 안다면 분명히 널 빠지게 해줄 거야.' 어머니는 그렇게 말했어. 그렇지만 그들은 사람들이 롱 워크에서 빠지려고 하면 롱 워크를 반대하는 말을 할 때만큼

이나 빠르게 스쿼드로 끌고 가지. 그다음에 난 전화를 받고 내가
워커라는 걸 알았어. 난 1급이었어."

"난 아니었어."

"아니었다고?"

"아니었어. 원래 워커 중 열두 명이 4월 31일 취소를 사용했어.
나는 예비 번호 12번이었어. 나는 그 전화를 겨우 나흘 전 밤 열
한 시가 지나서 받았어."

"맙소사! 그랬단 말이야?"

"으응. 그렇게 촉박하게."

"그래서 더…… 씁쓸하니?"

맥브라이스는 어깨만 으쓱했다.

개러티는 시계를 보았다. 세 시 이 분이었다. 괜찮을 것이었다.
오후 태양 속에서 길어지고 있는 자기 그림자가 약간 더 자신 있
게 움직이는 것 같았다. 화창하고 상쾌한 날이었다. 다리는 이제
괜찮은 것 같았다.

"넌 아직도 그냥…… 주저앉을 거라고 생각해? 너는 대부분의
워커보다 오래 살아남았어. 61명의 워커보다."

개러티는 맥브라이스에게 물었다.

"너나 내가 얼마나 많이 더 오래 살아남느냐는 중요하지 않다
고 생각해. 의지가 그냥 다 떨어지는 때가 와. 내가 어떻게 생각을
하든 중요하지 않아, 알겠어? 나는 유화 물감으로 그림을 그리면
서 즐겁게 지냈던 때가 있어. 그렇게 나쁘지두 않았어. 그러다 어
느 날, 빙고. 점점 질린 게 아니야. 그냥 끝나버렸어. 빙고. 1분도
더 계속하고 싶지 않아. 전날 밤까지만 해도 그림 그리는 걸 좋아

하면서 자러 갔는데, 깨어나고 나니 전혀 좋아하지 않게 된 거야."

"살아남는다는 건 취미가 아니야."

"난 잘 모르겠어. 스킨 다이버들은 어때? 대형 사냥감 사냥꾼들은? 산악 등반가들은? 혹은 토요일 밤에 재미로 싸움을 거는 멍청한 제조공은 어때? 그런 사람들은 전부 산다는 걸 취미로, 게임의 일부로 축소시켜."

개러티는 아무 말도 하지 않았다.

"속도를 좀 더 내는 게 좋겠어. 우리 속도가 떨어지고 있어. 그럴 수는 없어."

맥브라이스가 부드럽게 말했다. 개러티는 속도를 냈다.

"우리 아빠는 자동차 극장을 공동 경영해. 아빠는 내가 여기 오는 걸 막기 위해서라면 스쿼드 당하건 말건 스낵바 아래의 지하 저장실 속에 나를 묶어서 입을 막아두었을 거야."

"넌 어떻게 했어? 그냥 너희 아버지를 설득했어?"

"그럴 시간이 없었어. 전화가 왔을 때 내겐 겨우 열 시간밖에 없었어. 그들은 비행기 편과 프레스크 아일 공항에서 출발하는 렌터카 편을 제공했어. 아빠는 고함치고 열변을 토했고 난 그냥 거기 앉아서 고개를 끄덕이고 동의했어. 금방 문에 노크 소리가 났고 엄마가 문을 열었을 때, 지금까지 본 것 중에서 가장 크고 가장 비열하게 생긴 군인 두 명이 현관에 서 있었어. 와, 너무 못생겨서 시계도 멈출 수 있을 것 같았어. 아빠는 그들을 한번 보더니 말했어. '피티, 너 위층에 올라가서 네 보이스카우트 배낭을 갖고 오는 게 좋겠다.'"

맥브라이스는 어깨에 멘 배낭을 위아래로 덜걱거리고 그 기억에 웃었다.

"그리고 워커라면 다 아는 그다음 일에 대해서라면, 우리는 그 비행기에 탔지. 내 여동생 카트리나까지도. 걔는 겨우 네 살이야. 우리는 새벽 세 시에 착륙해서 표석으로 차를 몰고 갔어. 그리고 난 유일하게 이해한 사람이 카트리나였다고 생각해. 그 애는 계속 '피티는 모험을 갈 거야.'라고 말하고 있었어."

맥브라이스는 묘하게 완결되지 않은 방식으로 손을 퍼덕였다.

"가족들은 프레스크 아일의 모텔에 머물고 있어. 다 끝날 때까지 기다리겠다고 했어. 이쪽으로 끝나든 저쪽으로 끝나든."

개러티는 시계를 보았다. 세 시 이십 분이었다.

"고마워." 개러티가 말했다.

"네 생명을 다시 구해 줘서?"

맥브라이스가 명랑하게 웃었다.

"그래, 그게 딱 맞아."

"너 그게 어떤 종류의 친절일 거라고 확신하니?"

"모르겠어." 개러티는 잠깐 침묵했다. "하지만 이건 말해 둘게. 나한테는 결코 똑같지 않을 거야. 시간 제한 말이야. 비록 경고를 안 받고 걷고 있어도, 공동묘지 울타리 안쪽과 2분 간격밖에 없어. 그건 그리 대단한 시간이 아니야."

마치 신호를 받은 것처럼, 총들이 포효했다. 구멍이 난 워커는 살금살금 걸어온 농부에게 갑자기 붙잡힌 칠면조처럼 높고 꼴꼴거리는 소리를 냈다. 군중은 한숨일 수도, 신음일 수도, 혹은 거의 성적인 쾌락의 배출일 수도 있는 낮은 소리를 냈다.

"전혀 대단한 시간이 아니지."

맥브라이스가 동의했다.

그들은 걸었다. 그림자가 길어졌다. 마술사가 실크해트에서 불러내기라도 한 것처럼, 군중들 속에 재킷들이 나타났다. 개러티는 따뜻한 파이프 연기 냄새를 맡자마자, 잊고 있던 아버지의 달콤 쌉싸레한 기억을 도로 떠올렸다. 애완견이 누군가의 손아귀에서 빠져나와 도로로 뛰어들었다. 붉은 플라스틱 가죽끈을 질질 끌고 분홍색 혀를 늘어뜨린 채 거품이 턱에 얼룩져 있었다. 그 개는 취한 듯이 자기의 짤막한 꼬리를 쫓으며 깽깽 울었다. 그리고 취한 듯이 피어슨에게 덤벼들다가 총에 맞았다. 피어슨은 화를 내며 개를 쏜 군인에게 욕설을 퍼부었다. 대구경 총알의 힘은 개를 군중 가장자리까지 밀어버렸고, 거기에 개는 흐린 눈으로 헐떡이고 몸을 떨며 누워 있었다. 아무도 그 개가 자기 개라고 애써 주장하지 않는 것 같았다. 어린 소년 한 명이 경찰을 지나 길의 왼쪽 차선으로 천천히 들어와 그곳에 서서 울고 있었다. 군인 한 명이 그 아이를 향해 나아갔다. 한 어머니가 군중 속에서 날카롭게 비명을 질렀다. 한순간 개러티는 그 군인이 개를 총으로 쏜 것처럼 그 아이를 쏴버릴까 봐 겁에 질렸다. 그러나 군인은 그 어린 소년을 무관심하게 도로 군중 속으로 들여보냈다.

오후 여섯 시에 해는 지평선에 닿아 서쪽 하늘을 오렌지색으로 물들였다. 공기는 차가워졌다. 옷깃들이 세워졌다. 구경꾼들은 발을 구르고 손을 모아 비볐다.

콜리 파커는 보통 때처럼 망할 메인 주 날씨에 대해 불만을 표명했다.

'여덟 시 사십오 분에는 오거스타에 있을 거야. 그냥 깡충, 건너

뛰고, 거기서 한번 크게 프리포트까지 뛰자.'

개러티는 생각하다가 암울해졌다. 그다음에 뭐? 그녀를 군중 속에서 놓치지 않는다면(절대 그런 일은 없을 거다.) 그녀를 2분 볼 수 있을 것이다. 그다음에 뭐? 주저앉나?

그는 잰과 어머니가 어쨌든 그곳에 없을 거라고 갑자기 확신했다. 그냥 자살광을 보려고 안달인 동창들뿐이리라. 우리가 저 애랑 같이 배웠대. 진짜? 그리고 레이디스 에이드(소속 교회의 모금 운동을 하는 여성 신도 단체 — 옮긴이). 그들은 그곳에 있을 것이다. 레이디스 에이드는 워크 시작하기 이틀 밤 전 그에게 차를 한 잔 주었다. 그 오래전에.

"속도를 슬슬 줄이자. 천천히 줄이자고. 베이커와 함께 가자. 우리 오거스타로 함께 걸어가자. 원래 삼총사가 함께. 어떻게 생각해, 개러티?"

맥브라이스가 말했다.

"좋아."

개러티가 말했다. 좋은 생각 같았다.

그들은 한 번에 조금씩 속도를 늦추어, 결국 사악한 얼굴의 해롤드 퀸스가 행진을 이끌도록 남겨두었다. 몰려드는 어둠 속에서 에이브러햄이 들어왔을 때에야 도로 친구들과 함께 있다는 것을 알았다.

"너희 마침내 돌아와서 가련한 친척들을 방문하기로 한 거야?"

"맙소사, 에이브러햄은 정말로 링컨처럼 보이는걸. 특히 이런 빛에서는."

맥브라이스는 사흘 동안 턱수염이 난 에이브러햄의 지친 얼굴을 뚫어지게 바라보면서 말했다.

"87년 전, 우리 조상들은 이 대륙에 들어왔습니다……."

에이브러햄은 읊었다. 한순간 마치 열일곱 살의 에이브러햄에게 링컨이 빙의한 것 같아 썸뜩한 기분이 되었다.

"아, 젠장. 나머지는 잊어버렸어. 8학년 역사 시간에 A를 따고 싶으면 배워야 했어."

"헌법 제정자의 얼굴에 매독 걸린 당나귀의 정신이구나. 에이브러햄, 너는 어쩌다 이런 엉망인 처지가 되었니?"

맥브라이스가 슬프게 물었다.

"허풍을 떨어서 들어왔지."

에이브러햄이 재빨리 말했다. 그가 말을 계속하려고 하는데 총소리가 끼어들었다. 낯익은 우편물 주머니가 쓰러지는 쿵 소리가 났다.

"저건 갤런트였어. 하루 종일 죽은 채로 걷고 있었어."

베이커가 뒤를 돌아보며 말했다.

"허풍을 떨어서 들어왔다고."

개러티는 곰곰 생각하다가 웃었다.

"물론이야."

에이브러햄은 한 손을 올려 한쪽 뺨을 위로 훑고 한쪽 눈 아래의 움푹 꺼진 부분을 긁었다.

"너 그 에세이 테스트 알아?"

모두 고개를 끄덕였다.

「왜 롱 워크에 참여할 자격을 갖추었다고 느끼는가?」라는 에세이는 정신 건강 검사를 위한 표준 시험이었다. 개러티는 오른쪽 발꿈치에 따뜻한 액체가 흐르는 것을 느끼고 그것이 피인지, 고름인지, 땀인지, 아니면 그것들 전부인지 궁금했다. 양말 그 부분은 해진 것 같았지만 고통은 없는 것 같았다.

"음, 사실 난 특별히 어떤 것에 참여할 자격이 있다고 느끼지 않았어. 난 순전히 순간적인 충동에 따라 그 시험을 봤어. 영화관에 가던 길이었고 어쩌다 보니 그 시험을 보고 있는 체육관을 지나가게 되었어. 알지, 들어가기 위해서는 '작업 허가' 카드를 보여야 해. 마침 그날 난 카드를 갖고 있었어. 갖고 있지 않았다면 집에 가서 그걸 가져올 수고는 하지 않았을 거야. 난 그냥 영화관에 갔을 거고, 지금 여기서 이렇게 쾌활한 동료들 속에서 죽어가고 있지 않을 거야."

그들은 이 일을 말없이 생각했다.

"나는 신체검사를 받고 객관식 문제들을 빠르게 통과한 다음 그 폴더 끝에 있던 세 페이지의 공백을 봤어. '최대한 객관적이고 정직하게 이 질문에 답하시오. 1500단어 이상 사용하지 마시오.' 나는 '오 망했다.'라고 생각했어. 나머지는 그냥 재밋거리였지. 엉터리 질문들을 묶어놓은 거니까."

"그래, 얼마나 자주 배변을 합니까? 코담배를 써본 적이 있습니까?"

베이커가 무미건조하게 말했다.

"그래, 그래, 그런 것들이지."

에이브러햄이 동의했다.

"나는 그 바보 같은 코담배 질문에 대해선 다 잊어버리고 있었어. 그냥 열심히 풀고 질서정연하게 헛소리를 했어, 너희도 알지.
그러다가 왜 내가 참여할 자격을 갖추었다고 느끼느냐는 이 에세
이에 온 거야. 나는 하나도 생각해 낼 수가 없었어. 그리고 마침내
어느 군인 코트를 입은 개자식이 옆에 어슬렁거리며 걸어와 말했
어, '5분 남았습니다. 모두 끝내주시지요.' 그래서 나는 그냥 이렇
게 썼어. '나는 롱 워크에 참여할 자격을 갖추었다고 느낀다. 왜냐
하면 나는 한 마리 쓸모없는 개새끼고 어쩌다 이겨서 부자가 되
지 않는다면 세계에 내가 없는 편이 더 나을 것이기 때문이다. 내
가 이기는 경우에는 반 고흐를 사서 저택의 모든 방에 걸어놓고
하이클래스 창녀 60명을 불러 올리고 아무도 괴롭히지 않을 것
이다.' 나는 한 1분 동안 그 말에 대해 생각한 다음 괄호 속에 이
렇게 썼어. '나는 60명의 하이클래스 창녀 모두에게 노령 연금도
줄 것이다.' 나는 그걸로 진짜 다 망쳤다고 생각했어. 그래서 한
달 후 — 그 일 전체를 다 잊어버리고 있었어. — 내가 자격을 땄
다고 하는 편지를 받았을 때, 나는 바지 입은 채로 쌀 뻔했어."

"그다음 일들도 다 거쳤어?"

콜리 파커가 날카롭게 물었다.

"그래, 그건 설명하기 어려워. 실은, 모두들 그게 커다란 농담이
라고 생각했어. 내 여자친구는 그 편지를 사진 찍어서 셔츠 색(티
셔츠를 프린트해 주는 회사 — 옮긴이)에서 티셔츠로 만들고 싶어
했어. 내가 이 세기에 가장 재미있는 장난을 쳤다고 생각하는 것
같았어. 다들 그랬어. 나는 떠들썩한 환대를 받았고 누군가가 언
제나 이런 말을 하고 있었어. '이봐, 에이브, 너 진짜로 통령의 불
알을 비틀었구나, 안 그래?' 그게 너무 재미있어서 난 그냥 계속하

고 있었어, 정말이야."

에이브러햄이 음울하게 미소 지으며 말했다.

"그건 진짜 큰 웃음거리였어. 모든 사람이 내가 통령의 불알을 계속 끝까지 비틀 거라고 생각했어. 내가 한 일이 바로 그거였어. 그다음 어느 날 아침 나는 깨어났고 명단에 들었어. 사실을 말하면 나는 드럼에서 열어섯 번째로 나온 1급 워커였어. 알고 보니 통령이 내 불알을 비틀고 있었던 거지."

작은 환성이 워커들 사이를 지나가다 사그라들었다. 개러티가 위를 흘끗 보니, 머리 위에 거대한 반사 표지판이 있었다. **오거스타까지 16킬로미터.**

"넌 겨우 웃다가 죽을 수도 있겠구나." 콜리가 말했다.

에이브러햄은 파커를 오랫동안 바라보다가 공허하게 대답했다.

"미 건국의 아버지(원래는 미국 독립선언에 참여한 정치인들을 컫는 말이다 — 옮긴이)는 별로 즐겁지 않구나."

14장

그들은 모두 자신들 안에 감정적인 여유나 물러날 구석이 거의 남아 있지 않다는 것에 매우 동의했다. 그러나 보아하니 그렇지는 않다고, 개러티는 오거스타를 2킬로미터 뒤에 두고 국도 202호선을 따라 포효하는 어둠 속으로 걸어 들어가면서 지쳐서 생각했다. 냉정한 음악가가 심하게 혹사한 기타처럼, 줄이 끊어진 것이 아니라 음이 안 맞고 불협화음이 나고 혼란 상태일 뿐이었다.

오거스타는 올드타운과 같지 않았다. 올드타운은 가짜 시골 뉴욕이었다. 오거스타는 신도시였다. 미친 난봉꾼들의 '1년에 한 번 오는' 도시, 격렬하게 춤을 추는 술꾼들과 얼간이들과 완전한 미치광이들로 가득 찬 흥청망청한 도시였다.

그들은 오거스타에 도착하기 훨씬 전부터 오거스타를 듣고 보았다. 먼 해안에 치는 파도의 이미지가 개러티에게 떠오르고 또 떠올랐다. 그들은 군중의 소리를 10킬로미터 바깥부터 들었다. 불빛들은 세상에 종말이 온 듯 무시무시한, 거품 같은 파스텔 톤 반짝임으로 하늘을 채웠다. 개러티는 그것을 보자 역사책에서 본 사진들이 생각났다. 2차 세계대전 말기에 미국 동부를 전격 공습하는 독일인들.

그들은 서로를 불편하게 바라보다가 번개 치는 폭풍 속 어린 소년들이나 눈보라 속 소들처럼 한데 무리를 짓기 시작했다. 군중의 부풀어 오르는 소리에는 날것의 적열 상태가, 사람을 멍하게 하는 굶주림이 있었다. 개러티는 진홍색 거미 다리로 오거스타 분지에서 기어 나와 그들 모두를 산 채로 먹어 치우는 위대한 신 '군중'의 생생하고 섬뜩한 이미지를 느꼈다.

도시 자체는 삼켜지고, 목 졸려 죽고, 파묻혔다. 아주 현실적인 의미에서 오거스타는 없었다. 뚱뚱한 여자도, 예쁜 소녀도, 거만한 남자도, 뭉게뭉게 피어오른 구름 같은 솜사탕을 흔드는 오줌 싼 아이도 더 이상 없었다. 여기에는 수박 조각들을 던져줄 부산한 이탈리아 남자가 없었다. 오직 군중, 몸도, 머리도, 마음도 없는 생물. 군중은 목소리와 눈일 뿐이었고, 군중이 신이자 동시에 맘몬이라는 것은 놀랍지 않았다. 개러티는 그것을 느꼈고, 다른 아이들도 그것을 느끼고 있었다. 마치 거대한 송전탑들 사이를 걷는 것 같았다. 따끔거림과 충격에 온몸의 털이 곤두서고, 혀가 입속에서 미친 것처럼 안절부절못하고, 눈을 돌리기만 해도 탁탁 소리와 함께 불꽃이 될 것 같은 기분. 군중을 기쁘게 해야 했다. 군중은 숭배 받고 두려움을 받아야 했다. 궁극적으로, 군중은 희생을 받기 위해 있었다.

그들은 발목 깊이로 쌓인 색종이 조각 흐름들을 헤치며 나아갔다. 잡지 조각의 종이 눈보라 속에서 서로를 잃어버렸다가 다시 찾았다. 개러티는 어둠과 미친 듯한 공기 속에서 아무렇게나 종이 하나를 낚아챘다가 찰스 아틀라스 보디빌딩 광고를 쥐었다. 또 하나 낚아챘더니 존 트라볼타가 그를 똑바로 쳐다보고 있었다.

그리고 흥분의 꼭대기, 202호선의 첫 번째 언덕 꼭대기에서, 군중이 차지한 뒤쪽 유료 고속도로와 그들 발치의 배부르고 과잉 공급된 도시를 내려다보는 곳에서, 두 개의 거대한 자주색-흰색 스포트라이트가 그들 앞의 공중을 쪼갰고 통령은 그곳에 있었다. 그들과 떨어져서 지프 속에서 환영처럼 경례를 한 채 뻣뻣하게 똑바로 서 있었다. 주위를 둘러싼 군중의 힘든 모습과 엄청난 고통 속에서도 믿을 수 없을 만큼, 환상적일 만큼 군중에 대해 의식하지 못하고 있었다.

그리고 워커들, 그들의 감정의 끈은 끊어지지 않았다. 심하게 음정이 어긋났을 뿐. 남은 그들 37명은 쉬어서 전혀 들리지 않는 목소리로 거칠게 환호했다. 군중은 그들이 환호하고 있다는 것을 알 수 없었으나 어떻게인지 알았다. 어떻게인지 죽음 숭배와 죽음 소망 사이의 원이 또 한 해 동안 완결되었다는 것을 이해하고, 군중은 더욱더 큰 발작과 경련을 일으키면서 완전히 제정신을 잃었다. 개러티는 왼쪽 가슴에 바늘로 찌르는 듯한 고통을 느꼈지만, 자신이 재앙으로 향하는 길의 고비를 지나가고 있다는 것을 알면서도, 여전히 환호를 멈출 수 없었다.

밀리건이라는 이름의 교활한 눈매의 워커가 마치 두뇌를 안에 잡아두려는 것처럼 눈을 꾹 감고 손을 관자놀이에 누르고 무릎

을 꿇음으로써 그들 모두를 구했다. 밀리건은 코를 처박고 앞으로
미끄러지며 거친 흑판 위의 부드러운 분필처럼 코끝을 길에 갈았
다. — 얼마나 놀라운가, 저 아이는 자기 코를 길에 닳아 없애고
있어. 개러티는 생각했다. — 다음 순간 밀리건은 다행히도 폭발
했다. 그 후 워커들은 환성을 멈추었다. 개러티는 가슴의 고통 때
문에 매우 겁에 질렸다. 고통은 부분적으로만 가라앉았을 뿐이었
다. 그는 그것이 그 광기의 끝일 거라고 생각했다.

"우린 네 여자친구와 가까워지고 있지?"

파커가 물었다. 그는 나약해진 것이 아니라 부드러워지고 있었
다. 개러티는 파커를 이제 문제없이 좋아했다.

"80킬로미터쯤. 어쩌면 90킬로미터. 대충 그 정도."

"넌 운 좋은 개자식이야, 개러티." 파커가 동경하듯이 말했다.

"내가?"

개러티는 놀랐다. 그는 몸을 돌려 파커가 자기를 보고 웃고 있
는지 보았다. 웃고 있지 않았다.

"넌 여자친구와 어머니를 볼 거 아냐. 대체 내가 지금과 종말
사이에 누구를 보겠어? 이 돼지들밖에 아무도 못 보겠지."

파커는 가운뎃손가락으로 군중에게 손짓했다. 군중은 그 손짓
을 경례로 받아들인 것 같았고, 그에게 열광적으로 환호했다.

"난 향수병에 걸렸어. 그리고 겁을 먹었어." 파커는 그렇게 말하
고 갑자기 군중에게 외쳤다. "돼지들! 이 돼지들아!"

그들은 파커에게 어느 때보다도 더 크게 환호성을 보냈다.

"나도 겁을 먹었어. 그리고 향수병에 걸렸어. 나…… 내 말은
우리……." 개러티는 말을 더듬었다. "우리는 모두 집에서 너무 멀

리 있어. 길이 우리를 멀리 떨어뜨리고 있어. 난 여자친구와 어머니를 볼 수 있지만 만질 수는 없어."

"규칙에서 말하기로는……"

"나도 규칙에서 뭐라고 하는지는 알아. 길에서 떠나지 않는 한 누구든 원하는 사람과 육체적으로 접촉할 수 있다. 그래도 그건 달라. 벽이 있잖아."

"네가 말로 하긴 존나 쉽지. 그래도 넌 그들을 볼 거 아냐."

그때 맥브라이스가 끼어들었다.

"그건 사태를 더 나쁘게 만들기만 할지도 몰라."

맥브라이스는 조용히 그들 뒤에서 따라오고 있었다. 그들은 방금 윈스롭 교차로의 깜박이는 노란 경고 점멸등을 지나쳤다. 개러티는 그들이 지나친 후 그 불이 도로 위에서 환해지다 어두워지는 것을 볼 수 있었다. 무시무시한 노란 눈, 뜨고 감긴다.

"너희는 모두 미쳤어." 파커가 상냥하게 말했다. "난 여기서 나갈 거야."

파커는 약간 속도를 내더니 곧 깜박이는 그림자들 속으로 거의 사라졌다.

"파커는 우리가 서로 동성애를 한다고 생각해."

맥브라이스가 재미있다는 듯이 말했다.

"뭐라고?"

개러티가 고개를 번쩍 쳐들었다.

"그렇게 나쁜 녀석은 아니야." 맥브라이스가 사려 깊게 말했다. 그는 개러티에게 익살스러운 눈짓을 했다. "어쩌면 파커의 생각이 절반쯤 맞을지도 몰라. 그래서 내가 널 구해 줬는지도 모르고. 내가 너한테 동성애를 하고 있는지도 모르는 거지."

"나 같은 얼굴을? 나는 너희 변태들은 호리호리한 타입을 좋아하는 줄 알았지."

그래도, 개러티는 갑자기 불편해졌다.

갑자기, 충격적으로, 맥브라이스가 말했다.

"너 내가 널 딸딸이 치게 해줄래?"

개러티는 숨이 막혀 속삭였다.

"대체 무슨……"

"야, 닥쳐." 맥브라이스가 부루퉁하게 쏘아붙였다. "그런 독선적인 헛소리를 가지고 넌 어디서 벗어나려는 거야? 난 내가 농담을 하고 있는지 아닌지 너한테 알려줘서 일을 더 쉽게 해 주지도 않을 거야. 뭐라고 할래?"

개러티는 목구멍 속에서 끈적거리고 건조한 기운을 느꼈다. 실은, 그는 누군가에게 만져지고 싶었다. 동성애건 아니건, 다들 죽어가느라 바쁜 와중에 그건 중요한 것 같지 않았다. 중요한 것은 맥브라이스뿐이었다. 하지만 개러티는 맥브라이스가 그런 방식으로 자신을 만지는 걸 원하지 않았다.

"음, 넌 내 생명을 구해 주긴 했지……."

개러티는 말꼬리를 늘어뜨렸다. 맥브라이스가 웃었다.

"네가 나한테 뭔가 빚졌고 내가 그걸 이용하고 있기 때문에 내가 재수 없는 놈이 된 건가? 그런 거야?"

"네가 원하는 대로 해. 하지만 날 가지고 노는 건 그만둬."

개러티가 퉁명스럽게 말했다.

"그건 좋다는 뜻이야?"

"뭐든지 네가 원하는 대로!" 개러티가 소리쳤다.

자기 발끝을 홀린 듯이 뚫어지게 바라보고 있던 피어슨이 깜짝 놀라 고개를 들어 쳐다보았다.

"젠장할 뭐든 네가 원하는 대로!"

맥브라이스가 다시 웃었다.

"넌 괜찮아, 레이. 절대 그걸 의심하지 마."

맥브라이스는 개러티의 어깨를 철썩 두드리고 뒤로 처졌다.

개러티는 얼떨떨한 채 그를 바라보았다.

"그에게는 충분하지 않을 뿐이야." 피어슨이 지친 듯이 말했다.

"응?"

"거의 400킬로미터야." 피어슨이 투덜댔다. "내 발은 안에 독이 들어 있는 납 같아. 등은 불타고 있어. 그런데 저 맛이 간 맥브라이스에게는 그걸로도 아직 충분하지 않은 거야. 마치 목이 마르다고 바닷물을 삼키고 있는 사람 같아."

"그가 상처 입기를 바란다는 거야? 그렇게 생각해?"

"맙소사, 넌 어떻게 생각해? 그는 '나를 세게 치시오' 표지판이라도 걸고 있어야 해. 그가 무슨 죄를 보상하려고 저러는 건지 궁금해."

"난 모르겠어."

개러티가 말했다. 뭔가 다른 말을 덧붙이려고 했지만 피어슨이 더 이상 듣고 있지 않은 것을 보았다. 피어슨은 지친 얼굴을 공포의 선으로 경직시킨 채 다시 자기 발을 보고 있었다. 그는 신발을 잃어버렸다. 그의 발에 신겨진 더러운 흰 육상용 양말이 어둠 속에서 회백색 호를 그렸다.

그들은 '루이스턴까지 52킬로미터'라고 쓰인 표지판을 지나갔다. 거기서 2킬로미터 더 지나가자 전구 글씨로 '개러티 47번'이라고 선언하는 아치형의 전광판이 있었다.

개러티는 졸고 싶었지만 그럴 수 없었다. 피어슨이 등에 대해서 한 소리가 무슨 의미인지 알 것 같았다. 그의 척추도 파란 불 막대기로 변한 것 같았다. 다리 뒤쪽 근육들은 베어져 열린, 불타는 상처였다. 발의 마비는 고통으로 바뀌었다. 훨씬 더 날카롭고 전에 지나간 어떤 것보다 더 큰 고통. 더 이상 배고프지 않았지만 농축액 몇 개를 먹었다. 워커들 몇 명은 살이 덮인 해골일 뿐이었다. 노동 수용소의 공포. 개러티는 그렇게 되기를 원하지 않았다……. 그러나 물론 그의 모습도 다르지 않았다. 그는 한 손으로 옆구리를 쓸어 올리며 갈비뼈로 실로폰을 연주했다.

"최근에는 바코비치 얘기를 듣지 못했어."

개러티는 피어슨을 무시무시한 집중에서 깨워 일으키려고 노력하며 말했다. 그의 집중력만 보면 완전히 올슨이 환생한 것 같았다.

"아니. 누가 그러는데, 걔 한쪽 다리가 오거스타를 지나면서 뻣뻣해졌대."

"정말이야?"

"애들 말로는 그래."

개러티는 갑자기 뒤로 처져서 바코비치를 보고 싶은 충동을 느꼈다. 어둠 속에서 바코비치는 찾기 힘들었고 개러티는 경고 하나를 받았지만, 마침내 그는 바코비치를 찾았다. 바코비치는 이제 후방 부대에 있었다. 절름거리며 종종거렸고, 얼굴은 집중으로 긴

장된 선을 그리고 있었다. 눈은 가장자리에서 본 동전처럼 아래로 가늘게 째져 있었다. 재킷은 사라졌다. 바코비치는 낮고 긴장되고 단조로운 어조로 혼잣말을 하고 있었다.

"안녕, 바코비치." 개러티가 말했다.

바코비치는 씰룩거리다 발을 헛디뎌서 세 번째 경고를 받았다.

"자!" 바코비치는 심술궂게 쳇소리를 질렀다. "자, 네가 한 짓을 봐? 너와 네 대단한 친구들은 만족해?"

"별로 좋아 보이지 않는구나." 개러티가 말했다.

바코비치는 교활하게 미소 지었다.

"이건 모두 계획의 일부야. 내가 너한테 계획에 대해 이야기했던 거 기억해? 날 믿지 않았지. 올슨은 안 믿었어. 데이비슨도. 그리블도." 바코비치의 목소리는 침을 머금은 축축한 속삭임으로 낮아졌다. "개러티, 나는 그들의 무덤 위에서 추우우움을 추었어!"

"다리 아파?" 개러티가 부드럽게 물었다.

"저, 그렇게 끔찍하지는 않아. 쓰러질 사람이 겨우 서른다섯 남았어. 모두 오늘 밤 결판날 거야. 두고 봐. 태양이 떠오를 때면 길에는 열 명 정도밖에 남지 않을 거야. 두고 봐. 너와 가볍게 걷는 네 친구들, 개러티. 모두 아침쯤엔 죽을 거야. 자정쯤엔 죽을 거야."

개러티는 갑자기 아주 강하게 느꼈다. 바코비치가 이제 곧 가리라는 것을. 뛰어가고 싶었다, 멍든 신장과 아픈 척추와 비명을 지르는 발과 모든 것을 이끌고 맥브라이스에게 뛰어가서 그가 자기가 했던 약속을 지킬 수 있을 거라고 말하고 싶었다.

"너는 뭘 요구할 거야? 네가 이기면?"

개러티는 소리 내어 물었다.

바코비치는 마치 그 질문을 기다리고 있었던 것처럼 신이 나서 웃었다. 불확실한 빛 속에서 그의 얼굴은 마치 거대한 손으로 눌리고 치대진 것처럼 일그러지고 쥐어짜진 것 같았다.

"의족?" 바코비치가 속삭였다. "으으으으으으으으의족. 개러티. 난 그냥 이것들을 잘라버리고, 그들이 농담을 받아들일 수 없다면 엿 먹일 거야. 나는 새 플라스틱 발을 달고 이 발들을 빨래방 세탁기에 넣고 그것들이 돌아가고 돌아가고 돌아가는 것을 지켜보며……"

"나는 네가 친구들을 바랄 거라고 생각했어."

개러티는 슬프게 말했다. 숨 막히고 마음을 사로잡는 자극적인 승리감이 그의 몸속을 세차게 지나갔다.

"친구들?"

"왜냐하면 넌 하나도 없잖아." 개러티는 불쌍하다는 투로 말했다. "우리는 모두 네가 죽는 걸 보며 기뻐할 거야. 아무도 널 아쉬워하지 않을 거야, 게리. 아마 난 네 뒤를 걷다가 네 뇌에 침을 뱉을 거야. 그들이 네 뇌를 길 위에 온통 날려버린 다음이겠지. 난 그렇게 할 거야. 아마 우리 모두 그렇게 할 거야."

이건 미쳤다 미쳤다 마치 개러티의 머리 껍데기 날이 흩어지는 것 같았다. 공기총 총열을 지미에게 빙글 돌렸던 때 같았다. 그 피…… 지미는 비명을 질렀다…… 그 야만적이고 원시적인 정의로 그의 머리 전체가 열로 흐릿해졌다.

"날 미워하지 마." 바코비치는 우는소리를 하고 있었다. "왜 나를 미워하는 거니? 나도 너희들과 마찬가지야. 죽고 싶지 않아. 넌 뭘 원해? 내가 사과할까? 사과할게! 나…… 난……"

"우리 모두 네 뇌에 침을 뱉을 거야. 너도 나를 만지고 싶니?"

개러티는 미친 듯이 말했다.

바코비치는 파랗게 질려서 개러티를 바라보았다. 그의 눈은 혼란스럽고 멍했다.

"난…… 미안해."

개러티가 속삭였다. 타락하고 더러워진 기분이었다. 얼른 바코비치에게서 멀어졌다. *제기랄 맥브라이스. 왜? 왜?*

갑자기 총이 포효하고, 그들 중 둘이 동시에 쓰러져 죽고, 그중 하나는 바코비치여야 했다, 그래야 했다. 그리고 이번에는 그의 잘못이었다. 그가 살인자였다.

그때 바코비치가 웃었다. 바코비치는 낄낄 웃고 있었다. 군중의 광기보다 더 높고 더 미치고 심지어 더 잘 들리는 소리로.

"개러티! 개애애러티이이! 나는 네 무덤 위에서 춤출 거야, 개러티! 나는 네에에 무더어엄 —"

"닥쳐!" 에이브러햄이 소리쳤다.

"닥쳐, 이 쥐새끼야!"

바코비치는·입은 다무는가 싶더니 이내 흐느끼기 시작했다.

"지옥에나 가." 에이브러햄이 중얼거렸다.

"이젠 네가 그러냐." 콜리 파커가 비난하듯 말했다. "바코비치를 울리냐, 에이브, 이 나쁜 녀석아. 바코비치가 집에 가서 자기 엄마한테 이를걸."

바코비치는 계속 흐느꼈다. 개러티의 피부가 스멀거리게 만드는 공허하고, 창백한 소리였다. 그 안에는 아무 희망도 없었다.

"못생기고 배은망덕한 꼬마 놈이 엄마에게 이를 거라고? 아아 아아, 바코비치, 그건 좀 아니지 않아?"

퀸스가 뒤로 소리쳤다.

바코비치를 가만 놔둬. 개러티는 마음속에서 소리쳤다. *가만 놔둬, 넌 그가 얼마나 아파하고 있는지 몰라.* 이 무슨 형편없는 위선이란 말인가? 개러티는 바코비치가 죽기를 바랐다. 그것을 인정하는 편이 낫다. 바코비치가 무너지고 죽기를 바랐다.

스테빈스는 아마 그 뒤의 어둠 속에서 그들 모두를 비웃고 있을 것이다.

개러티는 서둘러 맥브라이스를 따라잡았다. 맥브라이스는 느긋하게 길을 따라 걸으며 이렇다 할 목적 없이 군중을 바라보고 있었다. 군중은 탐욕스럽게 그를 마주 바라보았다.

"내가 결정을 내려야 하는데 도와줄래?" 맥브라이스가 말했다.

"그래, 뭔데?"

"누가 가축우리 속에 있는 건지. 우리인지 그들인지."

개러티는 진짜 즐거워하며 웃었다.

"우리 모두. 그리고 그 우리는 통령의 원숭이 우리 속에 있어."

맥브라이스는 개러티의 웃음에 동참하지 않았다.

"바코비치가 고비기, 안 그래?"

"응, 그런 것 같아."

"난 더 이상 바코비치가 무너지는 걸 보고 싶지 않아. 그건 형편없어. 그리고 사기야. 우리는 어떤 것을 바란다고 생각하고 그 어떤 것을 중심점으로 해서 모든 걸 짓고…… 뭔가를 열심히 하는데…… 그다음에 그걸 바라지 않게 돼. 위대한 진실들은 모두

366

그런 허상이라니 너무하다고 생각하지 않니?"

"난 한 번도 그런 것에 대해 깊이 생각해 본 적이 없어. 열 시 거의 다 됐다는 거 알아?"

"그건 평생 장대높이뛰기를 연습한 다음 올림픽에 나가서 '대체 내가 무엇 때문에 저 바보 같은 장대 위로 뛰어넘으려고 하는 거야?'라고 말하는 것 같아."

"그래."

"너 내 말 못 알아듣겠지, 맞지?"

맥브라이스가 약간 짜증을 내며 말했다.

"깨어 있는 게 점점 더 힘들어."

개러티는 인정했다. 그는 말을 멈추었다. 아까부터 한참 동안 뭔가가 그를 심하게 괴롭히고 있었다. 베이커가 그들과 합류했다. 개러티는 베이커를 보다가 맥브라이스를 보고 다시 뒤를 보았다.

"넌 올슨을 봤지…… 걔 머리카락을 봤어? 그 애가 티켓을 끊기 전에?"

"걔 머리카락이 왜?" 베이커가 물었다.

"머리카락이 회색으로 세고 있었어."

"아냐, 그건 미친 소리야. 먼지나 그런 거 때문이었을 거야."

맥브라이스가 반박했다. 그러나 그는 갑자기 매우 겁을 먹은 것처럼 들렸다.

"그 애 머리는 회색이었어. 마치 우리가 이 길 위에 영원히 있었던 것 같았어. 올슨의 머리는 그렇게…… 그렇게 되는 걸 보고 처음에 나는 그렇게 생각했어. 그렇지만…… 이건 어떤 미친 종류의 불멸일지도 몰라."

그 생각은 무서울 정도로 사람을 우울하게 만들었다. 그는 얼굴에 닿는 부드러운 바람을 느끼면서 똑바로 앞의 어둠 속을 노려보았다.

"나는 걷고, 걸었고, 걸을 것이다. 나는 걸어갔을 것이다." 맥브라이스가 읊었다. "내가 그걸 라틴어로 번역할까?"

'우리는 시간 속에 매달려 있어.' 개러티는 생각했다.

그들의 발은 움직였지만 그들은 움직이지 않았다. 체리 빛깔 담뱃불이 군중 속에서 빛났다, 때때로 번쩍이는 섬광이나 반짝거리는 폭죽처럼 보인 것은 별들이었을 수도 있었다. 그들의 존재를 앞뒤로 표시하는 기묘한 낮은 별자리들이 양쪽에서 좁아져 무가 되고 있었다.

"으으. 사람은 미칠 수 있어." 개러티는 떨면서 말했다.

"그게 맞아."

피어슨이 동의한 다음 초조하게 웃었다. 그들은 길고 배배 꼬인 언덕을 올라가기 시작하고 있었다. 길은 이제 발에 딱딱하게 느껴지는 신축이음 콘크리트였다. 개러티에게는 종이처럼 얇은 신발을 통해 모든 돌멩이를 다 느껴지는 것 같았다. 기운찬 바람에 사탕 껍질, 팝콘 상자, 그리고 길에 있는 다른 여러 가지 먼지들이 낮게 표류하다 흩어졌다. 어떤 곳들에서는 거의 바람을 헤치며 걸어 나가야 했다. *이건 불공정해.* 개러티는 자기연민에 빠져 생각했다.

"앞쪽의 레이아웃은 어떻게 돼?"

맥브라이스가 그에게 미안한 듯이 물었다.

개러티는 눈을 감고 머릿속에 지도를 그리려고 했다.

"작은 마을들을 전부 기억할 수는 없어. 우리는 루이스턴에 가. 그곳은 주에서 두 번째로 큰 도시야. 오거스타보다 더 커. 우리는 곧장 번화가로 내려가. 그곳은 예전에는 리스본 스트리트였지만 이제는 코터 메모리얼 애버뉴야. 레기 코터는 메인 주에서 유일하게 롱 워크에서 우승한 사람이야. 오래전 일이야."

"그 사람 죽었지, 그렇지?" 베이커가 물었다.

"그래. 한쪽 눈에서 출혈을 일으켰고 반쯤 눈이 먼 채로 워크를 끝냈어. 뇌혈전이 있었던 걸로 밝혀졌어. 그는 워크가 끝나고 일주일쯤 후에 죽었어." 그리고 입증 책임에서 벗어나려는 미약한 노력으로, 개러티는 되풀이했다. "오래전이었어."

잠시 동안 아무도 말하지 않았다. 사탕 껍질이 발 아래에서 바삭거리는 소리가 멀리서 난 산불 소리 같았다. 체리 폭죽(붉은색 공 모양의 폭죽 — 옮긴이)이 군중 속에서 터졌다. 개러티는 지평선에서 희미한 빛을 볼 수 있었다. 아마 루이스턴과 오번 쌍둥이 도시일 것이다. 두셋과 오버천과 레이브스크의 땅, 누 팔롱 프랑세즈 이시(이곳은 프랑스어를 쓰는 지역)의 땅. 갑자기 개러티는 껌한 쪽에 대한 거의 강박적인 열망을 느꼈다.

"루이스턴 다음에는?"

"우리는 국도 196호선을 내려가. 그다음 126호선을 따라 프리포트로 가. 거기서 나는 우리 엄마와 내 여자친구를 볼 거야. 거기는 우리가 국도 1호선을 타게 되는 곳이기도 해. 그리고 이게 끝날 때까지 그 길을 걷게 되겠지."

"커다란 고속도로." 맥브라이스가 중얼거렸다.

"그래."

총소리가 났고 그들은 모두 펄쩍 뛰었다.

"그건 바코비치나 퀸스겠지. 모르겠어…… 그중 하나는 아직 걷고 있어…… 그건……."

피어슨이 말했다.

바코비치가 어둠 속에서 웃었다. 가늘고 섬뜩하고, 높고 꾸르륵거리는 소리였다.

"아직은 아냐, 이 창녀들아! 난 아직 안 죽었어! 아아아아아직……."

바코비치의 목소리는 올라가고 계속 올라갔다. 화재 사이렌이 미쳐버린 것 같았다. 바코비치의 손이 갑자기 놀란 비둘기가 날아오르는 것처럼 위로 올라가더니 자기 목을 잡아 뜯었다.

"오 하느님!"

피어슨이 울부짖더니 자기 몸 위로 토했다.

그들은 바코비치로부터 달아났다. 달아나서 앞뒤로 흩어졌다. 바코비치는 우울한 얼굴을 하늘로 든 채 계속 소리 지르고 꾸르륵거리고 목을 잡아 뜯으며 걷고 있었다. 그의 입은 암흑의 뒤틀린 곡선이었다.

그다음 화재 사이렌 같은 소리가 약해지기 시작했고, 그와 함께 바코비치도 약해졌다. 바코비치는 쓰러졌고 군인들은 그가 죽었건 살았건 쏘았다.

개러티는 돌아서서 다시 앞으로 걸었다. 그는 자기가 경고를 받지 않았다는 사실에 막연하게나마 감사했다. 주위의 모든 얼굴에서 자신의 공포의 판박이를 보았다. 그 공포의 바코비치 부분은 끝났다. 개러티는 이 일이 그들 나머지에게 좋은 징조가 아니

370

라고 생각했다. 이 어두운 피투성이 길 위에 선 그들의 미래에.

"난 기분이 안 좋아." 피어슨이 말했다. 목소리에 기운이 하나도 없었다. 헛구역질을 하고 잠시 동안 몸을 굽히고 걸었다. "아. 별로 좋지 않아. 오 하느님. 나는. 기분이. 안. 좋아. 아."

맥브라이스는 똑바로 앞을 보았다.

"난…… 내가 지금 제정신이 아니면 좋겠어."

맥브라이스가 생각에 잠겨 말했다.

베이커만 아무 말도 하지 않았다. 이상한 일이었다. 왜냐하면 개러티는 갑자기 루이지애나 인동덩굴 냄새를 맡았기 때문이다. 바닥에서 개구리가 개굴거리는 소리가 들렸다. 꿈 없는 17년의 잠을 위해 질긴 사이프러스 껍질을 땀 흘리며 파고들고 있는 매미의 느긋한 웅웅 소리가 느껴졌다. 그리고 현관에 앉아 이가 빠지고 갈라진 마호가니 수납장에 있는 오래된 필코 라디오에서 나오는 잡음과 웅웅거림과 먼 곳에서 송출된 목소리들에 귀를 기울이며 꿈꾸는 듯이 미소 짓고 공허한 눈으로 앞뒤로 흔들거리는 베이커의 이모가 보였다. 흔들고 흔들고 흔들며. 미소 지으며. 졸며. 크림이 먹고 싶었다가 이제 아주 만족한 고양이처럼.

15장

"나는 너희가 이기건 지건 상관 안 해,
너희가 이기는 한."
— 빈스 롬바르디
그린베이 패커스(미국의 프로 미식축구팀 — 옮긴이) 전(前) 수석 코치

하얗고 고요한 안개의 세계에 햇빛이 기어들어 왔다. 개러티는 다시 혼자 걷고 있었다. 밤 사이 얼마나 많이 티켓을 끊었는지 더 이상 알지도 못했다. 아마 다섯 명. 그의 발은 두통을 느꼈다. 끔찍한 편두통이었다. 발에 몸무게를 실을 때마다 부풀어 오르는 것을 느낄 수 있었다. 엉덩이도 아팠다. 척추는 얼음 같은 불이었다. 그러나 그의 발은 두통을 겪었고 피는 그 안에서 응고하고 발을 부풀어 오르게 하고 정맥을 얄따테 스파게티로 바꾸었다.

여전히 개러티의 배 속에서 흥분의 벌레가 자라고 있었다. 그들은 이제 겨우 프리포트에서 21킬로미터 떨어져 있었다.

워커들은 이제 포터빌에 있었고, 군중은 빽빽한 안개 때문에 거의 그들을 볼 수 없었지만 루이스턴부터 개러티의 이름을 리드미컬하게 읊고 있었다. 거대한 심장의 고동 소리 같았다.

'프리포트와 잰.' 그는 생각했다.

"개러티?"

익숙하지만 기운 없는 목소리였다. 맥브라이스였다. 얼굴은 털로 덮인 해골이었다. 눈은 열에 들떠서 빛나고 있었다.

"좋은 아침이야." 맥브라이스가 쉰 목소리로 말했다. "우리는 살아서 또 하루를 싸우게 됐어."

"그래. 지난밤에 얼마나 갔어, 맥브라이스?"

"여섯."

맥브라이스는 허리띠에서 베이컨 스프레드 튜브를 꺼내 입에 짜 넣기 시작했다. 손이 심하게 떨리고 있었다.

"바코비치가 간 이래 여섯이야."

맥브라이스는 중풍에 걸린 노인처럼 조심스레 튜브를 도로 집어넣었다.

"피어슨이 티켓을 끊었어."

"그래?"

"우리는 많이 남지 않았어, 개러티. 겨우 26명이야."

"그래, 많지 않네."

안개 속을 걷는 것은 나방 날개 가루로 된 무게 없는 구름 속을 걷고 있는 것 같았다.

"'우리'도 많이 남지 않았어. 총사들 말이야. 너와 나와 베이커와 에이브러햄. 콜리 파커. 그리고 스테빈스. 만약 네가 스테빈스까지 포함하고 싶으면. 왜 안 되겠어? 대체 왜 안 되겠어? 스테빈스까지 세자, 개러티. 6총사와 20명의 창 운반자들."

"너는 아직도 내가 이길 거라고 생각해?"

"여기 위쪽은 봄에 언제나 이렇게 안개가 끼니?"

"그게 무슨 뜻이야?"

"아니, 난 네가 이길 거라고 생각하지 않아. 스테빈스가 이길 거야, 레이. 아무것도 그를 지치게 할 수 없어, 그는 금강석 같아. 소문으로는 이제 스크램이 빠졌으니 베가스가 스테빈스를 9대 1로 선호한대. 하느님 맙소사, 그는 지금 우리가 출발할 때와 거의 똑같아 보여."

개러티는 마치 그럴 줄 알았다는 듯 고개를 끄덕였다. 그는 비프 농축액 튜브를 발견하고 먹기 시작했다. 맥브라이스의 오래전에 맛이 간 날 햄버거와 바꾸지 않을 것이었다.

맥브라이스는 약간 코를 훌쩍이고 한 손으로 코를 닦았다.

"너한테는 이상하게 보이지 않아? 이 모든 길을 다 와서 도로 네가 발 구르고 놀던 홈그라운드로 돌아와 있다는 거?"

개러티는 흥분의 벌레가 다시 꿈틀거리는 것을 느꼈다.

"아니. 세상에서 가장 자연스러운 일 같아."

그들은 긴 언덕을 걸어 내려갔고, 맥브라이스는 하얀 자동차 극장의 텅빈 화면을 쳐다보았다.

"안개가 심해지고 있어."

"안개가 아니야. 이제 비가 오는 거야." 개러티가 말했다.

비가 오랫동안 멈출 의사가 없다는 듯이 부드럽게 떨어졌다.

"베이커는 어디 있어?"

"저기 뒤쪽 어딘가에." 맥브라이스가 말했다.

한 마디 말도 없이 — 말은 이제 거의 불필요했다. — 개러티는 뒤로 처지기 시작했다. 길은 교통 섬(보행자를 보호하기 위해 도로 위에 섬처럼 만들어놓은 구역 — 옮긴이)을 지나고, 곧 무너질 듯한 '포터빌 레크리에이션 센터'와 그곳의 5레인짜리 볼링장을 지나, '5월은 *당신의 성(性)을 확인하는 달*'이라는 커다란 표지판을 창문에 붙인 폐쇄된 검은 공판장 건물을 지나 계속 이어졌다.

안개 속에서 개러티는 베이커를 놓치고 스테빈스 옆에서 걷게 되고야 말았다. "*금강석처럼 단단해.*" 맥브라이스는 그렇게 말했다. '하지만 이 금강석에는 작은 흠들이 보인단 말이야.' 개러티는 생각했다. 이제 그들은 웅장하지만 오염된 앤드로스코긴 강(미국 메인 주와 뉴햄프셔 주에 흐르는 강 — 옮긴이)과 평행하게 걷고 있었다. 맞은편에는 직물 공장인 '포터빌 방직 회사'의 탑들이 안개 사이로 더러운 중세의 성처럼 우뚝 튀어나와 있었다.

스테빈스는 쳐다보지 않았지만, 개러티가 여기 있다는 건 알고 있었다. 그는 바보같이 스테빈스가 먼저 말을 하도록 만들자고 결심하고 아무 말도 하지 않았다. 길은 다시 곡선이 되었다. 그들이 앤드로스코긴에 걸친 다리를 건너면서 잠시 동안 군중이 사라졌다. 그들 뒤에서 음침하고 소금기를 띤 물이 치즈 같은 노란 거품을 띠고 끓어올랐다.

"음?"

"1분 정도 말을 아껴. 넌 그게 필요할 거야."

개러티가 말했다.

다리 끝에서 왼쪽으로 급선회해 브릭야드 힐을 올라가기 시작하자 군중들이 다시 보였다. 언덕은 길고, 가파르고, 비스듬했다. 강은 그들 아래에서 왼쪽으로 줄어들었고, 오른쪽에는 거의 수직에 가까운 오르막 비탈이 있었다. 구경꾼들은 나무에, 덤불에 서로 달라붙어서 개러티의 이름을 수군거렸다. 옛날에 브릭야드 힐에 사는 여자애와 연애한 적이 있었다. 캐롤린이라는 이름의 소녀. 그녀는 이제 결혼했다. 아이도 하나 있다. 캐롤린은 그가 하게 해주었을지도 모른다. 그러나 그때의 그는 어리고 아주 멍청했다.

앞쪽에서 파커는 군중 위로 거의 들리지 않는 속삭임 같은, 숨 가쁜 "젠장할!"을 말하고 있었다. 개러티의 다리가 떨리면서 젤리로 변하겠다고 위협했다. 그러나 이것은 프리포트 전에 있는 마지막 커다란 언덕이었다. 이다음에는 그것은 중요하지 않았다. *지옥에 가고 싶으면 지옥에 가라지.* 마침내 그들은 언덕의 가슴을 올라갔다.(캐롤린의 가슴은 훌륭했다. 그녀는 자주 캐시미어 스웨터를 입었다.)

스테빈스는 약간 헐떡거리며 되풀이했다. "음?"

총소리가 울렸다. 찰리 필드란 이름의 소년이 탈락했다.

"음, 아무것도 아니야. 베이커를 찾고 있었는데 대신 널 발견한 거야. 맥브라이스는 네가 이길 것 같대."

개러티가 말했다.

"맥브라이스는 바보 천치야." 스테빈스가 무심하게 말했다. "너는 정말로 네 여자친구를 볼 거라고 생각해, 개러티? 이 모든 사람들 속에서?"

"그녀는 앞줄에 있을 거야. 통행증이 있어." 개러티가 말했다.

"형사들은 사람들을 막느라 너무 바빠서 그녀를 앞까지 데려오지 못할 거야."

"아니, 그렇지 않아. 왜 그런 말을 하는 건데?"

개러티는 스테빈스가 자신의 마음속 공포를 또렷이 말했기 때문에 날카롭게 말했다.

"하여간 네가 정말 보고 싶은 건 네 어머니니까."

개러티는 급격히 움찔했다.

"뭐?"

"너는 자라면 엄마와 결혼하지 않을 거야, 개러티? 그건 대부분의 어린 남자애들이 바라는 거야."

"넌 미쳤어!"

"내가?"

"그래!"

"넌 뭐 때문에 네가 이길 만하다고 생각하는 거야, 개러티? 너는 이류 지성이고, 이류 육체의 표본이고, 아마 이류 리비도일 거야. 개러티, 네가 결코 너의 그 여자친구와 그걸 해본 적이 없다는 데 내 개와 많은 것을 걸겠어."

"입 닥쳐!"

"너 동정이지, 안 그래? 게다가 약간 동성애 성향이 있지? 여성적인 성향도. 겁내지 마. 스테빈스 신부님한테는 말해도 된단다."

"내가 버지니아까지 걸어야 한다고 해도 널 걸어서 떨어뜨릴 테야, 이 싸구려 새끼야!"

개러티는 분노로 떨고 있었다. 평생 이렇게 화났던 적이 없었던 것 같았다.

"괜찮아. 이해해." 스테빈스가 달래듯이 말했다.

"이 어미랑 붙어먹을 놈! 너!"

"이제 흥미로운 단어가 나왔네. 왜 그런 단어를 사용한 거지?"

잠시 개러티는 자기가 스테빈스를 공격하거나 분노로 기절할 거라고 확신했다. 그러나 둘 다 하지 않았다. 이 말만 되풀이했다.

"만약 내가 버지니아까지 걸어가야 한다고 해도. 버지니아까지 내내 걸어가야 한다고 해도."

그 말에 스테빈스는 발뒤꿈치를 들고 기지개를 켜더니 졸린 듯이 웃었다.

"나는 플로리다까지 내내 걸어갈 수 있을 것 같아, 개러티."

개러티는 그에게서 얼른 떨어져 나와 베이커를 찾으며 화와 분노가 점점 사그라들면서 수치심으로 가슴이 두근거리는 것을 느꼈다. 그는 스테빈스가 자기를 쉬운 표적이라고 생각했을 거라고 짐작했다. 그는 쉬운 표적이었으리라.

베이커는 개러티가 모르는 소년 옆에서 걷고 있었다. 머리는 처졌고, 입술은 약간 움직이고 있었다.

"어이, 베이커."

개러티가 부르는 소리에 베이커는 깜짝 놀라더니 온몸을 개처럼 부르르 떠는 것 같았다.

"개러티, 너구나."

"그래, 나야."

"꿈을 꾸고 있었어. 끔찍하게 현실 같은 꿈을. 몇 시야?"

개러티는 시계를 보았다,

"거의 일곱 시 이십 분 전."

"하루 종일 비가 오겠지, 그렇게 생각하지?"

"난…… 어!" 개러티는 순간적으로 균형을 잃고 앞으로 휘청거렸다. "망할, 신발 밑창이 떨어졌어."

"둘 다 벗어. 못들이 뚫고 들어올 거야. 그리고 균형이 안 맞으면 더 힘들게 가야 해."

베이커가 충고했다.

개러티는 한쪽 신발을 차서 벗었고 그것은 선을 넘어 거의 군중 가장자리까지 가서 작은 불구 강아지처럼 누워 있었다. '군중'의 손이 그것을 탐욕스럽게 더듬었다. 누가 그것을 낚아챘지만, 또 다른 누가 그것을 가져갔고, 그것을 두고 격렬한, 힘든 싸움이 일었다. 다른 쪽 신발은 차도 벗겨지지 않을 것이었다. 발이 안에서 부풀어 꽉 끼었다. 그는 무릎을 꿇고, 경고를 받고 끈을 풀어서 벗었다. 그는 그것을 군중에게 던질까 생각했다가 대신 길에 놔두었다. 거대하고 비이성적인 절망의 파도가 갑자기 밀어닥쳤고 그는 생각했다. *나는 신발을 잃었어. 나는 신발을 잃었어.*

발바닥에 닿는 보도가 차가웠다. 찢어지고 남은 양말은 곧 흠뻑 젖었다. 양쪽 발 다 이상하게, 묘하게 둔하게 보였다. 개러티는 절망이 발에 대한 연민으로 변하는 것을 느꼈다. 그는 재빨리 베이커를 따라잡았다. 베이커도 신발 없이 걷고 있었다.

"난 다된 것 같아." 베이커가 짧게 말했다.

"우리 모두 그래."

"난 내게 있었던 모든 좋은 일들을 기억하게 되었어. 내가 처음으로 춤추러 여자애를 데려갔을 때, 그때 계속 끼어들려던 커다랗고 늙고 술 취한 녀석이 있었어. 나는 그 녀석을 밖으로 데리고 나가서 혼쭐을 내줬어. 그가 그 정도로 취해 있었기 때문에 할 수 있었던 일이었어. 그리고 그 소녀는 내가 내연기관의 발명 이후에 가장 대단한 일을 했다는 듯이 나를 바라보았지. 내 첫 번째 자전거, 내가 윌키 콜린스의 『흰옷의 여인』을 처음 읽었을 때…… 누가 너한테 물어본다면, 그건 내가 제일 좋아하는 책이야, 개러티. 낚싯줄을 드리우고 진흙 구멍 옆에 반쯤 잠들어 앉아서 가재를 수천 마리씩 잡던 거. 뒷마당에 누워 뽀빠이 만화책을 얼굴에 덮고 잠들던 거. 나는 그런 것들을 생각해, 개러티. 지금 와서야. 내가 늙고 망령이 들었던 것처럼.”

이른 아침 비는 그들 주위에 은빛으로 떨어졌다. 군중들도 더 조용해지고, 더 물러난 것 같았다.

얼굴들이 비 오는 유리창 뒤의 얼굴처럼 흐릿하게 다시 보였다. 물이 뚝뚝 떨어지는 모자와 우산들 아래에서, 텐트 치듯 펼친 신문지 아래에서 음울한 표정을 한 창백하고, 눈꼬리가 올라간 얼굴들이었다. 개러티는 마음속 깊은 곳에서 아픔을 느꼈고 울어버릴 수 있다면 더 나을 것 같았지만, 베이커를 위로하고 죽는 건 괜찮다고 말해 줄 수 없는 것만큼이나 그럴 수가 없었다. 그럴지도 모르지만, 또 그렇지 않을 수도 있었다.

“그게 어둡지 않았으면 좋겠어. 그게 내가 바라는 전부야. 만약…… 만약 내세가 있다면, 내가 누군지 거기서 뭘 하고 있는지도 모르고, 심지어 나에게 뭔가 다른 점이 있었는지도 모르고 어둠 속에서 영원히 헤매는 건 정말 싫어.”

베이커가 말했다.

개러티는 말을 시작하려고 했는데, 그때 총성이 울려 침묵했다. 일이 다시 속력을 내고 있었다. 파커가 그렇게 정확하게 예보했던 그 간격은 거의 끝났다. 베이커의 입술이 찡그려지며 위로 올라갔다.

“저게 내가 제일 두려워하는 거야. 저 소리. 왜 우리가 이걸 했을까, 개러티? 우리는 미쳤었던 게 분명해."

"딱히 무슨 좋은 이유가 있었던 것 같지 않아."

"우리는 모두 덫 안의 쥐야."

워크는 계속되었다. 비가 내렸다. 그들은 개러티가 아는 장소들을 지나 걸어갔다. 아무도 살지 않는 금방이라도 무너질 듯한 판잣집들, 학생들이 새로운 통합 건물로 옮겨 가고 버려진 교실 하나짜리 교사, 양계장들, 블록 위의 낡은 트럭들, 새로 간 들판. 개러티는 들판 하나하나, 집 하나하나가 기억나는 것 같았다. 이제 그는 흥분으로 따끔거렸다. 길은 날아 지나가는 것 같았다. 다리가 새롭고 비논리적인 생기를 얻은 것 같았다. 그러나 아마 스테빈스가 옳을 것이다. 그녀는 그곳에 없을 것이다. 최소한 그것은 생각하고 준비해 놓아야 했다.

드문드문 떨어져 걷고 있는 아이들을 통해 선봉 가까이 걷는 소년이 자기가 맹장염에 걸렸다고 믿는다는 소문이 뒤로 퍼졌다. 개러티는 전이라면 이 말에 주춤했겠지만, 이제는 잰과 프리포트 외에는 아무것도 신경 쓸 수가 없는 것 같았다. 그의 시곗바늘은 자기 자신의 악마 같은 생명을 가지고 함께 달리고 있었다. 이제 겨우 8킬로미터 남았다. 그들은 프리포트 시계를 지났다. 앞쪽 어딘가에, '울맨의 자유무역센터 마켓' 앞에 잰과 어머니가 이미 서 있었다. 그들이 준비해 놓은 대로.

하늘은 좀 밝아졌으나 구름이 뒤덮인 채로 남아 있었다. 비는 완고한 보슬비로 변했다. 길은 이제 어두운 거울 같았다. 개러티가 자기 얼굴의 비틀린 반영을 볼 수 있을 것 같은 검은 얼음. 그는 한 손으로 이마를 쓸었다. 뜨겁고 열이 있는 것 같았다. *잰, 오*

잰, 너는 알아야 해……

옆구리가 아픈 소년은 59번, 클링어맨이었다. 그는 소리를 지르기 시작했다. 그의 소리는 금세 단조로워졌다. 개러티는 자기가 보았던 단 한 번의 롱 워크 — 그것도 프리포트에서였다. — 와 "난 못 해. 난 못 해. 난 못 해."를 단조롭게 읊고 있던 그 소년을 다시 떠올렸다.

'클링어맨, 아가리 닥쳐.' 개러티는 생각했다.

그러나 클링어맨은 양손을 옆구리에 깍지 낀 채 계속 걷고 계속 소리 지르고 있었고, 개러티의 시곗바늘도 계속 달리고 있었다. 이제 여덟 시 십오 분이었다. *너 거기 있을 거지, 잰, 맞지? 맞아. 좋아. 네가 무엇을 의미하는지 더는 모르겠지만, 내가 아직 살아 있고 네가 거기 있는 게 내게 징조를 주기 위해 필요하다는 걸 알아. 그냥 거기 있어. 거기 있어.*

여덟 시 삼십 분.

"우리 이 망할 도시에 가까워지고 있지, 개러티?"

파커가 소리쳤다.

"넌 무슨 상관이야? 널 기다리는 여자친구가 없잖아?"

맥브라이스가 야유했다.

"나 사방에 여자친구들이 있다고, 이 멍청한 혹 덩어리야. 그들은 이 얼굴을 한번 보면 달달하니 녹아버려."

파커가 말했다. 그가 말하는 그 얼굴은 이제 예전 모습의 그림자같이 초췌하고 수척했다.

여덟 시 사십오 분.

"야, 천천히 가. 오늘 밤을 위해서 좀 아껴둬."

개러티가 맥브라이스를 따라잡고 지나치려는데 맥브라이스가 말했다.

"그렇게 못 하겠어. 스테빈스는 여자친구가 거기 없을 거라고 말했어. 그녀가 사람들을 뚫고 나오게 도와줄 만한 사람이 없을 거라고. 봐야 해. 나는……"

"내가 하는 말은 그냥 서두르지 말라는 것뿐이야. 스테빈스의 어머니는 그가 이기는 데 도움이 된다면 라이솔(세정제 이름 — 옮긴이) 칵테일이라도 마시겠지. 개가 하는 말 신경 쓰지 마. 네 여자친구 거기 와 있을 거야. 일단, 그건 엄청난 PR이 되니까."

"하지만……"

"하지만 내 말에 토 달지 마, 레이. 천천히 가고 살아남아."

"진부한 이야기 따위 집어치워!" 개러티가 외쳤다. 그는 입술을 핥고 떨리는 한 손을 얼굴로 가져갔다. "미…… 미안해. 방금 한 말은 부적절했어. 또 스테빈스는 내가 실제로는 우리 어머니를 보고 싶은 것뿐이라고 말했어."

"어머니를 보고 싶지 않아?"

"물론 보고 싶지! 대체 넌 나를 어떻게 생각, 아니, 맞아, 모르겠어. 옛날에 한 친구가 있었어. 그리고 그와 나는, 우리, 우리는 옷을 벗었고 그녀, 그녀는……"

"개러티."

맥브라이스가 한 손을 뻗어 그의 어깨를 쓰다듬었다. 클링어맨은 이제 매우 크게 비명을 지르고 있었다. 앞쪽 줄 근처 누군가가 그에게 알카셀처(소화제 상품명 — 옮긴이)가 필요하냐고 물었다. 이 농담은 모두의 웃음을 끌어냈다.

"너는 허물어져가고 있어, 개러티. 진정해. 얼빠진 짓 하지 마."

"내 등에서 떨어져!" 개러티가 쇳소리를 질렀다. 그는 한 손을 입술에 대고 꾹 눌렀다. 1초 후 그가 말했다. "그냥 나한테서 떨어져."

"좋아. 물론."

맥브라이스는 성큼성큼 걸어갔다. 개러티는 그를 도로 부르고 싶었으나 그럴 수 없었다.

그리고 네 번째로 맞는, 아침 아홉 시였다. 그들은 왼쪽으로 돌았고 295번 고가도로를 건너 프리포트 시내로 들어갈 때 군중은 다시 그들 24명 아래 있었다. 앞쪽에는 그와 잰이 때때로 영화를 보고 난 후 들르던 데어리 조이가 있었다. 그들은 오른쪽으로 돌아서 누군가가 커다란 고속도로라고 부른 국도 1호선 도로로 올라갔다. 크건 작건, 그것은 마지막 고속도로였다. 개러티의 시곗바늘은 튀어나오는 듯이 보였다. 시내가 똑바로 앞에 있었다. 울먼스가 오른쪽에 있었다. 개러티는 그것을 볼 수만 있었다. 겉치레 정면 외관 뒤에 숨어 있는 땅딸막하고 못난 건물. 색종이 테이프가 다시 떨어지기 시작했다. 비는 그것을 축축하고 끈적끈적하게, 생명 없이 만들었다. 군중은 부풀어 오르고 있었다. 누군가가 도시에 화재 사이렌을 틀었고, 그것이 *흐느낌*은 클링어맨의 *흐느낌*과 섞이고 혼합되었다. 클링어맨과 프리포트 화재 사이렌은 악몽 같은 듀엣 노래를 불렀다.

나는 더 못 가겠어, 못 가, 못 가, 못 가. 그러나 그의 발은 계속 비틀거리며 나아갔다. *내가 있는 곳은 어디야? 잰? 잰? ⋯⋯잰!*

그는 그녀를 보았다. 그녀는 그가 생일 선물로 준 파란 실크 스

384

카프를 흔들고 있었고, 머리카락에서는 비가 보석처럼 희미하게 빛났다. 어머니는 소박한 검은 코트를 입고 그녀 옆에 있었다. 그들은 군중과 함께 밀리면서 무력하게 앞뒤로 흔들리고 있었다. 잰의 어깨 너머 TV 카메라 한 대가 바보 같은 주둥이를 내밀었다.

그의 몸 어딘가의 커다란 상처가 터질 것 같았다. 고름이 녹색 홍수가 되어 몸 밖으로 쏟아졌다. 그는 갑자기 느릿느릿한 안짱걸음으로 뛰었다. 양말이 찢어져 펄럭거리고 부어오른 발을 때렸다.

"잰! 잰!"

그는 그 생각을 들을 수 있었으나 말이 입에서 나오는 것을 들을 수는 없었다. TV 카메라는 그를 열광적으로 쫓아갔다. 엄청나게 소란스러웠다. 그녀의 입술이 그의 이름 모양을 이루는 것이 보였다. 그는 그녀에게 손을 뻗어야 했다. 손을 뻗어······.

팔 하나가 그를 갑자기 세웠다. 맥브라이스였다. 무성적인 확성기를 통해 말하는 군인 하나가 그들 둘 다에게 첫 번째 경고를 주고 있었다.

"군중 속으로 들어가면 안 돼!"

맥브라이스가 개러티의 귀에 대고 소리치고 있었다. 고통의 랜싯(양날 끝이 뾰족한 의료용 칼—옮긴이)이 개러티의 머릿속을 뚫고 들어왔다.

"놔!"

"네가 자살하게 두지 않을 거야, 레이!"

"제기랄, 놓으라고!"

"너 그녀의 팔 안에서 죽고 싶어? 그런 거야?"

시간이 빠르게 지나가고 있었다. 잰은 울고 있었다. 뺨 위의 눈물이 보였다. 그는 몸을 비틀어 맥브라이스에게서 벗어났다. 그녀에게 다시 달려가려고 했다. 격한, 성난 흐느낌이 안에서 치밀어 오르는 것을 느꼈다. 그는 자고 싶었다. 그녀의 팔 안에서라면 잠들 수 있을 것이다. 그는 그녀를 사랑했다.

레이, 난 너를 사랑해.

그는 그 말을 그녀의 입술 위에서 볼 수 있었다.

맥브라이스는 여전히 그의 옆에 있었다. TV 카메라가 그들을 내려다보고 있었다. 이제, 주변에 있는 고등학교 친구들이 보였다. 그들은 거대한 현수막을 펼치고 있었고 어떻게인지 그것은 고질라 크기로 부풀려져 있는 그의 얼굴, 그의 졸업 앨범 사진이었다. 개러티가 울며 그녀에게 손을 뻗으려고 기를 쓰고 있는 동안 사진 속 그는 자신을 내려다보며 웃고 있었다.

신의 목소리처럼 확성기에서 요란하게 울리는 두 번째 경고.

잰…….

그녀는 그에게 팔을 뻗고 있었다. 손과 손이 닿았다. 그녀의 서늘한 손. 그녀의 눈물…….

그리고 어머니. 어머니가 손을, 뻗고…….

그는 손을 움켜쥐었다. 한 손에 잰의 손을, 다른 손에 어머니의 손을 쥐었다. 그는 그것들을 만졌다, 이제 되었다

이제 됐다. 맥브라이스의 팔이 그의 어깨를 도로 휘감을 때까지는. 잔인한 맥브라이스.

"놔! 놓으라고!"

"야, 너는 진짜로 그녀를 증오하는 게 분명해!" 맥브라이스가 그의 귀에 대고 소리쳤다. "어쩌려고 이래? 그들이 둘 다 네 피로

칠갑이 된다는 것을 알고 죽는 거? 그게 네가 원하는 거야? 제발, 어서!"

개러티는 몸싸움을 했지만 맥브라이스는 강했다. 심지어 맥브라이스가 옳을 것이었다. 그는 잰을 보았다. 이제 그녀의 눈은 공포로 커다랬다. 어머니는 휘휘 쫓는 몸짓을 했다. 잰의 입술에서 그는 지옥으로 보내는 것 같은 그 말들을 읽을 수 있었다. *가! 계속 가!*

물론 나는 계속 가야 해. 개러티는 멍하니 생각했다. *나는 메인의 아들이야.* 그리고 그 순간 그는 그녀를 증오했다. 그가 한 일이 있다면 자기 자신에게 놓은 덫 속에서 그녀를 ── 그리고 자기 어머니를 ── 붙잡은 것밖에 없었지만.

개러티와 맥브라이스에게 천둥처럼 웅장하게 세 번째 경고가 떨어졌다. 군중은 약간 조용해졌고 눈물 어린 눈으로 진지하게 지켜보고 있었다. 이제 잰과 그의 어머니의 얼굴에는 극심한 공포가 떠올라 있었다. 어머니의 손이 얼굴로 날듯이 올라갔고, 그는 놀란 비둘기처럼 자기 목으로 날아 올라가서 자기 목을 찢어내던 바코비치의 손을 생각했다.

"꼭 그렇게 해야겠다면 다음 모퉁이를 돈 다음에 해, 이 싸구려 개새끼야!"

맥브라이스가 소리쳤다.

개러티는 훌쩍거리기 시작했다. 맥브라이스는 그를 다시 때렸다. 맥브라이스는 매우 강했다.

"좋아." 그는 맥브라이스가 자기 말을 들을 수 있는지 아닌지도 모르면서 말했다. 그리고 걷기 시작했다. "좋아, 좋아, 나를 풀어줘, 네가 내 쇄골을 부러뜨리기 전에."

개러티는 흐느끼고, 딸꾹질을 하고, 코를 닦았다.

맥브라이스는 그를 다시 붙잡을 준비를 하고, 조심스럽게 그를 풀어주었다.

나중에 뒤늦게 생각난 것처럼, 개러티는 돌아서서 뒤를 돌아보았다. 그러나 그들은 이미 군중 속에 다시 파묻혔다. 그는 그들의 눈에 차오르던 그 극심한 공포의 표정을, 신뢰와 확신의 감정이 마침내 난폭하게 차 던져지던 느낌을 결코 잊지 못하리라고 생각했다. 그는 흔들리는 파란 스카프를 반쯤 스쳐 본 것밖에 없었다.

개러티는 도로 돌아서서 맥브라이스를 보지 않고 다시 앞을 보았다. 그리고 그의 비틀거리는, 배신자 같은 발은 그를 계속 데려갔고 그들은 도시 밖으로 걸어갔다.

16장

"피가 흐르기 시작했습니다! 리스턴은 비틀거리고 있습니다!
클레이는 콤비네이션으로 그를 흔들고 있습니다!
몸을 숙인 채 소나기 주먹을 퍼붓고 있습니다! 클레이가 그를 죽이고 있어요! 클레이가
그를 죽이고 있어요!
신사 숙녀 여러분, 리스턴이 다운됐습니다!
소니 리스턴이 다운됐습니다! 클레이는 춤을 추고 있습니다…….
손을 흔들고…… 군중에게 소리치고 있습니다!
신사 숙녀 여러분! 이 장면을 어떻게
말해야 할지 모르겠습니다!"
—라디오 해설자
캐시어스 클레이 대 소니 리스턴의 헤비급 타이틀매치 2차전

터빈스는 미쳐버렸다.

터빈스는 안경을 쓰고 얼굴 한가득 주근깨가 있는 키 작은 소년이었다. 그는 엉덩이까지 흘러내린 청바지를 끊임없이 끌어 올리고 있었다. 말을 많이 하지 않았지만, 미쳐버리기 전에는 충분히 좋은 아이였다.

"창녀!"

터빈스가 비에 대고 횡설수설했다. 빗속으로 얼굴을 쳐들었고, 비는 안경에서 뺨으로, 입술로 떨어져서 뭉툭한 턱 끝에서 떨어졌다.

"바빌론의 창녀가 우리 사이에 왔도다! 그녀가 거리에 누워 불결한 자갈 위에 다리를 뻗는구나! 사악하다! 사악하다! 바빌론의 창녀를 조심하라! 그녀의 입술에서는 꿀이 떨어지나 그녀의 심장은 몸서리칠 만큼 황폐하며……"

"그리고 그녀는 임질에 걸렸지." 콜리 파커가 지친 듯이 덧붙였다. "맙소사, 그는 클링어맨보다 더 나빠." 파커는 목소리를 높였다.

"당장 멈춰, 터비!"

"호색한, 오입쟁이!" 터빈스가 악을 썼다. "사악하다! 불결하다!"

"저 녀석 엿이나 먹어라." 파커가 중얼거렸다. "녀석이 닥치지 않으면 내가 직접 죽이겠어."

그는 떨리는 해골 같은 손가락으로 입술을 가로지르고, 손가락을 허리띠로 떨어뜨리고, 물통을 벨트에 고정시킨 클립을 푸는 데 30초를 썼다. 그는 그것을 입에 가져가다가 떨어뜨릴 뻔했고, 그다음 절반 정도를 쏟았다. 그는 약하게 울기 시작했다.

오후 세 시였다. 포틀랜드와 사우스포틀랜드가 그들 뒤에 있었다. 15분쯤 전에 그들은 뉴햄프셔 경계가 겨우 70킬로미터 남았다고 선언하는, 비에 젖어 펄럭거리는 현수막 아래를 지나왔다.

겨우. 개러티는 생각했다. *겨우, 이건 얼마나 바보 같은 조그만 단어인가. 우리에게 저런 바보 같은 조그만 단어가 필요하다고 자기 머리에 집어넣은 천치는 누구인가?*

개러티는 맥브라이스 옆에서 걷고 있었다. 그러나 맥브라이스는 프리포트 이후부터 단음절로만 말했다. 개러티는 감히 그에게 말을 걸 수가 없었다. 다시 빚을 졌고, 그래서 부끄러웠다. 그것이 부끄러웠다. 왜냐하면 자신은 그럴 기회가 온다고 해도 맥브라이스를 돕지 않으리라는 것을 알았기 때문이다. 이제 잰은 사라졌고, 어머니도 사라졌다. 영원히. 돌이킬 수도 없다. 그가 이기지 않는 한. 그리고 이제 개러티는 매우 간절히 이기고 싶었다.

이상했다. 기억하기로 이것은 그가 처음으로 이기고 싶은 때였다. 심지어 출발할 때, 그가 생생했던 때(공룡들이 지구 위를 걷던 옛날)에도 그는 의식적으로 이기고 싶어 하지 않았다. 오직 도전이 있었을 뿐이었다. 그러나 총들은 '탕'이라고 쓰인 작고 빨간 깃발을 꺼내지 않았다. 그것은 야구나 '자이언트 스텝'('무궁화 꽃이 피었습니다'와 유사한 어린이 놀이 — 옮긴이)이 아니었다. 그것은 모두 사실이었다.

아니면 나는 내내 알고 있었던 걸까?

이기고 싶다고 결심하자 발이 두 배로 심하게 아픈 것 같았고, 긴 숨을 들이마실 때 가슴에 찌르는 듯한 통증이 있었다. 열이 나는 느낌은 점점 더 커졌다. 스크램에게서 뭔가 옮았나 보다.

개러티는 이기고 싶었지만, 맥브라이스마저도 그를 보이지 않는 결승선에 데려갈 수는 없었다. 개러티는 자신이 이길 거라고 생각하지 않았다. 6학년 때 교내 맞춤법 대회에서 1등을 해서 지역 철자 알아맞히기 대회까지 갔다. 그러나 지역 철자 대회 감독은 틀려도 다시 하게 해주는 페트리 양이 아니었다. 마음 약한 페트리 양. 그는 상처받고, 믿을 수 없어 하며, 확실히 무슨 착오가 있었던 게 틀림없다고 생각하며 그곳에 서 있었지만 착오는 없었다. 그저 그가 그때 본선에 진출할 정도로 잘하지 못했던 것뿐이고, 지금도 그는 충분히 잘하지 못할 것이다. 워커들 대부분을 걸어서 쓰러뜨릴 정도로는 잘했지만, 모두는 아니었다. 그의 발과 다리는 멍함과 화난 반역의 선을 넘어갔고, 이제는 반란과 겨우 한 발 떨어져 있었다.

그들이 프리포트를 떠난 후부터 겨우 셋만 쓰러졌다. 그중 하나는 불운한 클링어맨이었다. 개러티는 나머지 사람들이 무슨 생각을 하고 있는지 알았다. 누구건 간에 이제 와서 그냥 물러나기에는 너무 많은 티켓이 발행되었다. 남아서 걸어가는 겨우 스무명만이 티켓을 받지 않았다. 그들은 이제 몸이나 마음이 부서져 나갈 때까지 걸을 것이다.

그들은 잔잔한 작은 개울을 건너는 다리를 지나갔다. 다리 표면은 비 때문에 가볍게 우툴두툴했다. 총이 포효하고, 군중은 환성을 올리고, 개러티는 두뇌 뒤편에 있는 희망의 끈질긴 틈이 아주 약간 더 벌어지는 것을 느꼈다.

"네 여자친구 너한테는 좋게 보이든?"

바탄 행진(일본이 태평양 전쟁 기간에 저지른 2만여 명의 포로 학살 — 옮긴이)의 희생자처럼 보이는 에이브러햄이었다. 상상도 할 수 없는 이유로 그는 재킷과 셔츠를 둘 다 벗어버리고 뼈가 앙상한 가슴과 첩첩이 쌓인 갈비뼈를 드러내고 있었다.

"그래. 그녀에게로 다시 돌아가면 좋겠다고 희망해."

개러티가 말했다. 에이브러햄이 미소 지었다.

"희망? 그래, 나도 그 단어 어떻게 쓰는지 기억나기 시작한다."

그것은 가벼운 위협으로 들렸다.

"그건 터빈스였어?"

개러티는 귀를 기울였지만 군중의 꾸준한 함성 외에 아무것도 듣지 못했다.

"그래, 맹세코 터빈스였어. 파커가 그에게 마법을 걸었나 봐."

"나는 계속 스스로에게 말하고 있었어. 한쪽 발을 다른 쪽 발 앞에 계속 놓기만 하면 된다고."

에이브러햄이 말했다.

"그래."

에이브러햄은 침울해 보였다.

"개러티…… 이건 말하기 정말 뭐 같지만……."

"뭔데?"

에이브러햄은 오랫동안 조용했다. 그의 신발은 커다랗고 무거운 옥스퍼드화(끈으로 묶는 가죽 구두 — 옮긴이)였다. 개러티에게는 대단히 불쾌할 정도로 무거워 보였다. (개러티의 발은 이제 맨발에, 차갑고, 생살이 긁혔다.) 그들은 보도를 터벅터벅 걸으며 발을 끌었다. 그 보도는 이제 세 개 차선으로 확장되어 있었다. 오거스타 이후로는 군중이 그렇게 소란스럽거나 무서울 정도로 가깝게 다가오지 않는 듯했다.

에이브러햄은 어느 때보다도 더 침울해 보였다.

"개 같아. 대체 어떻게 말해야 좋을지 모르겠어."

개러티는 어리둥절해져서 어깨를 으쓱했다.

"방금 그 말 한 것 같은데."

"음, 이봐. 우리는 뭔가에 대해 의견을 모으고 있어. 남은 우리 모두."

"스크래블(철자 보드 게임 — 옮긴이)이라도 하자고?"

"그건 일종의…… 야…… 약속이야."

"오, 그래?"

"아무도 도와주지 마. 자기가 직접 해나가거나 아니면 하지 않는 거야."

개러티는 자기 발을 보았다. 배고픔을 느낀 후로 얼마나 오래

지났는지 궁금했고, 뭔가 먹지 않는다면 기절할 때까지 얼마나 오래 걸릴지 궁금했다. 개러티는 에이브러햄의 옥스퍼드화가 스테빈스 같다고 생각했다. 그 신발들은 신발 끈 하나 안 끊어지고 그를 여기서 금문교까지 데려갈 수 있었다……. 최소한 그렇게 보였다.

"그건 매우 비정하게 들려." 개러티가 마침내 말했다.

"매우 비정한 상황이 되어가고 있으니까."

에이브러햄은 개러티를 보지 않았다.

"다른 사람들 모두에게 이 이야기를 했어?"

"아직 아니야. 10여 명에게만."

"그래, 그거 진짜 개 같은 소리다. 네가 얼마나 말하기 힘들었는지 알겠어."

"말할수록 쉬워지기보다는 점점 더 힘들어지는 것 같아."

"다른 애들은 뭐래?"

개러티는 그들이 뭐라고 했는지 알고 있었다. 그들이 뭐라고 했겠는가?

"동의했어."

개러티는 입을 열었다가 다물고 앞에서 걷는 베이커를 보았다. 베이커는 자기 재킷을 입고 있었고, 그것은 젖었다. 그의 머리는 굽어졌다. 한쪽 엉덩이는 흔들리고 어색하게 튀어나왔다. 왼쪽 다리는 아주 심하게 굳어졌다.

"왜 넌 셔츠를 벗었어?" 개러티가 에이브러햄에게 갑자기 물었다.

"셔츠 때문에 피부가 근질근질했어. 벌집이나 뭔가가 그 안에서 크고 있었나 봐. 합성 섬유였든지. 내가 합성 섬유에 알레르기가 있나 봐. 내가 대체 어떻게 알겠어? 넌 어쩔래, 레이?"

"넌 종교 회개자나 뭐 그런 것 같아."

"넌 어쩔래, 레이? 예스야 노야?"

"나는 맥브라이스에게 두어 번 빚을 진 것 같아."

맥브라이스는 여전히 가까이 있었지만, 그가 군중의 소란 너머로 그들의 대화를 들을 수 있는지 알기는 불가능했다. *어서, 맥브라이스. 내가 너한테 아무것도 빚지지 않았다고 말해. 어서, 이 개자식아.* 그러나 맥브라이스는 아무 말도 하지 않았다.

"좋아, 나도 끼워줘." 개러티가 말했다.

"좋았어."

이제 난 짐승이야, 더럽고, 지치고, 멍청한 짐승일 뿐이야. 그런 약속을 하다니. 너는 신의를 버렸어.

"만약 네가 누군가를 도우려고 하면, 우리는 너를 저지할 수 없어. 그건 규정에 어긋나. 하지만 우리는 너를 내칠 거야. 그리고 넌 네 약속을 깨게 될 거야."

"안 그럴 거야."

"누구든 너를 도우려고 하는 사람에게도 똑같아."

"그래."

"개인적인 건 아니야. 알지, 레이. 하지만 우리는 이제 그럴 상황이 아니야."

"죽어라 하지 않으면 죽는 거지."

"바로 그거야."

"개인적인 건 아니야. 그냥 정글로 돌아가는 거지."

잠시 동안 그는 에이브러햄이 열을 받을 거라고 생각했다. 그러나 그가 훅 들이쉰 숨은 악의 없는 한숨으로 나왔다. 아마 너무 지쳐서 열을 받을 수 없었을 것이다.

"넌 동의했다. 너도 한 걸로 칠 거야, 레이."

"한번 약속하면 철석같이 지킨다고 아주 과장되게 말해야 할 지도 모르겠네. 하지만 난 정직할 거야. 난 네가 그 티켓을 끊는 걸 보고 싶어, 에이브러햄. 빠를수록 더 좋아."

개러티가 말했다. 에이브러햄은 입술을 핥았다.

"그래."

"신발 좋아 보인다, 에이브."

"그래. 하지만 망할 너무 무거워. 멀리 가려고 샀는데, 짐만 얻었어."

"여름 우울증에는 약도 없어, 그렇지?"

에이브러햄은 웃었다. 개러티는 맥브라이스를 지켜보았다. 그의 얼굴을 읽을 수 없었다. 그는 들었을 수도 있다. 못 들었을 수도 있다. 비는 이제 더 거세고 더 차갑게 꾸준한 일직선으로 떨어졌다. 에이브러햄의 피부는 생선 배처럼 하앴다. 셔츠를 벗어서 그런지 범죄자 같았다. 개러티는 누가 에이브러햄에게 셔츠가 없으면 밤을 견뎌낼 가망이 거의 없다는 것을 말해 주었는지 궁금했다. 이미 황혼이 다가오고 있는 것 같았다. *맥브라이스? 니 우리 말을 들었니? 난 너를 팔았어, 맥브라이스. 총사들이여 영원하라.*

"으, 나는 이런 식으로 죽고 싶지 않아." 에이브러햄은 울고 있었다 "이렇게 사람들 다 보는 앞에서, 일어나서 몇 킬로미터 더 걸어가라고 응원하는 사람들 앞에서 죽고 싶지 않아. 그건 너무 빌어먹게 무정해. 그냥 빌어먹게 무정해. 이건 자기 혓바닥으로 목을 막으면서 동시에 바지에 오줌을 싸는 다운 증후군 천치만큼 밖에 위엄이 없어."

개러티가 돕지 않겠다는 약속을 했을 때는 세 시 십오 분이었다. 그날 저녁 여섯 시에는 겨우 한 명만 더 티켓을 끊었다. 아무도 말하지 않았다. 그들의 삶에서 마지막으로 닳아 해지는 몇 센티미터를 무시하자는, 그저 그런 일이 일어나지 않은 척 가장하자는 불편한 공모가 진행 중인 것 같다고 개러티는 생각했다. 그 그룹―그들 중에서 얼마나 가련할 정도로 적게 남았는가.―은 완전히 깨져버렸다. 모두가 에이브러햄의 제안에 동의했다. 맥브라이스도 했다. 베이커도 했다. 스테빈스는 웃고서 에이브러햄에게, 피로 서명하기 위해 손가락을 찔러야 하느냐고 물었다.

매우 추워지고 있었다. 개러티는 태양 같은 것이 진짜로 있는지, 아니면 그의 꿈이었는지 궁금해지기 시작했다. 잰마저도 지금 그에게는 꿈이었다. 한 번도 없었던 여름에 대한 여름 꿈.

그러나 그는 어느 때보다도 아버지를 더 또렷이 보는 것 같았다. 빽빽하고 부스스한 머리털을 그에게 물려준, 크고 두툼한 트럭 운전사의 어깨를 가진 아버지. 아버지는 미식축구 풀백 같은 체격이었다. 그는 아버지가 자기를 들어 올리던 것을, 어지럽게 흔들고, 머리카락을 헝클고, 그에게 키스하던 것을, 그를 사랑하던 것을 기억할 수 있었다.

개러티는 아까 프리포트에서 사실은 어머니를 전혀 보지 못했다는 것을 슬프게 깨달았다. 그러나 어머니는 거기 있었다. 초라한 검은 코트, 아무리 샴푸를 자주 해도 옷깃에 하얗게 비듬이 내려앉는 '제일 좋을 때를 위한' 코트를 입고. 잰 때문에 어머니를 무시함으로써 어머니에게 깊이 상처를 입혔을 것이다. 심지어 그는 어머니에게 상처를 입힐 작정이었는지도 모른다. 그러나 그 것은 이제 중요하지 않았다. 그것은 과거였다. 짜이기도 전에 풀어 헤쳐지는 것은 미래였다.

너는 점점 더 깊이 들어가. 개러티는 생각했다. *그건 절대 더 얕아지지 않고, 네가 만에서 빠져나와 태양으로 헤엄칠 때까지 더 깊어질 뿐이야.* 한때는 이 모든 것이 간단해 보였다. *아주 우습다, 좋아.* 순전한 반사 작용에서 그를 처음 구해 주었을 때 그 는 맥브라이스에게 말했고 맥브라이스는 그에게 말했다. 그다음, 프리포트에서, 그것은 그가 결코 알지 못할 예쁜 소녀 앞에서 추 한 모습을 막기 위해서였다. 그가 임신으로 몸이 무거운 스크램 의 아내를 절대로 알지 못할 것처럼. 개러티는 그 생각에 찌르르 한 아픔과 갑작스러운 슬픔을 느꼈다. 그는 스크램을 한참 동안 잊고 있었다. 그는 맥브라이스가 정말로 아주 어른이라고 생각했 다. 그는 왜 자기가 조금도 더 어른이 되지 못했을까 궁금했다.

워크는 계속되었다. 도시들이 행진해 지나갔다.

개러티는 멜랑콜리에 빠졌다. 묘하게 만족스러운 기분이었지만 불규칙한 총소리와 군중의 거친 비명으로 갑자기 산산이 부서졌 다. 주위를 둘러보았을 때 그는 콜리 파커가 손에 라이플을 들고 하프트랙 위에 서 있는 것을 보고 얼떨떨해졌다.

군인 하나가 떨어져서 텅 비고 무표정한 눈으로 하늘을 보고 누워 있었다. 그의 앞이마에는 깔끔한 파란 구멍이 화약 화상 자 국에 둘러싸여 있었다.

"빌어먹을 개자식들!"

파커가 쉿소리를 지르고 있었다. 다른 군인들이 하프트랙에서 뛰어내렸다. 파커는 얼떨떨한 워커들을 둘러보았다.

"어서, 이 녀석들아! 어서 와! 우리는 할 수 있어……."

개러티가 포함된 워커들은 파커가 마치 외국어로 말하기 시작한 것처럼 그를 바라보았다. 이윽고 파커가 하프트랙 측면을 기어올랐을 때 뛰어내렸던 군인 한 명이 주의 깊게 콜리 파커의 등을 쏘았다.

"파커!"

맥브라이스가 비명을 질렀다. 마치 그 혼자만 무슨 일이 일어났는지, 그리고 놓칠 수도 있었던 기회를 이해한 것 같았다.

"오, 안 돼! 파커!"

파커는 마치 누가 속을 채운 인디언 곤봉으로 등을 때린 것처럼 끙 소리를 냈다. 총탄이 비처럼 쏟아졌고 콜리 파커는 하프트랙 위에 서서 찢어진 카키 셔츠와 청바지 위에 내장을 온통 흩뿌리고 있었다. 한 손은 마치 막 화가 나서 공격 연설을 하려던 것인 양 커다랗게 휩쓰는 동작을 하던 도중 얼어붙었다.

"하느님. 맙소사." 파커가 말했다.

그는 죽은 군인에게서 비틀어 빼앗은 라이플을 길에 두 번 발사했다. 탄약이 홱 튀며 흐느꼈고, 개러티는 그중 하나가 얼굴 앞 공기를 끌어당기는 것을 느꼈다. 군중 중 누군가가 고통에 찬 비명을 질렀다. 다음 순간 총은 파커의 손에서 미끄러졌다. 그는 거의 군대식으로 반회전을 한 후 길에 떨어져서 옆구리를 땅에 대고 누웠다. 지나가던 차에 치여 치명상을 입은 개처럼 빠르게 헉헉댔다. 그의 눈은 불탔다. 입을 열고 피를 흘리면서도 종결부를 맺으려고 애썼다.

"너, 개, 개자, 개자스, 개."

파커는 그들이 지나갈 때 사악하게 노려보며 죽었다.

"무슨 일이 일어난 거야? 파커한테 무슨 일이 일어난 거야?"

개러티는 딱히 누구에게라고 할 것도 없이 소리쳤다.

"파커가 살금살금 군인을 덮쳤어. 그게 일어난 일이야. 성공할수 없다는 걸 깨달았어야 했는데. 군인 바로 뒤까지 살금살금 다가가서 방심하고 있을 때 덮쳤어." 맥브라이스의 목소리는 쉬었다. "파커는 우리 모두 자기와 함께 그 위에 있기를 바랐어, 개러티. 난 우리가 그렇게 할 수 있었다고 생각해."

"넌 무슨 소리를 하고 있는 거야?"

개러티가 갑자기 겁에 질려 물었다.

"모르겠어? 모르겠어?" 맥브라이스가 물었다.

"저 위에 그와 함께? ……무슨?"

"잊어버려. 그냥 잊어버려."

맥브라이스는 걸어가버렸다. 개러티는 갑작스럽게 발작적으로 떨리는 것을 느꼈다. 멈출 수가 없었다. 그는 맥브라이스가 무슨 말을 하고 있는지 몰랐다. 맥브라이스가 무슨 말을 하고 있는지 알고 싶지 않다 생각도 하고 싶지 않았다.

워크는 계속되었다.

그날 밤 아홉 시에 비는 그쳤지만 하늘에는 별이 없었다. 다른 누구도 쓰러지지 않았으나 에이브러햄은 불분명하게 신음하기 시작했다. 날이 매우 추웠지만 아무도 에이브러햄에게 옷을 입으라고 제안하지 않았다. 개러티는 그것이 시적 정의라고 생각하려고 했지만, 그것은 그의 속이 뒤집어지게 만들 뿐이었다. 내부의 고통은 역겨움으로 바뀌었다. 몸속 구멍 속에서 녹색 곰팡이처럼 자라는 형편없이 역겨운 느낌. 그의 농축액 허리띠는 거의 다 차 있었지만, 목이 막히지 않고 먹을 수 있는 것은 작은 참치 페이스트 튜브뿐이었다.

베이커, 에이브러햄, 그리고 맥브라이스. 그의 친구 서클은 그 셋으로 줄어들어 있었다. 그리고 그가 누군가의 친구이기는 하다면 스테빈스. 아니라면 지인. 혹은 반신. 혹은 악마. 혹은 무엇이든지. 그는 그들 중 누구라도 여기 아침까지 있을지, 그리고 그가 그것을 살아서 알 수 있을지 궁금했다.

그런 것들을 생각하다가 개러티는 어둠 속에서 베이커와 부딪칠 뻔했다. 베이커의 손에서 뭔가가 쨍그랑 소리를 냈다.

"뭐 하고 있어?" 개러티가 물었다.

"엉?"

베이커는 멍하니 쳐다보았다.

"뭐 하고 있느냐고?" 개러티는 참을성 있게 되풀이했다.

"내 잔돈 세고 있어."

"얼마나 있어?"

베이커는 컵 모양으로 오므린 손 안의 돈을 짤랑거리며 미소 지었다.

"1달러 22센트."

개러티는 웃었다.

"한밑천 되네. 그걸로 뭘 할 거야?"

베이커는 마주 미소 짓지 않았다. 차가운 어둠 속을 꿈꾸듯이 바라볼 뿐이었다.

"내 몫으로 커다란 걸 하나 살 거야." 베이커의 가볍고 느린 남부 말투는 눈에 띄게 짙어졌다. "내 몫으로 안을 분홍 실크로 대고 하얀 새턴 베개가 있는, 납으로 틈을 댄 것을 하나 살 거야." 그는 텅 빈 문손잡이 같은 눈을 깜박였다. "그러면 심판의 나팔이 불고 우리가 썩지 않는 살을 입고 예전처럼 될 때까지 절대로 썩지 않을 거야."

개러티는 공포가 따스하게 흐르는 것을 느꼈다.

"베이커? 너 미쳤어, 베이커?"

"넌 그걸 이길 수 없어. 우린 모두 미친 듯이 시도해 봤어. 넌 그게 썩는 걸 이길 수 없어. 이 세상에서는. 납으로 틈을 댄 것, 그게 티켓이야……"

"제정신 차리지 않으면 넌 아침에 죽어 있을 거야."

베이커는 고개를 끄덕였다. 광대뼈 위로 팽팽하게 당겨진 피부 때문에 해골처럼 보였다.

"그게 티켓이야. 나는 죽고 싶어. 넌 아니었니? 그래서 그런 거 아니야?"

"닥쳐!"

개러티는 소리쳤다. 다시 몸이 떨리는 것을 느꼈다.

그때 길이 날카롭게 위로 경사지면서 그들의 말이 끊겼다. 개러티는 언덕 쪽으로 몸을 굽혔다. 몸은 차갑고 뜨거웠고, 등뼈도 아프고 가슴도 아팠다. 그는 자기 근육이 더 오래 버텨주지 않겠다고 딱 잘라 거부할 거라고 확신했다. 그는 어두운 천 년에 대항해 봉인된, 베이커의 납으로 틈을 댄 상자를 생각하고 그것이 자기가 생각하는 마지막 사물이 될까 궁금했다. 그는 그러지 않기를 바랐고, 정신의 다른 길을 가기 위해 애썼다.

경고들은 산발적으로 나오기 시작했다. 하프트랙 위의 군인들이 도로 활기차졌다. 파커가 죽인 군인은 드러나지 않게 대체되었다. 군중은 단조롭게 환호했다. 개러티는 그것이 어떨지 궁금했다. 모든 것 중에서 가장 크고 가장 먼지 많은 침묵의 도서관 속에 누워 영원히 일요일 양복을 입고 붙어버린 눈꺼풀 뒤로 끝없고 생각 없는 꿈을 꾸는 것. 돈, 성공, 공포, 기쁨, 고통, 슬픔, 섹스나 사랑에 대한 아무 걱정도 없이. 절대적인 제로. 아버지, 어머니, 여자친구, 연인도 없이. 죽은 자는 고아들이다. 아무 동료도 없이 나방의 날개 같은 침묵만 있다. 움직임에 의한 고통의 종말, 길을 내려가는 긴 악몽의 종말. 평화, 고요, 질서 속의 육체. 죽음의 완벽한 암흑.

그것은 어떨 것인가? 그냥 그것은 어떨 것인가?

그러자 갑자기 그의 미친 듯이 날뛰는 고통에 찬 근육들, 얼굴에 흘러내리는 땀, 심지어 고통 그 자체마저도 매우 달콤하고 현실적으로 느껴졌다. 개러티는 더 열심히 노력했다. 그는 언덕 꼭대기까지 올라가려고 애쓰고 맞은편까지 내려가는 길 내내 불규칙하게 헉헉거렸다.

열한 시 사십 분에 마티 와이먼이 티켓을 끊었다. 개러티는 지난 24시간 동안 말도 몸짓도 하지 않았던 와이먼에 대해서는 다 잊어버리고 있었다. 와이먼은 볼 만하게 죽지 않았다. 그냥 누워서 총에 맞았다. 그리고 누군가가 와이먼이라고 속삭였고, 다른 사람이 "83번째야, 안 그래?" 하고 속삭였다. 그리고 그걸로 끝이었다.

자정쯤에 그들은 뉴햄프셔 주 경계에서 겨우 13킬로미터 떨어져 있었다. 그들은 자동차 극장 하나를 지나갔다. 어둠 속의 거대한 흰 직사각형. 단 하나의 슬라이드만이 화면에서 눈부시게 빛났다. **이 극장의 경영진은 올해의 롱 워커들에게 경례합니다!** 새벽 열두 시 이십 분에 다시 비가 내리기 시작했고, 에이브러햄은 기침하기 시작했다. 스크램이 티켓을 끊기 전에 그를 덮쳤던 종류의 축축하고 불규칙적인 기침이었다. 한 시쯤 비는 거세고 꾸준한 폭우가 되어 개러티의 눈을 찌르고 몸이 으슬으슬 떨리게 했다. 바람은 그들의 등 뒤에서 불었다.

한 시 십오 분에, 바비 슬레지는 어둠과 몰아치는 비의 장막 아래에서 군중 속으로 조용히 달아나려고 했다. 그의 몸에 순식간에 효율적으로 구멍이 뚫렸다. 개러티는 자기에게 티켓을 끊어 줄 뻔했던 그 금발 군인이 그 일을 했는지 궁금했다. 개러티는 그 금발이 근무를 서고 있다는 것을 알았다. 자동차 극장의 스포트라이트에서 나오는 환한 빛에서 그 군인의 얼굴이 또렷이 보였다. 그는 진심으로 그 금발에게 파커가 티켓을 끊어줬기를 바랐다.

두 시 이십 분 전에 베이커가 쓰러져서 머리를 도로 포장에 부딪쳤다. 개러티는 아무 생각 없이 그에게 다가가기 시작했다. 이번에도 강한 한 손이 그의 팔을 꾹 쥐었다. 그것은 맥브라이스였다. 물론 맥브라이스여야만 했다.

"안 돼. 더 이상 총사들은 없어. 이제 이건 현실이야."

맥브라이스가 말했다. 그들은 뒤를 돌아보지 않고 계속 걸었다. 베이커는 세 개의 경고를 받았고, 그다음 침묵은 끝없이 계속

이어졌다. 개러티는 총들이 내려오기를 기다렸고, 총이 내려오지 않자 자기 시계를 살펴보았다. 4분 넘게 지나갔다. 그 후 오래지 않아 베이커는 그와 아무것도 보고 있지 않은 맥브라이스를 지나 걸어갔다. 그의 이마에는 보기 싫고 피가 똑똑 흐르는 상처가 있었지만, 눈은 아까보다 더 제정신이었다. 얼빠지고 멍한 시선은 사라졌다.

새벽 두 시 조금 전에 그들은 지금까지 본 중에서 가장 큰 대혼란 한가운데 있는 뉴햄프셔로 건너갔다. 대포들이 발사되었다. 비 내리는 하늘에서 폭죽들이 터지며 미친 열의 빛에서 눈으로 볼 수 있는 만큼 멀리 뻗어 있는 군중을 밝혔다. 관악대들이 경쟁하듯 군악을 연주했다. 환호는 천둥 같았다. 거대한 머리 위의 공중 폭발이 통령의 얼굴을 불 속에 그리는 걸 바라보면서 개러티는 멍하니 신을 생각했다. 뒤이어 뉴햄프셔 프로보 주지사의 얼굴이 나왔다. 1953년에 산티아고의 독일 핵 기지를 거의 단독으로 휩쓸어버린 것으로 알려진 사람. 그는 방사능 중독으로 한쪽 다리를 잃었다.

개러티는 다시 졸았다. 그의 생각은 일관성이 없어졌다. 프리키 달레지오가 작은 관 안에서 몸을 말고 베이커 이모의 흔들의자 아래 쪼그리고 있었다. 그의 시체는 통통한 체셔 고양이의 그것이었다. 그는 치아 없이 웃고 있었다.

희미하게, 프리키의 살짝 모로 뜬 두 녹색 눈 사이에 털난 데를 보면, 오래전 야구공에 맞은 상처를 치료한 자국이 희미하게 보였다. 그들은 개러티의 아버지가 아무 표시 없는 검은 밴으로 이끌려 가는 것을 지켜보고 있었다. 개러티의 아버지 옆에 선 군인 중 하나는 그 금발 군인이었다. 개러티의 아버지는 팬티만 입고 있었다. 다른 군인은 어깨 너머로 뒤돌아보고 있었고 잠시 개러티는 그것이 통령이라고 생각했다. 그다음 그는 그것이 스테빈스라는 것을 알아보았다. 그는 뒤를 돌아보았고 프리키의 얼굴을 한 체셔 고양이는 사라졌다. 웃음만 남기고 모두. 웃음은 수박의 껍질처럼 흔들의자 아래 공중에 초승달 모양으로 매달려 있고……

그들은 다시 총을 쏘고 있었다, 하느님, 이제 그를 겨누고 쏘고 있었다. 총알에서 공기를 느낄 수 있었다. 끝났어, 다 끝났어……

개러티는 완전히 확 깨어나 뛸 듯한 발걸음을 두 번 내디뎠다. 발부터 사타구니까지 철렁하는 고통이 위로 올라간 다음에야 다른 사람을 쏘고 있다는 것을 깨달았다. 그 다른 사람은 빗속에서 얼굴을 아래로 박고 죽었다.

"성모 마리아시여." 맥브라이스가 중얼거렸다.

"은총이 가득하시니." 스테빈스가 그들 뒤에서 말했다. 그는 앞으로 움직였다. 죽은 사람을 보려고 앞으로 움직였고, 개러티가 꿈에서 본 체셔 고양이같이 웃고 있었다. "이 스톡 카(일반 승용차를 경주용으로 개조한 차 — 옮긴이) 경주에서 내가 이기도록 도와줘."

"이봐. 현명한 척하지 마," 맥브라이스가 말했다.

"나는 너보다 똑똑하지 않아."

스테빈스가 진지하게 말했다.

맥브라이스와 개러티는 웃었다. 약간 불편하게.

"음. 아마 약간은." 스테빈스가 말했다.

"그들을 끌어 올려라, 그들을 가라앉혀라, 네 입을 다물어라."

맥브라이스가 옳았다. 그는 떨리는 손으로 얼굴을 쓸고 눈은 똑바로 앞에 두고 계속 걸었다. 어깨가 부러진 활 같았다.

세 시가 되기 전에 또 한 사람이 티켓을 끊었다. 포츠머스 근처 어딘가에서 무릎을 꿇고 비바람 몰아치는 어둠 속에서 총에 맞아 쓰러졌다. 꾸준히 기침을 하고 있는 에이브러햄은 희망 없이 열이 오른 채로 걸었다. 일종의 죽음의 광휘였다. 개러티는 그 밝음을 보고 줄지어 떨어지는 유성우를 떠올렸다. 에이브러햄은 소진해 버리는 대신 타서 위로 올라갈 것이다. 이제는 그 정도로 빠듯해졌다.

베이커는 그들이 자기를 제거하기 전에 자기가 받은 경고를 없애려고 하면서 꾸준하고 엄숙하고 단호하게 걸었다. 개러티는 세찬 빗줄기 속에서 옆구리께를 꽉 움켜쥐고 절뚝거리며 길을 가는 그를 간신히 알아볼 수 있었다.

그리고 맥브라이스는 무너지고 있었다. 개러티는 그것이 언제 시작되었는지 알 수 없었다. 그가 등을 돌린 그 순간에 일어났을 수도 있었다. 한순간 그는 아직 강했고(개러티는 베이커가 쓰러졌을 때 자기 아래팔을 꽉 죄던 맥브라이스의 손가락 힘을 기억했다.), 이제 그는 노인 같았다. 불안했다.

스테빈스는 스테빈스였다. 그는 에이브러햄의 신발처럼 계속 계속 갔다. 그는 한쪽 다리를 조금 더 조심스레 디디는 것 같았지만, 그것은 개러티의 상상일 수도 있었다.

다른 열 명 중에서, 다섯 명이 올슨이 발견한 그 특별한 지하 세계로 끌려들어 간 것 같았다. 고통과 그들에게 무슨 일이 일어날 것인지에 대한 이해를 뛰어넘은 한 걸음. 그들은 여윈 유령들처럼 비 오는 어둠 속을 걸었고, 개러티는 그들을 보고 싶지 않았다. 그들은 걸어가는 사자(死者)들이었다.

새벽 직전에 그들 셋이 한꺼번에 쓰러졌다. 시체들이 빙그르르 돌며 장작 다발처럼 쿵 하고 쓰러지자 군중의 입에서 새로 열광적인 포효가 뿜어져 나왔다. 개러티에게는 그것이 워커들을 휩쓸어 모두를 끝장낼 수도 있는 무시무시한 연쇄 반응의 시작으로 보였다. 그러나 거기서 끝났다. 무릎을 꿇고 기고 있는 에이브러햄과 함께. 눈은 먼 듯이 위로 들어 하프트랙과 그 너머의 군중을 쳐다보고 있었다. 아무 생각도 없고 혼란스러운 고통으로 채워진 눈. 그것은 철조망에 붙들린 양의 눈이었다. 그다음 그는 얼굴을 땅에 묻고 쓰러졌다. 무거운 옥스퍼드화가 젖은 길에 발작적으로 부딪치다가 멈추었다.

그 직후 새벽, 비의 교향곡이 시작되었다. 워크의 마지막 날이 젖고 흐린 채 동이 텄다. 바람은 거의 비어 있는 골목을 울부짖으며 내려갔다. 낯설고 무서운 장소에서 채찍을 맞고 있는 길 잃은 개처럼.

408

3부

토끼

17장

"어머니! 어머니! 어머니! 어머니!"
— 짐 존스 목사가
배교의 순간에 한 말

농축액이 다섯 번째이자 마지막으로 전달되었다. 이제 그것을 그들에게 전달하는 데 겨우 한 명의 군인만 필요했다. 겨우 아홉 명의 워커만 남았다. 어떤 워크는 마치 한 번도 본 적이 없다는 듯이 둔하게 허리띠를 바라보았고, 그것이 미끄러운 뱀처럼 손에서 빠져나가게 놔두었다. 개러티도 손으로 허리에 채워진 허리띠를 잡아챈다는 복잡한 의식을 거행하는 데 몇 시간이 걸리는 기분이었다. 그리고 먹는다는 생각을 하자 경련하고 위축된 위는 불쾌하고 구역질을 일으킬 것처럼 느껴졌다.

스테빈스는 이제 개러티 옆에서 걷고 있었다. *내 수호천사.* 개러티는 비꼬는 투로 생각했다. 개러티가 지켜보는 동안, 스테빈스는 활짝 미소 짓고는 피넛 버터로 얼룩진 크래커 두 개를 입에 밀어 넣고 소리 내어 먹었다. 개러티는 속이 뒤집어졌다.

"왜 그래? 못 먹겠어?"

스테빈스는 끈적끈적한 입을 닦지도 않고 물었다.

"그게 너랑 무슨 상관인데?"

스테빈스는 개러티에게 진짜 힘들어 보이는 노력으로 삼켰다.

"상관없지. 네가 영양실조로 기절하면 나는 더 좋지."

"우리는 매사추세츠까지 갈 거라고 생각해."

맥브라이스가 역겨운 듯이 말했다. 그러자 스테빈스는 고개를 끄덕였다.

"17년 만에 그렇게 하는 첫 워크지. 그들은 열광할 거야."

"너는 롱 워크에 대해서 어떻게 그렇게 많이 알아?"

개러티가 불쑥 물었다. 스테빈스는 어깨를 으쓱했다.

"모두 기록에 있어. 그들은 아무것도 부끄러워할 것이 없어. 안 그래?"

"너는 이기면 뭘 할 거야, 스테빈스?"

맥브라이스가 물었다. 빗속에서 피로로 주름진 그의 가늘고 취한 듯한 얼굴이 사자같이 보였다.

"넌 무슨 생각을 하는 거야? 자주색 지붕이 달린 커다랗고 노란 캐딜락, 그리고 집에는 밤마다 스테레오 스피커가 달린 컬러 TV?"

"난 네가 '동물에 대한 자의성 강화 협회'에 이산십만 달러를 기부할 거라고 예상했어."

맥브라이스가 말했다.

"에이브러햄은 양처럼 보였어. 철조망에 붙들린 양. 그런 생각이 들었어."

개러티가 불쑥 말했다.

그들은 이제 매사추세츠 경계에서 겨우 24킬로미터 떨어진 곳에 있다고 선언하는 거대한 현수막 아래를 지나갔다. 국도 1호선을 따라가는 뉴햄프셔 땅은 진짜 많지 않았다. 메인과 매사추세츠를 갈라놓는 좁은 병목 땅일 뿐이었다.

"개러티. 넌 가서 네 어머니와 섹스하지그래?"

스테빈스가 온화하게 말했다.

"안됐네, 넌 이제 제대로 된 버튼을 누르고 있지 않아." 개러티는 일부러 허리띠에서 초콜릿 바를 하나 골라 전부 입에 밀어 넣었다. 위가 맹렬히 꼬였지만 개러티는 그 초콜릿을 삼켰다. 그리고 내장과 짧고 맹렬한 투쟁이 벌어지겠지만 내려보낼 순 있을 것 같았다. "나는 해야 한다면 다시 하루 종일도 걸을 수 있다고 생각해." 개러티는 아무렇지도 않은 듯이 말했다. "그리고 해야 한다면 다시 이틀도. 운명이라고 체념해, 스테빈스. 낡은 심리전은 포기해. 그건 효과가 없어. 크래커와 땅콩버터를 좀 더 먹어."

스테빈스의 입은 꽉 오므라들었다. 아주 잠시뿐이었지만 개러티는 그것을 보았다. 내가 스테빈스를 괴롭혔다니. 믿을 수 없이 큰 기쁨이 솟구치는 것을 느꼈다. 마침내 광석의 주맥을 찾아낸 것이다.

"어서, 스테빈스. 왜 여기 왔는지 우리에게 말해 봐. 우리는 아주 오래 같이 있을 수는 없을 것 같으니까. 우리에게 말해. 그냥 우리 셋 사이의 이야기야. 이제 우린 네가 슈퍼맨이 아니라는 걸 아니까."

스테빈스는 입을 열고 놀라울 정도로 갑작스럽게 자기가 먹은 크래커와 땅콩버터를 거의 완전히 토했다. 겉보기에는 소화액과 섞이지도 않은 것 같았다. 그는 비틀거렸고 경고를 받았다. 그래봤자 워크가 시작된 이래 두 번째로 받는 것이었다.

개러티는 피가 머릿속을 세게 둥둥 두드리는 것을 느꼈다.

"어서, 스테빈스. 너는 토했어. 이제 자백도 토해야지. 우리에게 말해."

스테빈스는 얼굴이 오래된 치즈클로스(셔츠를 만드는 데 많이 쓰이는 성긴 면직물 — 옮긴이) 색이 되었지만 평정을 되찾았다.

"왜 내가 여기 왔냐고? 알고 싶니?"

맥브라이스는 호기심에 차서 스테빈스를 쳐다보고 있었다. 근처에는 아무도 없었다. 가장 가까이 있는 것이 군중의 거대한 얼굴을 집중해서 보며 그 가장자리를 따라 어슬렁어슬렁 걷고 있는 베이커였다.

"왜 내가 여기 왔는지 혹은 왜 내가 여기서 걷고 있는지? 어느 쪽을 알고 싶어?"

"난 모든 걸 알고 싶어."

개러티가 말했다. 그것은 진실일 뿐이었다.

"난 토끼야."

스테빈스가 말했다. 비는 꾸준히 내렸다. 그들의 코끝에서 뚝뚝 떨어지고, 귓불에 귀걸이처럼 긴 빗물이 튀어 매달려 있었다. 앞쪽에서 맨발 소년이 무릎을 꿇었다. 그의 발은 터진 정맥으로 자줏빛 패치워크 같았다. 그는 미친 듯이 머리를 위아래로 까딱거리며 기어갔다. 일어나려고 하다가 쓰러지고 마침내 일어났다. 앞으로 거꾸러졌다. 그것은 패스터였다. 개러티는 약간 흥미를 느끼며 주목했다. 아직 우리와 함께 있었네.

414

"난 토끼야." 스테빈스가 되풀이했다. "너 그거 보았지, 개러티. 개 경주에서 그레이하운드들이 쫓아가는 작은 회색 기계 토끼들. 개들은 아무리 빨리 뛰어도 절대로 그 토끼를 잡지 못해. 왜냐하면 토끼는 피와 살로 되어 있지 않고 그들은 피와 살로 되어 있으니까. 토끼, 그건 톱니와 바퀴 한 다발에 연결된 막대기 위에 붙은 배기판일 뿐이야. 옛날 영국에서는 사람들이 진짜 토끼를 쓰곤 했어. 하지만 때때로 개들이 토끼를 붙잡았지. 새로운 방식이 더 믿을 만해." 스테빈스가 이어 말했다. "그는 나를 속였어."

스테빈스의 창백한 파란 눈이 떨어지는 빗속을 뚫어지게 바라보았다.

"너희는 심지어 이렇게도 말할 수 있을 거야⋯⋯ 그가 나를 불러냈다고. 그는 나를 토끼로 바꾸었어. 기억해, 『이상한 나라의 앨리스』의 토끼를? 하지만 아마 네가 옳을 거야, 개러티. 토끼나 툴툴거리는 돼지나 양 노릇을 멈추고 사람이 될 때야⋯⋯ 우리가 42번가 극장 발코니에 있는 오입쟁이와 변태들 수준까지밖에 이르지 못한다고 해도."

스테빈스의 눈은 격렬한 기쁨으로 가득 차 있었고, 이제 그는 개러티와 맥브라이스를 바라보았다. 그들은 그 시선에서 움찔 물러났다. 스테빈스는 미쳤다. 그 순간 그것은 의심의 여지가 없었다. 스테빈스는 완전히 미쳤다.

스테빈스의 저음 목소리가 설교의 외침처럼 크고 높게 올라갔다.

"내가 롱 워크에 대해서 어떻게 그렇게 많이 아느냐고? 나는 롱 워크에 대해 모든 걸 다 알아! 난 그래야 했어! 통령이 내 아버지야, 개러티! 그는 내 아버지야!"

군중의 목소리가 강렬하다는 면에서 산 같고 아무 생각이 없는 환호성으로 올라갔다. 그들이 그것을 들을 수 있었다면 스테빈스가 한 말에 환호하고 있었을 수도 있다. 총들이 발포됐다. 군중은 그것에 환호하고 있었던 것이었다. 총이 발포하고 패스터는 나가떨어져 죽었다.

개러티는 창자와 음낭 속이 스멀거리는 것을 느꼈다.

"오 세상에. 그게 사실이야?"

맥브라이스는 갈라진 입술을 혀로 훑었다.

"사실이야." 스테빈스는 거의 쾌활하게 말했다. "나는 그의 사생아야. 알겠니…… 그가 안다고는 생각하지 않아. 내가 자신의 아들이라는 걸 그가 안다고 생각하지 않아. 거기서 난 실수한 거야. 그는, 통령은 좆이 꼴린 늙은 개자식이야. 난 그에게 수십 명의 사생아들이 있다는 걸 알아. 내가 원한 것은 그에게 그걸 갑자기 꺼내 보이는 거였어. 세상에 갑자기 꺼내 보이는 것. 놀랐지, 놀랐지 하고. 그리고 내가 이겼을 때 요청할 상은 우리 아버지 집에 날 데려가달라는 거였을 거야."

"하지만 그는 모든 것을 알고 있었어?"

맥브라이스가 속삭였다.

"그는 나를 자기 토끼로 만들었어. 나머지 개들을 더 빠르게…… 그리고 더 멀리 달리게 만드는 작은 회색 토끼. 난 이 작전이 제대로 먹혔다고 생각해. 우린 매사추세츠까지 갈 거야."

"그리고 이제는?"

개러티가 물었다. 스테빈스는 어깨를 으쓱했다.

"그 토끼는 알고 보면 피와 살이야. 나는 걸어. 말을 해. 그리고 이 모든 것이 빨리 끝나지 않으면 파충류처럼 배를 땅에 대고 기게 될 거야."

그들은 송전선의 무거운 버팀대 아래를 지나갔다. 클라이밍 부츠를 신은 많은 사람들이 군중 위로 그로테스크한 사마귀들처럼 지지목에 달라붙어 있었다.

"몇 시야?"

스테빈스가 물었다. 그의 얼굴은 빗속에서 녹은 것 같았다. 그것은 올슨의 얼굴, 에이브러햄의 얼굴, 바코비치의 얼굴……이 되었다. 그다음, 끔찍하게도, 개러티 자신의 얼굴이 되었다. 절망에 빠지고 녹초가 된, 퀭하고 총 구멍이 뚫린 얼굴. 수확한 지 오래된 들판 속의 썩은 허수아비의 얼굴.

"열 시 이십 분 전이야."

맥브라이스가 말했다. 그는 웃었다. 예전의 시니컬한 웃음의 유령 같은 흉내였다.

"해피 5일째, 잘 속는 바보들."

스테빈스는 고개를 끄덕였다.

"하루 종일 비가 오겠지, 개러티?"

"그래, 그럴 것 같아. 그렇게 보여."

스테빈스는 천천히 고개를 끄덕였다.

"나도 그렇게 생각해."

"자, 어서 비에서 빠져나가자."

맥브라이스가 갑자기 말했다.

"좋아. 고마워."

그들은 어떻게인지는 몰라도 보조를 맞추어 계속 걸었다. 셋다 그들을 끌어당기는 고통 속에서 서로 다른 모습으로 영원히 굽어져 있었지만.

매사추세츠로 건너갔을 때, 그들은 일곱 명이었다. 개러티, 베이커, 맥브라이스, 조지 필더라는 이름의 안간힘을 쓰는 공허한 눈의 해골, 빌 허프("허프라고 발음해." 그는 한참 전에 개러티에게 말했다.), 아직 진짜 심각한 지경에는 이르지 않은 것 같은 래티건이라는 이름의 키가 큰 근육질의 녀석, 그리고 스테빈스였다.

주 경계를 지날 때 요란한 환영 행사가 열렸지만, 그들은 천천히 걸어서 지나갔을 뿐이다. 비는 끊임없이 단조롭게 계속 내렸다. 바람은 젊고 멋모르는 봄의 잔인한 태도로 울부짖고 날뛰었다. 바람은 군중에게서 모자를 들어 올려, 백색 도료 색깔의 하늘을 가로질러 짧고 난폭한 호를 그리며 접시처럼 빙글 돌렸다.

아주 조금 전에 ― 스테빈스가 고백한 직후에 ― 개러티는 자기 전 존재가 이상하고 가볍게 들어 올려지는 현상을 경험했다. 그의 발은 예전에 자기들이 어땠는지 기억하고 있는 것 같았다. 등과 목에 눈이 멀 것 같은 고통이 얼어붙은 듯이 멈추었다. 마치 마지막 가파른 암반 면을 기어올라 정상으로 나온 것 같았다. 움직이는 안개구름에서 비가 치기 오 햇빛과 싱쾌하고 냉냉부속인 공기 속으로 들어가는 것…… 내려가고, 나는 듯한 속도로 내려가는 것 외에는 아무 데도 갈 곳이 없이.

하프트랙은 7들 약간 앞에 있었다. 개리디는 그 금발 군인이 뒤쪽 갑판에 있는 커다란 캔버스 천 우산 아래 쪼그리고 있는 것을 보았다. 그는 모든 아픔과 비에 젖은 불행을 자기 몸에서 뽑아내 통령의 부하에게 집어넣으려고 했다. 그 금발 군인은 그를 무관심하게 마주 보았다.

개러티는 베이커를 흘끗 건너다보다가 그의 코에서 심하게 피가 흐르는 것을 보았다. 피는 그의 뺨을 칠하고 턱을 타고 뚝뚝 떨어졌다.

"그는 죽을 거야, 안 그래?" 스테빈스가 말했다.

"물론이지. 사람들 다 죽어가고 있어, 몰랐니?"

맥브라이스가 대답했다.

세찬 비바람이 그들에게 몰아쳤고, 맥브라이스는 비틀거렸다. 그는 경고를 받았다. 군중은 비바람의 영향을 받지 않았고, 빗방울 하나 안 맞은 것처럼 계속 환호성을 질렀다. 최소한 오늘은 폭죽이 더 적었다. 비는 그 행복한 허튼짓을 멈추게 했다.

길을 따라가자 커다랗고 경사진 커브가 나왔고, 개러티는 가슴이 떨리는 것을 느꼈다. 그는 래티건이 중얼거리는 소리를 희미하게 들었다.

"하느님 맙소사!"

길은 두 개의 경사진 언덕 사이에 가라앉아 있었다. 길은 두 개의 솟아오른 가슴 사이의 틈 같았다. 언덕들은 사람으로 검었다. 사람들은 거대하고 어두운 구렁텅이의 살아 있는 벽처럼 언덕 위와 주위에 솟아 있는 것처럼 보였다.

조지 필더는 갑자기 살아났다. 해골 같은 머리가 가느다란 목 위에서 천천히 이쪽저쪽으로 돌았다. 그가 중얼거렸다.

"그들은 우리를 먹어버릴 거야. 우리를 덮쳐서 먹어버릴 거야."

"아닐걸." 스테빈스가 퉁명스럽게 말했다. "그런 적은 한 번도……"

"그들은 우리를 먹어버릴 거야! 우리를 먹어버릴 거라고! 우릴 먹어! 먹어! 먹어! 우리를먹어우리를먹어—"

조지 필더는 거대한 걸음의 원을 그리고 팔을 미친 듯이 퍼덕이며 빙글 돌았다. 그의 눈은 쥐덫의 공포로 불탔다. 개러티에게 그는 미쳐버린 비디오 게임처럼 보였다.

"우리를먹어우리를먹어우리를먹어—"

조지 필더는 목청껏 꽥꽥거리고 있었지만 개러티에게는 그의 목소리가 거의 들리지 않았다. 언덕에서 들려온 괴성이 그들을 망치처럼 때려박았다. 개러티는 심지어 필더가 티켓을 끊었을 때 총소리도 들을 수 없었다. 오직 '군중'의 목에서 나오는 야만적인 괴성뿐이었다. 필더의 시체는 길 한가운데에서 발을 차고 몸을 뒤틀고 어깨를 젖히면서, 흐느적거리지만 묘하게 우아한 룸바를 추었다. 그다음, 마치 더 이상 춤을 추기엔 지쳤다는 듯이 다리를 쫙 벌리고 앉았다. 그리고 그렇게 앉아서 죽었다. 놀이 시간에 샌드맨에게 붙잡힌 지친 어린 소년처럼 턱을 가슴에 접어 넣고.

"개러티, 개러티. 나 피를 흘리고 있어."

베이커가 말했다. 언덕은 이제 그들 뒤에 있었고 개러티에게는 베이커의 말이 들렸다. 나쁜 일이었다.

"그래."

개러티가 말했다. 목소리를 침착하게 가라앉히기가 너무 힘들었다. 아트 베이커 안의 무엇인가가 대량 출혈을 일으켰다. 코에서 피가 마구 쏟아졌다. 뺨과 목은 핏덩이로 칠갑을 했다. 셔츠 옷깃도 피로 젖었다.

"나쁘지 않아, 그렇지?"

베이커가 개러티에게 물었다. 베이커는 공포로 울고 있었다. 상황이 나쁘다는 것도 알고 있었다.

"그래, 그렇게 나쁘지는 않아." 개러티가 말했다.

"비가 아주 따뜻하게 느껴져. 비일 뿐이라는 건 알지만. 비일 뿐이야, 맞지, 개러티?"

베이커가 말했다.

"맞아." 개러티는 속이 뒤집어지며 말했다.

"그 위에 댈 얼음이 좀 있으면 좋겠어."

베이커가 말하고 걸어가버렸다. 개러티는 베이커의 뒷모습을 지켜보았다.

빌 허프("허프라고 발음해.")가 열 시 사십오 분에, 래티건은 열한 시 삼십 분에, 플라잉 듀스 정밀비행팀의 강청색(鋼靑色) F-11(미 공군 전투폭격기의 일종 — 옮긴이) 여섯 대가 머리 위에 솟아오른 직후에 티켓을 끊었다. 개러티는 베이커가 그들 둘보다 먼저 갈 거라고 예측했다. 그러나 베이커는 계속 걸어갔다. 이제 셔츠 위쪽 절반이 피로 젖어버렸는데도.

개러티의 머리는 재즈 연주를 하고 있는 것 같았다. 데이브 브루벡, 텔로니우스 몽크, 캐논볼 애덜리. 모든 사람이 테이블 아래 두고 있다가 파티가 시끄럽고 술에 취했을 때 트는 '금지된 소음 발생자'들.

개러티는 한때 사랑받았던 것 같고, 그 자신도 한때 사랑했던 것 같았다. 그러나 이제 그것은 그의 머릿속의 재즈와 점점 빨라지는 드럼 소리일 뿐이었고 어머니는 털 코트에 채워진 밀짚일 뿐

이었고, 잰은 백화점 마네킹일 뿐이었다. 다 끝났다. 그가 이긴다
고 해도, 그가 맥브라이스와 스테빈스와 베이커보다 더 오래가는
데 성공한다고 해도, 다 끝났다. 그는 절대로 고향에 다시 가지 않
을 것이었다.

개러티는 약간 울기 시작했다. 시야는 흐렸고 발은 꼬였고 그는
넘어졌다. 보도는 단단하고 충격적일 정도로 차갑고 믿을 수 없이
편안했다. 경고를 두 번 받고서야 일련의 술 취한, 게 같은 동작을
하면서 간신히 일어났다. 그는 억지로 발걸음을 다시 옮겼다. 방
귀를 뀌었다. 정직한 방귀와 아무 관계도 없는 것 같은 길고 소득
없는 덜그럭 소리였다.

베이커는 취한 듯이 지그재그로 길을 가로질러 가다가 뒤로 왔
다. 맥브라이스와 스테빈스는 함께 머리를 모으고 있었다.

개러티는 갑자기 그들이 그를 죽이려고 계획을 짜고 있다고 확
신했다. 바코비치라는 이름의 누군가가 랭크라는 이름의 얼굴 없
는 숫자를 죽였던 방식으로.

개러티는 빨리 걸어서 그들을 따라잡았다. 그들은 말없이 그
가 들어올 자리를 내주었다. (너희는 나에 대해서 이야기하다가 멈
추었지, 안 그래? 아니긴. 내가 모른다고 생각해? 내가 미쳤다고 생
각해?), 그러나 거기에는 위안이 있었다. 그는 죽을 때까지 그들과
함께 있고, 함께 머물고 싶었다.

그들은 표지판 하나를 지나갔다. 그 표지판은 개러티의 멍하고
어리둥절한 눈에 우주에 있을 수 있는 꽥꽥거리는 모든 광기와
지구의 모든 천치 같은 희희덕 소리를 요약해 놓은 것처럼 보였

422

다. 이 표지판에는 이렇게 적혀 있었다. **보스턴까지 80킬로미터! 워커들 여러분은 할 수 있다!** 그는 할 수 있었다면 날카로운 웃음소리를 냈을 것이다! 보스턴! 그 말의 울림은 신화적이었고, 불신으로 풍성했다.

베이커가 다시 옆에 와 있었다.

"개러티?"

"뭔데?"

"우리 안에 있어?"

"어?"

"안에, 우리 안에 있어? 개러티, 제발."

베이커의 눈은 간청했다. 베이커는 도살장이었다. 피 흘리는 기계였다.

"그래, 우린 안에 있어. 우린 안에 있어, 아트."

개러티는 베이커가 무슨 얘기를 하는 건지 몰랐다.

"난 이제 죽을 거야, 개러티."

"알았어."

"네가 이기면, 나를 위해 뭔가 해줄래? 다른 사람에게는 누가 됐든 부탁하기가 겁나."

베이커는 마치 워크가 아직 수십 명은 남아 있는 듯이 사람 없는 길을 휩쓰는 몸짓을 했다. 한순간 개러티는 한기를 느끼며 그들이 아직 모두 그곳에 있는 게 아닌가 궁금했다. 이제 임종의 순간을 맞은 베이커의 눈에 보이는, 걷는 유령들.

"뭐든지."

베이커는 한 손을 개러티의 어깨에 얹었고, 개러티는 참을 수

없이 울기 시작했다. 그의 심장이 가슴에서 터져 나와 혼자서 눈
물을 흘리고 있는 것 같았다.

"납으로 틈을 댄 거." 베이커가 말했다.

"조금만 더 걸어." 개러티가 겨우 말했다. "조금만 더 걸어, 아
트."

"아니…… 난 못 해."

"알았어."

"아마 난 너를 볼 거야, 친구."

베이커가 말하고, 멍하니 얼굴에서 미끄러운 피를 닦았다.

개러티는 머리를 숙이고 울었다.

"군인들이 내게 그걸 하는 걸 보지 마. 그것도 약속해 줘." 베
이커가 말했다. 개러티는 말을 할 수 없어 고개만 끄덕였다. "고마
워. 넌 내 친구였어, 개러티."

베이커는 웃으려고 했다. 그는 앞이 안 보이는 듯이 손을 내밀
었고, 개러티는 양손으로 그 손과 악수했다.

"다른 시간, 다른 장소." 베이커가 말했다.

개러티는 얼굴 위에 손을 대고 계속 걷기 위해 몸을 굽혀야 했
다. 흐느낌이 찢어지듯 나오며 워크에 참여한 이래 가장 큰 고통
으로 그를 아프게 했다

개러티는 그 총성을 듣지 않기를 바랐다. 그러나 들었다.

18장

"나는 올해의 롱 워크가 끝났음을 선언합니다.
신사 숙녀 — 시민 여러분 — 여러분의 우승자를 보십시오!"
— 통령

그들은 보스턴에서 64킬로미터 떨어진 곳에 있었다.

"우리한테 이야기를 해줘, 개러티." 스테빈스가 불쑥 말했다. "우리가 곤경을 잊고 딴 데로 정신을 팔게 이야기를 해줘."

스테빈스는 믿을 수 없이 나이를 먹었다. 스테빈스는 노인이었다.

"그래. 이야기, 개러티."

맥브라이스가 말했다. 그도 아주 나이 먹고 시들어 보였다.

개러티는 한 사람에게서 다른 사람을 멍하니 바라보았다. 그러나 그는 그들의 얼굴에서 이중성을 볼 수 없었다. 뼈처럼 지친 것만 보였다. 그도 이제 자신의 절정에서 떨어지고 있었다. 모든 추하고 질질 끄는 고통들이 도로 몰려들고 있었다.

개러티는 오랫동안 눈을 감았다. 눈을 떴을 때, 세상은 두 개가 되었고 마지못해 초점이 돌아왔다.

"좋아." 개러티가 말했다.

맥브라이스는 근엄하게 박수를 쳤다. 세 번. 그는 세 번의 경고를 받고 걷고 있었다. 개러티는 한 번이었다. 스테빈스는 없었다.

"옛날 옛날에……"

"야, 누가 망할 옛날이야기 듣고 싶대?" 스테빈스가 물었다.

맥브라이스는 약간 킬킬거렸다.

"너희는 내가 말하고 싶은 걸 듣게 될 거야! 듣고 싶어, 안 듣고 싶어?"

개러티가 심술궂게 말했다.

스테빈스가 개러티 쪽으로 비틀거렸다. 개러티와 스테빈스 둘 다 경고를 받았다.

"이야기가 전혀 없는 것보다는 옛날이야기가 있는 편이 더 나은 것 같아."

"하여간 이건 옛날이야기가 아니야. 전혀 없었던 세계에서 일어난다고 해서 그게 옛날이야기라는 뜻은 아니야. 그런 뜻이 아니고……"

"너 이야기를 할 거야 말 거야?"

맥브라이스가 화를 내며 물었다.

"옛날 옛날에." 개러티는 이야기를 시작했다 "'신성한 무헌'은 하러 세상에 나온 백기사가 있었어. 그는 자기 성을 떠나 '마법 걸린 숲'을 걸어……"

"기사들은 말을 타고 다녀." 스테빈스가 반대 의견을 냈다

"그럼 '마법 걸린 숲'을 말을 타고 지났어. 말을 타고. 그는 수천 명의 트롤과 고블린, 그리고 아주 많은 늑대들을 싸워 물리쳤

어. 됐어? 그리고 마침내 왕의 성에 가서 유명한 미녀 그웬돌린을 산보에 데리고 나와도 되는 허락을 해달라고 부탁했어."

맥브라이스가 낄낄 웃었다.

"왕은 기사의 청이 별로 마음에 들지 않았어. 아무도 전 세계적으로 유명한 미녀인 자기 딸 그웬에 걸맞을 정도로 훌륭하다고 생각하지 않았으니까. 그러나 그 미녀는 백기사를 너무나 사랑해서 '야생 숲'으로 달아나겠다고 위협했어. 만약…… 만약……."

어지러움이 파도처럼 어둡게 밀어닥치며 개러티는 둥둥 떠 있는 듯이 느꼈다. 군중의 포효가 긴 원뿔형 터널 아래에서 바다가 울리는 소리처럼 그에게 와 닿았다. 그것은 이내 지나갔지만 천천히 지나갔다.

개러티는 주위를 둘러보았다. 맥브라이스의 고개가 푹 꺾였고, 그는 잠든 채 군중을 향해 걷고 있었다.

"이봐! 이봐, 피트! 피트!" 개러티가 외쳤다.

"가만 놔둬. 넌 우리들과 마찬가지로 약속을 했어."

스테빈스가 말했다.

"엿 먹어."

개러티는 또렷이 말하고 쏜살같이 맥브라이스 옆으로 갔다. 개러티는 맥브라이스의 어깨를 쓰다듬고, 그를 다시 똑바로 세웠다. 맥브라이스는 졸린 듯이 그를 쳐다보고 미소 지었다.

"아냐, 레이. 이제 앉을 때야."

공포가 개러티의 가슴에서 쿵쾅거렸다.

"안 돼! 절대 안 돼!"

맥브라이스는 그를 잠시 쳐다보다가, 다시 미소 짓고 고개를 흔들었다. 그는 보도 위에 양반다리로 앉았다. 그는 세상에 얻어맞은 수도승처럼 보였다. 그의 뺨에 있는 흉터는 비 오는 어둠 속에서 하얀 선으로 보였다.

"안 돼!" 개러티가 외쳤다.

개러티는 맥브라이스를 일으키려고 했지만 그는 말랐고, 맥브라이스는 너무 무거웠다. 맥브라이스는 심지어 그를 보지도 않았다. 그의 눈은 감겼다. 그리고 갑자기 두 명의 군인이 맥브라이스를 그에게서 떼어냈다. 그들은 맥브라이스의 머리에 총을 들이댔다.

"안 돼!" 개러티가 다시 비명을 질렀다. "나! 나! 날 쏴!"

그러나 대신, 그들은 개러티에게 세 번째 경고를 했다.

맥브라이스는 눈을 뜨고 다시 미소 지었다. 다음 순간, 그는 죽었다.

개러티는 이제 모르는 채로 걷고 있었다. 멍하니 스테빈스를 바라보았고, 스테빈스는 호기심에 차서 마주 바라보았다. 개러티는 이상한, 포효하는 공허감으로 가득 찼다.

"그 이야기를 끝내." 스테빈스가 말했다. "이야기를 끝내, 개러티."

"아냐. 난 그렇게 생각하지 않아." 개러티가 말했다.

"그럼 놔둬." 스테빈스는 말하고, 붙임성 있게 미소 지었다. "만약 영혼 같은 것이 있다면, 그의 영혼은 아직 가까이 있어. 너 역시 그를 따라잡을 수 있을 거야."

"나는 걸어서 너를 땅속에 파묻어버릴 테야."

개러티는 스테빈스를 보고 말했다.

오, 피트. 개러티는 생각했다. 이제는 심지어 울 눈물도 남지 않았다.

"네가? 보면 알겠지." 스테빈스가 말했다.

그날 저녁 여덟 시에 그들은 댄버스를 거쳐 걷고 있었고, 개러티는 마침내 알았다. 그것은 거의 끝났다, 왜냐하면 스테빈스는 이길 수 없기 때문이었다.

'나는 거기에 대해 생각하면서 너무 많은 시간을 썼어. 맥브라이스, 베이커, 에이브러햄…… 그들은 그것에 대해 생각하지 않았어, 그냥 그걸 했어. 마치 그것이 자연스러운 것처럼. 그리고 그건 자연스러워. 어떤 의미로, 그건 세상에서 가장 자연스러운 일이야.'

개러티는 어기적거렸다, 눈은 튀어나오고, 턱은 딱 벌리고 늘어져 비가 쌩쌩 들어왔다. 흐릿한, 셔터 같은 한순간 그는 자기가 아는 사람을 봤다고 생각했다. 그 자신만큼 잘 아는 사람이 앞쪽 어둠 속에서 울면서 손짓했다. 그러나 소용없었다. 그는 더 갈 수 없었다.

그는 그냥 스테빈스에게 말할 것이다. 스테빈스는 약간 더 앞에 있었고, 이제 아주 많이 절뚝였다. 그리고 쇠약해 보였다. 개러티는 매우 지쳤지만 더 이상 겁나지 않았다. 차분했다. 괜찮다고 느꼈다. 억지로 더 빠르게 가서 한 손을 스테빈스의 어깨에 얹었다.

"스테빈스." 그가 말했다.

스테빈스는 돌아서서 잠시 아무것도 보지 않는 커다랗고 둥둥 뜬 눈으로 개러티를 보았다. 그다음 개러티를 알아보았고 손을 뻗어 개러티의 셔츠를 할퀴어 잡아당겨 찢었다. 군중은 이런 방해 행위에 분노를 소리쳤다. 그러나 개러티만이 스테빈스의 눈에 어린 공포를 볼 수 있을 만큼 가까이 있었다. 공포, 어둠. 그리고 개 러티만이 스테빈스의 손아귀가 마지막 필사적인 구조 요청의 손 길이라는 것을 알았다.

"오 개러티!" 그는 외치고, 쓰러졌다.

이제 군중이 지르는 소리는 세상에 종말이 온 것 같았다. 산이 무너져 부서지고 땅이 산산이 부서지는 소리였다. 그 소리는 개 러티를 쉽사리 그 아래 으깨었다. 그가 그 소리를 들었다면 그는 죽었을 것이다. 그러나 그는 자기 목소리밖에 아무것도 듣지 않 았다.

"스테빈스?"

개러티는 궁금해하며 물었다. 몸을 굽히고 어떻게 스테빈스를 돌려눕히는 데 성공했다. 스테빈스는 여전히 그를 바라보고 있었 지만, 그 절망은 이미 지나갔다. 그의 머리는 뼈가 없는 듯이 목 위에서 굴렀다.

개러티는 컵처럼 오므린 손을 스테빈스의 입 앞에 댔다.

"스테빈스?" 다시 물었다.

그러나 스테빈스는 죽었다.

개러티는 흥미를 잃었다. 그는 일어서서 걷기 시작했다. 이제 한 초성이 땅을 채우고 폭죽이 하늘을 재웠다. 앞쪽에서, 시프 한 대가 그에게 우르릉거리며 다가왔다.

길에 차량은 안 돼, 이 바보 멍청이야. 그건 사형을 받을 죄야, 7들은 그걸로 널 쏠 수 있어.

통령이 지프에 서 있었다. 그는 뻣뻣한 경례를 했다. 첫 번째 소 원을 들어줄 준비를 하고, 모든 소원, 어떤 소원이든, 죽음의 소원. 상.

그의 뒤에서, 그들은 이미 죽은 스테빈스를 쏘아 끝냈다. 그리고 이제 길 위에는 그 혼자뿐이었다. 그는 통령의 지프가 흰 선을 대각선으로 가로질러 멈춰 있는 곳으로 걸어갔다. 통령이 나오고 있었다. 그에게 오고 있었다. 통령의 얼굴은 친절하고 거울 같은 선글라스 뒤에 있어서 표정을 읽을 수 없었다.

개러티는 옆으로 비켜 걸었다. 그는 혼자가 아니었다. 그 어두운 사람은 뒤에, 앞에, 멀지 않은 곳에서, 손짓하고 있었다. 그는 그 사람을 알았다. 약간 더 가까이 갈 수 있으면, 얼굴 특징도 알아볼 수 있었다. 그가 누구를 걸어 쓰러뜨리지 못했더라? 바코비치였나? 콜리 파커? '성이 뭔지 몰라도' 퍼시? 누구였지?

"개러티!"

군중이 열광적으로 소리쳤다.

"개러티, 개러티, 개러티!"

스크램이었나? 그리블? 데이비슨?

개러티의 어깨에 한 손이 얹혔다. 개러티는 조바심 내며 몸을 흔들어 그 손을 떨쳐버렸다. 그 어두운 사람이 손짓했다. 빗속에서 손짓했다. 그에게 와서 걸으라고, 와서 게임을 하자고 손짓했다. 그리고 지금은 시작할 때였다. 아직 갈 길이 멀고 멀었다.

눈멀고, 간청하는 손들이 마치 구호품을 달라는 듯이 그의 앞에 내밀어졌다. 개러티는 그 어두운 사람을 향해 걸어갔다.

그리고 그 손이 그의 어깨를 다시 건드렸을 때, 그는 어떻게 해서인지 달릴 힘을 발견했다.

〈끝〉

리처드 바크만은 1985년 죽었다.
그의 미망인, 클로디아 이네즈 에셸먼은
뉴햄프셔에 있는 바크만의 집 다락방 속에서
다른 몇 편의 글과 함께
『통제자들』의 원고를 발견했다.

옮긴이 | 송경아

연세대학교를 졸업하고 동 대학원 국어국문학과 박사 과정을 수료했다. 지은 책으로 『책』, 『엘리베이터』, 『테러리스트』 외 다수가, 주요 옮긴 책으로 『애거서 크리스티 전집』, 『천년의 기도』, 『뒤집힌 세계』, 『무게』 외 다수가 있다.

롱 워크

1판 1쇄 펴냄 2015년 11월 6일
1판 5쇄 펴냄 2022년 8월 12일

지은이 | 스티븐 킹
옮긴이 | 송경아
발행인 | 박근섭
편집인 | 김준혁
펴낸곳 | 황금가지

출판등록 | 2009. 10. 8 (제2009-000273호)
주소 | 135-887 서울 강남구 신사동 506 강남출판문화센터 5층
전화 | 영업부 515-2000 **편집부** 3446-8774 **팩시밀리** 515-2007
홈페이지 | www.goldenbough.co.kr

도서 파본 등의 이유로 반송이 필요할 경우에는 구매처에서 교환하시고
출판사 교환이 필요할 경우에는 아래 주소로 반송 사유를 적어 도서와 함께 보내주세요.
135-887 서울 강남구 신사동 506 강남출판문화센터 6층 민음인 마케팅부

㈜민음인은 민음사 출판 그룹의 자회사입니다.
황금가지는 ㈜민음인의 픽션 전문 출간 브랜드입니다.